UM MARIDO DE FAZ DE CONTA

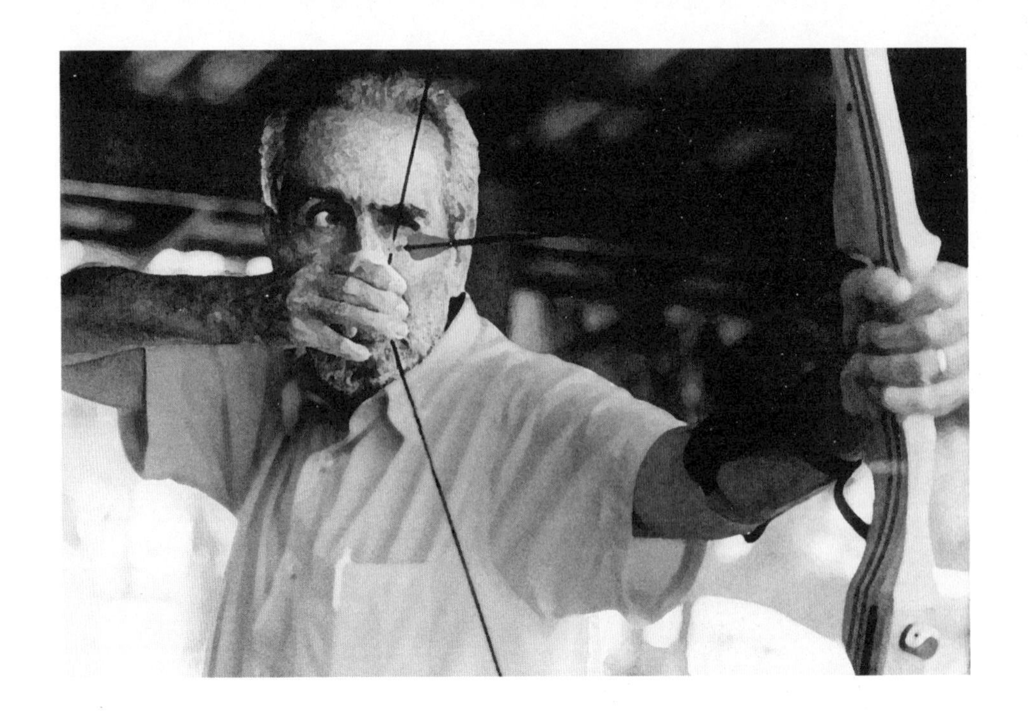

O Arqueiro

Geraldo Jordão Pereira (1938-2008) começou sua carreira aos 17 anos, quando foi trabalhar com seu pai, o célebre editor José Olympio, publicando obras marcantes como *O menino do dedo verde*, de Maurice Druon, e *Minha vida*, de Charles Chaplin.

Em 1976, fundou a Editora Salamandra com o propósito de formar uma nova geração de leitores e acabou criando um dos catálogos infantis mais premiados do Brasil. Em 1992, fugindo de sua linha editorial, lançou *Muitas vidas, muitos mestres*, de Brian Weiss, livro que deu origem à Editora Sextante.

Fã de histórias de suspense, Geraldo descobriu *O Código Da Vinci* antes mesmo de ele ser lançado nos Estados Unidos. A aposta em ficção, que não era o foco da Sextante, foi certeira: o título se transformou em um dos maiores fenômenos editoriais de todos os tempos.

Mas não foi só aos livros que se dedicou. Com seu desejo de ajudar o próximo, Geraldo desenvolveu diversos projetos sociais que se tornaram sua grande paixão.

Com a missão de publicar histórias empolgantes, tornar os livros cada vez mais acessíveis e despertar o amor pela leitura, a Editora Arqueiro é uma homenagem a esta figura extraordinária, capaz de enxergar mais além, mirar nas coisas verdadeiramente importantes e não perder o idealismo e a esperança diante dos desafios e contratempos da vida.

Julia Quinn

UM MARIDO DE FAZ DE CONTA

RQUEIRO

2

OS ROKESBYS

Título original: *The Girl with the Make-Believe Husband*

tradução: Thaís Paiva
preparo de originais: Mariana Rimoli
revisão: Juliana Souza e Luiz Felipe Fonseca
diagramação: Ilustrarte Design e Produção Editorial
capa: Renata Vidal
imagens de capa: Lee Avison/Trevillion Images
impressão e acabamento: Lis Gráfica e Editora Ltda.

CIP-BRASIL. CATALOGAÇÃO NA PUBLICAÇÃO
SINDICATO NACIONAL DOS EDITORES DE LIVROS, RJ

Q64m Quinn, Julia
Um marido de faz de conta/ Julia Quinn; tradução de Thaís Paiva. São Paulo: Arqueiro, 2019.
304 p.; 16 x 23 cm. (Os Rokesbys; 2)

Tradução de: The girl with the make-believe husband
ISBN 978-85-8041-922-1

1. Ficção americana. I. Paiva, Thaís. II. Título. III. Série.

18-54072 CDD: 813
CDU: 82-3(73)

Editora Arqueiro Ltda.
Rua Funchal, 538 – conjuntos 52 e 54 – Vila Olímpia
04551-060 – São Paulo – SP
Tel.: (11) 3868-4492 – Fax: (11) 3862-5818
E-mail: atendimento@editoraarqueiro.com.br
www.editoraarqueiro.com.br

Para Nana Vaz de Castro, que criou
todo um movimento. Ainda bem que não
existe milk-shake de Ovomaltine nos Estados Unidos.

E também para Paul. É mesmo uma ironia que eu
tenha escrito um livro sobre um marido de faz de conta
durante os três meses em que você esteve fora, escalando o Everest.
O monte, por sua vez, é muito real – assim como o que você e eu temos.

NOTA DA EDITORA

Em 2012, ao pesquisar uma extensa lista de livros mais vendidos nos Estados Unidos, reparei em alguns nomes que apareciam com frequência, mas que, até onde eu sabia, ainda não haviam sido publicados no Brasil: Julia Quinn, Lisa Kleypas, Mary Balogh, Sarah MacLean, entre outros. Fiquei intrigada. Quem eram aquelas autoras?

Fui investigar e vi que todas publicavam livros de um mesmo gênero, com capas que mostravam moças em vestidos deslumbrantes ou em poses comprometedoras ao lado de homens quase sempre semidespidos.

Eu nunca havia lido um livro daqueles, mas fiquei curiosa o suficiente para experimentar. Por sorte, acaso ou destino, o primeiro que caiu em minhas mãos foi um tal de *O duque e eu*. Quando cheguei ao fim do prólogo, estava fascinada: aquilo era muito bom! Ao terminar a leitura, fui acometida daquela sensação que é a razão de ser de um editor: achei um tesouro.

Li vários outros livros de diversas autoras e, com o entusiasmado apoio de toda a equipe da Arqueiro, que realmente abraçou a causa, em abril de 2013 lançamos simultaneamente três livros de três autoras, inaugurando a coleção Romances de Época.

Mesmo não sendo um sucesso instantâneo, a coleção prosperou de forma saudável, com vendas consistentes e organicamente crescentes. Outras séries foram se juntando às três primeiras, e descobrimos uma comunidade enorme de leitores apaixonados pelo gênero, ávidos por mais histórias passadas na Inglaterra do século XIX, envolvendo bailes, casamentos arranjados, dotes, heranças, muitos mal-entendidos e, sempre, finais felizes. Passados quase seis anos, hoje a coleção já conta mais de 1,5 milhão de exemplares vendidos.

Em 2015, a convite da Bienal do Rio, Julia Quinn veio ao Brasil pela primeira vez. Na ocasião, estávamos lançando o sexto volume da nossa série mais bem-sucedida de romances de época, Os Bridgertons. A calorosa recepção do público brasileiro surpreendeu Julia. Mesmo sendo uma autora best-seller em vários países, a emoção dos fãs, os abraços comovidos, os muitos presentes e as camisetas com os nomes dos personagens tocaram a autora de um jeito especial.

Foi durante uma longa sessão de autógrafos que apresentei a Julia aquilo que considero uma das maiores invenções da gastronomia brasileira: o milk-shake de Ovomaltine do Bob's. A identificação foi imediata. Naquele momento, senti que nosso relacionamento mudou de nível: de admiração profissional passou a amizade pessoal.

Depois dessa primeira visita, todos os livros de Julia Quinn foram para a lista de mais vendidos, e ela se tornou uma autora querida e popular em nosso país. Em março de 2017, ela voltou ao Brasil para a turnê de lançamento da série Quarteto Smythe-Smith, que teve a difícil missão de suceder Os Bridgertons. A Arqueiro inovou novamente, ao lançar os quatro livros da série de uma só vez e ainda oferecer a opção de compra em um box caprichado, com brindes exclusivos. Julia esteve em seis cidades brasileiras, autografou milhares de livros e, sempre que possível, tomou aquele milk-shake.

Justamente nessa época ela estava escrevendo este livro que você tem agora em mãos, *Um marido de faz de conta*. E então, alguns meses depois, qual não foi a minha surpresa quando a autora me enviou um e-mail que continha, em um anexo, a página de dedicatória.

Fiquei muito emocionada com o carinho, a generosidade e o reconhecimento dessa autora e amiga tão especial, mas entendo que, com esse gesto, ela está homenageando e agradecendo a todos os fãs brasileiros que fizeram dela, de fato, a "rainha" dos romances de época no Brasil.

A maravilhosa e fantástica história de Cecilia e Edward logo se tornou uma das minhas favoritas – mas, realmente, não sei se consigo ser isenta nesse caso...

Espero que você também goste.

Boa leitura!

Nana Vaz de Castro
Janeiro de 2019

CAPÍTULO 1

Ilha de Manhattan, junho de 1779

A cabeça dele estava doendo.

Correção: a cabeça dele estava doendo *muito*.

Era difícil distinguir, contudo, que tipo de dor era aquela. Talvez ele tivesse sido alvejado por uma bala de mosquete. Isso parecia plausível, dadas sua localização em Nova York (ou seria Connecticut?) e sua ocupação: capitão no exército de Sua Majestade.

Estavam, afinal de contas, no meio de uma guerra.

Mas aquele latejar específico – como se alguém estivesse batendo em seu crânio com um canhão (não com a *bola* do canhão, mas com o *canhão*) – sugeria que ele havia sido atacado por algo mais bruto do que uma bala.

Talvez uma bigorna. Largada de uma janela do segundo andar.

No entanto, se ele se desse ao trabalho de tentar ver o lado bom, concluiria que uma dor como aquela era um forte indício de que ainda estava vivo, algo que considerava uma sina pouco provável pelos mesmíssimos motivos que haviam feito com que ele suspeitasse de que tinha sido baleado.

A tal guerra mencionada... as pessoas morriam mesmo.

Com uma frequência alarmante.

Então ele não estava morto. Essa era uma boa notícia. Mas também não sabia ao certo onde estava. A seguir, o passo mais óbvio seria abrir os olhos, mas, mesmo com eles fechados, conseguia perceber que era dia claro e, embora metaforicamente gostasse de ver sempre o lado bom, sentia que acabaria cego se tentasse literalmente ver alguma coisa.

Assim, continuou de olhos fechados.

Mas ficou ouvindo com atenção.

Não estava sozinho. Mesmo sem discernir as palavras, o ruído baixo de conversas e de atividades permeava o ar. Havia pessoas andando para lá e para cá, deixando objetos em mesas, talvez arrastando uma cadeira.

Alguém gemia de dor.

Em sua maioria, as vozes eram masculinas, mas havia no mínimo uma dama por perto. Estava próxima o bastante para que ele ouvisse a respiração dela. Ela emitia pequenos sons enquanto cuidava de afazeres que, como ele logo percebeu, incluíam ajeitar os cobertores ao redor dele e tocar sua testa com as costas da mão.

Ele gostava daqueles barulhinhos, os *hummms* suaves e os suspiros que ela decerto nem reparava que dava. Além disso, ela tinha um cheiro bom, com notas de limão e sabonete.

E algumas notas de trabalho pesado.

Ele conhecia bem aquele odor. Ele mesmo o exalava bastante, ainda que muito brevemente, pois, nele, o cheiro logo se transformava em uma catinga desenfreada.

Nela, contudo, era mais que agradável. Talvez um pouco terroso. Assim, ficou se perguntando quem era aquela que cuidava dele com tanto zelo.

– Como ele está?

Edward ficou imóvel. Aquela voz masculina era nova, e ele ainda não sabia se queria revelar que já estava acordado.

Também não conseguia entender o motivo de sua hesitação.

– No mesmo estado – veio a resposta da mulher.

– Isso é preocupante. Se ele não despertar logo...

– Eu sei – cortou a voz feminina, com um indício de irritação que Edward achou curioso.

– Conseguiu fazê-lo tomar um pouco de sopa?

– Só algumas colheradas. Fiquei com medo que engasgasse se eu tentasse forçar mais.

O homem emitiu um grunhido vago de aprovação.

– Já faz quanto tempo mesmo que ele está nesse estado?

– Uma semana, senhor. Fazia quatro dias quando eu cheguei, e isso foi há três dias.

Uma semana. Edward ponderou. Se fazia uma semana, então já devia ser... março? Abril?

Não, talvez ainda fosse fevereiro. E era mais provável que estivesse em Nova York, não em Connecticut.

Contudo, nada daquilo explicava a maldita dor de cabeça. Era óbvio que ele havia sofrido algum acidente. Ou será que tinha sido atacado?

– Não houve mesmo nenhuma mudança no quadro? – perguntou o homem, embora a mulher tivesse acabado de falar sobre isso.

Mas ela, que devia ser uma pessoa muito mais paciente que Edward, apenas respondeu, com um tom de voz baixo e claro:

– Não, senhor. Nenhuma mudança.

O homem emitiu um som que não foi bem um resmungo.

Edward não conseguiu decifrá-lo.

– Hum... – A mulher pigarreou. – Teve alguma notícia do meu irmão?

Irmão? Quem seria o irmão dela?

– Sinto informar que não, Sra. Rokesby.

Sra. Rokesby?

– Já faz quase três meses – murmurou ela.

Sra. Rokesby? Edward queria muito que eles voltassem àquele ponto específico. Até onde sabia, só havia um Rokesby na América do Norte: ele mesmo. Então se ela era a Sra. Rokesby...

– Eu acho, senhora, que suas energias seriam mais bem investidas no cuidado com seu marido – prosseguiu a voz masculina.

Marido?

– Posso assegurar ao senhor que estou cuidando do meu marido com a maior dedicação possível – retrucou ela, e lá estava, outra vez, aquele traço de irritação.

Marido? Eles estavam dizendo que ele era *marido* dela? Ele era casado? Não podia ser casado. Como poderia ser casado se nem mesmo se lembrava disso?

Quem era aquela mulher?

O coração de Edward começou a bater acelerado. Que diabo estava acontecendo com ele?

– É impressão minha ou ele acabou de fazer um barulho? – perguntou o homem.

– Não... acho que não.

Então ela voltou a se mexer, ligeira. Mãos começaram a encostar nele, primeiro na bochecha, depois no peito, e apesar da preocupação evidente nos movimentos dela, havia naquele toque algo de calmante, sem dúvida agradável.

– Edward? – chamou ela, tomando a mão dele e acariciando-a várias vezes, dedos leves percorrendo sua pele. – Está me ouvindo?

Edward deveria responder. Ela estava preocupada. Que tipo de cavalheiro escolhia não agir quando poderia muito bem aliviar a preocupação de uma dama?

– É possível que nunca consigamos trazê-lo de volta – falou o homem, com muito menos delicadeza do que Edward julgaria apropriado.

– Ele ainda está respirando – retrucou a mulher, com uma voz inquebrantável.

O homem não disse nada, mas deve ter feito uma expressão de pena, porque ela repetiu mais alto dessa vez:

– *Ele ainda está respirando.*

– Sra. Rokesby...

Edward sentiu a mão dela comprimir a sua. Então, ela pousou a outra mão por cima, e seus dedos cobriram os punhos dele com um toque leve. Foi como um abraço muitíssimo sutil, mas Edward o sentiu reverberar no fundo de sua alma.

– Ele ainda está respirando, coronel – repetiu ela, com uma determinação contida. – E eu ficarei aqui enquanto ele continuar respirando. Sei que não posso fazer nada por Thomas, mas...

Thomas. Thomas Harcourt. *Aquela* era a conexão. A dama devia ser a irmã dele. Cecilia. Edward a conhecia bem.

Ou não. Na verdade, ele nunca a vira, mas era como se já a conhecesse. Em todo o regimento, não havia páreo para a dedicação com que ela escrevia para o irmão. Mesmo com apenas uma irmã, Thomas recebia duas vezes mais cartas que Edward, que tinha quatro irmãos.

Cecilia Harcourt. Que raios ela estava fazendo na América do Norte? Ela deveria estar em Derbyshire, naquele vilarejo que Thomas deixara para trás com tanta ansiedade. Aquele das fontes termais. Matlock. Matlock Bath.

Edward nunca visitara Matlock Bath, mas sempre achara que devia ser um lugar adorável. Não com base nas descrições de Thomas, é claro; o amigo gostava do burburinho da vida na cidade grande e mal podia esperar para assumir um posto qualquer e deixar o vilarejo para trás. As descrições de Cecilia, contudo, eram muito diferentes. Em suas cartas, a pequena vila em Derbyshire ganhava vida, e Edward achava que teria grandes chances de reconhecer os vizinhos dela, caso fosse visitá-la um dia.

Cecilia era espirituosa – por Deus, e como era! Thomas ria de suas missivas com tanta vontade que, por fim, Edward o convencera a lê-las em voz alta.

Até que, certo dia, Thomas estava escrevendo uma resposta para a irmã e Edward não parava de interrompê-lo, a ponto de Thomas se levantar da cadeira num salto e oferecer a pena ao amigo.

– Escreva você para ela – dissera Thomas.

E foi o que Edward fez.

Não sozinho, é claro. Edward nunca poderia ter escrito diretamente para ela. Ele jamais a insultaria com um ato tão despudorado. Em vez disso, começou a acrescentar algumas linhas no fim das cartas de Thomas, e quando chegava a resposta, invariavelmente havia algumas linhas para ele também.

Thomas sempre carregava um pequeno retrato da irmã e, embora dissesse que fora pintado havia muitos anos, Edward se pegava olhando para a imagem, estudando as feições da moça, imaginando se os cabelos dela realmente teriam aquele tom impressionante de dourado ou se ela de fato sorria daquela forma misteriosa, com os lábios cerrados. Por algum motivo, achava que não. Tinha a impressão de que não era uma moça dada a segredos. O sorriso dela devia ser alegre e livre. Edward até chegara a pensar que gostaria de conhecê-la, quando aquela guerra maldita chegasse ao fim. Contudo, nunca dividira isso com Thomas.

Teria sido um tanto estranho.

Mas eis que Cecilia estava ali. Nas colônias. O que não fazia o menor sentido – por outro lado, será que *algo* fazia sentido? Edward estava com um ferimento na cabeça, tudo indicava que Thomas tinha desaparecido e...

Edward esforçou-se para raciocinar.

... e, pelo que parecia, ele tinha se casado com Cecilia Harcourt.

Abriu os olhos e tentou focalizar a mulher de olhos verdes que o observava.

– Cecilia?

Cecilia tivera três dias para imaginar o que Edward Rokesby poderia dizer quando enfim despertasse. Tinha pensado em várias possibilidades, das quais a mais provável era: "Quem diabo é você?"

Não teria sido uma pergunta sem sentido.

Pois, a despeito do que acreditava o coronel Stubbs – e todos os demais naquele hospital militar mal-aparelhado –, o nome dela não era Cecilia

Rokesby, e sim Cecilia Harcourt, e ela não era nem de longe casada com o belo homem de cabelos escuros que jazia na cama ao lado dela.

E quanto à origem daquele mal-entendido...

É possível que tivesse a ver com o fato de ter declarado, diante de dois soldados e do taifeiro, que era esposa de Edward.

Na hora, parecera uma boa ideia.

Ela não tinha ido a Nova York por um motivo leviano. Sabia muito bem dos perigos de viajar para as colônias divididas pela guerra, para não mencionar a travessia do temperamental Atlântico Norte. Contudo, o pai dela havia morrido, e logo depois ela recebera a notícia de que Thomas tinha se ferido, e então seu maldito primo aparecera em Marswell, como um abutre sobrevoando a carcaça...

Ela não podia permanecer em Derbyshire.

E, no entanto, não tinha para onde ir.

Assim, naquela que fora talvez a única decisão precipitada que tomara em toda a vida, Cecilia trancara a casa, enterrara toda a prataria no quintal e comprara uma passagem de Liverpool para Nova York. Ao chegar, porém, não conseguira encontrar Thomas de jeito nenhum.

Achara o regimento dele, mas ninguém tinha as respostas de que ela precisava. Ela insistia nas perguntas, mas era prontamente enxotada pelo oficialato como se fosse uma mosquinha impertinente. Eles a ignoraram, trataram-na com condescendência e certamente mentiram para ela. Cecilia já tinha exaurido a maior parte de seus fundos, fazia uma única refeição por dia e estava morando em um quarto de pensão vizinho ao de uma mulher que provavelmente era prostituta.

(Era certo que ela mantinha relações com homens variados; a única pergunta era se recebia dinheiro por isso ou não. E, para ser sincera, Cecilia torcia para que recebesse, pois, o que quer que a mulher estivesse fazendo, parecia dar muito trabalho.)

Mas então, depois de quase uma semana sem chegar a lugar nenhum, Cecilia ouviu dois soldados comentando que, alguns dias antes, tinham levado ao hospital um homem que sofrera um golpe na cabeça e estava inconsciente. O nome dele era Rokesby.

Edward Rokesby. Só podia ser.

Na verdade, Cecilia nunca tinha visto o sujeito pessoalmente, mas ele era o amigo mais próximo do irmão dela, de modo que sentia que já o conhecia. Sabia, por exemplo, que ele era de Kent, que era o segundo filho do conde de Manston, que um dos seus irmãos mais novos estava na marinha e outro em Eton.

A irmã dele era casada, mas não tinha filhos, e a coisa de que ele mais sentia saudade era do creme de groselha da cozinheira da casa da família.

O irmão mais velho de Edward se chamava George, e Cecilia ficara surpresa ao saber que ele não sentia a menor inveja do fato de o irmão ser o herdeiro. Certa vez, ele escrevera que o título de conde vinha atrelado a uma aterradora falta de liberdade e que sabia que seu lugar era no exército, lutando pelo rei e pela pátria.

Cecilia sabia que uma pessoa que olhasse de fora poderia ficar chocada com a intimidade na correspondência entre os dois, mas aprendera que a guerra transformava certos homens em filósofos. Talvez fosse por isso que Edward Rokesby começara a inserir algumas frases no final das cartas que Thomas escrevia para ela. Compartilhar pensamentos com um estranho era de certa maneira reconfortante. Era fácil ser corajosa quando se dirigia a uma pessoa com quem ela jamais dividiria uma mesa de jantar ou uma sala de visitas.

Pelo menos era o que Cecilia pensava. Talvez Edward estivesse escrevendo para ela as mesmíssimas coisas que escrevia para a família e os amigos em Kent. O irmão dela lhe contara que o amigo estava "praticamente noivo" de uma vizinha. Edward certamente escrevia também àquela jovem.

E não é que ele escrevesse, de fato, para Cecilia. Tudo começara com pequenos trechos redigidos ainda por Thomas: "Edward diz tal coisa", ou "o capitão Rokesby insiste para que eu diga..."

Desde o início, a troca fora incrivelmente divertida; presa em Marswell com um pai indiferente, vendo as contas se acumularem, Cecilia sentia que precisava dos sorrisos inesperados que as palavras de Edward lhe provocavam. Assim, ela respondia à altura, acrescentando coisinhas aqui e ali nas próprias missivas. "Por favor, diga ao capitão Rokesby..." ou "Fico me perguntando se o capitão Rokesby apreciaria..."

Então, um dia, chegou uma carta de seu irmão com um parágrafo escrito na caligrafia de outra pessoa. Era uma breve saudação a ela, contendo uma mera descrição de flores silvestres, mas era de Edward. Ele chegara a assinar.

"Estimadamente,
Cap. Edward Rokesby"

Estimadamente.

Estimadamente.

Seu rosto foi tomado por um sorriso bobo, e ela se sentira a mais tola das mulheres. Estava se derretendo toda por um homem que nem conhecia.

Um homem que provavelmente jamais conheceria.

No entanto, não conseguira evitar. Por mais que o sol de verão brilhasse na superfície dos lagos, a ausência do irmão, tornava cinzenta sua vida em Derbyshire. Um dia emendava no outro, quase sem variações. Ela comandava a casa, administrava o orçamento e cuidava do pai, que não parecia notar sua dedicação. De vez em quando havia um evento social, porém mais da metade dos homens da idade dela haviam se alistado ou adquirido uma patente no exército, e o salão de dança tinha sempre muito mais mulheres do que homens.

Por isso, quando o filho de um conde lhe escreveu falando de flores silvestres...

O coração de Cecilia bateu mais forte.

Para dizer a verdade, as pequenas trocas nas correspondências eram o mais próximo de um flerte a que Cecilia chegara em anos.

Contudo, quando enfim decidiu viajar para Nova York, era no irmão que ela estava pensando, e não em Edward Rokesby. Aquele dia em que o mensageiro trouxera notícias do comandante de Thomas...

Fora o pior dia de sua vida.

A carta obviamente tinha sido endereçada a Walter Harcourt. Cecilia agradecera ao mensageiro e providenciara uma refeição para ele sem mencionar que o pai havia morrido de forma inesperada três dias antes. Ela levara o envelope dobrado para o quarto, trancara a porta atrás de si e, após um minuto de apreensão que lhe parecera infinito, conseguira reunir a coragem necessária para abrir o lacre de cera. Sua primeira emoção fora alívio. Tinha certeza de que a carta ia dizer que Thomas havia morrido, deixando-a sozinha no mundo, sem mais ninguém a quem amasse de verdade. Naquele momento, um ferimento de guerra mais parecia uma bênção.

Mas então, logo depois, chegara o primo Horace.

Cecilia não ficara surpresa ao vê-lo no enterro do pai. Afinal, era assim que se devia proceder, mesmo no caso de parentes por quem não se nutrisse muita estima. Horace, contudo, *não fora embora*. E, por Deus, que sujeitinho insuportável. Não conversava: fazia sermões. Cecilia não podia dar dois passos sem que ele surgisse atrás dela, expressando suas profundas preocupações com a prima.

O pior era que ele não parava de falar de Thomas, comentando sobre os perigos a que se expunha um soldado nas colônias. Comentava que seria mesmo um imenso alívio quando ele enfim retornasse, são e salvo, ao seu lugar de direito como proprietário de Marswell.

Sendo que a mensagem velada por trás daquilo tudo era, é claro, a de que, caso Thomas não voltasse, Horace seria o herdeiro de todos os bens.

A maldita, estúpida linha hereditária de Marswell. Cecilia sabia que tinha o dever de honrar seus antepassados, mas, por Deus, sua vontade era a de voltar no tempo, encontrar seu tatara-tataravô e dar-lhe um belo safanão. Ele havia adquirido as terras e construído a propriedade e, em seus delírios de grandeza dinástica, estabelecera rígidas condições para a herança. Marswell deveria passar de pai para filho. Se não fosse possível, então qualquer primo homem daria para o gasto. Não importava nem um pouco o fato de que Cecilia havia morado lá a vida inteira, de que conhecia todos os pormenores da propriedade e de que os criados a respeitavam e confiavam nela. Se Thomas morresse, o primo Horace sairia de Lancashire e se aboletaria ali, tomando tudo que era dela.

Cecilia tentara esconder o ferimento de Thomas do primo, mas aquele era o tipo de notícia que não ficava acobertada por muito tempo.

Talvez algum vizinho bem-intencionado tivesse comentado com ele, pois Horace não esperara passar nem um dia após o enterro do pai de Cecilia para declarar que, como o parente homem mais próximo dela, ele deveria assumir a responsabilidade por seu bem-estar.

A solução óbvia, dissera ele, era que eles se casassem.

"Não", pensara ela, em meio a um silêncio estarrecido. "Não, de jeito nenhum."

– Precisa encarar os fatos, prima – insistira Horace, dando um passo na direção dela. – Está sozinha agora. Não pode permanecer aqui em Marswell sem um responsável.

– Então vou para a casa da minha tia-avó – dissera ela.

– Sophie? – retrucara ele, com escárnio. – Ela é praticamente uma inválida.

– Minha outra tia-avó. Dorcas.

Ele semicerrou os olhos.

– Não conheço nenhuma tia Dorcas.

– Lógico – disse Cecilia. – Ela é tia da minha mãe.

– E onde mora essa tia Dorcas?

Considerando que isso não passava de fruto da imaginação de Cecilia, Dorcas não morava em lugar nenhum, mas, como sua mãe era escocesa, Cecilia respondera:

– Edimburgo.

– E você deixaria o seu lar para trás?

Se fosse para evitar um casamento com Horace, sim.

– Eu vou fazer você enxergar a razão – rosnou Horace.

E, de repente, antes que ela se desse conta, ele a beijou.

Quando ele a soltou, Cecilia respirou fundo, e então deu-lhe um tapa na cara.

Horace respondeu com outro tapa e, uma semana depois, Cecilia partiu para Nova York.

A viagem levara cinco semanas – tempo mais que suficiente para que Cecilia começasse a perder a confiança em sua decisão, mas ela não sabia o que mais poderia ter feito. Não entendia por que Horace estava tão determinado a se casar com ela, já que, mesmo sem isso, ele tinha uma boa chance de herdar Marswell. Cecilia desconfiava de que ele devia estar com problemas financeiros, de modo que precisava, com urgência, de um lugar para morar. Se ele se casasse com Cecilia, poderia se mudar para a propriedade imediatamente, torcendo com todas as forças para que Thomas nunca mais voltasse.

Cecilia sabia que aquele casamento era a escolha mais sensata que ela poderia fazer. Se Thomas morresse, ela conseguiria continuar vivendo no próprio lar. Poderia passá-lo para seus filhos.

Mas, ó céus, isso significaria que seus filhos também seriam filhos de Horace, e só de pensar em ter que se deitar com aquele sujeito, em *morar* com aquele sujeito...

Ela não seria capaz. Marswell não valia tanto sacrifício.

Ainda assim, sua situação era delicada. Embora Horace não pudesse forçar Cecilia a aceitar a proposta, ele ainda podia deixar a vida da prima muito desconfortável, e tinha razão a respeito de uma coisa: ela não poderia continuar sozinha em Marswell por tempo indeterminado. Ela era maior de idade – por pouco, já que tinha apenas 22 anos – e amigos e vizinhos até poderiam fazer vista grossa durante algum tempo, considerando as circunstâncias, mas uma moça vivendo sozinha era convite certo para as más línguas. Se Cecilia se importasse com a própria reputação, logo teria que ir embora.

A ironia cruel da situação lhe dava vontade de gritar. Para preservar seu bom nome, ela teria que viajar sozinha para o outro lado do oceano. Só precisava se certificar de que ninguém em Derbyshire ficasse sabendo disso.

Thomas era seu irmão mais velho, seu protetor e seu melhor amigo, e, por ele, ela seria capaz de embarcar naquela jornada, por mais que soubesse que se tratava de uma empreitada insensata – e possivelmente inútil. As infecções matavam muito mais do que os ferimentos de guerra. Sabia muito bem que, quando chegasse a Nova York, talvez não encontrasse mais o irmão.

Cecilia só não havia esperado que a ausência de Thomas se devesse a um desaparecimento.

Foi durante esse turbilhão de frustração e derrota que ela ficara sabendo do ferimento de Edward. Compelida por uma necessidade urgente de ajudar *alguém*, ela marchara até o hospital. Se não podia cuidar do irmão, então, por Deus, ela cuidaria do melhor amigo dclc. Sua ida ao Novo Mundo não poderia ter sido em vão.

Ao chegar ao hospital, Cecilia viu-se, na verdade, em uma igreja tomada pelo exército inglês, algo que, em si, já era bastante peculiar. Para piorar, ao pedir para ver Edward, disseram-lhe com todas as letras que ela não era bem-vinda. O capitão Rokesby era um *oficial*, informara um guarda esnobe. Era filho de um conde, importante demais para ficar recebendo visitas da plebe.

Cecilia ainda estava tentando entender do que o homem estava falando quando ele a olhou com desdém e afirmou que os únicos autorizados a ver o capitão Rokesby eram outros oficiais e a família.

Foi então que Cecilia disparou, sem hesitar:

– Sou a esposa dele!

Assim que as palavras saíram de sua boca, não pôde voltar atrás.

Em retrospecto, era inacreditável que ela tivesse conseguido se safar com aquela mentira. Se não fosse pela presença do comandante de Edward, era muito provável que ela tivesse sido atirada na sarjeta. O coronel Stubbs podia não ser o mais afável dos homens, mas sabia bem da amizade entre Edward e Thomas e não desconfiou de nada ao ouvir que Edward tinha se casado com a irmã do amigo.

Antes que Cecilia tivesse a chance de pensar duas vezes, já estava tecendo uma teia intrincada a respeito de uma corte epistolar e um casamento por procuração em um navio.

Surpreendentemente, todos acreditaram nela.

Ela não se arrependia de suas mentiras. Não havia dúvidas de que Edward estava melhorando sob seus cuidados. Quando ele tinha febre, ela molhava sua testa com uma esponja; sempre que podia, mudava a posição dele na cama para evitar escaras. Se por um lado ela já tinha visto o corpo dele muito mais do que seria apropriado para uma dama solteira, por outro as regras da sociedade deveriam ser suspensas em tempos de guerra.

E ninguém descobriria.

"Ninguém descobriria." Isso era o que ela repetia para si mesma, quase de hora em hora. Estava a mais de oito mil quilômetros de distância de Derbyshire. Todas as pessoas que conhecia acreditavam que ela tinha ido visitar uma tia solteirona. Além disso, os Harcourts e os Rokesbys não frequentavam os mesmos círculos sociais. Cecilia sabia que Edward devia ser um alvo interessante para as fofocas da sociedade, mas ela certamente não era, e parecia impossível que as histórias sobre o segundo filho do conde de Manston chegassem à minúscula vila de Matlock Bath.

Já sobre o que ela faria quando ele, enfim, despertasse...

Bem, falando francamente, ainda não tinha decidido. Contudo, logo isso se provaria irrelevante. Ela tinha imaginado centenas de cenários diferentes, mas nenhum deles envolvia a possibilidade de Edward reconhecê-la.

– Cecilia? – chamou Edward.

Ele pestanejou, confuso, olhando para ela, e Cecilia ficou atordoada por um instante, hipnotizada pelo azul de seus olhos.

Ela deveria estar preparada para isso.

Mas logo percebeu que estava sendo ridícula.

Não tinha nenhum motivo para saber de antemão qual era a cor dos olhos de Edward.

Ainda assim, de alguma maneira...

Sentia que aquela era uma informação que ela deveria ter.

– Você acordou – disse ela, uma constatação nada brilhante.

Tentou falar algo mais, mas a voz ficou presa na garganta. Tomada por emoções que nem sabia que tinha, precisou se concentrar na simples tarefa de continuar respirando. Inclinou-se sobre ele e levou a mão trêmula à testa de Edward. Não sabia por quê, já que ele tinha passado os dois dias anteriores sem febre.

Contudo, foi tomada pela necessidade de tocá-lo, de deixar as mãos sentirem o que seus olhos sentiam.

Ele estava acordado.

Estava vivo.

– Deixe o homem respirar – ordenou o coronel Stubbs. – Vá buscar o médico.

– Vá *você* buscar o médico! – vociferou Cecilia, retomando, enfim, a presença de espírito. – Ele é meu ma...

Sua voz morreu na garganta. Ela não conseguia proclamar aquela mentira. Não na frente de Edward.

O coronel Stubbs, contudo, inferiu o que ela não tinha dito e, proferindo resmungos inaudíveis, saiu em disparada à procura do médico.

– Cecilia? – repetiu Edward. – O que está fazendo aqui?

– Vou explicar tudo assim que possível, prometo – disse ela, em um sussurro apressado.

O coronel voltaria logo e ela preferia contar a verdade a Edward sem a presença de uma plateia. Mesmo assim, não podia arriscar que Edward a contradissesse, então acrescentou:

– Por enquanto, apenas...

– Onde estou? – interrompeu ele.

Ela pegou outro cobertor. Edward precisava mesmo era de um segundo travesseiro, mas, como não havia outro no local, o cobertor teria que bastar. Cecilia o ajudou a se sentar mais ereto na cama, escorando-o com o cobertor dobrado, e respondeu:

– Você está no hospital.

Ele olhou ao redor, desconfiado da arquitetura claramente eclesiástica do lugar.

– Um hospital com vitrais?

– Isto é uma igreja. Bom, era uma igreja. Agora é um hospital.

– Mas *onde*? – insistiu ele, com certa urgência.

As mãos dela se detiveram. Havia algo errado. Ela voltou o rosto para ele, apenas o suficiente para que seus olhos se encontrassem.

– Estamos na cidade de Nova York.

Ele franziu o cenho.

– Eu achei que estivesse...

Ela aguardou, mas ele não concluiu o raciocínio.

– Achou o quê?

O olhar vago de Edward mirou o nada durante um instante, e então ele disse:

– Não sei. Eu deveria...

As palavras morreram e ele contraiu o rosto quase como se estivesse sentindo dor de tanto pensar.

Por fim, completou:

– Eu deveria ter ido para Connecticut.

Cecilia se retesou discretamente.

– Mas você estava em Connecticut.

Edward ficou boquiaberto.

– Estava?

– Sim. Passou mais de um mês lá.

– O quê?

Uma sombra cruzou os olhos dele. Cecilia achou que era medo.

– Não se lembra? – perguntou ela.

Ele começou a piscar muito mais rápido do que o normal.

– Você disse mais de um mês?

– Foi o que me disseram. Eu cheguei há pouco tempo.

– Mais de um mês – repetiu ele, balançando a cabeça. – Como pode...

– Fique calmo, não é hora de se sobrecarregar – disse Cecilia, pegando a mão dele outra vez.

Achou que o gesto tranquilizaria Edward. Acabou sentindo-se, ela mesma, mais tranquila.

– Eu não me lembro... Eu estava mesmo em Connecticut? – Edward arregalou os olhos e apertou tanto a mão de Cecilia que ela se sentiu desconfortável. – Como voltei para Nova York?

Ela deu de ombros, incapaz de ajudar. Não tinha as respostas de que ele precisava.

– Não sei. Eu estava procurando Thomas quando fiquei sabendo que você estava aqui. Você foi encontrado perto de Kip's Bay, e sua cabeça sangrava muito.

– Você estava procurando Thomas – repetiu Edward, e Cecilia quase podia ver as engrenagens da mente dele girando alucinadamente por trás dos olhos azuis. – Por que estava procurando por ele?

– Avisaram-nos que ele estava ferido, mas agora parece que está desaparecido, e...

A respiração de Edward ficou mais intensa.

– Quando foi que nos casamos?

Cecilia abriu a boca e hesitou. Tentou responder, mas só conseguiu gaguejar alguns pronomes inúteis. Edward acreditava mesmo que eles tinham se casado? Antes daquele dia, eles nunca haviam sequer se visto.

– Eu não me lembro – retomou Edward.

Cecilia escolheu as palavras com muito cuidado:

– Do que não se lembra?

Edward voltou-se para ela com um olhar atormentado.

– Eu não sei.

Cecilia sabia que devia tentar confortá-lo, mas não conseguia fazer nada além de encará-lo. Os olhos dele, fundos, pareciam perdidos, e a pele, já lívida por conta da saúde debilitada, estava ficando cinzenta. Edward agarrava-se à cama como se fosse um bote salva-vidas, e ela queria poder fazer o mesmo. Tudo à volta deles parecia estar girando, comprimindo-os por todos os lados como um túnel apertado.

Ela mal conseguia respirar.

E ele parecia prestes a sucumbir ao desespero.

Ela se forçou a encará-lo, e fez a única pergunta possível:

– Você se lembra de alguma coisa?

CAPÍTULO 2

Para ser franco, as instalações aqui em Hampton Court Palace são bastante aceitáveis, embora nada se compare ao conforto do lar. Os oficiais ficam alojados aos pares, em apartamentos de dois quartos, de modo que ainda nos resta alguma privacidade. Dividirei o espaço com outro tenente, um camarada chamado Rokesby, que, veja só, é filho de um conde...

– CARTA DE THOMAS HARCOURT À IRMÃ CECILIA

Edward quase não conseguia respirar. Parecia que o coração estava tentando pular para fora do peito, e ele só conseguia pensar que precisava sair daquela maca. Tinha que descobrir o que estava acontecendo. Tinha que...

– Pare! – gritou Cecilia, atirando-se sobre ele para tentar contê-lo. – Você precisa se acalmar!

– Deixe-me sair daqui – insistiu Edward, embora uma tímida voz racional dentro dele estivesse tentando lembrá-lo de que ele nem saberia para onde ir.

– Por favor – rogou ela, segurando os pulsos com toda a força. – Acalme-se um pouco, respire fundo.

Ele ergueu os olhos, resfolegante.

– O que está acontecendo?

Ela engoliu em seco, observando à sua volta.

– É melhor esperarmos o médico.

No entanto, Edward estava agitado demais para escutá-la.

– Que dia é hoje? – exigiu saber.

Ela ficou atônita, como se tivesse sido pega de surpresa.

– Sexta-feira...

– Mas que dia, e de que mês? – interrompeu ele.

Ela não respondeu de imediato. Em vez disso, falou devagar e com cautela:

– Hoje é dia 25 de junho.

O coração de Edward disparou outra vez.

– O quê?

– Por favor, é melhor esperar o...

– Não pode ser. – Edward endireitou-se na cama, sentando-se mais aprumado. – Você só pode estar errada.

Cecilia balançou a cabeça devagar, dizendo:

– Não estou errada.

– Não... não...

Os olhos dele varreram desesperadamente o ambiente à sua volta.

– Coronel! – gritou ele. – Um médico! Alguém!

– Edward, pare! – implorou ela, correndo para contê-lo quando ele fez menção de pôr os pés no chão. – Por favor, espere o médico, ele já está vindo!

– Você! – ordenou ele, apontando o braço trêmulo para um homem de pele escura que varria o chão. – Que dia é hoje?

O homem encarou Cecilia com os olhos arregalados, perguntando silenciosamente o que fazer.

– Que dia é hoje? – repetiu Edward. – De que mês? Vamos, diga-me em que mês estamos.

O homem olhou mais uma vez para Cecilia, mas acabou respondendo:

– Junho, senhor. Final de junho.

– Não – disse Edward, deixando-se cair de volta na cama. – Não.

Fechou os olhos, tentando se concentrar nos pensamentos, apesar do crânio latejante. Tinha que haver uma forma de resolver aquela situação. Ele só precisava se concentrar o suficiente para voltar à última lembrança que conseguia evocar...

Abriu os olhos de novo, olhando direto para Cecilia.

– Eu não me lembro da senhorita.

Ela engoliu em seco e seus olhos marejaram. Edward sabia que devia sentir vergonha por ter causado aquilo. Ela era uma dama. Era a *esposa* dele. Mas ela certamente o perdoaria. Ele precisava saber... precisava entender o que estava acontecendo.

– Você disse o meu nome assim que acordou – sussurrou ela.

– Eu sei quem você é – disse ele. – Mas não a *conheço*.

Um espasmo percorreu o rosto dela. Levantou-se, prendendo uma mecha de cabelo atrás da orelha, e juntou as mãos. Dava para ver que ela estava nervosa. E então um pensamento desarticulado surgiu na mente de Edward: ela não se parecia muito com o pequeno retrato que o irmão levava consigo. Tinha a boca grande e os lábios carnudos, nada como aquela meia-lua doce e misteriosa da imagem. E também não tinha os cabelos dourados – pelo menos, não no tom angelical que o pintor lhe atribuíra. Estava mais para um louro-escuro. Bem parecido com o tom do cabelo de Thomas, embora o dele tivesse alguns reflexos mais claros.

Provavelmente ela passava menos tempo ao sol do que o irmão.

– Seu nome é Cecilia Harcourt, não é? – perguntou Edward.

Pois tinha acabado de lhe ocorrer: ela não chegara a confirmar aquele fato.

Cecilia, enfim, assentiu.

– Sim, é claro que sou.

– E está aqui em Nova York. – Ele a encarou, perscrutando sua expressão. – Por quê?

Cecilia desviou o olhar por um instante para o outro lado do cômodo.

– É uma história complicada.

– Mas nós nos casamos...

Ele não sabia se era uma pergunta ou uma afirmação.

Não sabia se queria que fosse uma pergunta ou uma afirmação.

Ela se sentou na cama, ressabiada. Edward não a culpava por sua hesitação. Momentos antes, ele tinha se debatido como um animal enjaulado. Ela devia ser muito forte, pois conseguira controlá-lo.

Era isso, ou então ele mesmo estava muito enfraquecido.

Cecilia engoliu em seco, como se estivesse reunindo forças para fazer algo muito difícil.

– Eu preciso contar...

– *O que está acontecendo aqui*?

Ela se retesou na mesma hora, e ambos olharam para o dono da voz: o coronel Stubbs, que vinha atravessando a igreja ao lado do médico.

– Por que estes cobertores estão no chão? – quis saber o coronel.

Cecilia se levantou outra vez, cedendo o espaço ao lado de Edward para o médico.

– Ele estava agitado há pouco – disse ela. – Está confuso.

– Eu não estou confuso! – protestou Edward.

O médico olhou pra ela. Edward queria esganá-lo. Por que ele estava olhando para Cecilia? O paciente ali era ele.

– Ele parece ter perdido...

Cecilia mordeu o lábio e seus olhos vagavam de Edward para o médico. Não sabia o que dizer. Edward não a culpava.

– Sim, Sra. Rokesby? – pressionou o médico.

Sra. Rokesby. Aquela história outra vez. Ele tinha se casado. Como diabo ele tinha se casado?

– Bem – arriscou ela, tentando encontrar as palavras certas. – Acho que ele não se lembra de, hã...

– Desembuche logo, mulher! – esbravejou o coronel Stubbs.

Edward já estava com meio corpo para fora da cama quando se deu conta do que fazia.

– Veja como fala com ela, coronel – rosnou ele.

– Não, não. – Cecilia se adiantou. – Está tudo bem. Sei que ele não quis ofender. Estamos todos frustrados, só isso.

Edward soltou uma risada irônica e teria revirado os olhos, não fosse pelo fato de Cecilia ter escolhido aquele momento para pousar de leve a mão no ombro dele. O tecido da camisa era fino, quase transparente, e ele conseguiu sentir os contornos suaves dos dedos dela, imprimindo em sua pele uma força tranquila que o acalmou. Não que seu mau humor tivesse evaporado em um passe de mágica, mas conseguiu respirar fundo – e isso o impediu de voar no pescoço do coronel.

– Ele não sabia ao certo que dia era hoje – disse Cecilia, ganhando firmeza na voz. – Achou que ainda não estávamos...

Ela se voltou para Edward.

– Achei que ainda não estávamos em junho – completou ele, secamente.

O médico franziu o cenho e tomou o punho de Edward, assentindo enquanto media sua pulsação. Ao terminar, examinou os olhos de Edward, um de cada vez.

– Com os meus olhos está tudo bem – resmungou Edward.

– Qual é a última coisa de que o senhor se lembra, capitão Rokesby? – perguntou o médico.

Edward abriu a boca, pronto para responder, mas, ao vasculhar a mente, não encontrou nada além de uma imensidão encoberta por uma névoa cinzenta. Como um oceano: um mar azul e frio, anormalmente calmo. Sem ondas, sem a menor tremulação.

Nenhum pensamento, nenhuma lembrança.

Agarrou os lençóis, frustrado. Como iria recuperar a maldita memória se não conseguia nem determinar o que ele *ainda* lembrava?

– Tente se lembrar, Rokesby – falou o coronel Stubbs, num tom ríspido.

– Estou tentando! – vociferou Edward.

Por acaso pensavam que ele era um idiota? Que não se importava? Não faziam a menor ideia do que se passava na cabeça dele, da sensação terrível que era encontrar um imenso vazio no lugar onde as lembranças deveriam estar.

– Não sei – falou, por fim.

Precisava se recompor. Era, afinal, um soldado, treinado para permanecer calmo diante do perigo.

– Eu acho que... talvez... sei que eu precisava partir para a Colônia de Connecticut.

– Você foi, sim, para Connecticut – afirmou o coronel Stubbs. – Não se lembra?

Edward balançou a cabeça. Estava tentando... queria muito... mas nada surgia. Tinha apenas a vaga lembrança de que alguém havia pedido para que ele fosse a Connecticut.

– Era uma viagem importante – insistiu o coronel. – Tem muito a nos contar, capitão.

– Bem, parece que isso não vai ser possível neste momento, não é mesmo? – respondeu Edward, com amargura.

– Por favor, não o pressionem tanto – interveio Cecilia. – Ele acabou de acordar.

– Admiro a sua preocupação, senhora – atalhou o coronel Stubbs –, mas trata-se de uma questão militar de vital importância que não pode ser deixada de lado por causa de uma mera dor de cabeça. – Voltou-se para um soldado próximo e fez um gesto com a cabeça na direção da porta. – Escolte a Sra. Rokesby lá para fora. Ela poderá voltar assim que terminarmos de interrogar o capitão.

Ah, não. Negativo.

– Minha esposa permanecerá ao meu lado – interveio Edward.

– Não podemos tratar de informações confidenciais na frente dela.

– Isso não será um problema, pois eu não tenho nada a dizer.

Cecilia se interpôs entre o coronel e a cama.

– O senhor precisa dar a ele um tempo para que recobre a memória.

– A Sra. Rokesby tem razão – concordou o médico. – Casos assim são raros, mas é muito provável que o capitão Rokesby recupere a maioria das lembranças, se não todas.

– Quando? – exigiu o coronel Stubbs.

– Não há como saber. Em casos como esse, até que a memória retorne, precisamos garantir que o paciente tenha paz e tranquilidade, tanto quanto as circunstâncias permitirem.

– Não – disse Edward, pois paz e tranquilidade era a última coisa de que precisava.

Tinha que tratar aquele imprevisto da mesma forma com que lidava com tudo na vida. Era necessário muito trabalho duro, muito treino e muita prática para se atingir a excelência.

Não podia permanecer deitado na cama tentando ter paz e tranquilidade.

Olhou para Cecilia. Ela o conhecia. Ele podia não se lembrar do rosto dela, mas eles tinham trocado cartas durante mais de um ano. *Ela o conhecia.* Sabia que ele não podia ficar deitado na cama, sem fazer nada.

– Cecilia, você certamente há de me entender – disse ele.

– Eu acho que o médico está certo – respondeu ela, em voz baixa. – Se ao menos você descansasse um pouco...

Mas Edward já estava balançando a cabeça de novo. Eles estavam errados, todos eles. Eles não...

Maldição.

Sua cabeça foi atravessada por uma dor lancinante.

– O que houve? – gritou Cecilia.

A última visão que Edward teve antes de cerrar os olhos foi da jovem aflita encarando o médico.

– O que está acontecendo com ele?

– Minha cabeça... – gemeu Edward.

Ele devia ter balançado com muita força. Parecia que seu cérebro estava chacoalhando no interior do crânio.

– Está se lembrando de alguma coisa? – perguntou o coronel Stubbs.

– É claro que não, seu... – Edward se interrompeu antes que acabasse por chamá-lo de algo imperdoável. – Só está doendo.

– Agora chega – declarou Cecilia. – Não permitirei que o continue interrogando dessa forma.

– A *senhora* não *me* permitirá? – rebateu o coronel. – Eu sou o comandante dele!

Era uma pena que, naquele momento, Edward não conseguisse abrir os olhos de jeito algum, pois teria adorado ver a expressão do coronel quando Cecilia sentenciou:

– Mas não é *meu* comandante.

– Se os senhores me permitem intervir... – começou a falar o médico.

Edward ouviu passos chegando, como se abrissem caminho, e sentiu o colchão afundar quando o médico se sentou ao lado dele.

– Consegue abrir os olhos?

Edward balançou a cabeça, bem devagar dessa vez. Parecia que a única forma de controlar a dor insuportável era permanecer com os olhos muito bem fechados.

– Traumas na cabeça podem provocar esses sintomas – explicou o médico, gentilmente. – Pode demorar um tempo para sarar, e o processo pode ser bastante doloroso. Sinto informar que não há como tentar apressar as coisas.

– Entendi – respondeu Edward.

Não gostava nada daquilo, mas compreendia.

– Isso está além das nossas capacidades médicas – continuou o doutor, a voz um pouco mais baixa, como se ele tivesse se virado para falar com outra pessoa. – Ainda há muitas coisas que desconhecemos a respeito de danos cerebrais. Na verdade, sou capaz de apostar que aquilo que desconhecemos supera, em muito, o que já sabemos.

Edward não se sentiu tranquilizado com aquela declaração.

– Sua esposa cuidou do senhor com muito afinco – disse o médico para ele, dando tapinhas reconfortantes em seu braço. – Recomendo que ela continue esse trabalho exemplar, se possível fora deste hospital.

– Fora do hospital? – ecoou Cecilia.

Edward ainda não tinha aberto os olhos, mas notou um traço de pânico na voz dela.

– Ele já está sem febre – prosseguiu o médico –, e a ferida está sarando bem. Não há sinais de infecção.

Edward levou a mão à cabeça, estremecendo de dor.

– Recomendo que o senhor não faça isso – observou o médico.

Edward conseguiu, enfim, abrir os olhos e olhou para baixo, com medo de ver sangue nos dedos.

– Não posso tirá-lo do hospital – disse Cecilia.

– A senhora vai se sair bem – reassegurou o médico. – Ele não poderia contar com cuidados melhores do que os da senhora.

– Não – insistiu ela –, o senhor não compreende. Eu não tenho para onde levá-lo.

– Onde está hospedada? – perguntou Edward.

De repente, ele se lembrou de que Cecilia era sua esposa, o que significava que ele era responsável pelo bem-estar e pela segurança dela.

– Consegui alugar um quarto. Não é longe daqui, mas só tem uma cama.

Pela primeira vez desde que acordara, Edward sentiu um sorriso brotar nos lábios.

– Uma cama minúscula – explicou ela. – Eu mesma mal caibo nela. Os pés dele iriam pender fora dela.

E então, como ninguém disse nada para aplacar seu palpável desconforto, ela acrescentou:

– Fica em uma pensão feminina. Não permitiriam a entrada dele.

Com crescente incredulidade, Edward se virou para o coronel Stubbs.

– Minha esposa teve que se instalar em uma *pensão*?

– Não sabíamos que ela estava aqui – respondeu o coronel.

– Já faz pelo menos três dias que vocês sabem, obviamente, que ela está aqui.

– Mas ela já tinha se instalado...

Uma fúria gélida e implacável começou a fervilhar dentro dele. Edward conhecia muito bem as pensões femininas de Nova York. Mesmo que não se lembrasse do casamento, Cecilia era sua *esposa*.

E o Exército havia permitido que ela permanecesse naquelas acomodações de moral questionável?

Edward fora educado como um cavalheiro – um Rokesby –, e jamais se sujeitaria a determinados tipos de insulto. Esqueceu-se da dor na cabeça e até mesmo do fato de que havia perdido a memória. Sabia apenas que sua esposa, a mulher que ele prometera amar e proteger, estava sendo duramente negligenciada pela mesmíssima irmandade a que ele se devotava havia três anos.

Quando falou, sua voz tinha a dureza de um diamante:

– O senhor encontrará outras acomodações para ela.

Stubbs arqueou as sobrancelhas. Ambos sabiam quem ali era o coronel e quem não passava de um mero capitão.

Edward, contudo, estava resoluto. Havia passado a maior parte de sua carreira militar evitando mencionar sua linhagem nobre, mas naquele caso as ressalvas desapareceram.

– Esta mulher – disse ele – é a honorável Sra. Edward Rokesby.

Stubbs abriu a boca para falar, mas Edward não permitiu.

– É minha esposa, e nora do conde de Manston – prosseguiu, imbuindo a voz da frieza e da autoridade de gerações e gerações de educação aristocrática. – O lugar dela não é em uma pensão.

Cecilia, que estava claramente desconfortável, tentou intervir:

– Se isso o tranquiliza, afirmo que passei muito bem até agora.

– Pois não me tranquiliza – respondeu ele, sem desgrudar os olhos do coronel Stubbs.

– Vamos providenciar acomodações mais apropriadas – disse Stubbs, contrafeito.

– Hoje ainda – exigiu Edward.

A expressão no rosto do coronel deixava muito claro que considerava aquele pedido injustificado, mas, após um momento de silêncio, falou:

– Podemos alojá-los no Devil's Head.

Edward assentiu. O hotel Devil's Head atendia principalmente aos oficiais ingleses e era considerado a melhor acomodação na cidade de Nova York. O que não significava muita coisa, mas, à exceção de instalar Cecilia em uma casa particular, Edward não conseguia pensar em nenhum lugar melhor. Nova York era uma cidade superpovoada, e parecia que metade dos recursos do exército acabavam destinados à tarefa de encontrar lugares onde seus homens pudessem dormir. O Devil's Head jamais seria apropriado para uma dama viajando sozinha, mas, como esposa de um oficial, Cecilia seria respeitada e ficaria em segurança.

– Montby sai amanhã – avisou Stubbs. – O quarto dele é grande o suficiente para o casal.

– Então esta noite ele dividirá as acomodações com outro oficial – ordenou Edward. – Minha esposa precisa de um quarto ainda hoje.

– Não tem problema ser amanhã – falou Cecilia.

Edward a ignorou.

– Hoje.

O coronel Stubbs aquiesceu.

– Vou falar com Montby.

Edward assentiu secamente. Conhecia bem o capitão Montby. Sabia que ele, assim como todos os outros oficiais, cederia o seu quarto em um piscar de olhos se fosse para garantir a segurança de uma dama da nobreza.

– Nesse meio-tempo, o senhor precisa ficar calmo e sob sedação – ordenou o médico, então voltou-se para Cecilia. – Ele não pode se irritar, de maneira alguma.

– Não consigo imaginar uma situação que me irrite mais do que esta de agora – disse Edward.

O médico sorriu.

– Que bom que o senhor conseguiu manter o senso de humor, isso é um ótimo sinal.

Edward não estava brincando, mas preferiu não retrucar nada.

– Amanhã o senhor sairá daqui – informou o coronel Stubbs, enérgico. Então, dirigindo-se a Cecilia, solicitou: – Enquanto isso, conte a ele tudo o que ele perdeu. Talvez isso possa ajudá-lo a recobrar a memória.

– Excelente ideia – concordou o doutor. – Tenho certeza de que seu marido está muito interessado em saber como a senhora veio parar aqui em Nova York, Sra. Rokesby.

Cecilia tentou sorrir.

– Certamente, senhor.

– E lembre-se: ele não deve se irritar. – E então, lançando um olhar bem-humorado para Edward, acrescentou: – Digo, mais do que já se irritou.

O coronel Stubbs trocou algumas palavras com Cecilia para combinar sua mudança para o Devil's Head, e então ele e o médico partiram, deixando Edward a sós outra vez com a esposa. Bem, tão a sós quanto se pode ficar em uma igreja cheia de soldados feridos.

Edward olhou para Cecilia, que estava de pé, muito sem jeito, ao lado da cama dele.

Sua esposa. Como era possível?

Ainda não entendia como aquilo tinha acontecido, mas devia ser verdade. O coronel Stubbs parecia acreditar na história, e ele sempre fora um homem que seguia as regras ao pé da letra. Ademais, tratava-se de Cecilia Harcourt, irmã de seu melhor amigo. Se era para acordar casado com uma mulher que ele não lembrava nem de ter conhecido, pensou Edward, não podia haver alguém melhor.

Ainda assim, seria de se esperar que ele se lembrasse de um casamento.

– Quando nos casamos? – perguntou ele.

Ela estava com o olhar perdido, fitando o outro lado da nave da igreja. Edward achou que ela não estava escutando.

– Cecilia?

– Há algumas semanas – disse ela, voltando-se outra vez para ele. – Você deveria descansar.

– Não estou cansado.

– Não? – Acomodando-se na cadeira junto à cabeceira, ela abriu um sorriso vacilante. – Pois eu estou exausta.

– Sinto muito – desculpou-se ele no mesmo instante.

Edward sentiu que deveria se levantar. Pegar as mãos dela.

Ser um cavalheiro.

– Acho que não estou raciocinando direito – concluiu.

– Você não teve muita oportunidade de fazer isso até agora – respondeu ela, secamente.

Ele ficou surpreso e, boquiaberto, pensou: "Aí está a Cecilia Harcourt que eu conheço tão bem." Ou melhor: que achava que conhecia tão bem. Pois a verdade era que ele não conseguia se lembrar de ter visto o rosto dela antes. Mas ela parecia a mesmíssima pessoa das cartas, e ele havia passado a maior parte da guerra aferrando-se às palavras dela. Às vezes, se perguntava se era estranho que ele ansiasse mais pelas cartas que ela escrevia para Thomas do que pelas cartas da própria família.

– Perdão – disse ela. – Creio que meu senso de humor seja um tanto impróprio.

– Eu gosto – respondeu ele.

Quando ela o olhou, Edward teve a impressão de ver um traço de gratidão nos olhos dela.

E como era exótica a cor daqueles olhos. Um verde-água tão pálido, tão límpido que, em tempos mais antigos, ela talvez fosse acusada de ser uma fada – o que, na verdade, não parecia muito apropriado, pois ela também era de carne e osso, como todas as pessoas que ele já tinha conhecido.

Ou melhor: que achava que tinha conhecido.

Ela levou a mão à bochecha, constrangida.

– Tem alguma coisa no meu rosto?

– Não, estou apenas olhando para você.

– Não há nada de muito interessante para ver.

Então ele sorriu, afirmando:

– Sou obrigado a discordar.

Ela ruborizou, e ele percebeu que estava flertando com a própria esposa. Que coisa estranha.

E, ainda assim, talvez fosse a coisa menos estranha do dia.

– Eu queria conseguir me lembrar... – começou Edward.

Ela o olhou.

Ele queria conseguir se lembrar da primeira vez que a vira. Queria se lembrar do casamento deles.

Queria se lembrar da sensação de beijá-la.

– Sim? – encorajou ela.

– De tudo – prosseguiu Edward, embora as palavras tivessem saído com mais intensidade do que ele gostaria. – Queria conseguir me lembrar de tudo.

– Você vai se lembrar, tenho certeza.

Ela deu um sorriso, mas havia algo de errado em sua expressão. Sorria com os lábios cerrados, mas não com os olhos – na verdade, Edward se deu conta de que Cecilia *desviara* o olhar naquele instante. Ficou se perguntando o que ela estaria escondendo. Será que ela tinha recebido outras informações sobre o estado de saúde dele e decidira ocultá-las? Concluiu, contudo, que não houvera tempo, já que ela não tinha saído do lado da cama desde que ele acordara.

– Você se parece com Thomas – falou ele, de modo abrupto.

– Você acha? – perguntou ela, surpresa. – Ninguém mais acha isso. Bem, exceto pelo cabelo.

Levou a mão aos cabelos, provavelmente sem nem se dar conta do que estava fazendo. As madeixas estavam presas em um coque malfeito; os fios que haviam escapado emolduravam-lhe a face, roçando nas bochechas. Edward ficou imaginando quão compridos seriam os cabelos dela e desejou vê-los em contraste com as suas costas nuas.

– Puxei à nossa mãe – comentou ela. – Pelo menos, é o que sempre nos dizem. Eu não cheguei a conhecê-la. Já Thomas se parece com o nosso pai.

Edward fez que não com a cabeça.

– Vocês não têm os mesmos traços. A semelhança está nas expressões.

– Perdão?

– Isso! Sim, assim mesmo! – Abriu um sorriso, sentindo-se um pouco mais animado no mesmo instante. – Vocês fazem as mesmas expressões. Agora mesmo, quando falou "Perdão", você inclinou o rosto para o lado do mesmíssimo jeito que ele faz.

Ela deu um sorriso matreiro.

– E ele pede perdão a você com muita frequência?

– Não tanto quanto deveria.

Com isso, ela deu uma gargalhada.

– Ah, muito obrigada – disse ela, enxugando os olhos. – Eu não dava uma boa risada desde... – Balançou a cabeça. – Já nem lembro quando foi a última vez.

Ele esticou o braço, pegando a mão dela.

– Parece que você não tem tido muitos motivos para sorrir – murmurou.

Ela engoliu em seco, assentindo. Durante um momento de terror, Edward ficou com medo de que ela começasse a chorar. Ainda assim, sabia que não podia continuar em silêncio.

– O que houve com Thomas? – perguntou.

Ela respirou fundo, exalando devagar.

– Fomos informados de que ele tinha sido ferido e estava se recuperando na cidade de Nova York. Fiquei preocupada... bem, você mesmo pode ver o porquê – disse ela, abarcando com um gesto o restante da igreja. – Não há pessoal suficiente para cuidar da saúde dos feridos, e eu não queria que meu irmão ficasse sozinho.

Edward ficou pensativo.

– Muito me surpreende que seu pai tenha permitido que fizesse essa viagem.

– Meu pai faleceu.

Inferno.

– Sinto muito – disse ele. – Parece que, junto com a memória, também perdi o tato.

Embora, na verdade, ele não tivesse como saber da perda. Cecilia estava com um vestido cor-de-rosa e não havia nenhum sinal de luto.

Ela notou que ele observava o tecido rosa-pálido da manga de seu vestido.

– Sim – falou ela, fazendo um beicinho tímido. – Eu devia estar com trajes de luto. Mas só tinha um único vestido preto, e ele é muito quente. Usá-lo aqui me faria assar como um frango.

– Entendo... nossos uniformes também são um tanto desconfortáveis durante o verão – concordou Edward.

– Sim. Thomas também se queixava disso nas cartas. Foi por causa das descrições que ele fazia sobre a temperatura no verão que decidi não trazer meu traje de luto.

– Tenho certeza de que você fica mais encantadora de rosa – falou Edward.

Cecilia pestanejou atônita com o comentário, o que era compreensível. Aquelas palavras, tão francas, tão mundanas, pareciam fora de lugar, considerando que estavam em um hospital.

Em uma igreja.

No meio de uma guerra.

Somando-se a isso a perda da memória e a descoberta de uma esposa, Edward não via como sua vida poderia ficar mais bizarra.

– Obrigada – disse Cecilia, pigarreando, e prosseguiu: – Enfim, você perguntou sobre o meu pai, e estava certo. Ele jamais permitiria que eu viajasse a Nova York. Ele pode não ter sido o pai mais cuidadoso do mundo, mas nem mesmo ele permitiria tal coisa. Por outro lado... – ela deixou escapar uma risadinha desconfortável – ... creio que ele mal teria percebido minha ausência.

– Tenho certeza de que ninguém seria capaz de ignorar a sua ausência.

Ela lhe lançou um olhar torto.

– Você não teve a oportunidade de conhecer o meu pai. Ele nunca percebe... digo, nunca *percebia* nada, desde que tudo na casa estivesse em ordem.

Edward assentiu, devagar. Thomas não falava muito sobre Walter Harcourt, mas o pouco que dissera combinava bem com a descrição de Cecilia. Ouvira, mais de uma vez, o amigo se queixar do pai, que parecia muito satisfeito em deixar que Cecilia se desgastasse no papel da governanta pela qual ele não precisava pagar. "Ela tem que encontrar um marido", dissera Thomas. "Precisa sair de Marswell e construir a própria vida."

Será que Thomas estava agindo como casamenteiro durante todo aquele tempo? À época, a ideia jamais ocorrera a Edward.

– Foi acidente? – perguntou Edward.

– Não, mas foi inesperado. Ele estava descansando no escritório. – Ela deu de ombros, melancólica. – E simplesmente não acordou.

– Foi coração?

– O médico falou que não havia como ter certeza. Mas, no fim das contas, a causa não importa, não é mesmo?

Ela o encarou com uma expressão sábia e pesarosa, e Edward quase sentiu o mesmo. Havia algo nos olhos dela – a cor, o brilho... – que, quando encontrava os dele, o fazia perder o fôlego.

Será que seria sempre assim? Seria aquele o motivo pelo qual ele se casara com Cecilia?

– Você parece cansado – afirmou ela. E, antes mesmo que ele pudesse interromper, acrescentou: – Já sei, você já falou que não está, mas é o que parece.

Contudo, Edward não queria dormir. Não conseguia suportar a ideia de ficar inconsciente de novo. Ele já tinha perdido tempo demais. Queria reaver tudo. Cada momento. Cada lembrança.

– Você ainda não me contou o que aconteceu com Thomas – lembrou ele.

O rosto dela foi tomado por uma onda de preocupação.

– Eu não sei – disse ela, com a voz embargada. – Parece que ninguém sabe onde ele está.

– Como é possível?

Ela deu de ombros, abatida.

– Já perguntou ao coronel Stubbs?

– Claro.

– E ao general Garth?

– Não tive permissão para vê-lo.

– O quê? – Aquilo era inadmissível. – Como minha esposa...

– Eu não disse que era sua esposa.

Ele a encarou, perplexo.

– Mas por que não?

– Não sei. – Ela se pôs de pé de um salto, cruzando os braços bem firme junto ao corpo. – Acho que porque eu... bem, eu estava falando na condição de irmã de Thomas.

– Mas certamente alguém teria entendido quem você era quando dissesse o seu nome.

Ela mordeu o lábio antes de prosseguir.

– Acho que ninguém ligou o nome à pessoa.

– O general Garth não se deu conta de que a Sra. Rokesby era minha esposa?

– Bem, como já falei, não cheguei a vê-lo. – Ela voltou para o lado da cama e logo se pôs a ajeitar os cobertores dele. – Você está começando a se irritar. Amanhã podemos voltar a tocar nesse assunto.

– Amanhã *vamos* voltar a tocar nesse assunto – rosnou ele.

– Ou então depois de amanhã.

Ele a encarou.

– Vai depender da sua saúde.

– Cecilia...

– Sem discussão – cortou ela. – Neste momento, não posso fazer nada para ajudar o meu irmão, mas posso ajudar você. E se, para isso, eu tiver que forçá-lo a se acalmar, então eu o forçarei.

Ele a olhou com admiração. Estava de cabeça erguida, com o rosto altivo e um dos pés plantado levemente à frente, como se estivesse prestes a atacar. Dava para imaginá-la brandindo uma espada, erguendo-a bem alto enquanto bradava um grito de batalha.

Era Joana d'Arc. Era Boadiceia. Era cada uma das mulheres que já tiveram que lutar para proteger a família.

– Minha valente guerreira – murmurou ele.

Ela o olhou, perplexa.

Ele não se desculpou.

– Preciso ir – disse ela, abruptamente. – Mais tarde o coronel Stubbs mandará alguém para me buscar. Preciso fazer as malas.

Por mais que não entendesse como ela tinha acumulado tantas coisas desde sua chegada à América do Norte, Edward sabia muito bem que era imprudente se meter entre uma mulher e seu guarda-roupa.

– Você ficará bem se eu me ausentar?

Ele assentiu.

Ela franziu o cenho.

– Se não fosse ficar bem, nunca admitiria para mim, não é?

Ele abriu um sorriso espirituoso.

– Exato.

Ela revirou os olhos e disse apenas:

– Volto amanhã de manhã.

– Mal posso esperar.

E era verdade. Ele não conseguia se lembrar da última vez que ficara tão ansioso por alguma coisa.

Tudo bem que ele não conseguia se lembrar de *nada*. Mas ainda assim.

CAPÍTULO 3

O filho de um conde? Quem diria! Você está subindo na vida, meu irmão. Espero que ele não seja completamente insuportável.

– CARTA DE CECILIA HARCOURT AO IRMÃO THOMAS

Horas depois, acompanhada do jovem e faceiro tenente incumbido da tarefa de escoltá-la ao Devil's Head, Cecilia ficou se perguntando quando o coração dela iria, enfim, desacelerar. Céus, quantas mentiras ela tinha contado naquela tarde? Havia tentado responder sempre com o mais próximo possível da verdade, para aliviar a própria consciência, mas também porque tinha medo de não conseguir acompanhar as próprias mentiras.

Ela devia ter contado tudo a Edward. Na verdade, estivera prestes a confessar, mas o coronel Stubbs voltara com o médico bem na hora. Seria inadmissível fazer a revelação na presença daquela plateia. Sem a menor sombra de dúvida, ela teria sido enxotada do hospital, quando Edward ainda precisava tanto dela.

Ela mesma ainda precisava muito dele.

Estava sozinha em uma terra estranha. Estava quase sem dinheiro. E, para piorar, uma vez que o motivo que a fazia se manter firme tinha acabado de acordar, ela já podia admitir para si mesma: estava apavorada.

Se Edward a rejeitasse, ela acabaria na sarjeta. Sua única escolha seria voltar para a Inglaterra, e isso ela não podia fazer – não sem descobrir o que acontecera a seu irmão. Ela fizera sacrifícios demais para embarcar naquela jornada. Tinha lançado mão de cada fragmento de coragem que possuía. Não podia desistir.

Contudo, como poderia continuar mentindo para Edward? Ele era uma boa pessoa. Não merecia que alguém se aproveitasse dele daquela maneira escandalosa. Ademais, era o melhor amigo de Thomas. Eles haviam se conhecido logo que entraram para o exército e, como eram oficiais do mesmo regimento, acabaram sendo despachados para a América do Norte. Até onde Cecilia sabia, haviam permanecido juntos desde então.

Ela estava ciente de que Edward nutria certa estima por ela. Se tivesse contado a verdade, ele entenderia o que a motivara a mentir. Iria querer ajudá-la. Certo?

No entanto, tudo aquilo eram especulações. Especulações que podiam ser adiadas ao menos até o dia seguinte. O Devil's Head ficava na mesma rua da igreja e trazia a promessa de uma cama quente e uma boa refeição, algo que ela certamente merecia.

Objetivo do dia: não se sentir culpada. Pelo menos, não por comer uma refeição de verdade.

– Estamos quase lá – avisou o tenente, com um sorriso.

Cecilia assentiu. Nova York era um lugar bem estranho. De acordo com a mulher que administrava a pensão, havia mais de vinte mil pessoas amontoadas em uma área bem pequena, na ponta sul da ilha de Manhattan. Cecilia não tinha conhecimento dos números antes da guerra, mas ficara sabendo que a população havia aumentado consideravelmente desde que os ingleses fizeram a cidade de quartel-general. Para onde quer que olhasse, via os casacas vermelhas, e todos os prédios viáveis tinham sido desapropriados para alojá-los. Os apoiadores do Congresso Continental haviam deixado a cidade, mas tinham sido substituídos (em números ainda maiores) por hordas de lealistas refugiados, vindos das colônias vizinhas em busca da proteção dos ingleses.

Mas a visão mais estranha – pelo menos para Cecilia – eram os negros. Ela nunca vira gente de pele tão escura antes e ficara espantada com a quantidade de negros que havia na tumultuada região portuária da cidade.

– Escravos fugidos – explicou o tenente, acompanhando o olhar de Cecilia até o homem de pele escura que saía da oficina do ferreiro do outro lado da rua.

– Perdão?

– Eles estão chegando aos borbotões – comentou ele. – No mês passado o general Clinton decretou que fossem libertados, mas nos territórios patriotas ninguém está obedecendo, então os escravos estão fugindo para cá. – Ele franziu o cenho. – Para ser franco, não sei se vamos ter como acomodar todos eles, mas não podemos culpar um homem por desejar ser livre.

– De fato – murmurou Cecilia, olhando por cima do ombro.

Quando se voltou para o tenente outra vez, ele já estava à entrada do hotel.

– Chegamos – avisou ele, segurando a porta para que ela passasse.

– Obrigada.

Cecilia entrou no hotel, deixando o tenente livre para encontrar logo o estalajadeiro. Agarrada à exígua maleta, ela correu os olhos pelo salão principal do estabelecimento. Era bem parecido com as tabernas inglesas – lotado, mal iluminado, o chão pegajoso de algo que Cecilia tentava convencer a si mesma de que era apenas cerveja. Uma jovem curvilínea e ágil percorria as mesas, servindo canecas de bebida com uma mão enquanto, com a outra, recolhia louças sujas. Atrás do bar, um homem de bigode espesso estava às voltas com um barril de cerveja, xingando a torneira que parecia estar entupida.

Não fosse pela quantidade de casacas vermelhas ocupando praticamente todos os lugares, Cecilia poderia pensar que estava em sua terra.

Havia algumas damas entre os homens. A julgar pelos trajes e pela forma de se portarem, ela presumiu que eram mulheres respeitáveis.

Talvez fossem esposas de oficiais. Ela tinha ouvido dizer que algumas mulheres acompanhavam os maridos que eram enviados para o Novo Mundo. "Acho que sou uma delas agora", pensou. Pelo menos por mais um dia.

– Srta. Harcourt!

Assustada, Cecilia se virou na direção de uma das mesas no meio do salão. Um dos oficiais – um homem de meia-idade de cabelos castanhos já rareando – estava se levantando.

– Srta. Harcourt – repetiu ele. – Que surpresa agradável encontrá-la aqui.

Cecilia ficou boquiaberta. Conhecia aquele sujeito. Detestava aquele sujeito. Ele fora a primeira pessoa a quem ela recorrera em sua missão de encontrar Thomas e, de todos os homens com quem falara, fora o mais condescendente e imprestável.

– Major Wilkins – cumprimentou ela.

Fez uma mesura educada, enquanto um turbilhão tomava sua mente de assalto. Mais mentiras. Precisava inventar mais mentiras, e rápido.

– Como vai? – perguntou ele, com o tom brusco de sempre.

– Vou bem. – Seus olhos procuraram o tenente que a acompanhara, que estava conversando com outro soldado. – Obrigada.

– Achei que, a esta altura, a senhorita estaria planejando seu retorno à Inglaterra.

Ela respondeu apenas com um sorrisinho. Não queria falar com ele, nem um pouco, e nunca dera qualquer indício de que estaria disposta a deixar Nova York.

– Sra. Rokesby! Ah, aí está a senhora.

"Salva pelo jovem tenente", pensou Cecilia, agradecida. Ele voltava para perto dela trazendo consigo uma grande chave.

– Conversei com o estalajadeiro – disse ele –, e para...

– Sra. Rokesby? – interrompeu o major Wilkins.

O tenente se empertigou, atento, ao ver o major.

– Senhor – saudou ele.

Wilkins o ignorou.

– Ele a chamou de Sra. Rokesby?

– Este não é o nome da senhora? – perguntou o tenente.

Cecilia tentou lutar contra o aperto em seu peito.

– Eu...

O major franziu o cenho.

– Achei que era solteira.

– Eu era – rebateu ela, apressada. – Quer dizer...

Inferno! Como iria sustentar aquela mentira? Não podia dizer que conseguira se casar em apenas três dias.

– Eu era... – prosseguiu ela. – Um tempo atrás. Eu era solteira. Todos nós. Quer dizer, mesmo quem hoje é casado já foi, um dia...

Ela nem tentou terminar a frase. Céus, parecia uma idiota. Estava envergonhando todas as mulheres do mundo.

– A Sra. Rokesby é casada com o capitão Rokesby – explicou o tenente, solícito.

O major Wilkins voltou-se para ela outra vez, com uma expressão estupefata.

– Capitão *Edward* Rokesby?

Cecilia assentiu. Até onde sabia, Edward era o único capitão Rokesby ali, mas como já tinha soltado muitas declarações falsas, achou prudente reprimir o comentário sarcástico que estava na ponta da língua.

– Por que diabo... – Wilkins pigarreou. – Queira desculpar. Por que não me disse isso antes?

Lembrando-se da conversa com Edward, Cecilia recomendou a si mesma: "Atenha-se às mesmas mentiras."

– Na ocasião, como eu estava à procura de meu irmão, pareceu-me mais importante ressaltar meu parentesco com ele – explicou ela.

O major a olhou como se ela fosse uma desvairada. Cecilia sabia muito bem o que ele estava pensando. Edward Rokesby era filho de um conde; omitir uma ligação daquelas era uma *imbecilidade*.

Fez-se um instante de silêncio pesado enquanto o major se recompunha, esforçando-se para assumir uma expressão respeitosa, e então pigarreou, dizendo:

– Fiquei muito contente quando soube que seu marido estava de volta a Nova York. – Franziu o cenho em uma expressão desconfiada. – Estou enganado ou ele passou certo tempo desaparecido?

A acusação implícita era clara: por que ela não estava procurando pelo *marido*?

Cecilia se empertigou.

– Eu já tinha ciência de que Edward estava são e salvo quando recorri ao senhor para saber de Thomas.

Era mentira, mas ele não precisava saber disso.

– Compreendo. – O major teve a elegância de parecer pelo menos um pouco constrangido com a situação. – Queira desculpar.

Cecilia fez uma mesura com a cabeça, tentando imitar um gesto que, pensou ela, poderia ser empregado por uma condessa... ou pela nora de uma.

O major Wilkins pigarreou outra vez, e então prosseguiu:

– Vou continuar investigando o paradeiro de seu irmão, senhora.

– *Continuar*? – ecoou Cecilia.

Ela não tinha nenhum motivo para acreditar que o major havia ao menos começado a perguntar pelo irmão dela.

Ele corou, mudando de assunto:

– Seu marido sairá em breve do hospital, senhora?

– Amanhã.

– Amanhã?

– Sim – respondeu ela, devagar, quase cedendo à tentação de acrescentar "Foi isso que eu acabei de dizer".

– E a senhora ficará hospedada aqui no Devil's Head?

– O capitão Montby cedeu o quarto dele para o capitão e a Sra. Rokesby – informou o tenente, solícito.

– Ah, pois ele fez muito bem. Um bom homem, um bom homem...

– Só espero não estar causando nenhum inconveniente – falou Cecilia, e olhou para as mesas ao redor, imaginando se um daqueles homens não seria o capitão desalojado. – Eu gostaria de estender meus agradecimentos ao capitão Montby, se possível.

– Sei que ele o fez com o maior prazer – declarou o major Wilkins, embora não tivesse como saber.

– Bem... – disse Cecilia, tentando não cravar os olhos nas escadas que certamente levavam ao quarto dela. – Foi um prazer revê-lo, major, mas tenho um longo dia pela frente amanhã.

– Sim, senhora – falou o major, fazendo uma mesura impecável. – Voltarei amanhã para me reportar à senhora.

– Reportar-se... a mim?

– Sim, trazendo notícias de seu irmão. Se não for possível, farei pelo menos um detalhamento das minhas investigações.

– Obrigada.

Cecilia estava espantada com a presteza repentina do homem.

O major Wilkins perguntou ao tenente:

– A que horas o capitão Rokesby deve chegar amanhã?

Sério? Ele estava *mesmo* perguntando ao *tenente*?

– Um pouco depois da hora do almoço – atalhou ela secamente, embora ainda não tivesse decidido um horário para ir buscá-lo.

Esperou até que o major Wilkins estivesse olhando para ela outra vez para, então, acrescentar:

– Imagino que o tenente não tenha mais informações a este respeito do que eu.

– Está corretíssima, senhora – concordou o tenente, alegremente. – Fui encarregado de trazer a Sra. Rokesby para suas novas acomodações, e é só. Amanhã volto para o Haarlem.

Cecilia se despediu do major Wilkins com um sorriso amarelo.

– É claro – falou o major. – Perdoe-me, Sra. Rokesby.

– Não há o que perdoar.

Embora fosse adorar a oportunidade de repreender o major, Cecilia sabia que não deveria provocar a antipatia dele. Não sabia muito bem qual era o trabalho dele, mas parecia ser o encarregado do paradeiro dos soldados arregimentados ali.

– A senhora e o capitão pretendem estar por aqui amanhã, por volta das cinco e meia da tarde? – perguntou o major.

Ela o encarou de frente.

– Se o senhor vier trazer notícias do meu irmão, então, sim, nós estaremos aqui.

– Muito bem. Boa noite, senhora. – O major fez mais uma mesura, inclinando o rosto para a frente, e se despediu também do acompanhante dela: – Tenente.

O homem voltou à sua mesa, deixando Cecilia novamente a sós com o tenente.

– Ah – tornou o rapaz –, quase me esqueci. Sua chave, senhora.

– Obrigada – respondeu Cecilia, pegando a chave e a examinando.

– Quarto número 12 – informou o tenente.

– Certo. – Cecilia não pôde deixar de notar o "12" gigantesco gravado no chaveiro de metal. – Posso subir sozinha, obrigada.

O tenente assentiu, agradecido; era bem jovem e ficava claramente desconfortável com a ideia de levar uma dama aos aposentos. Mesmo que fosse uma dama casada.

Casada. Ó céus. Como ela ia conseguir se desvencilhar daquela rede de mentiras? Ou *quando*? Esta parecia ser, afinal, a questão mais premente. Só que, com certeza, não seria no dia seguinte. Ainda que tivesse alegado ser esposa de Edward para poder ficar ao lado dele, cuidando de sua saúde, estava claro que, por mais revoltante que fosse, o major Wilkins era muito mais solícito com a esposa do capitão Rokesby do que com a humilde Srta. Harcourt.

Cecilia sabia que o mínimo que devia a Edward era dar fim àquela farsa o mais rápido possível. Porém o destino de seu irmão estava em jogo.

Ela diria a verdade a ele. É claro. Logo, logo.

Só não poderia ser no dia seguinte. No dia seguinte, ela ainda tinha que ser a Sra. Rokesby. E depois disso...

Suspirando, desanimada, Cecilia enfiou a chave na fechadura e abriu a porta do quarto. Pensava que só conseguiria abandonar a Sra. Rokesby quando, enfim, encontrasse seu irmão.

– Por favor, me perdoe – sussurrou ela.

Por ora, não podia fazer nada além de pedir perdão.

Edward tinha se planejado para que Cecilia o encontrasse já de pé, vestido em seu uniforme e pronto para partir assim que ela chegasse ao hospital no dia seguinte. Em vez disso, ele estava na cama, usando a mesmíssima camisa havia sabe-se Deus quanto tempo e em um sono tão profundo que ela chegou até a achar que ele estivesse inconsciente outra vez.

– Edward? – ele ouviu a voz dela, um sussurro muito distante. – Edward?

Ele balbuciou algumas palavras. Ou talvez tenha sido só um grunhido. Ele não sabia qual era a diferença entre os dois. Talvez fosse uma questão de atitude.

– Ah, graças a Deus – sussurrou ela.

Sentindo mais do que ouvindo, Edward notou que ela se acomodou em seu lugar na cadeira ao lado da cama.

Ele deveria acordar.

Quem sabe se ao abrir os olhos ele não descobriria que o mundo inteiro tinha voltado ao normal? Estariam em junho, e isso não lhe causaria espanto algum. Estaria casado, e isso também faria sentido, ainda mais se conseguisse se lembrar da sensação de beijá-la.

Porque ele gostaria muito de beijá-la. Entre todos os acontecimentos da noite anterior, ele não pensava em nada além de querer beijá-la. Ou quase nada. A ideia ocupava pelo menos metade de seus pensamentos. Havia recobrado sua virilidade, e mais ainda por se ver casado com Cecilia Harcourt, mas o olfato dele também estava funcionando bem, de modo que seu maior desejo no momento era um banho.

Por Deus, ele estava fedendo.

Ficou ali deitado durante alguns minutos, sereno, permitindo que a mente descansasse por trás das pálpebras fechadas. Havia um certo prazer naquela reflexão imóvel. Não tinha que fazer nada além de pensar. Nem se lembrava da última vez que pudera se dar àquele luxo.

Sim, ele não conseguia se lembrar de absolutamente nada dos três meses anteriores, mas estava quase certo de que não havia passado todo aquele tempo em um estado de placidez meditativa, perdido em pensamentos enquanto ouvia os sons abafados da esposa ao seu lado. Ele se recordou do dia anterior, daqueles momentos quando, logo antes de abrir os olhos, ficara ouvindo a respiração dela. Contudo, a sensação havia mudado desde que descobrira quem ela era. Os sons eram os mesmos, mas a sensação era outra.

Na verdade, era meio estranho. Jamais teria imaginado que poderia se sentir satisfeito só de ficar deitado escutando os sons da respiração de uma mulher, apesar de ela suspirar mais do que ele gostaria. Estava cansada. Ou preocupada. Possivelmente as duas coisas.

Ele deveria dizer que estava acordado. Já tinha passado da hora.

Mas então ela sussurrou:

– Ai, ai... o que vou fazer com você?

Nesse momento, Edward não conseguiu se segurar. Abriu os olhos e perguntou:

– Comigo?

Ela soltou um gritinho, pulando da cadeira com tanto ímpeto que foi um milagre não ter batido com a cabeça no teto.

Edward começou a gargalhar. A crise de riso foi tão forte que chegou a causar dor de barriga e falta de ar, e continuou gargalhando mesmo após ver a expressão perplexa de Cecilia, que levara a mão ao peito, tentando acalmar o coração agitado.

Teve a mesma sensação de antes, a certeza de que fazia muito tempo desde a última vez que rira daquele jeito.

– Você estava acordado! – acusou a esposa.

– Não estava, não, só acordei porque alguém começou a sussurrar ao meu lado.

– Já estou aqui há séculos.

Ele deu de ombros, sem qualquer remorso.

– Você está com uma aparência bem melhor hoje – observou ela.

Ele ergueu as sobrancelhas.

– Está um pouco menos... cinza – continuou ela.

Ele agradeceu aos céus por ninguém ter lhe oferecido um espelho.

– Preciso me barbear – comentou, esfregando o queixo.

Há quanto tempo estava com aquela barba por fazer? No mínimo duas semanas. Quiçá três. Franziu o cenho.

– O que foi? – perguntou ela.

– Alguém sabe quanto tempo eu passei inconsciente?

Ela balançou a cabeça.

– Acho que não. Ninguém sabe quanto tempo fazia que você estava desacordado quando o encontraram, mas não pode ter sido muito tempo. Disseram que o ferimento na cabeça ainda estava fresco.

Ele estremeceu. "Fresco" era um adjetivo que combinava muito mais com morangos do que com crânios abertos.

– Portanto, não deve ter sido mais do que oito dias – concluiu ela. – Por quê?

– Minha barba. Deve fazer bem mais que uma semana que não é feita.

Ela o encarou por alguns instantes.

– Não sei muito bem o que pensar sobre isso – falou, enfim.

– Nem eu – admitiu ele. – Mas é algo a se observar.

– Você tem um camareiro?

Ele respondeu com um olhar emburrado.

– Não me olhe desse jeito. Sei muito bem que muitos oficiais viajam com um criado.

– Mas eu, não.

Depois de alguns instantes, Cecilia falou:

– Você deve estar faminto. Consegui fazer com que tomasse um pouquinho de sopa, mas foi só isso.

Edward levou a mão ao torso. De fato, suas costelas não ficavam tão proeminentes desde a infância.

– Parece que perdi peso.

– Comeu alguma coisa depois que eu fui embora?

– Não muito. Estava faminto, mas me senti enjoado assim que comecei a comer.

Ela assentiu, baixando o olhar para as próprias mãos antes de prosseguir:

– Ontem eu não tive a oportunidade de falar, mas você precisa saber que tomei a liberdade de escrever à sua família.

A família dele. Pai celestial. Ele não tinha nem pensado neles.

Os olhos de Edward e Cecilia se encontraram.

– A última informação que havia chegado para eles tinha sido sobre o seu desaparecimento – explicou ela. – O general Garth tinha escrito para eles vários meses atrás.

Edward levou as mãos ao rosto, cobrindo os olhos. Só conseguia pensar na mãe. Sabia que ela não teria lidado bem com a situação.

– Então escrevi para eles avisando que você estava ferido, mas sem entrar em detalhes – prosseguiu ela. – Achei que o mais importante era avisar que você tinha sido encontrado.

– Encontrado... – ecoou ele.

A palavra era bem apropriada. Ele não tinha chegado, e também não tinha voltado. Em vez disso, fora apenas encontrado perto de Kip's Bay. Só Deus sabe como ele fora parar lá.

– Quando você chegou a Nova York? – perguntou ele, de repente.

Em vez de ficar se martirizando por causa de tudo que não lembrava, era melhor fazer perguntas a respeito daquilo que ainda não sabia.

– Há mais ou menos duas semanas.

– Você veio me procurar?

– Não – admitiu ela. – Eu não... quer dizer, eu não teria sido insensata o suficiente para atravessar o Atlântico para vir procurar um homem desaparecido na guerra.

– E, no entanto, aí está você.

– Thomas estava ferido – lembrou ela. – Ele precisava de mim.

– Então você fez essa viagem pelo seu irmão – disse ele.

Ela respondeu com um olhar franco e direto, como quem pergunta se está sendo interrogada.

– Tudo levava a crer que eu chegaria e o encontraria no hospital.

– O que não se aplicava a mim.

Ela mordeu o lábio, hesitante.

– Sim. Eu não... quer dizer, eu não sabia que você estava desaparecido.

– O general Garth não escreveu para você?

– Não – disse ela, balançando a cabeça. – Creio que ele ainda não sabia do nosso casamento.

– Então... o quê...

Ele fechou os olhos com força, abrindo-os logo em seguida. Sua mente formigava, pois algo não fazia sentido naquela história. A cronologia não batia.

– Nós nos casamos aqui? Não, não pode ser. Não se eu estava desaparecido.

– Foi... foi um casamento por procuração.

Ela enrubesceu, e parecia envergonhada ao admitir.

– Eu me casei com você por procuração? – repetiu ele, perplexo.

– Thomas queria... – murmurou ela.

– Mas isso é permitido pela lei?

Os olhos dela se arregalaram e, no mesmo instante, Edward se sentiu um panaca. Aquela mulher tinha cuidado dele durante três dias inteiros, enquanto ele estivera desacordado, e lá estava ele, duvidando da validade do casamento deles. Ela não merecia tamanho desrespeito.

– Por favor, esqueça que eu falei isso – Edward apressou-se em dizer. – Podemos conversar sobre esses pormenores em outro momento.

Ela assentiu, agradecida, e então bocejou.

– Conseguiu descansar bem de ontem para hoje?

Ela abriu um sorrisinho leve, cansado.

– Creio que eu é que devia perguntar isso.

Ele devolveu o sarcasmo:

– Segundo me consta, eu não fiz nada nos últimos dias além de *descansar*.

Ela meneou a cabeça em direção a ele, um *touché* silencioso.

– Ainda não respondeu a minha pergunta – insistiu ele. – Conseguiu descansar?

– Um pouco. Acho que me desacostumei a descansar. Ademais, estava em uma cama estranha. – Uma mecha de cabelo se soltou do penteado e ela franziu o cenho, prendendo-a atrás da orelha. – Nunca durmo muito bem quando estou em um lugar que não conheço.

– Então imagino que esteja dormindo mal há semanas.

Isso fez com que ela sorrisse.

– Na verdade, eu dormi muito bem no navio. Gostei do balanço das ondas.

– Eu a invejo. Durante a minha travessia, passei a maior parte do tempo botando os bofes para fora.

Ela reprimiu uma risada.

– Sinto muito.

– Ainda bem que você não estava lá. Naquele estado, eu estava longe de parecer um bom partido. – Então pensou melhor e acrescentou: – Não que eu esteja muito mais apresentável agora.

– Ah, não seja...

– Sem banho, barba por fazer...

– Edward...

– Malcheiroso. – Esperou, mas ela não o interrompeu. – Vejo que, neste aspecto, você não discorda de mim.

– De fato, você está mesmo com um odor um tanto... hã... *característico.*

– Para piorar, ainda perdi um pedacinho da mente.

Ela se retesou no mesmo instante.

– Não brinque com essas coisas.

Quando ele respondeu, havia certa leveza em sua voz, mas seu olhar estava sério e grave.

– Se eu não encontrar motivos para rir disso tudo, então só me resta chorar.

Ela parou, atônita.

– Metaforicamente – disse ele, apiedando-se dela. – Não precisa se preocupar. Não vou começar a soluçar aqui na sua frente.

– Se começasse, eu não iria admirá-lo menos – rebateu ela, um tanto hesitante. – E-eu iria...

– Cuidar de mim? Sarar minhas feridas? Secar os rios de lágrimas dos meus olhos?

Ela o encarou, atônita, mas com uma expressão mais perplexa do que ultrajada.

– Não sabia que você era tão afeito ao sarcasmo – observou ela.

Ele deu de ombros, dizendo:

– Nem eu.

Ela se endireitou na cadeira, pensativa, e franziu tanto o cenho que três rugas de preocupação se formaram em sua testa. Ela ficou um bom tempo imóvel, e foi só quando soltou uma pequena lufada de ar que Edward percebeu que ela estivera segurando a respiração. O sopro trouxe consigo um pequeno traço de voz, o que resultou em um grunhido pensativo.

– Parece que você está me estudando – observou ele.

Ela não negou.

– É muito interessante observar o que você consegue e o que não consegue lembrar – respondeu ela.

– Por mais que eu ache que o objeto de estudo não valha a sua dedicação acadêmica – disse ele, sem rancor –, sinta-se à vontade para continuar. Qualquer descoberta será muito bem-vinda.

Ela se remexeu na cadeira.

– Conseguiu se lembrar de mais alguma coisa?

– Desde ontem? – perguntou ele. – Não... pelo menos, acho que não. É difícil ter certeza de que eu não me lembro daquilo de que eu não me lembro. Nem sei ao certo onde começa a minha lacuna de memória.

– Disseram que você foi para Connecticut em março. – Ela inclinou o rosto um pouco para o lado, e aquela mesma mecha de cabelo travessa se soltou do lugar outra vez. – Disso você se recorda?

Ele ponderou por um momento.

– Não – respondeu, enfim. – Tenho uma vaga lembrança de que me mandaram para lá, ou melhor, de que me mandariam...

Esfregou os olhos com o punho. Será que aquilo fazia algum sentido? Ergueu os olhos para Cecilia, completando:

– Mas não sei por quê.

– Mais cedo ou mais tarde você vai lembrar – afirmou ela. – O médico disse que, em casos de concussão, o cérebro precisa de tempo para se recuperar.

Ele franziu o cenho, confuso.

– Isso foi antes de você acordar – esclareceu ela.

– Ah, sim.

Ficaram sentados em silêncio durante algum tempo, e então, estendendo uma mão sem jeito na direção do machucado dele, ela perguntou:

– Está doendo?

– Muito.

Ela fez menção de se levantar, dizendo:

– Vou buscar láudano para você.

– Não – ele se apressou em interrompê-la. – Obrigado, mas prefiro continuar com a mente limpa. – Então percebeu o absurdo de seu comentário, considerando sua condição atual de esquecimento. – Quer dizer, limpa o suficiente para me lembrar, pelo menos, do que aconteceu ontem.

Os cantos dos lábios dela se torceram em um riso contido.

– Tudo bem – ponderou ele. – Pode rir.

– Não, eu não deveria.

Mas ela riu mesmo assim. Só um pouquinho. E sua risada tinha o som mais adorável.

Então, bocejou outra vez.

– Durma um pouco – sugeriu ele.

– Ah, não, eu não posso. Acabei de chegar aqui.

– Eu não vou contar a ninguém.

Ela ergueu uma sobrancelha, dizendo:

– E para quem você contaria?

– Verdade – admitiu ele. – Ainda assim, estou vendo quanto você precisa dormir.

– Posso dormir hoje à noite. – Ela se remexeu um pouco na cadeira, tentando encontrar uma posição confortável. – Vou só descansar os olhos por um instante.

Ele soltou uma risadinha entre os dentes.

– Ei, não ria de mim – advertiu ela.

– Qual o problema? Você nem saberia se eu estou rindo ou não.

Ela abriu um olho.

– Meus reflexos são excelentes.

Edward riu, baixinho, e ficou observando o rosto dela voltar à placidez. Cecilia soltou um grande bocejo, desta vez sem fazer qualquer tentativa de contê-lo.

Então ser casado era isso? Poder bocejar livremente, sem qualquer pudor? Se fosse assim, pensou Edward, dava para entender por que a instituição do casamento era tão recomendada.

Enquanto Cecilia "descansava os olhos", ele ficou admirando-a. De fato, ela era linda. Thomas sempre dissera que a irmã era bonita, mas daquele jeito meio brusco de irmãos. Edward acreditava que o amigo via em Cecilia o mesmo que ele via na própria irmã, Mary: um rosto agradável, com todos os traços no lugar certo. Thomas jamais teria percebido, por exemplo, que os cílios dela tinham uma nuance ligeiramente mais escura que os cabelos, ou que seus olhos fechados formavam dois arcos delicados, tal qual filetes de lua minguante.

Ela tinha lábios carnudos, embora não como aquelas bocas de botão de rosa endeusadas pelos poetas. Enquanto ela dormia, seus lábios mal se tocavam, e ele chegava até a imaginar o sussurro de respiração que os atravessava.

– Você acha que conseguirá se mudar para o Devil's Head ainda hoje à tarde? – perguntou ela.

– Pensei que estivesse dormindo.

– Eu disse que só descansaria os olhos.

E ela não estava mentindo. Suas pestanas nem chegaram a estremecer enquanto falava.

– Com certeza – disse ele. – Só que o médico quer me ver mais uma vez antes de eu ir embora. Espero que tenha achado o quarto aceitável.

Ainda de olhos fechados, ela assentiu com a cabeça e disse:

– Mas talvez você o ache pequeno.

– E você não achou?

– Eu não faço questão de acomodações pomposas.

– Eu também não.

Ela abriu os olhos.

– Desculpe. Não quis insinuar que fazia.

– Já passei muitas noites em acomodações precárias. Qualquer quarto com uma cama seria um luxo. Digo, qualquer um, menos este aqui.

Edward correu os olhos pela ala hospitalar improvisada. Os bancos da igreja tinham sido empurrados para perto das paredes, cedendo lugar para os feridos, instalados em uma coleção desparelhada de macas e camas. Alguns estavam no chão mesmo.

– É um lugar deprimente – disse ela, baixinho.

Ele concordou. Devia estar se sentindo grato. Seu corpo estava inteiro. Fraco, talvez, mas logo convalesceria. Muitos dos homens que estavam naquela igreja não teriam a mesma sorte.

Mesmo assim, estava ansioso para ir embora.

– Estou com fome – declarou ele.

Cecilia ergueu o rosto para ele, e Edward achou graça no ar perplexo daqueles olhos incríveis que ela tinha.

– Se o médico ainda quer me ver, ele que vá à... – Edward pigarreou. – Ele que vá me ver no Devil's Head.

– Tem certeza? – Uma expressão de preocupação tomou o rosto dela. – Não acho que seja prudente...

Ele a interrompeu, apontando para uma pilha de tecido vermelho e bege em um banco logo ao lado.

– Acho que aquilo ali é o meu uniforme. Pode fazer a gentileza de pegar para mim?

– Mas o médico...

– Ou eu mesmo posso ir buscar, mas preciso adverti-la... por baixo desta camisa estou nu da cintura para baixo.

Cecilia ruborizou, o rosto num tom escarlate bem próximo da cor da casaca para a qual Edward apontara. E então, de repente, ele se deu conta:

Um casamento por procuração.

Ele: vários meses em Connecticut.

Ela: duas semanas em Nova York.

Não era de espantar que ele não tivesse reconhecido o rosto dela. Ele realmente nunca a vira antes.

E o casamento?

O casamento nunca tinha sido consumado.

CAPÍTULO 4

O tenente Rokesby está longe de ser insuportável. Muito pelo contrário: é uma companhia deveras formidável. Acho que você gostaria dele. É de Kent e está praticamente noivo de uma vizinha.

Mostrei a ele o seu retrato. Ele disse que você é muito bonita.

– CARTA DE THOMAS HARCOURT À IRMÃ, CECILIA

Edward insistiu em se vestir, de modo que Cecilia achou por bem dar a ele um pouco de privacidade naquele momento e saiu para procurar algo para comer. Ela tinha passado boa parte da semana naquele local e já conhecia bem o comércio das redondezas. A opção mais econômica – e, portanto, sua escolha de sempre – eram os pãezinhos com passas da barraca do Sr. Mathers. Os pães até que não eram de todo ruins, mas ela suspeitava que o preço irrisório só era possível devido à inserção de no máximo três passas por pãozinho.

Já o Sr. Lowell, que ficava mais adiante, vendia uma versão do pão de passas feita com massa espiralada e canela.

Cecilia não sabia dizer se o Sr. Lowell também era avarento com as passas, já que só tinha comido ali uma vez – um pãozinho dormido que ela devorara avidamente, concentrando-se apenas no prazer da cobertura açucarada que derretia na boca.

Mais à frente, virando a esquina, ficava a loja do Sr. Rooijakkers, o confeiteiro holandês. Cecilia só tinha entrado lá uma única vez, e não precisava de uma segunda visita para perceber que: a) não podia pagar por aquelas delícias e b) se pudesse pagar, logo estaria gorda como um balão.

No entanto, se havia um dia que justificasse uma extravagância, com certeza era aquele: Edward não apenas tinha despertado como estava razoavelmente bem de saúde. Cecilia tinha duas moedas no bolso, o que daria para comprar um regalo, ainda mais agora que não precisava mais se preocupar em pagar pelo quarto de pensão. Ela tinha consciência de que deveria estar economizando cada centavo – só Deus sabia o que aconteceria com ela nas semanas seguintes –, mas não quis ser unha de fome. Não naquele dia.

Entrou na loja, sorriu ao ouvir o tilintar do sininho da porta e logo estava suspirando de prazer com o aroma divino que se desprendia da cozinha aos fundos.

– Posso ajudá-la? – perguntou a moça de cabelos ruivos atrás do balcão.

Devia ser alguns anos mais velha que Cecilia e falava com um sotaque muito sutil, cuja origem teria sido impossível de adivinhar caso Cecilia não soubesse que os proprietários da loja eram da Holanda.

– Ah, sim. Eu gostaria de uma broa, por gentileza – pediu Cecilia.

Apontou para uma prateleira onde havia uma fileira de três lindos pães redondos. Em sua cidade, Cecilia jamais vira nada parecido com aquela casca dourada.

– Todos têm o mesmo preço?

A mulher inclinou o rosto para o lado, avaliando.

– A princípio, sim, mas, agora que a senhorita perguntou, estou notando que o da direita está um pouco menorzinho. Pode levar por um pouquinho menos.

Cecilia já estava planejando onde iria depois para comprar manteiga ou queijo para comer com o pão, mas não resistiu e acabou perguntando:

– Desculpe, mas que cheiro delicioso é esse?

A mulher sorriu radiante.

– *Speculaas*. Acabaram de sair do forno. Já experimentou?

Cecilia fez que não com a cabeça. Estava faminta. Na noite anterior, finalmente conseguira fazer uma refeição decente. Porém, em vez de aplacar a ira de seu estômago, parecia que ela o deixara ainda mais furioso com os maus-tratos que vinha sofrendo nos últimos tempos. E, embora a torta de carne e rins do Devil's Head estivesse muito boa, Cecilia estava com água na boca só de pensar em comer um doce.

– Quebrei um enquanto desenformava – disse a confeiteira. – Pode ficar com ele, por conta da casa.

– Oh, não, eu não posso aceitar...

A mulher descartou a recusa de Cecilia.

– A senhorita nem sabe se gosta de *speculaas*. Eu não posso cobrar por algo que experimentará pela primeira vez.

– É claro que pode – retorquiu Cecilia, sorrindo –, mas não me farei de rogada.

– Nunca vi a senhorita por aqui antes – disse a mulher, olhando por cima do ombro, enquanto se dirigia à cozinha.

– Vim uma única vez – respondeu Cecilia, preferindo omitir o fato de que não comprara nada. – Na semana passada. Quem me atendeu foi um cavalheiro mais velho.

– Era o meu pai – afirmou a mulher.

– Então você é a Srta. Rooey... hã, Roojak...

Céus, como é que se pronunciava aquele nome?

– Rooijakkers – completou a mulher, sorrindo, enquanto voltava ao salão. – Só que, na verdade, sou a Sra. Leverett.

– Ah, graças aos céus – falou Cecilia, com um sorriso aliviado. – Sei que a senhora acabou de dizer o sobrenome de sua família, mas acho que eu não seria capaz de repeti-lo.

– Costumo dizer ao meu marido que foi justamente por isso que me casei com ele – brincou a Sra. Leverett.

Cecilia deu uma boa risada, até perceber que ela também dependia do nome do marido. No caso dela, para forçar o maldito major Wilkins a fazer direito o trabalho dele.

– Holandês não é uma língua fácil – observou a Sra. Leverett. – Mas se planeja ficar em Nova York por mais tempo, talvez seja útil aprender algumas frases.

– Não sei quanto tempo ainda ficarei aqui – respondeu Cecilia, sinceramente.

Com sorte, não seria muito. Tudo o que ela queria era encontrar o irmão. E se assegurar de que Edward recuperasse as forças. Não poderia, de jeito nenhum, partir antes de garantir que ele estivesse bem.

– Seu inglês é excelente – elogiou Cecilia.

– Eu nasci aqui. Meus pais também, mas falamos holandês em casa. Olhe aqui. – Ela ofereceu a Cecilia dois pedaços de um biscoito achatado, cor de caramelo. – Experimente.

Cecilia agradeceu outra vez, juntando os pedaços quebrados para examinar o formato original, comprido. Depois, pegou o menor pedaço e mordeu uma pontinha.

– Oh, meu Deus! Isso é divino!

– Ah, então a senhorita gostou? – perguntou a Sra. Leverett, arregalando os olhos com empolgação.

– Como poderia não gostar?

Tinha gosto de cardamomo, cravo e açúcar levemente queimado. Era diferente de tudo o que Cecilia já provara, mas, ao mesmo tempo, fazia com que ela se lembrasse de casa. Ou talvez fosse efeito do mero ato de comer um biscoito e ter uma boa conversa. Cecilia tinha passado tanto tempo ocupada que mal tivera a oportunidade de perceber que estava se sentindo muito sozinha.

– Alguns dos oficiais dizem que eles são finos e esfarelam demais – observou a Sra. Leverett.

– Só podem estar loucos – respondeu Cecilia, falando de boca cheia. – Embora, se me permite dizer, isso deva ficar perfeito com chá.

– Infelizmente não está nada fácil conseguir chá por aqui.

– É verdade – concordou Cecilia, amargurada.

Ela tinha até levado algum chá consigo, mas a quantidade não chegara nem perto de ser suficiente, de modo que, após dois terços da viagem, o chá já tinha acabado. Na última semana, ela precisou reutilizar as folhas e usar metade da quantidade de chá em cada bule, para fazer render.

– Eu não deveria reclamar – disse a Sra. Leverett. – Pelo menos ainda estamos recebendo açúcar, o que é muito mais importante para uma confeitaria.

Cecilia concordou, mordendo mais um pedacinho do biscoito. Queria fazer aquela segunda metade durar um pouco mais.

– Os oficiais sempre têm chá – comentou a Sra. Leverett. – Pode não ser muito, mas ainda é mais do que o restante de nós.

Edward era oficial. Cecilia não tinha nenhum interesse em tirar vantagem da riqueza dele – já de seu estoque de chá...

Seria capaz de vender parte da própria alma por uma boa xícara.

– Ainda não me disse o seu nome – falou a Sra. Leverett.

– Ah, perdão. Hoje estou com a cabeça em outro lugar. Sou a Srta. Har... digo, Sra. Rokesby.

A outra mulher abriu um sorriso, astuta.

– Recém-casada.

– Sim, sim.

"Digamos que seja por isso", pensou Cecilia.

– Meu marido – continuou Cecilia, tentando não tropeçar naquela palavra – é oficial. Capitão.

– Bem que eu tinha suspeitado – observou a Sra. Leverett. – Por que outro motivo a senhora estaria em Nova York no meio de uma guerra?

– Sabe, é curioso – comentou Cecilia. – Não sinto que estou na guerra. Se não tivesse visto os soldados feridos...

Hesitou, reconsiderando sua declaração. Por mais que ainda não tivesse presenciado nenhuma batalha naquele posto avançado inglês, havia sinais de conflito e miséria para todos os lados. O porto estava cheio de navios-prisão. Tanto que, quando o navio de Cecilia chegara ao cais, a tripulação a aconselhara a se recolher para a parte interna enquanto passavam ao lado das embarcações com prisioneiros.

Segundo contaram, o mau cheiro era absolutamente insuportável.

– Queira me desculpar – disse ela à outra mulher. – Meu comentário foi deveras insensível. A guerra se alastra muito além do front.

A Sra. Leverett sorriu, mas foi um sorriso triste. Cansado.

– Não há por que se desculpar. As coisas têm estado relativamente calmas por aqui nos últimos dois anos. Que Deus permita que continuem assim.

– Amém – murmurou Cecilia. Olhou para fora, pela janela, sem saber bem o porquê. – Daqui a pouco preciso ir. Mas primeiro, por favor, separe para mim meia dúzia de *speculaas*. – Franziu a testa enquanto fazia contas de cabeça, e viu que tinha no bolso o dinheiro certinho. – Minto, vou levar uma dúzia.

– Uma dúzia inteira? – A Sra. Leverett deu um sorrisinho provocador. – Espero que a senhora consiga mesmo arrumar um pouco de chá.

– Também espero. Estou comemorando. Meu marido... – e lá estava aquela palavra outra vez – ... está saindo hoje do hospital.

– Oh, sinto muito. Eu não sabia. Mas presumo que, como está saindo, ele já tenha se recuperado.

– Quase. – Cecilia pensou em Edward, ainda tão magro e pálido, e se deu conta de que ainda nem o tinha visto fora da cama. – Ele ainda precisa descansar e recuperar as forças.

– Pois ele é um homem de sorte por ter a esposa ao lado.

Cecilia assentiu, mas com um nó na garganta. Queria poder dizer que o nó era de sede, por causa do açúcar do *speculaas*, mas tinha certeza absoluta de que o desconforto fora causado pela consciência pesada.

– Sabe – disse a Sra. Leverett –, mesmo com a guerra à nossa porta, há muito o que fazer em Nova York. A nata da sociedade ainda dá festas. Não que eu as frequente, mas vejo, de vez em quando, as senhoras vestidas em seus trajes mais elegantes.

– É mesmo?

Cecilia ergueu as sobrancelhas.

– Sim, sim. E, se não me engano, haverá uma montagem de *Macbeth* no John Street Theatre na semana que vem.

– Não me diga!

A Sra. Leverett levantou a mão, dizendo:

– Juro pelos fornos do meu pai.

Cecilia não conseguiu reprimir uma risada.

– Talvez seja uma boa ideia. Faz tempo que não vou ao teatro.

– Não garanto o nível de qualidade da produção – pontuou a Sra. Leverett. – A maior parte dos papéis será representada por oficiais britânicos.

Cecilia tentou imaginar o coronel Stubbs ou o major Wilkins se aventurando na ribalta. Não era uma imagem muito animadora.

– Minha irmã foi assistir quando eles apresentaram *Otelo* – prosseguiu a Sra. Leverett. – Disse que a pintura dos cenários estava muito bem-feita.

Cecilia pensou com seus botões que aquele elogio soava mais como um demérito à qualidade da peça. Mas a cavalo dado não se olham os dentes - ademais, ela nem ia mesmo com muita frequência a peças shakespearianas em Derbyshire... Talvez fosse uma boa ideia tentar ir ao teatro.

Se Edward estivesse disposto.

Se eles ainda fossem continuar "casados". Cecilia suspirou.

- Perdão, a senhora disse alguma coisa?

Cecilia fez que não com a cabeça, mas devia ter sido uma pergunta retórica, pois a Sra. Leverett já estava concentrada em embrulhar os biscoitos em um pedaço de pano.

- Infelizmente não temos papel - informou a confeiteira, desculpando-se. - Assim como o chá, não tem sido fácil achar papel.

- Melhor assim, pois desta forma terei que voltar aqui para devolver o seu pano - observou Cecilia.

De repente, percebeu que tinha ficado feliz com essa perspectiva - a oportunidade de voltar a trocar pelo menos algumas palavras com uma mulher da sua idade. Então, se apresentou:

- Meu nome é Cecilia.

- Beatrix - respondeu a outra.

- Muito prazer em conhecê-la - disse Cecilia. - E obrigada por... não, não. Como se diz "obrigada" em holandês?

Beatrix deu um belo sorriso.

- *Dank u.*

Cecilia ficou até surpresa.

- É mesmo? Só isso?

- Você escolheu uma frase fácil - observou Beatrix. - Ainda bem que não me perguntou como se diz "por favor"...

- Ah, nem me diga - falou Cecilia, sabendo muito bem que a outra diria assim mesmo.

- *Alstublieft* - falou Beatrix, com um sorriso zombeteiro. - E não venha me dizer que parece um espirro.

Cecilia deu uma risadinha.

- Fico satisfeita em saber *dank u*, pelo menos por enquanto.

- Não perca mais tempo comigo - tornou Beatrix. - Vá comemorar com o seu marido.

Aquela palavra outra vez. Cecilia se despediu com um sorriso, mas não havia muita alegria nele. O que Beatrix Leverett pensaria se soubesse que Cecilia não passava de uma fraude?

Tratou de sair da loja antes que as lágrimas conseguissem escapar de seus olhos marejados.

~

– Espero que você goste de doces, porque eu trouxe... ah!

Edward ergueu os olhos. A esposa tinha voltado com um pequeno embrulho de tecido e um sorriso obstinado.

Ou não tão obstinado assim, pois a expressão alegre no rosto dela vacilou e se dissipou assim que ela o viu sentado na beirada da cama, com os ombros caídos.

– Você está bem? – perguntou ela.

Não estava. Edward tinha conseguido se vestir sozinho, mas só porque Cecilia havia deixado o uniforme na cama antes de sair. Para ser franco, ele não sabia se teria sido capaz de se levantar para buscar a roupa sozinho. Ele já sabia que estava fraco, mas só foi ter a real dimensão de sua fraqueza quando pôs as pernas para fora da cama e tentou se levantar.

Foi uma cena patética.

– Estou bem – resmungou ele.

– Que bom – murmurou ela, sem convencer ninguém. – Eu... hã... Que tal um biscoito?

Com as mãos finas, ela desembrulhou o pacote.

– *Speculaas* – disse ele no mesmo instante, reconhecendo o doce.

– Você já experimentou? Ah, mas é claro que já. Esqueço que você já está aqui há anos.

– Não é bem assim – rebateu ele, pegando um dos biscoitos. – Passei quase um ano em Massachusetts. Depois fui para Rhode Island.

Ele mordeu o biscoito. Meu Deus, que delícia. Ergueu os olhos para ela e prosseguiu:

– E, não que eu me lembre, mas parece que também já estive em Connecticut.

Cecilia sentou-se de leve na ponta da cama, mal se apoiando. Tinha no rosto aquela expressão de quando não se pretende se acomodar muito em um lugar.

– Os holandeses se estabeleceram em todas as colônias?

– Não, só aqui. – Edward comeu o restante do biscoito e pegou outro. – Já faz mais de um século que essa região deixou de se chamar Nova Amsterdã, mas a maior parte dos holandeses acabou ficando por aqui, mesmo depois que a ilha foi tomada.

Ele franziu o cenho. Na verdade, não tinha certeza se era isso mesmo, mas essa era a impressão que tinha ao andar pela cidade. A influência holandesa estava espalhada por toda a ilha, desde a fachada em zigue-zague dos prédios até os biscoitos e pães típicos nas padarias.

– Aprendi como se diz "obrigada" em holandês – contou Cecilia.

Ele sentiu um sorriso começando a se espalhar em seu rosto.

– Realmente, é um feito e tanto.

Ela lhe lançou um olhar meio contrafeito.

– Suponho, então, que você já saiba como é.

Ele pegou outro biscoito, dizendo:

– *Dank u.*

– De nada – disse ela, com certa hesitação –, mas talvez seja melhor ir devagar. Acho que não é prudente comer demais de uma vez.

– Acho que não – concordou ele, mas comeu o biscoito assim mesmo.

Ela esperou pacientemente que ele terminasse de comer, depois esperou pacientemente que reunisse forças para se sentar na beirada da cama.

A esposa era uma mulher paciente, pensou Edward. Tinha mesmo que ser, uma vez que havia passado três dias tediosos sentada ao lado de sua cama. Não há muito o que fazer quando se cuida de um marido inconsciente.

Pensou na travessia do Atlântico que ela fizera. Ficara sabendo dos problemas de seu irmão e decidira ir ajudá-lo, mesmo sabendo que poderia levar meses... Aquilo também indicava como ela era paciente.

Ele se perguntou se ela às vezes não se sentia frustrada a ponto de querer gritar.

"Parece que ela vai ter que continuar sendo paciente", pensou ele, com amargura. Suas pernas estavam moles como geleia. Mal conseguia andar. O mero fato de ficar de pé já era difícil para diabo, e quanto à consumação do casamento, a tornar a união inteiramente legal...

Isso teria que esperar.

O que, sem dúvida, era uma lástima.

Contudo, ocorreu-lhe que eles ainda poderiam desistir da união, se assim desejassem. Anular um casamento por não ter sido consumado era uma manobra legal um tanto espinhosa, mas, por outro lado, o mesmo valia para o casamento por procuração. Se ele não quisesse continuar casado com ela, tinha quase certeza de que havia escapatória.

- Edward?

A voz de Cecilia ecoou em alguma parte remota de sua mente, mas Edward estava tão perdido em pensamentos que nem respondeu. Afinal, ele queria ou não queria estar casado com ela? Se não quisesse, não poderia, de jeito algum, se juntar a ela no Devil's Head. Por mais que talvez não tivesse forças para consumar o casamento, a honra daquela jovem ficaria comprometida apenas pelo fato de dividirem um quarto, mesmo se fosse só por uma noite.

- Edward?

Ele se voltou para ela, devagar, esforçando-se para se concentrar nela. Cecilia estava olhando para ele, com evidente preocupação – o que, contudo, não era suficiente para turvar a clareza espantosa dos olhos dela.

Ela se sentou ao lado dele, tomando sua mão.

– Tem certeza de que está bem o suficiente para receber alta? Quer que eu vá procurar o médico?

Ele olhou no fundo dos olhos dela.

– Você quer mesmo estar casada comigo?

– O quê? – Um traço de preocupação percorreu a expressão dela. – Não estou entendendo.

– Você não precisa estar casada comigo – disse ele, com cuidado. – Ainda não consumamos o casamento.

Os lábios dela se entreabriram, e Edward percebeu que ela prendia a respiração.

– Achei que você não se lembrava de nada – sussurrou ela, enfim.

– Eu não preciso me lembrar. É uma questão de lógica pura e simples. Eu estava em Connecticut quando você chegou. Nós nunca tínhamos estado no mesmo ambiente antes de você me encontrar neste hospital.

Ela engoliu em seco, e o olhar dele se concentrou na garganta dela, o arco delicado do pescoço, a pulsação sob a pele.

Por Deus, como ele queria beijá-la...

– O que você quer, Cecilia?

"Diga que me quer."

O pensamento tomou de assalto a mente dele. Não queria que ela o deixasse. Mal conseguia se pôr de pé sozinho. Ainda levaria semanas para recuperar ao menos metade de suas forças. Precisava dela.

E a desejava.

Mas, acima de tudo, desejava que ela o desejasse.

Cecilia passou vários segundos sem dizer nada. Largou a mão de Edward, cruzando os braços com força. Parecia estar olhando para um soldado do outro lado da nave ao perguntar:

– Você está me oferecendo a chance de me liberar do compromisso?

– Se essa for a sua vontade, sim.

Devagar, o olhar dela encontrou o dele.

– O que você quer?

– Não é isso que está em discussão.

– Acredito que seja.

– Sou um cavalheiro – disse ele, austero. – Satisfarei a sua vontade no que diz respeito a este assunto...

– Eu... – Ela mordeu o lábio inferior. – Eu... não quero que você se sinta preso a mim.

– Não é assim que eu me sinto.

– Não? – reagiu ela, com evidente surpresa.

Edward deu de ombros e disse:

– Eu teria de me casar algum dia, de qualquer maneira.

Se Cecilia se sentiu incomodada com a falta de romantismo no comentário dele, não deixou transparecer.

– Eu obviamente concordei com este casamento – declarou Edward.

Amava Thomas Harcourt como a um irmão, mas nem isso seria suficiente, pensou, para que consentisse um casamento indesejado. Se tinha se casado com Cecilia, só poderia ter sido por livre e espontânea vontade.

Olhou para ela com atenção. Ela encarava o chão.

Estaria analisando suas opções? Tentando decidir se desejava mesmo ser a esposa de um homem com um cérebro defeituoso? Era possível que ele continuasse naquele estado pelo resto da vida. Não havia nenhuma garantia de que o dano afetasse apenas a memória. E se acordasse um dia sem conseguir mais falar? Ou sem conseguir se mexer direito? Ela poderia se ver forçada a cuidar dele como a uma criança.

Era possível. Não havia como prever.

– O que quer fazer, Cecilia? – perguntou ele, notando o traço de impaciência que se infiltrara na própria voz.

– Eu... – Ela engoliu em seco. Quando falou de novo, demonstrou um pouco mais de certeza: – Acho melhor irmos primeiro para o Devil's Head. Não gostaria de ter uma conversa destas aqui, neste hospital.

– Minhas condições não mudarão na próxima meia hora.

– Sim, mas você se sentirá bem melhor quando comer uma refeição que não seja feita de açúcar e farinha. E tomar um banho. E se barbear. – Ela se levantou rápido, mas não o suficiente para esconder o rubor em suas faces. – É claro que lhe darei privacidade para as duas últimas.

– Muito generoso de sua parte.

Ela ignorou a aspereza na voz dele. Em vez disso, apenas pegou o casaco de Edward, que estava atravessado aos pés da cama como se fosse uma faixa escarlate, e o estendeu para ele.

– Nós temos uma reunião hoje à tarde. Com o major Wilkins.

– Por quê?

– Ele nos trará notícias sobre Thomas. Pelo menos, assim espero. Eu o vi ontem à noite no hotel. Ele prometeu que investigaria o caso.

– E ele ainda não estava investigando?

Claramente desconfortável, Cecilia respondeu:

– Aceitei seu conselho ontem e tratei de informá-lo sobre o nosso casamento.

Ah. Então tudo ficou claro. Ela também precisava dele.

Edward se forçou a sorrir, mesmo com os dentes trincados. Não era a primeira vez que uma dama julgava que o aspecto mais atraente nele era o seu sobrenome. Pelo menos aquela dama em específico tinha motivos altruístas.

Ela estendeu o casaco aberto para ele. Com certo esforço, ele se levantou, permitindo que ela o ajudasse a se vestir.

– Você vai sentir calor – avisou ela.

– Como você mesma disse, estamos em junho.

– O verão daqui não é como o de Derbyshire – resmungou ela.

Ele se permitiu sorrir com aquele comentário.

Nas colônias, o ar no verão ficava bastante desagradável. Parecia quase sólido, como um vapor aquecido até a temperatura do corpo.

Ele olhou para a porta ao longe, respirando fundo.

– Eu... Eu vou precisar de ajuda.

– Todos nós precisamos de ajuda – disse ela, baixinho.

Assim, ela o pegou pelo braço e, bem devagar, sem dizer palavra, eles conseguiram chegar à rua. Uma carruagem os aguardava para conduzi-los ao Devil's Head, que ficava bem perto dali.

CAPÍTULO 5

Você mostrou meu retrato a ele? Estou mortificada de vergonha. Ah, Thomas, onde você estava com a cabeça? É claro que ele diria que eu era bonita. Era a única coisa que ele poderia dizer. Você é meu irmão, de modo que ele nunca poderia comentar, por exemplo, sobre o meu nariz bisonhamente grande.

– CARTA DE CECILIA HARCOURT AO IRMÃO, THOMAS

Uma hora depois, no salão principal do Devil's Head, Cecilia estava concentrada, terminando de almoçar, enquanto Edward corria os olhos por uma edição recente do *Royal Gazette*. Quando começara a comer, ela também estava com um jornal na mão, mas ficara tão estarrecida ao ler o parágrafo que anunciava "Vende-se um homem negro, bom cozinheiro, não enjoa fácil no mar" que fora obrigada a deixar o jornal de lado, concentrando-se apenas no prato de lombo de porco com batata.

Edward, por sua vez, lera o jornal de cabo a rabo, e então pedira ao estalajadeiro que trouxesse a edição da semana anterior, repetindo o processo.

Ele nem precisara explicar, pois Cecilia sabia muito bem que estava tentando preencher as lacunas em sua memória. Ela duvidava que aquilo seria de alguma serventia; era improvável que ele encontrasse no periódico qualquer pista sobre sua temporada em Connecticut. Ainda assim, mal não ia fazer – ademais, ele parecia ser o tipo de homem que gostava de se manter a par das notícias. Thomas também era assim. O irmão dela nunca pedia licença para se levantar da mesa do café da manhã antes de terminar de ler a edição inteira do *London Times*. O jornal chegava a Matlock Bath com alguns dias de atraso, mas isso nunca incomodara Thomas. Ele costumava dizer que era melhor receber as notícias com atraso do que permanecer na ignorância completa. Além disso, não havia nada que ele pudesse fazer a respeito.

"Mude o que pode ser mudado", dissera ele, um dia, à irmã, "e aceite o que não pode". Cecilia se perguntou o que Thomas pensaria do comportamento dela nas últimas semanas. Suspeitava que ele seria inflexível ao categorizar o próprio ferimento e subsequente desaparecimento como "aceite o que não pode".

Ela soltou um risinho seco. Era um pouco tarde demais para pensar nisso.

– Falou alguma coisa? – perguntou Edward.

Ela fez que não com a cabeça.

– Só estou pensando no Thomas – confessou ela, já que estava fazendo um esforço para dizer a verdade sempre que possível.

– Logo vamos encontrá-lo – garantiu Edward. – Ou receberemos notícias dele. Uma coisa ou outra.

Cecilia engoliu em seco, tentando desatar o nó da garganta, e assentiu, agradecida. Não estava mais sozinha. Ainda estava assustada, ansiosa e insegura, mas não estava mais sozinha.

E isso fazia uma diferença gritante.

Edward ia começar a dizer outra coisa, mas eles foram interrompidos pela jovem que trouxera a comida um pouco antes. Como todos em Nova York, Cecilia achou que ela parecia cansada e sobrecarregada.

E com calor. Francamente, Cecilia não sabia como as pessoas conseguiam sobreviver a um verão daqueles. Em sua terra natal, o ar nunca ficava tão úmido, só quando estava, de fato, chovendo.

Ela já tinha ouvido dizer que os invernos na cidade eram igualmente rigorosos e rezava para que os primeiros flocos de neve não a encontrassem mais ali. Um dos soldados do hospital dissera que a terra ficava congelada como pedra e que o vento era tão cortante que poderia arrancar orelhas.

– Senhor – disse a jovem, com uma ligeira mesura –, seu banho já está pronto.

– E agora você precisa ainda mais dele – falou Cecilia, indicando as mãos de Edward, manchadas de tinta.

Era óbvio que ninguém no Devil's Head tinha tempo ou disposição para passar o jornal a ferro quente, a fim de selar a tinta.

– De fato – murmurou ele, olhando as pontas dos dedos imundas –, os confortos do lar fazem muita falta.

Cecilia ergueu a sobrancelha.

– É sério? É disso que sente mais falta? Do jornal bem passado?

Ele respondeu com um olhar contrafeito, mas Cecilia tinha certeza de que ele gostava que ela implicasse com ele. Era o tipo de homem que não aceitaria ser tratado como um inválido – que não gostaria de ver as pessoas pisando em ovos, escolhendo muito bem as palavras ao falar com ele. Ainda assim, quando Edward deixou o jornal na mesa e olhou para a porta, Cecilia precisou se conter para não perguntar se ele queria ajuda para subir as escadas. Em vez disso, apenas se levantou e lhe estendeu o braço, em silêncio. No hospital, ela tinha visto muito bem como fora difícil para ele pedir ajuda.

Era melhor fazer certas coisas sem gastar palavras.

Na verdade, durante a refeição, ela ficara grata por Edward ter preferido se concentrar no jornal, e não nela. Ainda estava um pouco tensa com a oferta de ser liberada do matrimônio. Ela nunca – *jamais* – esperara que ele fosse fazer algo assim. Em retrospecto, sabia que devia agradecer aos céus por seus joelhos não terem cedido naquele momento. Lá estava ela, de pé ao lado da cama dele com uma montanha de biscoitos holandeses, quando, de repente, ele se oferecera para liberá-la.

Como se *ele* é que tivesse armado aquela união, e não *ela*.

Ela deveria ter aceitado. Tentou mentir para si mesma dizendo que teria aceitado se não fosse...

Se não fosse pela expressão no rosto dele.

Ele não movera um músculo sequer. Mas não era como se estivesse paralisado. Ficara apenas... quieto.

Ela chegara a pensar que ele estivesse prendendo a respiração.

Que ele estivesse prendendo a respiração sem nem se dar conta.

Ele não queria que ela o deixasse.

Cecilia não entendia como podia ter tanta certeza; não havia motivo para acreditar que seria capaz de conhecer tão bem as expressões de Edward, de interpretar as emoções por trás daqueles olhos azul-safira. Afinal, só fazia um dia que ela o conhecia de verdade, em pessoa.

Só podia imaginar que ele a desejava ao seu lado para não perder a conveniência de ter uma enfermeira, mas, fosse qual fosse o motivo, ele parecia querer continuar casado com ela.

A ironia só se acentuava.

Contudo, ela recomendou a si mesma que não corresse o risco de confessar toda a verdade antes de se encontrar com o major Wilkins.

Algo lhe dizia que o capitão Edward Rokesby era a epítome da honestidade, e não sabia se ele iria querer (ou mesmo conseguir) mentir para um militar de patente mais alta. Talvez se sentisse obrigado a dizer ao major que, embora quisesse ajudar a Srta. Cecilia Harcourt a encontrar o irmão, ele não era, na verdade, casado com ela.

Cecilia mal conseguia imaginar os desdobramentos daquela conversa.

Não. Se fosse confessar tudo a Edward, teria que ser depois da conversa com o major.

Ela se convenceu de que isso era razoável.

Ela vinha se convencendo de muitas coisas ultimamente.

E então tentou não pensar mais no assunto.

Conforme eles se aproximavam da escada, ela avisou:

– Esses degraus são estreitos e altos.

Edward resmungou, agradecendo o aviso; com a ajuda de Cecilia, ele conseguiu chegar ao segundo andar. Ela nem queria pensar em como ele devia se sentir naquela condição de tamanha dependência. Embora nunca o tivesse visto com a saúde em dia, Edward era alto, devia ter mais de 1,80 metro e tinha ombros largos que certamente se tornariam fortes assim que ele voltasse a ganhar peso.

Edward não era um homem que estivesse acostumado a precisar de ajuda para subir um lance de escadas.

– Nosso quarto fica no fim do corredor – disse ela, inclinando o rosto para a esquerda quando chegaram ao outro pavimento. – Número 12.

Ele assentiu. Em frente à porta, ela largou o braço dele, entregando-lhe a chave. Não era muito, mas era algo que ele podia fazer por ela, e ela sabia que, com isso, ele se sentiria um pouco melhor, mesmo se não entendesse o motivo.

Mas então, no último instante antes de enfiar a chave na fechadura, ele falou:

– Esta é a sua última chance.

– P-perdão?

Edward girou a chave, emitindo um clique que ecoou pelo corredor.

– Se quiser anular a nossa união – prosseguiu ele, com uma voz resoluta –, a hora de se pronunciar é agora.

Cecilia tentou responder, mas sentiu o coração subir à boca e os dedos das mãos e dos pés formigarem de nervoso. Ela nunca tinha se sentido tão aflita. Ou apavorada.

– Só vou falar uma vez – disse Edward, e a firmeza dele não podia ser mais contrastante com o pandemônio que se instaurara dentro dela. – Se você entrar neste quarto, nosso casamento será definitivo.

Ela deixou escapar uma risada nervosa.

– Não seja bobo. Você certamente não vai me deflorar esta tarde. – E então se deu conta de que talvez tivesse acabado de insultar a masculinidade dele. – Hã, quer dizer, não antes de tomar um banho.

– Eu e você sabemos muito bem que *isso* não fará a menor diferença – respondeu ele, fitando-a com um olhar calcinante. – Assim que entrarmos neste quarto, juntos, como marido e mulher, sua inocência estará comprometida.

– Não se pode comprometer a inocência da própria esposa – falou ela, tentando fazer graça.

Ele xingou, uma única palavra que saiu em um rosnado baixo e frustrado. A blasfêmia não combinava com ele, e foi só o que precisou para que Cecilia desse um passo atrás, alarmada.

– Isso não é motivo para piada – disse ele, ainda se esforçando para parecer calmo; dessa vez, contudo, foi delatado pela veia que pulsava, furiosa, em seu pescoço. – Estou lhe oferecendo a oportunidade de me deixar.

A mente de Cecilia estava aturdida.

– Mas por quê?

Ele olhou para os dois lados do corredor antes de sussurrar:

– Porque eu sou um maldito de um aleijado.

Se não estivessem em um lugar público, Cecilia tinha certeza de que Edward teria gritado aquelas palavras. Ela nunca se esqueceria do peso na voz dele.

Aquilo a deixou de coração partido.

– Não, Edward – tornou ela, tentando consolá-lo. – Não pense isso de si mesmo. Você está...

– Eu perdi um pedaço da minha mente – cortou ele.

– Não. Não.

Ela não conseguia formular nenhuma outra frase.

Ele a agarrou pelos ombros, segurando tão forte que os dedos cravaram na pele dela.

– Cecilia, você precisa entender de uma vez por todas. Eu não sou mais um homem inteiro.

Ela balançou a cabeça. Queria dizer que ele era perfeito – ela é que era uma fraude. E queria dizer que sentia muito por se aproveitar da condição dele.

Nunca conseguiria compensá-lo por isso.

De repente, ele a largou.

– Não sou o homem com quem você se casou.

– Eu provavelmente também não sou a mulher com quem você se casou... – murmurou ela.

Ele a fitou. O escrutínio durou tanto tempo que Cecilia sentiu a pele formigar.

– Mas acho... – sussurrou ela, falando completamente sem pensar. – Talvez você precise de mim.

– Meu Deus, Cecilia, você não faz ideia de quanto.

E então, bem no meio daquele corredor, ele a tomou nos braços e a beijou.

Não fora um ato premeditado. Pelo amor de Deus, instantes antes, ele estava tentando fazer a coisa certa. Mas então lá estava ela, olhando para ele com aqueles olhos verde-mar, e então sussurrou que ele precisava dela...

Nada poderia deixá-lo mais excitado – exceto se ela tivesse dito que *ela* precisava *dele.*

Ele estava sem forças. Tinha perdido no mínimo seis quilos e não conseguia nem subir um lance de escadas sem ajuda, mas, por Deus, ainda conseguia beijar a esposa.

– Edward – suspirou ela.

Ele a puxou porta adentro.

– Vamos continuar casados.

– Ah, meu Deus.

Ele não sabia o que ela queria dizer com isso, mas, no fundo, não ligava.

O quarto era pequeno e a cama ocupava quase metade do ambiente, de modo que ele não teve dificuldade em encontrar a beirada do colchão e se sentou, puxando-a para junto de si.

– Edward, eu...

– Shhh – pediu ele, tomando o rosto dela nas mãos. – Quero olhar para você.

– Por quê?

Ele sorriu.

– Porque você é minha.

Os lábios dela se entreabriram, compondo uma bela forma oval; ele tomou isso como um sinal e a beijou outra vez. A princípio, ela não retribuiu, mas também não o afastou. Ele teve a impressão de que ela, na verdade, estava se contendo, prendendo a respiração, esperando para descobrir se aquele instante era real.

E então, justamente quando estava começando a achar que deveria recuar, ele sentiu: um sutil movimento nos lábios dela e o som de sua voz reverberando na pele dele ao dar um pequeno gemido.

– Cecilia... – sussurrou ele.

Ele não sabia o que tinha feito naqueles últimos meses, mas tinha a impressão de que não tinha sido algo de que se orgulhar. Não havia sido nada próximo da pureza, da beleza e de tudo o que via ao olhar dentro dos olhos de Cecilia.

O beijo dela tinha sabor de uma promessa de redenção.

Ele roçou os lábios nos dela com delicadeza, mas isso não chegou nem perto de satisfazê-lo. Então, quando Cecilia emitiu um leve gemido de desejo, ele mordiscou os lábios dela, arranhando de leve a pele macia de sua boca.

Ele queria passar a tarde inteira daquele jeito. Queria se deitar ao lado dela na cama e reverenciá-la, como convinha à deusa que ela era. Seria apenas um beijo, pois ele sentia que não estava em condições de ir além. Mas seria um beijo infinito – suave, demorado, profundo, com uma carícia emendando na outra sem nunca terminar.

Era estranho: um desejo sem urgência. Edward percebeu que, por ora, aquilo o deixava satisfeito. Assim que recobrasse as forças, assim que voltasse a seu estado normal, ele investiria cada pedacinho de sua alma em fazer amor com Cecilia. Conhecia-se o suficiente (e a ela também) para saber que a experiência o levaria ao limite.

E ainda mais além.

– Você é linda – murmurou ele. E então, querendo que ela soubesse que ele também via a beleza que havia dentro dela, acrescentou: – E sua alma também.

Ela se retesou. Foi um movimento minúsculo, mas os sentidos dele estavam tão focados nela que bastava que ela tivesse respirado diferente e ele teria percebido.

– Precisamos parar – disse ela e, ainda que houvesse evidente lástima em sua voz, não havia nenhum traço de dúvida.

Edward suspirou. Ele a desejava. Seu sentimento crescia cada vez mais, mas jamais poderiam fazer amor com ele naquele estado – exausto, sem banho. Ela merecia muito mais e, para ser franco, ele também.

– A água vai esfriar – observou ela.

Ele olhou para a banheira. Não era grande, mas daria para o gasto. E sabia que o vapor que se desprendia da água não duraria muito.

– É melhor que eu vá lá para baixo – concluiu Cecilia, levantando-se meio sem jeito.

Ela usava um vestido cor-de-rosa pálido, e suas mãos pareciam sumir em meio às saias enquanto ela enroscava os dedos no tecido.

Parecia absolutamente encabulada – e, aos olhos de Edward, absolutamente encantadora.

– Você não deveria sentir vergonha – disse ele. – Sou seu marido.

– Ainda não – murmurou ela. – Não desse jeito.

Ele sentiu um sorriso nascendo dentro dele.

– Sim, é melhor mesmo que eu saia – repetiu ela, sem fazer menção de ir a lugar algum.

O sorriso ganhou os lábios dele, e Edward falou:

– Não saia por minha causa. Além do mais, na época medieval, banhar o marido era um dos deveres conjugais mais importantes de uma esposa.

Ela reagiu com um revirar de olhos, e uma felicidade morna começou a se alastrar dentro dele. Era divertido quando ela ficava envergonhada, mas era ainda melhor quando ela tentava fazer frente a ele.

– Mas e se eu me afogar? – falou ele.

– Ora, faça-me o favor...

– Pode acontecer. Estou muito cansado. E se eu dormir na banheira?

Cecilia hesitou e, por alguns segundos, ele chegou a pensar que ela tinha acreditado.

– Você não vai dormir na banheira – afirmou ela, enfim.

Ele soltou um suspiro exagerado, como quem diz "nunca se sabe", mas acabou ficando com pena dela e continuou:

– Está bem, volte em dez minutos.

– Só dez minutos?

– Você está tentando insinuar que não é tempo suficiente, dado meu grau de imundície?

– Sim – declarou ela, categórica.

Ele soltou uma bela risada.

– Você é uma figura e tanto, sabia, Cecilia Rokesby?

Ela revirou os olhos outra vez, entregando a ele a toalha que estava dobrada aos pés da cama. Ele soltou outro suspiro falso.

– Eu poderia dizer que foi por isso que eu me casei com você, mas ambos sabemos que não é verdade.

Ela se voltou para ele, com uma expressão estranhamente vaga.

– O que foi que você disse?

Ele deu de ombros, tirando a casaca.

– Eu obviamente não me lembro do motivo pelo qual eu me casei com você.

– Ah. Achei que você estivesse se referindo...

Ele ergueu as sobrancelhas para ela.

– Nada, deixe para lá – disse ela.

– Não, por favor, continue.

O rosto dela ruborizou violentamente.

– Achei que, talvez, você estivesse se referindo ao...

Ele aguardou. Ela não prosseguiu.

– Ao beijo? – sugeriu ele.

Ele achava que seria impossível que o rosto dela assumisse um tom ainda mais vivo de vermelho, mas foi exatamente isso o que aconteceu. Ele avançou os dois passos que os separavam, erguendo o queixo dela com delicadeza, só o suficiente para que seus olhos se encontrassem.

– Se eu tivesse beijado você antes – tornou ele, baixinho –, agora não restaria a menor dúvida sobre a validade do nosso casamento.

Confusa, ela franziu o cenho da maneira mais adorável.

Ele levou os lábios aos dela outra vez e, ainda sem se afastar, falou:

– Se eu já tivesse sentido tudo aquilo que senti ao beijá-la, jamais teria permitido que o exército me mandasse para longe de você.

– Você não está falando sério – respondeu ela ao ouvido dele, em um murmúrio quase inaudível.

Ele recuou, achando graça.

– Você nunca desobedeceria a uma ordem – concluiu ela.

– Uma ordem sua? Jamais.

– Pare com isso. – Cecilia deu um tapinha de leve no ombro dele. – Você entendeu muito bem o que eu quis dizer.

Ele tomou a mão dela, dando um beijo cortês nos nós dos dedos. Maldição, ele estava se sentindo o mais ridículo dos românticos.

– Posso assegurá-la, Sra. Rokesby, de que eu teria conseguido providenciar tempo para uma noite de núpcias.

– Você precisa tomar o seu banho.

– Droga.

– A não ser que goste de se banhar em água fria.

Ele estava começando a achar que *precisaria mesmo* de um belo banho de água fria.

– Você está certa. Mas se me permite fazer um último adendo à nossa conversa...

– Por que eu estou com a sensação de que vai dizer algo que vai me deixar vermelha como o diabo?

– Você já está vermelha – informou ele, alegremente –, e eu só ia dizer que...

– Eu vou esperar lá embaixo! – bradou ela, correndo para a porta.

Edward abriu um sorriso de orelha a orelha, que não desapareceu nem mesmo quando tudo o que restou de Cecilia foi o eco da porta que ela bateu ao sair.

– Eu só queria dizer – disse ele, em voz alta, deixando que sua felicidade colorisse cada palavra em tons quentes de rosa – que teria sido espetacular.

"E ainda vai ser", pensou, tirando a roupa e entrando na banheira.

"Se depender de mim, logo, logo."

CAPÍTULO 6

De que diabo você está falando? Seu nariz não é bisonhamente grande.

– CARTA DE THOMAS HARCOURT À IRMÃ, CECILIA

Edward dissera que só precisaria de dez minutos, mas Cecilia acabou esperando 25 antes de voltar ao quarto de número 12. Ela planejara demorar meia hora, mas então começou a ficar preocupada – afinal, ele ainda estava muito fraco. E se não conseguisse sair sozinho da banheira?

Àquela altura, a água já estaria gelada. Edward poderia acabar pegando um resfriado. Ele merecia um tempo a sós e ela não queria negar-lhe um pouco de privacidade, desde que não causasse nenhum prejuízo à saúde dele.

Era verdade que, enquanto cuidava dele no hospital, Cecilia vira o corpo de Edward de um modo deveras impróprio, mas não tinha visto *tudo*. Desenvolvera maneiras muito criativas de usar o lençol. Amarrava-o assim ou assado, sempre preservando a dignidade dele.

E a pureza dela.

Toda a cidade de Nova York podia acreditar que ela era uma mulher casada, mas Cecilia ainda era uma moça inocente – por mais que um único beijo do capitão Edward Rokesby a tivesse deixado sem ar.

Sem ar?

Estava mais para sem juízo.

Devia ser proibido existir um homem com olhos daquela cor. Um azul entre a água-marinha e a safira, capaz de paralisar uma mocinha incauta só de encará-la. Sim, ele tinha fechado os olhos ao beijá-la, mas isso era irrelevante: ela não conseguia parar de pensar no instante que antecedera o beijo, quando ela achou que fosse se afogar na imensidão azul do olhar de Edward.

Cecilia sempre gostara dos próprios olhos, e sentia orgulho daquela nuance tão pálida de azul que os distinguiam dos demais. Mas os olhos de Edward...

Ele era um homem lindo, não havia como negar.

E poderia estar tremendo de frio naquele momento. Pior: poderia estar prestes a pegar um resfriado na água, que já devia estar gelada, e Deus sabe como um resfriado podia ser perigoso no seu estado de saúde.

Ela correu escada acima.

– Edward? – chamou, batendo de leve à porta.

"Por que está tão quieto aí dentro?", pensou ela, alarmada.

Bateu mais forte.

– Edward!

Nenhuma resposta.

Um arrepio de medo percorreu o corpo de Cecilia. Ela agarrou a maçaneta e abriu a porta.

Enquanto entrava no quarto, desviando os olhos para o chão, ela chamou o nome dele outra vez. Como ele não respondeu, ela finalmente olhou na direção da banheira.

– Você dormiu *mesmo*!

As palavras se atropelaram boca afora antes mesmo que ela pudesse pensar que não seria uma boa ideia acordá-lo com um sobressalto.

– Aaaah!

Edward despertou assustado, espalhando água para todo lado, e Cecilia correu para o outro lado do quarto, sem saber bem o porquê.

Mas ela não podia simplesmente ficar parada ali, na frente dele.

Ele estava *nu*.

– Você disse que não ia dormir! – acusou ela, indignada, de costas para a banheira.

– Não, *você* disse que eu não ia dormir – retrucou ele.

Droga, ele estava certo.

– Bem, imagino que a água já esteja fria – falou ela, em um tom que deixava muito claro que ela não fazia ideia de como se portar naquele momento.

Fez-se um instante de silêncio, depois do qual Edward informou:

– Está tolerável.

Ela se remexeu sem sair do lugar, desconfortável, e então cruzou os braços com força. Não estava brava; na verdade, parecia que o corpo dela não sabia como agir.

– Eu não quero que você pegue um resfriado – disse ela, olhando os próprios pés.

– Não.

"Não?" Era só isso o que ele tinha a dizer? "Não?"

– Hã, Cecilia?

Ela soltou um grunhido como resposta.

– Será que você pode fechar a porta?

– *Aimeudeusmedesculpe*!

Ela atravessou o quarto correndo (um gesto bem atrapalhado naquele espaço exíguo) e bateu a porta com muito mais força do que necessária.

– Você ainda está aí? – perguntou Edward.

Cecilia demorou a entender que ele não podia vê-la. Edward estava de costas para a porta, e a banheira era pequena demais para que ele conseguisse se virar.

– Hã, estou?

A resposta saiu mais como uma pergunta. Ela não fazia ideia do porquê.

Fez-se uma breve pausa durante a qual ele devia estar ponderando sobre como reagir àquela resposta ridícula. Contudo, ele acabou dizendo apenas:

– Será que poderia, por gentileza, me passar a toalha?

– Ah. Sim. É claro.

Tomando o cuidado de manter-se sempre de costas para a banheira, ela foi até a cama e pegou a toalha. Então, esticou o braço para trás, passando a toalha para ele.

Ele a pegou e disse:

– Sem querer constrangê-la – o que sinalizava que ela ficaria mortificada –, e saiba que admiro seus esforços para preservar sua pureza, mas enquanto cuidava de mim no hospital você já não viu, hum, *tudo* o que tinha para ver?

– Não desse jeito – murmurou ela.

Fez-se mais uma breve pausa e, dessa vez, ela chegou até a imaginar o cenho franzido de Edward enquanto ele pensava em uma resposta.

– Eu sempre o deixei coberto com um lençol – falou ela, enfim.

– O tempo todo?

– Sou uma pessoa muito obstinada.

Ele respondeu com uma risadinha.

– Acho que vou voltar lá para baixo – disse ela, virando-se com cuidado para a porta. – Eu só queria me certificar de que você não iria se resfriar na água gelada.

– No auge do verão?

– Você passou um longo tempo doente.

Ele suspirou.

– Ainda estou.

Cecilia cerrou os lábios com firmeza, tomando coragem. Ele estava certo, e a saúde dele era muito mais importante do que a vergonha dela. Ela respirou fundo.

– Precisa de ajuda para sair da banheira?

– Não – respondeu ele, sem muita certeza. – Espero que não.

– Talvez seja mais prudente que eu fique aqui. – Ela chegou um pouquinho mais perto da porta. – Apenas enquanto você sai da banheira. Para o caso de você precisar de mim.

Ela estava torcendo para que ele não precisasse. Aquela toalha não era muito grande.

Logo depois, ouviu-se um gemido de esforço, seguido do som da água chacoalhando na banheira.

– Tudo be...

– Estou bem – cortou ele.

– Desculpe.

Ela não devia ter dito nada. Edward era um homem orgulhoso. Contudo, ela tinha passado dias cuidando dele, e era difícil abandonar o hábito, mesmo enquanto fazia todo aquele esforço para não olhar para ele.

– Não há por que se desculpar.

Ela assentiu, embora não fizesse a menor ideia se ele estava olhando para ela ou não.

– Você já pode se virar.

– Tem certeza?

– Estou coberto – disse ele, deixando escapar uma leve nota de impaciência com o pudor excessivo dela.

– Obrigada.

Ela se virou. Bem devagar.

Ela não chamaria aquilo de "coberto".

Estava deitado na cama, com as costas apoiadas nos travesseiros e com o cobertor por cima do colo. O peito dele estava nu. Nada que ela não tivesse visto no hospital, quando tinha que molhá-lo com uma esponja para baixar a febre, mas era diferente agora que ele estava alerta e de olhos bem abertos.

– Você está com uma aparência melhor – comentou ela.

Era verdade. Ele tinha lavado o cabelo, e a pele dele estava com um aspecto mais saudável.

Ele abriu um sorriso cansado, levando a mão à barba.

– Não me barbeei.

– Tudo bem – reassegurou ela. – Não há pressa.

– Acho que não vou me sentir limpo de verdade enquanto não me barbear.

– Oh. Puxa...

Cecilia sabia que deveria perguntar se ele gostaria que ela o barbeasse. Sabia que aquela era a melhor maneira de deixá-lo confortável, mas era um gesto tão íntimo... O único homem que já tinha barbeado fora o pai. Ele não tinha um camareiro, e quando a artrite dominara as mãos dele, ela assumira a tarefa.

– Tudo bem, não precisa – falou Edward, adivinhando.

– Não, não... é claro que eu posso fazer isso.

Ela estava sendo ridícula, pudica. Tinha atravessado o oceano Atlântico sozinha. Tinha batido de frente com o coronel Zachary Stubbs, do exército de Sua Majestade, e mentido na cara dura para salvar a vida de um homem. É claro que daria conta de barbear Edward.

– Talvez seja prudente perguntar se você já fez a barba de alguém antes – murmurou ele.

Ela reprimiu um sorriso, olhando à volta em busca de navalha e pincel.

– De fato, convém perguntar minha experiência pregressa antes de me deixar chegar tão perto da sua garganta com uma navalha.

Ele deu uma risadinha.

– Tem uma caixa de couro no meu baú. Ali você vai encontrar tudo de que precisa.

Certo. O baú dele. Durante a ausência de Edward, o Exército cuidara de seus pertences. O coronel Stubbs tinha mandado entregar tudo no Devil's Head um pouco mais cedo.

Cecilia abriu o baú, esquadrinhando os livros, os papéis, as roupas dobradas com capricho. Vasculhar entre os pertences dele parecia um gesto íntimo demais. O que um homem levava consigo para uma terra estranha? Não deveria ser uma pergunta tão peculiar, pensou ela. Afinal, ela mesma tinha feito uma mala para uma viagem transatlântica. Mas, ao contrário de Edward, ela não tivera a intenção de se demorar tanto. Trouxera apenas os itens de maior necessidade; memórias do lar não foram sua prioridade. Na verdade, o único item de valor afetivo que colocara na bagagem fora um retrato pequeno do irmão – e, mesmo assim, só porque achou que poderia ser útil quando precisasse localizá-lo na América do Norte.

Bufou, frustrada. Viajara prevendo que necessitaria de ajuda para achar Thomas dentro de um hospital. Mal sabia ela que acabaria tendo de procurá-lo na colônia inteira.

– Encontrou? – perguntou Edward.

– Hã, não – murmurou ela, tirando do caminho uma delicada camisa de linho.

A camisa estava um tanto gasta e dava para ver que já tinha sido lavada muitas vezes, mas ela entendia de costura o suficiente para saber que a peça era de altíssima qualidade. Thomas não tinha camisas tão boas. Será que as roupas dele estavam resistindo tão bem quanto as de Edward? Ela tentou imaginar o irmão cerzindo as próprias peças, mas falhou miseravelmente. Ela sempre o ajudara com a costura. Nunca sem reclamar, mas nunca recusara ajuda.

Daria tudo para voltar a cerzir as roupas de Thomas outra vez.

– Cecilia?

– Desculpe. – Ela encontrou a caixa de couro e a pegou com cuidado. – Por um instante, eu me perdi em meus pensamentos.

– Pensamentos interessantes?

Ela se voltou para ele.

– Estava pensando no meu irmão.

Edward assumiu uma expressão solene.

– Imagino. Sinto muito.

– Eu gostaria de ter podido ajudá-lo a fazer a mala – disse ela, e então olhou para Edward, por cima do ombro.

Ele não comentou nada, mas assentiu com uma expressão compreensiva no rosto.

– Ele não voltou para casa antes de vir para a América do Norte – continuou Cecilia. – Não sei nem se tinha alguém para ajudá-lo com isso. – Ergueu os olhos para Edward. – Você teve?

– Minha mãe – afirmou Edward. – Ela insistiu. Eu consegui fazer uma visita à casa dos meus pais antes de viajar para cá. Crake House não é longe do litoral. Com um cavalo veloz, fica a menos de duas horas.

Cecilia assentiu com um ar melancólico. O regimento de Edward e Thomas tinha zarpado para o Novo Mundo a partir do movimentado porto de Chatham, em Kent. Era longe demais de Derbyshire para que Thomas pudesse cogitar uma visita ao lar.

– Thomas foi comigo à minha casa algumas vezes – contou Edward.

– É mesmo?

Cecilia se surpreendeu com a felicidade que sentiu ao saber disso. Os relatos de Thomas sobre os alojamentos eram sempre um tanto deprimentes. Ela ficou feliz em saber que o irmão tivera a oportunidade de passar algum tempo em um lar de verdade, com uma família de verdade. Ela olhou para Edward novamente, abriu um sorriso discreto e disse, balançando a cabeça:

– Ele nunca comentou a respeito.

– E eu que achava que vocês contavam tudo um para o outro...

– Nem tudo – respondeu Cecilia, falando mais consigo mesma do que com ele.

Ela definitivamente nunca dissera a Thomas quanto gostava quando ele escrevia sobre Edward. Se tivesse tido a oportunidade de se encontrar com o irmão, de conversar com ele pessoalmente, será que teria confessado que estava um pouco apaixonada pelo melhor amigo dele?

Achava que não. Alguns assuntos são confidenciais, até mesmo quando se trata do irmão preferido.

Ela engoliu o "não" que se formava em sua garganta. Thomas sempre gostava de se proclamar o irmão preferido dela, ao que ela respondia que ele era seu *único* irmão. E então o pai deles, que nunca tivera muito senso de humor, sempre resmungava que já tinha ouvido aquela balela toda antes, "e, francamente, vocês dois nunca vão resolver esse assunto?".

– O que você está pensando? – perguntou Edward.

– Desculpe. Estava pensando no Thomas outra vez. – Ela contraiu um dos cantos da boca. – Eu estava com uma expressão triste?

– Muito pelo contrário, parecia feliz.

– É? – Piscou algumas vezes. – Acho que eu estava mesmo feliz.

Edward apontou para o baú aberto.

– Você estava dizendo que teria gostado de ajudá-lo a fazer as malas...

Ela ponderou por alguns instantes, e a saudade foi se infiltrando no olhar dela.

– Sim. Gostaria de ter ajudado com seus pertences.

Edward aquiesceu.

– Não que fosse necessário, é claro – apressou-se em dizer, virando o rosto para que ele não percebesse que ela lutava contra as lágrimas. – Mas teria sido bom.

– Na verdade, eu não precisava da ajuda da minha mãe – disse Edward, baixinho.

Cecilia voltou o rosto para ele devagar e estudou os traços que haviam se tornado tão queridos para ela em um período tão curto de tempo. Embora não soubesse como era a mãe dele, de alguma maneira ela conseguia imaginar a cena muito bem: Edward, alto, forte e independente, fingindo precisar de ajuda só para que a mãe cuidasse dele.

Ela o olhou nos olhos, com um respeito solene.

– Você é um homem bom, Edward Rokesby.

Ele se surpreendeu com o elogio, ruborizando em seguida, embora a barba ocultasse boa parte do rosto. Ela abaixou a cabeça para esconder um sorriso. Em breve ele não teria mais aquela juba para se esconder.

– Ora, ela é a minha mãe – murmurou Edward.

Cecilia abriu uma das fivelas da caixa com os instrumentos de barbear.

– Como eu disse, você é um bom homem.

Ele enrubesceu outra vez. Ela não chegou a ver, pois estava olhando para o outro lado, mas podia jurar que tinha sentido o rubor nas faces dele ondulando no ar parado do quarto.

Adorou saber que ele tinha enrubescido.

Adorou saber que ela tinha provocado aquilo.

Ainda sorrindo, voltou a se concentrar no baú, correndo os dedos pela borda. Era de altíssima qualidade, como todos os demais pertences de Edward, feito de ferro e madeira de primeira, e tinha as iniciais de Edward gravadas na tampa por uma sequência de tarraxas.

– O que quer dizer o G?

– G?

– Suas iniciais. EGR.

– Ah, sim. George.

– Claro.

Ela assentiu.

– Por que "claro"?

Ela respondeu apenas com um olhar.

– O que mais poderia ser?

Ele revirou os olhos.

– Gregory. Geoffrey.

– Não – respondeu ela, deixando um sorriso sarcástico nascer nos próprios lábios.

– *Gawain.*

Desta vez, foi ela quem revirou os olhos.

– Nem pensar. Você é totalmente um George.

– Meu irmão é um George – corrigiu ele.

– E você também é, aparentemente.

Ele deu de ombros, dizendo:

– É um nome de família.

Ela abriu a caixa de couro e pegou a navalha.

– E qual é o seu?

– O meu o quê, nome do meio? Esmerelda.

Ele estreitou os olhos.

– É mesmo?

Ela deu uma risada.

– Não, claro que não. Eu definitivamente não sou uma pessoa tão exótica. É Anne. Em homenagem à minha mãe.

– Cecilia Anne. É um nome lindo.

Ela sentiu o rubor se espalhando pelas faces, o que a surpreendeu, considerando que naquele dia já tinham acontecido outras coisas muito mais ruborizantes.

– O que você usava em Connecticut para fazer a barba? – perguntou ela.

Isto porque, obviamente, a navalha ficara guardada junto com seus outros pertences em Nova York. Quando Edward fora encontrado em Kip's Bay, a navalha não estava com ele.

Ele piscou algumas vezes, confuso.

– Não sei.

– Oh, sinto muito.

Que idiota, Cecilia. É claro que ele não sabia.

– Na verdade – tornou ele, em uma tentativa óbvia de suprimir o constrangimento dela –, tenho duas navalhas. A que está nas suas mãos pertencia ao meu avô. A outra eu comprei logo antes de partir. Quando viajo sem muita estrutura, é a outra que eu levo. – Franziu o cenho. – O que será que aconteceu com ela?

– Não me lembro de ver nenhuma navalha entre os seus pertences no hospital.

– Eu tinha *algum* pertence no hospital?

Ela franziu o cenho.

– Agora que você mencionou, não. Disseram que você chegou apenas com as roupas do corpo. E seja lá o que estivesse nos bolsos. Eu não estava lá quando trouxeram você.

– Bem – Edward coçou o queixo –, é por isso que eu não levo minha navalha boa quando viajo.

– É uma peça linda – murmurou Cecilia.

O cabo era de marfim, belamente entalhado, e agradável ao toque. A lâmina era feita do melhor aço de Sheffield.

– Meu nome foi uma homenagem ao meu avô – contou Edward. – O cabo tem as iniciais dele gravadas. Foi por isso que ele me deu esta navalha de presente.

Cecilia olhou para a navalha em suas mãos. De fato, na ponta do marfim estavam gravadas as delicadas iniciais *EGR*.

– A navalha de meu pai era parecida – comentou ela, indo buscar a bacia; como estava vazia, ela a mergulhou na banheira. – O cabo não era tão refinado quanto este, mas o aço era da mesma qualidade.

– Você é uma profunda conhecedora de lâminas de aço?

Ela arqueou a sobrancelha.

– Está com medo?

– Não, mas talvez eu devesse estar.

Ele deu uma risadinha.

– Qualquer pessoa que more muito perto de Sheffield acaba conhecendo bem o aço deles. Nos últimos anos, muitos homens partiram do meu vilarejo para trabalhar nas forjas.

– Imagino que não seja uma ocupação muito agradável.

– De fato.

Cecilia pensou em seus vizinhos – melhor dizendo, seus antigos vizinhos. Eram homens jovens, filhos de fazendeiros da área. No entanto, depois de um ou dois anos trabalhando nas fornalhas, ninguém conseguia conservar os ares de juventude.

– Dizem que a remuneração é consideravelmente maior que a que se consegue lavrando os campos – disse ela. – Espero que, pelo menos, isso seja verdade.

Ele concordou. Ela então pôs um pouco de sabão na bacia e, com o pincel que encontrara junto da navalha, começou a fazer espuma. Ao voltar para perto de Edward, na cama, ela franziu o cenho.

– O que foi? – quis saber ele.

– Sua barba está muito comprida.

– Eu não estou tão desalinhado assim.

– Não, mas, ainda assim, sua barba está muito mais comprida do que a do meu pai.

– Foi com ele que você aperfeiçoou as suas habilidades?

– Eu o barbeei todo santo dia durante seus últimos anos de vida. – Ela inclinou o rosto para o lado, feito uma artista examinando uma tela em branco. – Seria melhor se pudéssemos aparar um pouco.

– Infelizmente, não tenho uma tesoura.

A mente de Cecilia foi tomada pela visão repentina de um jardineiro atacando a barba dele com uma tesoura de jardim, e teve que reprimir uma risadinha.

– O que foi? – exigiu Edward.

– Você não vai querer saber. – Ela pegou o pincel. – Certo, vamos ver como nos saímos.

Edward ergueu o queixo para que ela pudesse besuntar seu rosto com o sabão. Ela gostaria que a espuma estivesse mais espessa, mas daria para o gasto. Trabalhou com cuidado, esticando a pele dele com uma das mãos enquanto a outra manejava a navalha, raspando dos malares até o maxilar. A cada passada, ela enxaguava a lâmina na pequena bacia, e logo a água estava coberta de pelos.

– Tem muitos pelos avermelhados em sua barba – observou ela. – Seu pai ou sua mãe tem cabelo ruivo?

Ele fez menção de balançar a cabeça.

– Não se mexa!

Ele a olhou de soslaio.

– Então não me faça perguntas.

– *Touché.*

Assim que ela se virou para enxaguar mais uma vez a navalha, Edward respondeu:

– Meu pai tem cabelo e barba castanhos. Iguais aos meus. Digo, *eram* iguais aos meus. Agora ele está cheio de cabelos brancos. Prefere dizer que está virando um charmoso senhor grisalho. – Edward franziu o cenho, e seus olhos se turvaram, ao que tudo indicava, com pesar. – Presumo que, quando eu o vir novamente, ele estará muito mais.

– Mais grisalho? – perguntou ela, em um tom leve.

– Sim. – Ele ergueu o queixo, para que ela pudesse trabalhar na parte de baixo do pescoço. – Mais uma vez, obrigado por ter escrito para eles.

– Não há de quê. Só lamento que não tenha havido nenhuma forma de fazer a notícia chegar mais rápido.

Ela tinha conseguido fazer com que a carta para os Rokesbys partisse no primeiro navio, mas ainda assim levaria três longas semanas até que a missiva chegasse à Inglaterra. E eles não receberiam uma resposta antes de sete semanas.

Ficaram em silêncio, e Cecilia continuou a trabalhar. Acostumada a barbear o pai, ela estava achando muito mais difícil fazer um bom trabalho em Edward. Primeiro porque os fios dele estavam com, no mínimo, um centímetro de comprimento – muito diferente da barba de um dia que estava acostumada a raspar.

Mas, acima de tudo, porque era Edward.

Que tinha acabado de beijá-la.

E porque ela tinha gostado. Muito.

Quando se inclinava por cima do rosto dele, parecia que o ar à sua volta ficava diferente, carregado de tensão. Era uma sensação quase elétrica que comprimia o peito e arrepiava a pele. E quando ela conseguia, enfim, respirar fundo, sentia como se estivesse inspirando a própria presença dele. Ele tinha um cheiro delicioso, o que não fazia o menor sentido, já que apenas recendia a sabão. E a homem.

E a calor.

Santo Deus, ela só podia estar ficando louca. Não dava para cheirar calor. E sabão não tinha um aroma delicioso. Contudo, quando ela chegava bem perto de Edward Rokesby, parecia que nada tinha lógica. Ele confundia os sentidos dela, e fazia seu peito parecer pesado... ou leve... ela não sabia dizer.

Sinceramente, era um milagre que as mãos dela estivessem tão firmes.

– Pode virar a cabeça um pouquinho? – pediu ela. – Preciso raspar perto da orelha.

Ele obedeceu, e ela chegou ainda mais perto. Precisava segurar a navalha no ângulo certo, para evitar machucar a pele. Estava tão próxima que os cabelos dele ondulavam à respiração dela. Seria muito fácil se render a um suspiro profundo, sucumbindo à presença dele, sentindo aquele corpo tão próximo.

– Cecilia?

Ela escutou a voz de Edward, mas não conseguia responder. Era como se estivesse flutuando, como se o ar pesado sustentasse o corpo dela. E então, passado o instante de que seu cérebro precisara para transmitir a mensagem ao resto do corpo, ela conseguiu recuar, piscando com força para se libertar do que só podia ser a névoa do desejo.

– Desculpe – disse ela, pronunciando a palavra mais com a garganta do que com os lábios. – Mais uma vez me perdi em pensamentos.

O que não era mentira.

– Não precisa ficar perfeito – falou ele. – É só tirar o grosso, amanhã de manhã eu mesmo posso aparar a barba mais rente.

– Ah, claro – respondeu ela, dando um passo trêmulo para trás. – Eu... hã... é... vai levar menos tempo assim. E você está exausto.

– Sim – concordou ele.

– Você certamente quer... hã... – Ela piscou algumas vezes, distraída pelo peito nu de Edward. – Não gostaria de pôr uma camisa?

– Acho melhor me vestir depois que terminarmos. Para não molhar a camisa.

– Claro, claro.

Mais uma vez o olhar de Cecilia se deteve no peito dele. Havia um pedacinho de espuma preso na leve penugem logo acima do mamilo. Ela estendeu a mão para limpar o sabão, mas, no momento em que tocou a pele de Edward, ele a pegou pelo pulso.

– Não – disse ele.

Era uma advertência.

Ele a desejava.

Talvez ainda mais do que ela própria o desejava.

Ela umedeceu os lábios, que estavam irremediavelmente secos.

– Não faça isso – pediu ele, com a voz embargada.

Seus olhares se encontraram, e ela se sentiu tomada por uma descarga de eletricidade, hipnotizada pela intensidade daqueles penetrantes olhos azuis. A sensação reverberou dentro do peito dela, onde o coração batia acelerado. Por um momento, ficou sem palavras. A mão dele estava quente, mas seu toque era inesperadamente gentil.

– Não posso deixá-lo nesse estado – disse ela.

Ele a fitou, confuso. Ou talvez tivesse entendido errado.

Ela estava falando da barba dele, comprida do lado direito e raspada do esquerdo.

– Você está parecendo um lunático.

Ele tocou o queixo, bem na divisa entre a barba longa e a pele nua, e soltou uma risadinha bem-humorada.

– Está ridículo – continuou ela.

Ele passou a mão em um dos lados do rosto, e depois, no outro. Cecilia ergueu a lâmina e o pincel.

– Que tal me deixar terminar?

Ele arqueou a sobrancelha.

– Não acha que eu deveria receber o major Wilkins desse jeito?

– Na verdade, eu seria capaz de pagar para ver isso acontecer. – Ela contornou a cama, aliviada com a quebra da tensão. – Isto é, se ao menos eu tivesse um tostão.

Edward chegou mais perto da beirada da cama e ficou imóvel enquanto ela espalhava espuma em seu rosto.

– Está sem dinheiro? – perguntou ele.

Cecilia hesitou, sem saber ao certo quanto deveria contar a ele. Decidiu não entrar em detalhes.

– Digamos que esta viagem está sendo mais cara do que eu planejei.

– Suponho que essa afirmação valha para todas as viagens.

– É o que dizem. – Ela enxaguou a lâmina mais uma vez. – É a primeira vez que eu me aventuro para além de um raio de cinquenta quilômetros de Derbyshire.

– É mesmo?

– Fique parado – repreendeu ela.

Estava com a lâmina bem na garganta dele quando Edward se mexeu.

– Desculpe. Mas é mesmo a primeira viagem que faz?

Ela deu de ombros, enxaguando a navalha de novo.

– Aonde eu poderia ter ido?

– Londres?

– Nunca tive um motivo para ir lá.

Os Harcourts eram uma família com alguma posse, mas não a ponto de mandar uma filha debutar na capital. Ademais, o pai dela odiava cidades grandes. Já reclamava o suficiente quando tinha de ir a Sheffield. Uma vez fora forçado a resolver assuntos em Manchester e passara dias resmungando.

– Também nunca houve ninguém que me levasse.

– Eu a levarei a Londres.

A mão dela se deteve. Ele achava que eles eram casados. É claro que iria querer levá-la a Londres um dia.

– Isto é, se você desejar – acrescentou ele, entendendo errado o motivo da hesitação dela.

Ela se forçou a sorrir.

– Eu adoraria.

– Podemos ir ao teatro – disse ele, bocejando. – Ou talvez à ópera. Você gosta de ópera?

De repente, ela ficou desesperada para dar um fim àquela conversa. Sua mente foi inundada por visões de um futuro em que os dois estariam juntos, um futuro em que seu sobrenome fosse realmente Rokesby e que eles morassem em uma encantadora casa em Kent com três filhinhos, todos com os arrebatadores olhos azuis do pai.

Era um futuro lindo. Pena que não era o dela.

– Cecilia?

– Terminamos – anunciou ela, um pouco alto demais.

– Mas já? – Ele franziu a testa, levando a mão à bochecha direita. – Este lado foi muito mais rápido que o outro.

Ela deu de ombros, dizendo:

– Imagino que eu tenha ficado mais rápida conforme fui pegando o jeito.

O lado direito não estava tão bem-feito quanto o esquerdo, mas não dava para perceber, a não ser que se chegasse muito perto de Edward. Em todo o caso, ele mesmo dissera que iria se barbear de novo no dia seguinte.

Ela jogou a água suja na banheira.

– É melhor eu deixar você descansar. Está cansado, e ainda temos aquela reunião mais tarde.

– Não precisa sair.

Mas Cecilia precisava, sim. Pelo seu próprio bem.

– Não quero atrapalhá-lo.

– Estarei dormindo, você não vai atrapalhar em nada.

Ele bocejou de novo, e então abriu um sorriso, deixando Cecilia atordoada com a força de sua beleza.

– O que foi? – perguntou ele, levando a mão à face. – Ficou faltando algum pedaço?

– Você fica diferente de barba feita – falou ela.

Ou teria sido um sussurro?

O sorriso de Edward ganhou um ar matreiro.

– Mais bonito, espero?

Muito mais. Ela achava que ele não poderia ficar mais belo, mas estava enganada.

– Vou deixá-lo em paz. É melhor. Precisamos que alguém venha recolher essa água e...

– Fique – pediu ele, simplesmente. – Gosto de estar com você.

Cecilia então se sentou na extremidade oposta da cama, sentindo-se desconfortável. Para ela, era impossível que ele não estivesse ouvindo o som do coração dela se partindo.

CAPÍTULO 7

Ora, pelo amor de Deus, Thomas, eu sei que não tenho um nariz bisonhamente grande. Eu só estava ilustrando o meu argumento. Não se pode esperar honestidade do Sr. Rokesby quando se trata da irmã de um amigo. Ele é obrigado a me elogiar. Acho que é uma regra implícita entre os homens, não?

Mas e o tenente Rokesby, como ele é?

– CARTA DE CECILIA HARCOURT AO IRMÃO, THOMAS

Quando eles desceram ao salão de refeições, às cinco e meia da tarde, o major Wilkins já estava esperando por eles, ocupando uma mesa junto à parede com uma caneca de cerveja e uma bandeja com pão e queijo. O major se levantou para recebê-los e Edward o cumprimentou com uma mesura impecável. Os dois homens não haviam servido o exército juntos, mas seus caminhos já tinham se cruzado mais de uma vez. O major era uma espécie de administrador da guarnição inglesa em Nova York, sendo, sem dúvida, o melhor ponto de partida na busca de um soldado desaparecido.

Edward sempre achara Wilkins pomposo demais para o seu gosto, mas isso vinha acompanhado de uma rígida tendência à ordem e ao cumprimento das regras, qualidades muito necessárias em um administrador militar. E, sendo sincero, Edward nunca invejara a função do sujeito.

Assim que eles se sentaram à mesa, Cecilia não perdeu tempo.

– Teve alguma notícia do meu irmão?

Quando o major Wilkins se voltou para ela, Edward notou a condescendência em seu olhar.

– O campo de batalhas é imenso, minha cara – disse ele. – Não pode esperar que consigamos encontrar um homem tão rápido assim. – Então, acenou para o prato no meio da mesa. – A senhora gosta de queijo?

Por um instante, Cecilia ficou perplexa com a mudança de assunto, mas logo se recompôs.

– É do exército que estamos falando – protestou ela. – O exército inglês. Afinal não somos a força mais evoluída e organizada do mundo inteiro?

– Naturalmente, mas...

– Então como é possível que o exército tenha perdido um homem?

Edward pousou a mão no braço dela com delicadeza.

– O caos da guerra é capaz de pôr em xeque até mesmo as melhores organizações. Eu mesmo passei meses desaparecido.

– Mas Thomas não estava desaparecido quando desapareceu! – lamentou-se ela.

Wilkins soltou uma risadinha abafada, achando muita graça do uso confuso de palavras de Cecilia.

– Ah, essa foi boa – disse o major, cortando uma fatia grossa de cheddar. – "Não estava desaparecido quando desapareceu." Rá, rá. O coronel vai adorar essa.

– Foi uma frase infeliz – falou Cecilia, secamente.

Edward, irritado com tamanha insensibilidade por parte do major, observava Cecilia com atenção. Chegou a pensar em intervir, mas ela parecia estar no controle da situação. Bem, talvez não da situação, mas estava no controle de si mesma.

– O que eu quis dizer – prosseguiu ela, com um olhar gélido que tinha a intenção de deixar o major apavorado – foi que Thomas estava aqui em Nova York. No hospital. E que então desapareceu. Não é como se estivesse no front, ou espionando atrás das linhas inimigas.

"Espionando atrás das linhas inimigas"... Edward franziu o cenho enquanto a frase ecoava em sua cabeça. Será que era isso que ele tinha ido fazer em Connecticut? Parecia o cenário mais provável. Mas por quê? Não se lembrava de já ter desempenhado aquele papel antes.

– Bom, a questão é justamente essa – tornou o major Wilkins. – Não encontrei registros de que seu irmão tenha dado entrada no hospital.

– O quê? – O olhar de Cecilia corria entre Edward e o major. – Não é possível!

Wilkins deu de ombros, indiferente.

– Meu auxiliar verificou tudo pessoalmente. Temos um registro com o nome e a patente de cada soldado que é trazido ao hospital. Anotamos a data de entrada e a data de, hã, saída.

– Saída? – ecoou Cecilia.

– Alta... ou morte. – Wilkins pelo menos teve a decência de ficar um pouco desconfortável ao mencionar a possibilidade. – Seja como for, o nome do seu irmão não está nesse registro.

– Mas ele foi ferido – protestou ela. – Nós recebemos uma carta. – Ela se voltou para Edward, inconformada. – Meu pai recebeu uma correspondência do general Garth que informava que Thomas tinha sido ferido, mas que o ferimento não fora mortal, e que ele estava se recuperando no hospital. Existe algum outro hospital?

Edward olhou para o major Wilkins.

– Não nesta parte da ilha.

– Nesta parte? – reagiu Cecilia, atenta à escolha de palavras do major.

– No Haarlem existe uma espécie de enfermaria – respondeu Wilkins, com um suspiro que indicava que preferia não ter que falar sobre o assunto. – Eu não chamaria aquilo de hospital. – Deu uma olhada sugestiva para Edward. – Eu mesmo não gostaria de dar entrada lá, se é que os senhores me entendem.

Cecilia ficou lívida.

– Pelo amor de Deus – vociferou Edward –, estamos falando do irmão desta dama!

O major se virou para Cecilia com uma expressão arrependida, e disse:

– Queira me desculpar, senhora.

Ela aquiesceu muito sutilmente, engolindo em seco – o que tornou o gesto ainda mais melancólico.

– A enfermaria no Haarlem é, na melhor das hipóteses, rudimentar – prosseguiu o major Wilkins. – Seu irmão é um oficial, senhora. Não teria sido levado a um lugar daqueles.

– Mas se fosse o pronto-socorro mais próximo...

– Se a ferida dele não era fatal, era para ter sido transferido logo depois.

Edward odiava a ideia de soldados alistados sendo forçados a se recuperar em instalações inferiores apenas por conta de sua baixa patente, mas havia poucos leitos no hospital da área em que se encontravam, ao sul da ilha de Manhattan.

– Ele está certo – disse Edward a Cecilia. – O exército sempre transfere primeiro os oficiais.

– E se Thomas tivesse um motivo para se recusar a ser transferido? – sugeriu ela. – Se estava com os seus homens, talvez tenha preferido continuar ao lado deles.

– Mas isso teria acontecido meses atrás – falou Edward, odiando-se por ser obrigado a acabar com a esperança dela. – Mesmo se tivesse ficado com os homens, a esta altura ele já estaria de volta ao sul.

– Ah, com certeza – declarou o major Wilkins. – Não existe possibilidade de ele estar no Haarlem.

– Aquele lugar mal faz parte da cidade – disse Edward a Cecilia. – Além da Mansão Morris, só o que há por lá é uma coleção de instalações coloniais abandonadas.

– Mas não temos homens de guarda lá?

– Sim, mas só o suficiente para impedir que o território volte para as mãos do inimigo – explicou o major Wilkins. – Há também boas terras agrícolas. Nossas plantações estão quase prontas para a colheita.

– *Nossas*? – Edward teve que perguntar.

– Os fazendeiros do Haarlem são leais ao rei – afirmou o major, com firmeza.

Edward não tinha muita certeza daquilo, mas não era a hora apropriada para uma discussão acerca de alinhamentos políticos.

O major Wilkins se esticou para pegar mais um pedaço de pão e queijo, torcendo o nariz quando o cheddar se esfarelou ao contato com a faca.

– Analisamos os registros do hospital dos últimos seis meses – falou, trazendo a conversa de volta ao assunto principal. – Não encontramos nenhuma menção ao seu irmão. Parece até que ele nunca existiu.

Edward reprimiu um resmungo. Meu Deus, o homem não tinha nenhum tato.

– Mas o senhor vai continuar a investigar? – perguntou Cecilia.

– Mas é claro, é claro. – O major olhou para Edward. – É o mínimo que podemos fazer.

– O mínimo do mínimo – resmungou Edward.

O major recuou.

– Perdão, o que disse?

– Na semana passada, quando conversou com a minha esposa, por que não deu a ela todas essas informações? – perguntou Edward.

O major ficou paralisado, a comida a meio caminho da boca.

– Eu não sabia que ela era sua esposa.

Edward teria estrangulado o homem de muito bom grado.

– E que diferença isso faz?

O major Wilkins só olhava para ele.

– Sendo ou não minha esposa, ela ainda é irmã do capitão Harcourt. Merece respeito e consideração, independentemente de seu estado civil.

– Não estamos acostumados a ter que lidar com o interrogatório de familiares – respondeu o major, com aspereza.

Edward tinha pelo menos seis respostas diferentes na ponta da língua, mas decidiu que seria contraproducente provocar a antipatia do major. Em vez de responder a ele, voltou-se para Cecilia.

– Trouxe a carta do general Garth?

– É claro. – Ela enfiou a mão no bolso do vestido. – Carrego-a comigo o tempo todo.

Edward pegou a folha, desdobrando-a. Leu em silêncio, estendendo-a, então, para o major Wilkins.

– O que houve? – perguntou Cecilia. – Qual é o problema?

O major franziu as sobrancelhas espessas e, sem nem tirar os olhos da carta, respondeu:

– Isso não parece nada com o general Garth.

– Como assim? – Aflita, Cecilia se voltou para Edward. – Do que ele está falando?

– Tem algo errado com essa carta – respondeu ele. – Ainda não consigo dizer o que é.

– Por que alguém me mandaria tal coisa?

– Não sei.

Edward apertou as têmporas, que estavam começando a latejar.

Cecilia percebeu o movimento no mesmo instante.

– Você está bem?

– Estou.

– Nós podemos...

– Estamos aqui para falar de Thomas – cortou ele. – Não de mim.

Ele respirou fundo. Iria terminar aquela reunião. Talvez tivesse que voltar direto para a cama, e talvez chegasse até mesmo a aceitar aquela dose de láudano com que ela o ameaçara mais cedo, mas ainda conseguiria terminar uma maldita reunião com o major Wilkins.

Ele não podia estar tão fraco assim.

Ao erguer os olhos, viu que tanto Cecilia quanto o major o observavam com uma expressão preocupada.

– Espero que seu ferimento não esteja incomodando excessivamente – falou o major, sem muito jeito.

– Está doendo para diabo – disse Edward, com os dentes trincados –, mas pelo menos estou vivo. Prefiro me concentrar em me sentir grato por isso.

Cecilia o olhou, surpresa. O que era compreensível, pensou ele. Edward não costumava ser tão ácido.

Wilkins pigarreou, dizendo:

– Entendo. Bem, em todo o caso, fiquei muito aliviado quando soube que o senhor tinha sido trazido de volta são e salvo.

Edward deu um suspiro e falou:

– Peço desculpas, major. Fico com os nervos à flor da pele quando minha cabeça começa a latejar mais do que o normal.

Cecilia se inclinou para perto dele e sussurrou:

– Será que não é melhor eu levá-lo de volta lá para cima?

– Não precisa – murmurou Edward, perdendo o fôlego ao sentir mais uma pontada na cabeça. – Ainda não.

Edward voltou sua atenção de novo para Wilkins, que estava relendo a carta do general com o cenho franzido.

– O que foi? – perguntou Edward.

O major coçou o queixo.

– É improvável que Garth fosse... – Balançou, então, a cabeça. – Deixe para lá.

– Não – atalhou Cecilia. – Por favor, continue.

O major Wilkins hesitou, como se estivesse pensando na melhor maneira de se expressar.

– A escolha de informações contidas nessa carta me parece curiosa – falou, enfim.

– Como assim? – perguntou Cecilia.

– Não é o que normalmente se escreveria em uma carta para a família de um combatente – explicou o major, olhando para Edward como quem pede validação.

– Talvez – respondeu Edward, ainda esfregando a testa, gesto que não estava ajudando muito a aliviar a dor, mas que ele parecia incapaz de parar de fazer. – Eu mesmo nunca tive que escrever esse tipo de missiva.

– Mas você mesmo disse que havia algo errado com a carta – lembrou Cecilia.

– Não consigo ser tão específico quanto o major – respondeu Edward. – Só sinto que algo não cheira bem. Conheço o general Garth. Isso não parece algo que ele teria escrito, mas não consigo precisar o porquê.

– Eu, por outro lado, já escrevi muitas cartas como essa – falou o major Wilkins. – Inúmeras.

– E...? – insistiu Cecilia.

Ele soltou um suspiro profundo.

– E eu jamais diria à família que um homem se feriu, mas que seu ferimento não oferece risco de vida. Não há como garantir isso. Leva mais de um mês para que as cartas cheguem à Inglaterra. Nesse meio-tempo, qualquer coisa pode acontecer.

Cecilia aquiesceu, e o major continuou:

– Já vi muito mais homens sucumbindo à infecção do que perecendo, de fato, dos ferimentos de guerra. No mês passado, perdi um homem por causa de uma bolha. – Ele olhou para Edward, com uma expressão desolada de incredulidade. – Uma bolha.

Edward lançou um olhar rápido para Cecilia. Ela estava conseguindo se conter, era a personificação do estoicismo britânico. Mas havia pesar nos olhos dela, e Edward teve a terrível sensação de que, se a tocasse – mesmo o mais suave toque de um dedo no braço dela –, ela se estilhaçaria em mil cacos.

Ainda assim, ele estava morrendo de vontade de abraçá-la. Queria abraçá-la com força, para impedir que ela se despedaçasse. Abraçá-la por tanto tempo quanto fosse necessário para que as preocupações e os medos dela se transferissem para ele.

Ele queria absorver a dor de Cecilia. Queria ser a sua força.

E iria conseguir, jurou ele. Iria se recuperar. Convalescer. Seria, enfim, o marido que ela merecia ter.

O marido que *ele* merecia ser.

– Foi no pé, a bolha – prosseguiu o major, sem nem se dar conta do sofrimento de Cecilia. – As meias devem ter causado muito atrito. O homem estava marchando pelos pântanos. É impossível manter os pés secos nessas condições, sabe?

Cecilia ainda conseguiu aquiescer, com um olhar de compaixão.

O major Wilkins pôs a mão no caneco de cerveja, mas não o levantou da mesa. Ficou um pouco soturno, ainda afetado pela lembrança.

– A maldita bolha deve ter se aberto em algum momento, porque no dia seguinte ele já estava com infecção e, na semana seguinte, estava morto.

Cecilia engoliu em seco.

– Meus pêsames.

Ela olhava fixamente para as próprias mãos, entrelaçadas em cima da mesa, e Edward teve a distinta sensação de que ela estava tentando impedir que tremessem, como se a única maneira de conseguir aquela proeza fosse continuar fitando os dedos, evitando transparecer qualquer sinal de fraqueza.

Ela era muito forte, a esposa dele. Ele ficou se perguntando se ela sabia disso.

O major pestanejou, surpreso ao receber aquelas condolências.

– Obrigado – respondeu, meio sem jeito. – Foi uma perda... Bem, foi uma perda dura.

– Todas sempre são – disse Edward, baixinho.

Por um instante, ele e o major, que tinham tão pouco em comum, se uniram na fraternidade militar.

Finalmente, o major Wilkins pigarreou e perguntou:

– Posso ficar com isto aqui?

Ergueu a carta do general Garth.

Cecilia nem se mexeu, mas Edward viu a aflição contida por trás de seus pálidos olhos verdes. Ela retraiu o queixo em um leve vestígio de reação e seu lábio inferior estremeceu antes que o contivesse com os dentes. A carta do general era sua única conexão com o irmão, e estava claro que ela relutava em entregá-la a outra pessoa.

Quando ela olhou para Edward em busca de orientação, ele disse:

– É melhor deixar a carta com ele.

Por mais que Wilkins fosse um grosseirão, ele era um bom soldado, e aquela carta iria ajudá-lo na busca por Thomas.

– Eu a guardarei com muito cuidado – assegurou Wilkins, guardando a missiva no bolso interno da casaca e dando duas batidinhas. – Eu lhe dou minha palavra, senhora.

– Obrigada – falou Cecilia. – Peço perdão se pareço mal-agradecida. Na verdade, fico muito grata pela ajuda.

Um gesto gracioso, pensou Edward, ainda mais considerando que, até aquele momento, a cooperação do major fora nula.

– Certo. Bem, preciso ir agora. – O major Wilkins se levantou, meneando a cabeça educadamente para Cecilia, e então virou-se para Edward. – Estimo melhoras, capitão.

Edward respondeu com um aceno, dizendo:

– Queira me perdoar por não me levantar, major.

De repente, estava se sentindo um tanto nauseado e com a terrível impressão de que, se tentasse se levantar, acabaria pondo para fora tudo o que tinha no estômago.

– Claro, claro – respondeu o Wilkins, com seu jeito bronco de sempre. – Não há problema.

– Espere! – interrompeu Cecilia, levantando-se depressa quando Wilkins fez menção de ir embora.

Ele voltou o rosto para ela.

– Senhora?

– O senhor me levaria ao Haarlem amanhã?

– O quê?

"Dane-se o estômago revirado", pensou Edward, levantando-se no mesmo instante.

– Eu gostaria de visitar a enfermaria sobre a qual conversamos – disse ela ao major.

– Posso levá-la – interrompeu Edward.

– Acho que você não está em condições...

– *Vou* levá-la.

Wilkins correu os olhos de Edward para Cecilia, escondendo um traço de diversão, antes de responder, dando de ombros.

– Não posso contrariar a vontade do seu marido.

– Mas eu preciso ir – protestou Cecilia. – Thomas pode estar...

– Nós já deduzimos que é extremamente improvável que ele esteja no Haarlem – falou Edward.

Ele se agarrava com força à borda da mesa, torcendo para não demonstrar que estava sentindo desconforto. Ao se levantar de forma tão repentina, havia desencadeado uma forte onda de vertigem.

– Mas ele pode ter passado por lá – insistiu Cecilia. – E, nesse caso, alguém há de se lembrar dele.

– Eu vou levá-la – insistiu Edward

O Haarlem ficava a menos de vinte quilômetros dali, mas desde que os ingleses tinham perdido (e reconquistado) o território em 1776, o lugar deixara de ser o antigo vilarejo holandês e se assemelhava mais a um posto selvagem. Não era lugar onde uma dama devesse se aventurar sozinha e, embora não duvidasse de que o major Wilkins fosse plenamente capaz de cuidar de Cecilia, Edward estava convencido de que acompanhar a esposa e zelar por sua segurança era o seu dever como marido.

– Com sua licença, senhora – despediu-se o major Wilkins, fazendo, outra vez, uma mesura para Cecilia.

Ela fez um breve aceno com a cabeça. Contudo, Edward tinha certeza de que o alvo da rispidez dela não era o major. De fato, assim que Wilkins se foi, ela se virou para Edward de queixo erguido e disse:

– Eu preciso ir a essa enfermaria.

– E você vai. – Ele voltou à cadeira, sentando-se devagar. – Só não será amanhã.

– Mas...

– Nada vai mudar em um único dia – interpôs ele, exausto demais para discutir com ela. – Wilkins está investigando. Tenho certeza de que ele conseguirá informações junto ao secretário do general Garth, muito mais do que nós obteríamos nessa viagem ao norte da ilha.

– Creio que seria melhor perseguir as duas possibilidades – rebateu ela, sentando-se também ao lado dele.

– E eu não refuto este argumento.

Edward fechou os olhos por um instante, tentando lutar contra a onda de fadiga que se apossava dele. Com um suspiro profundo, prosseguiu:

– Nada se perderá em um ou dois dias. Eu prometo.

– E como pode me garantir isso?

Céus, ela era dura na queda. Se não estivesse se sentindo tão mal, Edward até elogiaria a maldita tenacidade da esposa.

– Está bem! – exclamou ele. – Não tenho como garantir nada. Segundo consta, nada impede que o exército continental ataque amanhã e que morramos todos, perdendo, assim, a chance de investigar a tal enfermaria. Mas posso assegurar que, considerando tudo o que sei, o que pode não ser muito, mas ainda é mais do que você sabe, alguns dias não farão diferença.

Ela o encarou, perplexa. Edward pensou que talvez não tivesse sido prudente se casar com a dona de olhos tão extraordinários. Pois, sob o escrutínio do olhar de Cecilia, ele precisava de toda a força de vontade que possuía para não se remexer na cadeira.

Se ele fosse um homem metafísico, poderia jurar que ela era capaz de perscrutar a alma dele.

– O major Wilkins poderia ter me escoltado – argumentou ela, com um traço de enfrentamento na voz.

Ele reprimiu um grunhido irritado.

– E você quer mesmo passar um dia inteiro com o major Wilkins?

– Claro que não, mas...

– E se vocês tiverem que passar a noite lá? Chegou a considerar essa possibilidade?

– Edward, eu consegui atravessar o Atlântico sozinha. Tenho certeza de que seria capaz de tolerar uma única noite no Haarlem.

– Mas você não deveria ter que passar por isso – persistiu ele. – Você é casada comigo, Cecilia. Por Deus, deixe-me proteger você.

– Mas você não está em condições de fazer isso.

Edward recuou, deixando-se cair na cadeira. Ela falara num tom delicado, mas não teria sido capaz de produzir um golpe tão letal quanto suas palavras nem se tivesse acertado um soco em cheio no rosto dele.

– Desculpe – Cecilia apressou-se em dizer. – Mil desculpas. Eu não quis dizer...

– Eu sei muito bem o que você quis dizer.

– Não, acho que não sabe.

Até então, Edward vinha conseguindo controlar o mau humor, mas, naquele momento, explodiu.

– Você está certa – disse ele, secamente. – Eu não sei mesmo. Sabe por quê? Porque eu não a conheço. Estou casado com você, ou pelo menos isso é o que me dizem....

Ela se encolheu.

– ... e embora eu seja capaz de imaginar uma série de motivos para tal união, não consigo me lembrar de nenhum deles.

Ela não disse nada. Ficou imóvel, exceto pelo tremor minúsculo nos lábios.

– Você é minha esposa ou não é? – perguntou Edward em um tom tão cruel que fez com que ele se arrependesse das palavras no mesmíssimo instante. – Perdão – murmurou ele. – Isso foi impróprio.

Ela o encarou por mais alguns segundos, e seu rosto enigmático não revelava nada de seus pensamentos. Quando falou, ela estava assustadoramente pálida:

– Eu acho que você precisa descansar.

– Eu *sei* que preciso descansar – cortou ele, irritado. – Por acaso acha que estou alheio ao que se passa dentro da minha cabeça? É como se alguém estivesse martelando o meu crânio de dentro para fora.

Ela estendeu a mão por cima da mesa, pegando a dele.

– Não estou me sentindo bem – confessou ele.

Foram palavras simples, porém difíceis de serem ditas por um homem. Mesmo assim, só por conseguir admitir sua fraqueza, Edward já começava a se sentir melhor.

Não, não exatamente melhor. Mas aliviado. O que, de certa forma, era uma maneira de se sentir melhor.

– Você está fazendo um progresso impressionante – observou ela. – Não se esqueça de que só faz um dia que acordou.

Ele estreitou os olhos, dizendo:

– Não venha me dizer que Roma não foi feita em um dia.

– De jeito nenhum – prometeu Cecilia, e ele notou um tom divertido na voz dela.

– Essa tarde eu estava me sentindo bem – tornou ele baixinho, de forma quase infantil.

– Bem? Ou melhor?

– Melhor – admitiu ele. – Quando nos beijamos, por outro lado...

Ele abriu um sorriso. Quando eles se beijaram, ele se sentira quase curado.

Cecilia se levantou e pegou o braço dele com delicadeza.

– Vamos voltar lá para cima.

Ele não tinha energias para protestar.

– Vou pedir que levem o jantar no quarto – falou ela, enquanto subiam as escadas.

– Mas não peça muita coisa – advertiu ele. – Estou enjoado... Não sei se a comida ficaria no estômago.

Ela lhe lançou um olhar determinado. Talvez avaliando quão verde estava o rosto dele.

– Uma sopa, então – disse ela. – Precisa comer alguma coisa ou nunca vai conseguir recuperar as forças.

Ele concordou. Tomar sopa parecia uma tarefa possível.

– E talvez um pouco de láudano – tentou ela.

– Só se for muito pouco.

– Muito pouco, eu prometo.

Chegaram ao topo da escada, e Edward pegou a chave no bolso do casaco. Sem dizer nada, entregou-a a Cecilia e se recostou na parede enquanto ela destrancava a porta.

– Vou ajudá-lo com as botas – avisou ela.

Ele então percebeu que ela o levara para dentro do quarto e o ajudara a se sentar na cama sem que ele se desse conta do que tinha acontecido.

– Devo lembrá-lo de que você não deve se indispor – advertiu ela, tirando uma das botas –, mas eu sei que hoje todo o seu esforço foi em nome do Thomas.

– E em seu nome também.

As mãos dela hesitaram, mas só por um instante. Talvez ele nem tivesse percebido se não estivesse se deleitando tanto com o toque dela.

– Obrigada – disse ela.

Cecilia pegou por trás do calcanhar da outra bota e deu um puxão forte, descalçando o outro pé de Edward. Ele se meteu embaixo das cobertas enquanto ela levava as botas para o canto do quarto.

– Vou preparar o láudano – afirmou ela.

Ele fechou os olhos. Não estava com sono, mas a cabeça doía menos quando ficava de olhos fechados.

– Talvez você devesse ter ficado mais uma noite no hospital...

A voz dela estava mais próxima, e ele ouviu o chacoalhar do líquido dentro de uma garrafa.

– Não – opôs-se ele. – Prefiro estar aqui com você.

Outra vez, percebeu que ela se deteve. Ele não precisava estar de olhos abertos para saber.

– Aquele hospital é um lugar intolerável – continuou ele. – Alguns homens...

Edward não sabia se deveria continuar falando ou se ela mesma testemunhara o que ele estava prestes a dizer. Será que ela tinha passado as noites ao seu lado enquanto ele estava inconsciente? Será que ela também tivera que tentar dormir enquanto, do outro lado da igreja, um homem gemia de dor, chamando pela mãe?

– Concordo – disse ela, ajudando-o a se sentar mais aprumado na cama. – Este é um lugar muito mais agradável para convalescer. Mas, ao contrário do hospital, o médico não está aqui.

– Será? – perguntou ele, com um sorriso despontando. – Aposto que ele está lá embaixo agora mesmo, tomando uma cerveja. Ou talvez esteja na Fraunces. A cerveja lá é melhor.

– Falando em bebidas – tornou Cecilia, com uma voz que misturava pragmatismo e bom humor de forma bem agradável –, aqui está o seu láudano.

– Um drinque consideravelmente mais potente que um caneco de cerveja – comentou Edward, abrindo os olhos.

O ambiente já não estava mais tão claro; Cecilia tinha fechado as cortinas.

Ela aproximou o copo dos lábios dele, mas Edward balançou a cabeça de leve, dizendo:

– Eu consigo tomar sozinho.

– A dose é bem pequena – prometeu ela.

– Você foi orientada pelo médico?

– Sim, e tenho certa experiência com remédios. Meu pai sofria de enxaqueca.

– Sinto muito... – murmurou ele.

– As crises não eram muito frequentes.

Ele bebeu o medicamento, fazendo uma careta por causa do gosto amargo.

– É horrível, eu sei – disse ela, sem qualquer traço de pena na voz.

– E eu que achava que o álcool ia deixar o gosto mais tolerável...

Ela abriu um leve sorriso.

– Creio que a única coisa que deixa o gosto tolerável é a promessa de alívio.

Ele massageou as têmporas.

– Cecilia, está doendo muito.

– Eu sei.

– Eu só quero voltar a me sentir eu mesmo.

Os lábios dela estremeceram.

– Isso é o que todos queremos.

Ele bocejou, embora, pela lógica, ainda fosse cedo demais para que o opiáceo já estivesse fazendo efeito.

– Você ainda tem que me contar – seguiu ele, voltando a se deitar e acomodando-se nos cobertores.

– Contar o quê?

– Hum... – Ele fez um barulhinho agudo e engraçado enquanto pensava. – Tudo.

– Tudo, é? Acho que você está sendo muito ambicioso.

– Temos tempo.

– Temos?

Dessa vez, era Cecilia quem parecia estar se divertindo.

Ele assentiu, e então percebeu que o remédio devia estar fazendo efeito, porque sentiu algo muito estranho: estava exausto demais para soltar um bocejo. Ainda conseguiu, contudo, dizer algumas últimas palavras:

– Estamos casados. Temos a vida inteira pela frente.

CAPÍTULO 8

Edward Rokesby tem a aparência de um homem, e ponto final. Francamente, Cecilia, você já devia saber que não seria muito útil me pedir para descrever outro homem. Ele tem cabelos castanhos. O que mais eu poderia dizer?

Além disso, para o seu governo, mostro o seu retrato para todo mundo. Sei que você muitas vezes gostaria que eu fosse mais carinhoso, mas a verdade é que eu a amo muito, minha querida, e tenho muito orgulho de ser seu irmão. Ademais, graças a você, posso me gabar de ter a correspondente mais prolífica de todo o batalhão, e devo dizer que me regozijo muito com a inveja de todos os outros soldados.

Edward, em particular, é azucrinado pelo monstro verde da inveja sempre que chega o correio. Ele tem três irmãos e uma irmã, mas, em termos de correspondência, você supera todos eles – juntos.

– CARTA DE THOMAS HARCOURT À IRMÃ, CECILIA

Três horas depois, Cecilia ainda se sentia assombrada pelas palavras de Edward.

"Estamos casados."

"Temos a vida inteira pela frente."

Sentada à escrivaninha no canto de seu quarto no hotel Devil's Head, ela enterrou o rosto nas mãos. Tinha que contar a ele a verdade. Tinha que confessar tudo.

Mas como?

E – a questão mais premente – quando?

Convencera-se de que era necessário esperar o término do encontro com o major Wilkins. Bom, o encontro tinha acabado de acontecer, mas então parecia que Edward havia piorado. Ela não podia correr o risco de deixá-lo irritado, não com ele naquele estado. Ele ainda precisava dela.

"Ah, Cecilia", teve vontade de dizer em voz alta. "Pare de mentir para si mesma." Edward não precisava dela. Ela poderia estar contribuindo para que a recuperação dele fosse mais agradável, e talvez mais rápida, mas ele continuaria melhorando se ela desaparecesse de sua vida.

Enquanto Edward estivera inconsciente, precisara, de fato, de Cecilia. Uma vez acordado, contudo, ela deixara de ser tão essencial.

Cecilia olhou para Edward, que dormia tranquilamente na cama. Os cabelos escuros caíam numa franja que cobria suas sobrancelhas. Precisava de um corte, mas ela percebeu que gostava dele com os cabelos bagunçados. Davam-lhe um certo ar lascivo, um contraste delicioso com sua natureza conscienciosa. As madeixas revoltas lembravam-na de que aquele homem honrado era também dono de um senso de humor ácido e de que, às vezes, a frustração e a raiva levavam a melhor sobre ele.

Ele não era perfeito.

Era uma pessoa de verdade.

E, por algum motivo, isso fazia com que ela se sentisse ainda pior.

"Ainda vou compensá-lo por isso", jurou ela. Faria de tudo para merecer o perdão de Edward.

Contudo, ficava cada vez mais difícil imaginar que isso fosse acontecer. A moral inabalável de Edward – a mesma que havia convencido Cecilia a não confessar sua mentira antes da conversa com o major Wilkins – era justamente o que a colocava em um novo dilema.

Aos olhos de Edward, ele havia manchado a reputação dela.

Por mais que não estivessem dividindo a cama, estavam dividindo um quarto. No instante em que descobrisse que ela não era sua esposa de verdade, Edward acabaria insistindo para que se casassem. Ele era, acima de tudo, um cavalheiro, e sua honra jamais lhe deixaria alternativa.

E embora Cecilia fosse incapaz de se conter (pegava-se, de vez em quando, devaneando sobre um futuro em que ela era a Sra. Rokesby de verdade), ela nunca mais seria capaz de se olhar no espelho se o prendesse a um casamento forçado.

Ele viveria com rancor dela. Não: ele a odiaria.

Ou talvez não a odiasse, mas nunca a perdoaria.

Ela suspirou. A verdade era que, de qualquer maneira, ele nunca a perdoaria.

– Cecilia?

Ela se sobressaltou.

– Você acordou.

Edward abriu um sorriso preguiçoso.

– Há controvérsias.

Cecilia se levantou, percorrendo a curta distância que a separava da cama. Edward adormecera totalmente vestido, mas, cerca de uma hora depois, ela achara que ele parecia desconfortável e removera o lenço de seu pescoço. Ele mal se mexera, o que atestava a qualidade do láudano.

– Como está se sentindo? – perguntou ela.

Ele franziu o cenho, ponderando, e Cecilia achou que era um bom sinal que ele não respondesse sem pensar.

– Estou bem – disse ele, corrigindo-se logo em seguida, com um sorrisinho torto: – Quer dizer, estou *melhor*.

– Está com fome?

Ele também teve de pensar sobre essa pergunta.

– Estou, sim. Mas não sei se meu estômago receberia bem a comida.

– Tente tomar um pouco de sopa. – Cecilia se levantou para pegar uma pequena tigela que trouxera da cozinha não fazia nem dez minutos. – Ainda está morna.

Ele se sentou na cama.

– Dormi muito tempo?

– Umas três horas. O láudano foi certeiro.

– Três horas – repetiu ele, surpreso.

Seu cenho se franziu, e ele piscou algumas vezes, pensativo.

– Está tentando concluir se ainda está com dor de cabeça? – perguntou Cecilia, sorrindo.

– Não – respondeu ele, sem rodeios. – Não preciso pensar para saber que está doendo.

– Ah. – Sem saber o que dizer, Cecilia apenas acrescentou: – Sinto muito.

– Mas é uma dor diferente agora.

Ela pôs a tigela na mesa de cabeceira e se sentou ao lado dele.

– Diferente como?

– Menos lancinante, parece. Está mais branda.

– Isso há de ser um sinal de melhora.

Ele tocou de leve a têmpora, murmurando:

– Imagino que sim.

– Precisa de ajuda? – perguntou Cecilia, referindo-se à sopa.

Ele respondeu com a sugestão de um sorriso.

– Acho que consigo tomar sozinho, mas uma colher seria de grande valia.

– Ah! – Cecília se levantou de pronto. – Sim, é claro. Desculpe. Acho que se esqueceram de me dar os talheres.

– Tudo bem. Posso beber a sopa direto da tigela.

Ele levou a vasilha aos lábios e sorveu.

– Está boa? – perguntou Cecilia em resposta ao suspiro dc satisfação quc ele soltou.

– Muito boa. Obrigado por trazê-la.

Ela esperou que ele tomasse um pouco mais, e então disse:

– Você está com um aspecto muito melhor do que antes, durante a conversa com o major Wilkins. – Então, para que ele não achasse que ela estava prestes a tentar convencê-lo a levá-la logo ao Haarlem, apressou-se em dizer: – Mas não o suficiente para uma jornada ao norte da ilha amanhã.

Ele pareceu achar graça.

– Talvez depois de amanhã.

– Provavelmente também não – admitiu ela, suspirando. – Tive tempo de pensar no nosso encontro com o major Wilkins. Ele afirmou que fará perguntas acerca da enfermaria do Haarlem. Eu ainda prefiro visitar o lugar, mas por ora a palavra do major vai ter que bastar. Serei paciente. – Ela suspirou fundo, sem saber se dissera aquelas palavras para tentar consolar Edward ou a si mesma.

Que outra escolha lhe restava?

Edward pôs a tigela de sopa na mesa e pegou as mãos dela.

– Quero encontrar Thomas tanto quanto você.

– Eu sei.

Cecilia olhou para as mãos de ambos, os dedos entrelaçados. Era curioso como o encaixe era perfeito. As mãos de Edward eram grandes e quadradas, a pele bronzeada e maltratada pelo trabalho. Já as dela, bem, as mãos de Cecilia não estavam mais tão alvas e delicadas, mas ela se orgulhava dos novos calos. Achava que indicavam que ela era uma mulher capaz, senhora do próprio destino. Reconhecia nas próprias mãos uma força que jamais suspeitara ter.

– Nós vamos encontrá-lo – disse Edward.

Ela ergueu o rosto para olhar para ele.

– Talvez não.

Os olhos dele, que àquela luz tênue assumiam um tom mais próximo do azul-marinho, encontraram os dela.

– Preciso ser realista – concluiu ela.

– Realista, sim – retrucou ele. – Fatalista, não.

– Não. – Cecilia se esforçou para dar um pequeno sorriso. – Isso eu não sou. Pelo menos, ainda não.

Passaram alguns instantes sem dizer nada, e o silêncio, que começara como um ato de cumplicidade, foi ficando pesado e estranho conforme Cecilia se dava conta de que Edward estava pensando na melhor maneira de abordar um assunto desconfortável. Por fim, depois de pigarrear várias vezes, ele disse:

– Eu gostaria de saber mais sobre o nosso casamento.

Ela sentiu o coração subir à boca. Sabia que mais cedo ou mais tarde aquele momento chegaria; mas mesmo assim, durante um breve instante, Cecilia ficou sem ar.

– Não que eu esteja duvidando de sua palavra – falou ele. – Você é irmã de Thomas, e espero que perdoe a minha ousadia, mas preciso dizer que, depois de ler suas cartas para ele, sinto que já a conheço bem.

Cecilia não conseguiu sustentar o olhar de Edward.

– Mas eu gostaria de saber como tudo transcorreu – determinou ele.

Cecilia engoliu em seco. Tivera vários dias para bolar uma história, mas nutrir uma mentira na mente era muito diferente de enunciá-la em voz alta.

– Foi por vontade de Thomas – disse ela.

O que era verdade. Ou pelo menos ela supunha que fosse verdade. Seu irmão haveria de querer vê-la casada com seu melhor amigo.

– Ele vivia preocupado comigo – acrescentou ela.

– Por causa da morte de seu pai?

– Ele ainda não recebeu a notícia – respondeu Cecilia, com sinceridade. – Mas eu já sabia havia tempos que ele vivia preocupado com o meu futuro.

– Thomas chegou a dividir as preocupações dele comigo – confirmou Edward.

Ela ergueu os olhos, surpresa.

– É mesmo?

– Queira me desculpar. Sem querer desrespeitar os mortos, mas Thomas me segredou que seu pai estava mais interessado no próprio presente do que no futuro da filha.

Cecilia engoliu em seco. O pai fora um homem bom, mas também era incorrigivelmente egoísta. Apesar disso, ela o amava. E sabia que ele também a amava, à sua maneira.

– Eu dava certo conforto à vida do meu pai – disse ela, escolhendo as palavras como se estivesse caminhando em um campo cheio de flores; tiveram bons momentos, e era entre eles que ela buscava colher as melhores palavras. – E ele me dava um propósito.

Enquanto ela falava, Edward a observava com atenção e, quando ela arriscou um olhar na direção dele, o que viu nos olhos dele foi orgulho. Misturado, decerto, com uma dose de ceticismo. Ele sabia que ela não estava sendo inteiramente sincera, mas a admirava por ter dito aquelas palavras.

– Enfim – retomou ela, tentando imprimir mais leveza à própria voz –, Thomas sabia que meu pai estava mal de saúde.

Edward inclinou a cabeça para o lado.

– Se bem me lembro, você não disse que a morte dele foi repentina?

– E foi, de fato – ela se apressou em dizer. – Quer dizer, acho que, muitas vezes, a morte chega dessa forma. Vem se aproximando mas chega de surpresa.

Ele não comentou nada.

– Ou talvez não – argumentou ela. Por Deus, estava parecendo uma pateta, mas não conseguia calar a boca. – Não tenho muita experiência com a morte. Aliás, nenhuma, exceto pelo meu pai.

– Nem eu – disse Edward. – Pelo menos, não com a morte natural.

A escuridão se apossou dos olhos dele.

– Não considero natural a morte no campo de batalha – prosseguiu ele, com a voz séria.

– Não, claro que não é.

Cecilia não queria nem pensar nos horrores que ele teria visto. A morte de um jovem na flor da idade era muito diferente da morte de um homem velho como o pai dela

Edward tomou mais um gole de sopa, e Cecilia tomou o gesto como um sinal de que ela deveria retomar a história.

– Então o meu primo pediu a minha mão em casamento – disse ela.

– Pelo seu tom de voz, presumo que o pedido não tenha sido muito bem-vindo.

Ela contraiu os lábios.

– Não.

– E seu pai não o desencorajou? Espere... – Edward ergueu a mão com o indicador em riste, como quem quer fazer um contraponto em uma conversa. – Isso foi antes ou depois da morte de seu pai?

– Antes – respondeu ela.

Ela sentiu um embrulho no estômago. Era assim que as mentiras começavam. Até a morte do pai de Cecilia, Horace nunca fora uma ameaça, e Thomas nunca soubera que o primo a estava pressionando para se casar com ele.

– É claro. Então deve ter sido porque... – Edward franziu o cenho, soltando a mão dela para coçar o queixo. – Talvez minha mente esteja meio devagar, mas não estou conseguindo acompanhar a ordem dos fatos. Acho que seria melhor escrever tudo para mim.

– Como preferir – disse Cecilia, sentindo a culpa vibrar como um tambor em seu peito.

Pensou, incrédula, que estava permitindo que ele achasse que a história parecia complicada por conta da própria confusão mental. Tentou sorrir, mas não conseguiu produzir muito mais do que um estremecimento nos lábios.

– Eu mesma mal consigo acreditar.

– Perdão?

Ela devia ter adivinhado que precisaria explicar aquela observação.

– É que eu mal consigo acreditar que estou aqui. Em Nova York.

– Comigo.

Ela olhou para o homem íntegro e generoso que ela não merecia.

– Com você.

Ele pegou a mão dela, levando-a aos lábios. O coração de Cecilia se derreteu, embora sua consciência estivesse em prantos. Por que aquele maldito homem tinha que ser tão encantador?

Ela respirou fundo.

– Segundo as regras sucessórias de Marswell, se algo acontecer a Thomas, a propriedade passará a ser de Horace.

– Foi por isso que ele a pediu em casamento?

Erguendo a sobrancelha, ela disse:

– Não acha que ele pode ter sido conquistado por meu charme e minha beleza?

– Acho, mas certamente esse foi o motivo pelo qual *eu* a pedi em casamento. – Um sorriso nasceu nos lábios de Edward, mas logo se dissipou, dando lugar a um esgar. – Eu a pedi em casamento, certo?

– Mais ou menos. Hã... – O rosto dela ardia. – Foi mais um, bem... – Ela se agarrou à única resposta possível. – Na verdade, quem tomou todas as providências foi Thomas.

Edward não pareceu nada feliz ao saber desse desdobramento.

– Não havia outra forma possível de conduzir o processo – acrescentou ela.

– Onde você assinou os papéis?

Ela parou para pensar.

– No navio.

– É mesmo? – Ele parecia verdadeiramente perplexo com a coisa toda. – Então como eu...?

– Não sei ao certo – respondeu Cecilia.

– Mas se você estava no navio, quando foi que eu...?

– Logo antes de viajar para Connecticut – mentiu Cecilia.

– Eu assinei os papéis três meses antes de você?

– As duas assinaturas não precisam ocorrer ao mesmo tempo – pontuou Cecilia, sentindo que estava se enterrando cada vez mais.

Tinha preparado mais desculpas – pensou em dizer que o vigário de seu vilarejo teria se recusado a realizar um casamento por procuração, ou que ela não queria ter que fazer os votos até que se tornasse absolutamente necessário, para permitir que Edward pudesse desistir do casamento se mudasse de ideia. Mas, antes de conseguir contar mais uma mentira, ela se deu conta de que ele estava acariciando o dedo dela, no ponto onde o anel deveria estar.

– Você nem tem um anel – disse ele.

– Não preciso de um anel – falou ela.

Ele franziu o cenho, e suas sobrancelhas formaram uma linha reta.

– Precisa, sim.

– Mas isso pode ficar para depois.

E então, em um movimento repentino que ela jamais teria esperado, dada a condição de saúde dele, Edward se inclinou para a frente e tocou o queixo dela.

– Cecilia, me beije – pediu ele.

– O quê? – A resposta de Cecilia saiu em um guincho.

– Por favor, me beije.

– Você perdeu a razão.

– É uma possiblidade – concordou ele –, mas acho que, para qualquer homem, querer beijá-la pode ser considerado um sinal de sanidade.

– Qualquer homem – ecoou ela, ainda tentando se situar.

– Ou não. – Ele se fez de pensativo. – Acho que posso apresentar certa tendência ao ciúme, então "qualquer homem" teria que pensar duas vezes, ou ele teria de se ver comigo.

Ela balançou a cabeça. Depois, revirou os olhos. E então fez as duas coisas ao mesmo tempo.

– Você precisa descansar.

– Depois de um beijo.

– Edward...

Ele imitou à perfeição a entonação dela:

– Cecilia...

Ela abriu a boca, exasperada, para responder.

– Você está tentando fazer cara de cachorrinho pidão para mim?

– Funcionou?

"Sim."

– Não.

Ele soltou o ar, debochado.

– Você não mente bem, sabia?

Ah, mas ele não fazia ideia...

– Termine de tomar a sopa – ordenou ela, tentando, sem o menor sucesso, soar autoritária.

– Está insinuando que eu não tenho forças suficientes para beijá-la?

– Ai, meu Deus, você é terrível!

Edward ergueu a sobrancelha, formando um arco perfeitamente arrogante.

– Porque devo avisá-la de que eu adoro um desafio.

Ela contraiu os lábios, tentando reprimir um sorriso.

– O que aconteceu com você?

Ele deu de ombros, dizendo:

– Felicidade.

Aquela única palavra foi o suficiente para que Cecilia perdesse o ar. Por baixo de sua aparência respeitável, Edward Rokesby era dono de um pronunciado senso de humor. Ela não deveria ter ficado tão surpresa com isso, considerando todos os indícios que já vira nas cartas dele.

Um pingo de alegria fora o suficiente para despertar todo o bom humor dele.

– Eu ainda quero um beijo – pediu ele outra vez.

– Você precisa descansar.

– Acabei de acordar de uma soneca de três horas. Há muito tempo que não me sentia tão descansado como estou agora.

– *Um* beijo – concedeu ela, embora sua mente a advertisse de que não deveria fazer isso.

– Unzinho só – concordou ele, acrescentando em seguida: – Estou mentindo, é claro.

– Não sei se ainda conta como mentira se você se entrega na mesma frase.

Ele deu duas batidinhas na bochecha, pedindo o beijo.

Cecilia mordeu o lábio. Um beijo não faria mal algum. Ainda por cima na bochecha. Ela se inclinou.

Então Edward virou o rosto, e os lábios dela tocaram os dele.

– Você me enganou!

Ele a segurou pela nuca.

– Enganei, foi?

– Você sabe que sim.

– Já percebeu que quando você fala assim tão pertinho de mim, é quase um beijo? – murmurou ele de maneira sedutora, com a boca colada ao canto dos lábios dela.

Ela se segurou para não soltar um gemido de prazer. Não tinha forças para resistir. Não com Edward agindo daquela forma – espirituoso, encantador e tão obviamente feliz por ter acordado e se ver casado com ela.

E então os lábios dele encontraram os dela, roçando de leve, um beijo que deveria ter sido casto. Mas não havia nada de inocente na maneira como o corpo dela se arqueava em direção a ele, querendo mais. Antes mesmo de conhecê-lo, Cecilia já era meio apaixonada por aquele homem, e sentia seu corpo confessar o que a mente se recusava a admitir: ela o queria, desesperadamente, por inteiro.

Se ele não estivesse tão doente, se não estivesse tão fraco, só Deus sabe o que teria acontecido. Porque talvez ela não conseguisse reunir as forças necessárias para impedi-los de consumar um casamento que nem mesmo existia de verdade.

– Você é o meu melhor remédio – murmurou Edward, colado à pele dela.

– Não vamos menosprezar o poder do láudano – disse ela, tentando brincar.

Tinha que achar um jeito de aliviar a tensão do momento.

– Eu não menosprezo – falou ele, recuando só o suficiente para que os olhares dos dois se encontrassem. – Obrigado por insistir em que eu o tomasse. Acho que realmente ajudou.

– Não precisa agradecer – disse Cecilia, hesitante, tentando entender a repentina mudança de assunto.

Ele acariciou a bochecha dela.

– Na verdade, isso é parte do motivo pelo qual eu falei que você é o meu melhor remédio. Sabe, eu conversei com algumas pessoas no hospital. Ontem, depois que você foi embora.

Ela balançou a cabeça. Não estava entendendo aonde ele queria chegar.

– Eles me contaram que você cuidou muito bem de mim. Falaram sobre como você insistiu para que eu recebesse um tratamento de primeira, o que talvez não tivesse acontecido sem a sua interferência.

– O-ora... – gaguejou ela.

Isso não tinha nada a ver com o fato de ser esposa dele ou não. Teria agido da mesma forma qualquer que fosse a relação entre eles.

– Um homem até me disse que achava que, se não fosse por você, eu nunca teria despertado.

– Tenho certeza de que isso não é verdade – falou ela, pois não podia aceitar o crédito por aquele feito.

E não podia permitir que ele se sentisse em dívida com ela.

– É curioso... – murmurou ele. – Não me recordo de ter muita vontade de me casar. E definitivamente não me lembro de pensar muito nisso. Mas acho que estou gostando.

Os olhos de Cecilia se encheram de lágrimas. Ele as enxugou.

– Não chore – sussurrou ele.

– Não estou chorando – respondeu ela, embora estivesse.

Ele sorriu, compassivo.

– Acho que é a primeira vez que eu faço uma garota chorar com um beijo meu.

Ela recuou, sentindo a necessidade de colocar certa distância entre eles. Edward soltou o rosto de Cecilia, mas sua mão deslizou para o ombro da jovem, passando então pelo braço até tomar a mão dela.

Não parecia inclinado a soltá-la, e ela sabia, do fundo do coração, que não queria que ele a soltasse.

– Está ficando tarde – comentou ele.

Ela olhou para a janela. As cortinas estavam fechadas desde cedo, mas pelas bordas dava para ver que o sol tinha se posto havia muito e que a noite já ia alta.

– Você vai dormir? – perguntou ele.

Ela logo soube do que ele estava falando. Ele queria saber se ela dormiria naquela cama.

– Não precisa ficar desconfortável – disse ele. – Não estou em condições de fazer amor com você hoje, por mais que eu deseje isso.

Cecilia ruborizou. Não conseguiu disfarçar.

– Pensei que você não estava mais cansado – murmurou ela.

– E não estou. Mas você está.

Ele estava certo. Ela estava exausta. Teria sido mais inteligente dormir enquanto ele dormira, mas ela preferira ficar velando o sono dele. Mais cedo, quando o pusera na cama, Edward parecia muito mal. Quase pior do que quando estava no hospital.

Se algo de ruim acontecesse a ele, depois de tudo o que se passara...

Cecilia nem suportava imaginar.

– Você comeu alguma coisa? – perguntou ele.

– Sim.

Quando fora buscar a sopa dele, ela fizera uma refeição leve.

– Ótimo. Não queremos que a enfermeira vire paciente. Posso assegurá-la de que eu nunca conseguiria encontrar uma cuidadora tão formidável quanto você. – A expressão dele ficou séria. – Você precisa descansar.

Disso ela sabia. Contudo, achava que nunca conseguiria repousar.

– Imagino que você ainda queira prezar pelo pudor – disse ele, deixando transparecer um traço de desconforto.

Cecilia se sentiu um pouco melhor ao saber que ele também considerava a situação um tanto irregular.

– Eu lhe dou a minha palavra de que vou me virar para o outro lado e não vou olhar – afirmou ele.

Ela o encarou, confusa.

– Enquanto você se troca para dormir – explicou ele.

– Ah. Sim, é claro.

Por Deus, ela era uma idiota.

– Posso até meter a cabeça debaixo das cobertas.

Ela se levantou, um pouco trêmula.

– Não será necessário.

Fez-se um silêncio pesado, e então, com uma voz rouca, ele disse:

– Acho que será necessário, sim.

Cecilia ofegou, surpresa com a confissão dele, então não perdeu mais tempo: foi direto para o armário que continha o seu parco vestuário. Trouxera consigo uma única roupa de dormir, uma camisola simples de algodão branco, sem renda ou qualquer outro enfeite. O tipo de peça que uma dama jamais incluiria em seu enxoval.

– Vou me trocar ali no cantinho – disse ela.

– Já estou embaixo da coberta.

Ele de fato estava. Enquanto ela fora buscar a camisola, ele tinha se deitado na cama e puxara o cobertor para tapar cabeça.

Se não estivesse tão envergonhada, Cecilia até teria rido da situação.

De forma rápida e eficiente, ela tirou as roupas e se enfiou na camisola. A peça se estendia até os pés, cobrindo-a tanto quanto qualquer vestido normal, e era muito menos reveladora do que um vestido de festa, mas, ainda assim, Cecilia se sentia exposta de uma maneira escandalosa.

Ela costumava escovar os cabelos cinquenta vezes antes de ir para a cama, mas naquele momento, com Edward enfiado embaixo das cobertas, o hábito lhe pareceu excessivo, de modo que ela apenas trançou os cabelos para dormir. Quanto aos dentes... Olhou para a escova de dentes e o pó dentifrício que trouxera da Inglaterra, e então para a cama. Edward não tinha nem se mexido.

– Acho que, só desta vez, vou para a cama sem escovar os dentes – anunciou ela, na esperança de que isso fosse desencorajá-lo de querer beijá-la na manhã seguinte.

Guardou a escova de dentes de volta no armário e foi para o lado livre da cama. Com todo o cuidado, como se não quisesse remexer muito a coberta, ela deslizou para debaixo dos lençóis.

– Já pode abrir os olhos – falou.

Edward descobriu o rosto.

– Você está longe demais – queixou-se ele.

Cecilia ainda estava recolhendo a perna direita para cima da cama.

– Melhor assim – sentenciou ela, inclinando-se para o lado e apagando a vela para permitir que a escuridão dominasse o quarto.

Contudo, ela continuava sentindo a forte presença do homem deitado ao seu lado.

– Boa noite, Cecilia – disse ele.

– Boa noite.

Ela rolou para o lado, desconfortável, virando-se de costas para ele. Era assim que costumava dormir, virada para o lado direito, com as mãos sob a bochecha como se estivesse rezando. Contudo, naquele momento, a posição não estava cômoda e decididamente não parecia natural.

Ela achou que nunca conseguiria dormir. Nunca mesmo.

No entanto, apesar de tudo, logo adormeceu.

CAPÍTULO 9

Por favor, transmita meus cumprimentos ao tenente Rokesby e diga que, se os irmãos dele escrevem para ele menos do que eu escrevo para você, certamente há de ser porque eles vivem vidas muito mais emocionantes do que a minha. Nesta época do ano, Derbyshire é um tédio. Ah, a quem eu quero enganar? Derbyshire é um tédio o ano inteiro. Ainda bem que eu prefiro uma vida sem muitas emoções.

– CARTA DE CECILIA HARCOURT AO IRMÃO, THOMAS

Na manhã seguinte, Edward acordou muito devagar, a mente relutando em se retirar de um sonho extremamente agradável. Estava deitado na cama, o que, em si, já era digno de nota – tinha quase certeza de que fazia meses que não dormia em uma cama de verdade. E estava bem aquecido. Quente e confortável, mas não morrendo de calor, como era comum durante os verões opressivos de Nova York.

O curioso era que, no sonho, não acontecia nada de extraordinário; a graça estava toda nas sensações. No conforto que sentia. Até mesmo o próprio corpo parecia afoito para se deleitar com aquela sensação de felicidade.

Acordara rijo, o que não era incomum, mas sem a costumeira frustração de saber que nada iria acontecer. Porque, no sonho, ele estava encostado em um traseiro mais do que encantador, quentinho e redondo, que o envolvia em um abraço aconchegante e feminino.

Ele apoiou a mão em uma das nádegas.

Suspirou. Que perfeição.

Ele sempre apreciara as mulheres, as curvas suaves do corpo, a pele pálida e macia que contrastava com a dele. Nunca fora mulherengo e nunca se dera indiscriminadamente às conquistas.

Muitos anos antes, seu pai o puxara de lado e instaurara nele o temor a Deus e à sífilis. Muito embora ele às vezes fosse a bordéis com os amigos, nunca utilizava os serviços da casa. Era mais seguro (e, em sua opinião, provavelmente muito mais prazeroso) se deitar com uma mulher que ele já conhecesse. Viúvas discretas, na maior parte das vezes. Uma ou outra cantora de ópera.

Mas as colônias não contavam com tantas viúvas discretas e cantoras de ópera, e já fazia muito tempo desde a última vez em que ele se vira envolto por um corpo feminino.

Deliciava-se com a sensação do corpo quente de uma mulher ao seu lado. Embaixo dele.

Enrodilhando-o.

Ele puxou para perto a moça perfeita que habitava os seus sonhos, e então...

Despertou. De verdade.

Jesus Cristo.

Quem estava em seus braços era não uma misteriosa mulher onírica, e sim Cecilia. A camisola dela tinha subido durante a noite, revelando suas costas nuas e muito atraentes.

Ele ainda estava vestido (tendo pela segunda vez adormecido sem tirar as roupas do dia anterior), e seu membro protestava violentamente contra o confinamento da calça. Edward não poderia culpá-lo, considerando que estava colado ao traseiro de Cecilia.

Não era possível que algum outro homem já tivesse se encontrado em uma situação tão deliciosa e tão frustrante. Ela era esposa dele. Ele teria todo o direito de puxá-la para perto e cobrir seu corpo de beijos até que ela ficasse entorpecida de desejo. Começaria pela boca, depois desceria pelo pescoço elegante e se deteria em suas clavículas.

Dali seria um pulo rápido até os seios, que ele ainda não havia visto, mas que sabia, com certeza, que teriam o tamanho e o formato perfeitos para caber nas mãos dele. Não sabia ao certo de onde vinha aquela convicção, mas, se todos os demais aspectos dela eram perfeitos, por que seria diferente com os seios?

Além do mais, estava com a sensação de que, em algum momento durante a madrugada, ele tinha apalpado um daqueles seios. Embora sua mente não se lembrasse do ocorrido, sua alma parecia se recordar.

Contudo, tinha prometido a ela que não se aproveitaria daquela proximidade forçada. Prometera também a si mesmo que daria a ela uma noite de núpcias digna, e não uma relação rápida e desajeitada com um homem alijado de metade da força e da resistência habituais.

Quando, enfim, fizesse amor com Cecilia, ela receberia todo o romance que merecia.

De modo que, naquele instante, ele precisava arrumar uma maneira de se afastar dela sem acordá-la, apesar dos protestos de cada fibra masculina de seu corpo.

Algumas das quais, inclusive, protestavam com mais veemência do que outras.

"Comecemos pelo mais fácil", disse ele a si mesmo. "Tire a mão daí."

Ele resmungou. A última coisa que queria fazer era tirar a mão da nádega dela.

Mas então Cecilia emitiu um ruído baixinho, como se estivesse prestes a despertar, e isso foi o suficiente para arrancar Edward da inércia. Com um movimento lento e cuidadoso, ele tirou a mão do traseiro dela, pousando-a no próprio quadril.

Ela murmurou algo, ainda dormindo. Algo sobre um "suflê de salmão", e soltou um longo suspiro, acomodando-se outra vez nos travesseiros.

Desastre evitado. Edward deu-se ao luxo de voltar a respirar.

O próximo passo era tirar o braço de debaixo dela. Um feito complexo, já que ela parecia estar abraçada à mão dele como se fosse uma boneca ou um bichinho de pelúcia, aninhando-a junto à bochecha.

Ele deu uma puxadinha de leve. Cecilia não se mexeu.

Puxou com um pouco mais de força e congelou quando ela emitiu um grunhido de irritação sonolenta, acomodando-se ainda mais na palma da mão dele.

Irritação sonolenta. Quem diria que isso poderia existir?

"Pois bem", pensou ele com seus botões. "Agora a coisa vai ficar séria." Transferindo o peso do corpo de maneira desajeitada, ele cravou o braço no colchão, criando uma depressão funda o bastante para que conseguisse liberar o braço sem perturbar a posição de Cecilia.

Enfim desemaranhados. Edward começou a se afastar, milímetro por milímetro... mas na verdade não conseguiu retroceder nem cinco centímetros. No fim das contas, não fora ele quem atravessara a cama no meio da noite: fora Cecilia. E parecia que ela não fazia nada pela metade, pois ele estava encurralado bem na borda do colchão.

Não havia jeito. Ele teria que se levantar para saudar o sol lá fora.

Sol? Olhou pela janela. Na verdade, o sol é que logo se levantaria para saudá-lo. Ainda nem havia amanhecido. Edward pensou que aquilo não era nenhuma surpresa, já que eles tinham ido dormir bem cedo na noite anterior.

Com um último olhar pra Cecilia, certificando-se de que ela ainda dormia profundamente, Edward se levantou. Não se sentia tão fraco quanto no dia anterior, o que fazia um certo sentido. Podia não ter conseguido jantar nada além de um pouco de sopa, porém mais cedo, logo ao chegar ao Devil's Head, fizera uma refeição completa. Era impressionante como um pouco de carne com batatas faria bem a um homem.

Sua cabeça também estava melhor, embora uma voz sensata dentro dele o advertisse de que não deveria fazer movimentos bruscos. O que sem dúvida excluía a viagem de quinze quilômetros até o Haarlem, mas pelo menos a própria Cecilia já tinha admitido que a jornada teria de ficar para outro dia. Para ser sincero, ele não acreditava que teriam alguma notícia de Thomas no posto ao norte, mas, mesmo assim, queria levá-la ao Haarlem quanto antes. Enquanto isso não fosse possível, eles continuariam a investigar dali mesmo.

Ele não descansaria até descobrir o que havia acontecido com Thomas. Era o mínimo que Edward devia ao amigo.

E agora também a Cecilia.

Movimentando-se ainda bem devagar, Edward percorreu os poucos passos necessários para se chegar à janela e abriu uma fresta na cortina. O sol começava a despontar no horizonte do Novo Mundo, tingindo o céu com pinceladas grossas de rosa e laranja. Pensou na família, lá na Inglaterra. Para eles o dia já teria começado. Será que estariam almoçando? O tempo já estaria bom o suficiente para uma cavalgada pelos amplos campos da Crake House? Ou será que a primavera estaria relutante em ir embora, fustigando o país com vento e frio?

Sentia saudade de casa, do verde-escuro do gramado e das cercas-vivas, da neblina gelada da manhã. Sentia saudade das roseiras de sua mãe, embora nunca tivesse apreciado o aroma nauseante que exalavam. Era a primeira vez que sentia tanta saudade de casa? Achava que sim, embora fosse bem possível que o vazio tivesse se instaurado nele durante os meses que tinham sumido de sua memória.

Ou talvez fosse algo novo. Aparentemente ele tinha uma esposa e, se Deus permitisse, logo viriam os filhos. Ele nunca pensara em começar uma família nas colônias. Quando imaginava aquele momento, sempre se via de volta a Kent, instalado na própria casa, perto dos demais Rokesbys.

Não que aqueles devaneios incluíssem alguma mulher em específico. Nunca havia cortejado uma dama antes, embora todos achassem que ele acabaria se casando com sua vizinha, Billie Bridgerton. Nem ele nem Billie contradiziam as pessoas, mas eles sabiam que teriam sido um desastre como marido e mulher. Consideravam-se quase irmãos, de modo que nem pensavam em se casar.

Deu uma risadinha ao pensar na amiga. Quando eram crianças, ele e Billie viviam correndo pelos campos com os irmãos dele, Andrew e Mary. Era um milagre que todos tivessem conseguido chegar vivos à idade adulta. Antes mesmo de seu oitavo aniversário, Edward já tinha deslocado o ombro e teve um dente de leite arrancado sem querer. Andrew estava sempre todo ralado. Só Mary parecia imune aos constantes machucados, embora decerto isso se devesse menos ao acaso e mais à sensatez da menina.

E havia George, é claro. George nunca testava a paciência da mãe com fugas e machucados. Ele era, na verdade, vários anos mais velho que os demais. Tinha afazeres muito mais importantes do que perambular pela propriedade com os irmãos mais novos.

Será que Cecilia iria gostar da família dele? Ele achava que sim, e sabia que eles gostariam dela. Esperava que ela não fosse sentir muita saudade de Derbyshire; tudo indicava, inclusive, que ela já não tinha muito o que a prendesse lá. Thomas nunca expressara grandes afetos pelo vilarejo, e, agora que ele herdaria Marswell, Edward não ficaria nada surpreso se o amigo decidisse alugar a propriedade e continuar no exército.

Isto é, se eles conseguissem, é claro, encontrá-lo.

No fundo, Edward não estava muito otimista. Se por fora parecia convicto, era por causa de Cecilia; o desaparecimento de Thomas estava envolto em mistérios demais para que tivesse alguma chance de chegar a um final feliz.

Contudo, por outro lado, a história do desaparecimento do próprio Edward tinha chegado a um fim improvável e bizarro – a memória perdida, a esposa encontrada. Quem poderia garantir que Thomas não teria a mesma sorte?

As cores do alvorecer já começavam a se dissipar no céu quando Edward fechou a cortina. Era melhor vestir suas roupas – ou melhor, vestir outras roupas – antes que Cecilia acordasse. Ainda que não precisasse trocar de calça, uma camisa limpa era mais do que necessária. Seu baú estava perto do guarda-roupa. Atravessou o quarto a passos silenciosos e o abriu, encontrando seus pertences aparentemente intactos. No geral, sua bagagem consistia apenas de roupas e equipamentos, mas havia um ou outro item pessoal. Um pequeno volume de poesia que sempre apreciara muito, um peculiar coelhinho de madeira que ele e Andrew haviam entalhado quando crianças.

Sorriu, sozinho, com desejo repentino de rever o objeto. Eles haviam decidido que cada um entalharia metade do coelho, e o resultado era o animal mais disforme e torto que já habitara a face da Terra. Billie declarara que, se de fato tivessem aquela aparência, os coelhos seriam grandes predadores, pois matariam os outros animais de susto.

– Aí – anunciara a amiga, com a verve dramática que lhe era típica – eles dariam o bote, desferindo o golpe final com seus dentinhos letais...

Foi então que a mãe de Edward se intrometera na conversa, dando um fim àquilo tudo e declarando que os coelhos eram "animaizinhos de Deus", e que Billie deveria...

Nesse instante, Edward agitara o coelho bem diante do rosto da mãe, que soltou um gemido tão alto e esganiçado que as crianças passaram semanas imitando-a.

No entanto, ninguém conseguira reproduzir o gemido com fidelidade. Nem mesmo Mary, e a irmã de Edward sabia dar uns gritos e tanto (única menina entre tantos irmãos, ela tivera que aprender cedo).

Edward enfiou a mão bem fundo no baú, tateando entre as camisas, calças e as meias que tinha aprendido a cerzir sozinho. Procurava os contornos irregulares do coelho, mas seus dedos roçaram em um maço de papéis amarrados com um barbante. Cartas. Guardava todas as cartas que recebia de casa. Por mais que sua pequena pilha não chegasse nem perto da pilha de Thomas, ainda representava todas as pessoas que ele amava – a mãe, com sua caligrafia longa e elegante; o pai, que nunca escrevia muito, mas sempre conseguia expressar tudo o que sentia. Uma única carta de Andrew. Edward não se ressentia com o fato de o irmão mais novo não ter escrito mais: Andrew estava na Marinha e, considerando que enviar e receber correspondências já era difícil para Edward, que estava em Nova York, para Andrew seria ainda pior.

Com um sorriso nostálgico, continuou a folhear a pilha. Billie era uma correspondente terrível, mas até que conseguira rabiscar alguns bilhetes. Mary era muito melhor, e ainda incluía alguns garranchos de Nicholas, o caçula da família – que, Edward envergonhava-se de admitir, ele mal conhecia. A diferença de idade entre eles era muito grande e, com a vida atribulada que viviam, parecia que nunca conseguiam estar ao mesmo tempo no mesmo lugar.

Contudo, foi no fundo da pilha, escondida entre duas cartas da mãe, que Edward encontrou a parte mais preciosa de sua coleção.

Cecilia.

Ela nunca havia escrito diretamente para ele; ambos sabiam muito bem que isso não teria sido apropriado. Mas incluía um pequeno recado para ele no final da maioria de suas cartas para o irmão, e em pouco tempo Edward passara a aguardar os recados embutidos nas missivas do amigo com uma ansiedade que jamais teria tido coragem de admitir.

Thomas dizia "Chegou uma carta da minha irmã", e Edward nem erguia os olhos ao responder: "Não me diga. Que coisa formidável, espero que ela esteja bem." Mas, por dentro, seu coração acelerava, o peito ficava pesado, e, enquanto Thomas corria os olhos pelas palavras de Cecilia, Edward fitava o amigo de soslaio, controlando-se para não gritar "Vamos, homem, leia logo o maldito trecho que ela dirigiu a mim!".

Não, de fato, não teria sido uma boa ideia confessar quanto ansiava pelas cartas de Cecilia.

Até que um dia Thomas estava fora e Edward estava descansando no alojamento que dividiam, quando se pegou pensando ela. Não era nada fora do normal. Pensava na irmã do amigo muito mais do que seria apropriado, dado que eles nem sequer se conheciam. Mas, naquela ocasião, já fazia mais de um mês desde a última carta dela – um intervalo maior do que o comum – e Edward estava começando a se preocupar com ela, embora soubesse que o atraso certamente se devesse aos ventos do oceano e às correntes marinhas. O correio transatlântico não era nada confiável.

Contudo, deitado na cama, ele não conseguia se lembrar com exatidão do que ela escrevera na última carta e, por algum motivo, ele se sentiu absolutamente compelido a relê-la. Ao descrever a mexeriqueira do vilarejo, Cecilia tinha usado o termo "enxerida" ou "exagerada"? Ele já não lembrava, e era uma questão de vital importância. Mudava todo o significado da frase, e...

Antes mesmo de se dar conta do que fazia, Edward já estava fuxicando as coisas de Thomas, procurando as cartas de Cecilia só para poder relembrar as quatro frases que ela incluíra para ele.

Foi só ao terminar que ele percebera o tamanho da quebra de privacidade a que submetera seu amigo.

Desde o início, Edward soubera muito bem quanto era patético.

Contudo, uma vez começado, não conseguiu mais parar. Sempre que Thomas saía, Edward corria para bisbilhotar as cartas de Cecilia. Era seu segredo mais secreto e cheio de culpa, e, ao descobrir que seria enviado para Connecticut, ele afanara duas páginas das cartas de Cecilia, escolhendo missivas em que a folha final era quase inteiramente dirigida a ele. Thomas perderia um pedacinho ínfimo das palavras de sua irmã, e Edward ganharia...

Bem, falando francamente, ele acreditava que ganharia um pouco de sanidade. Talvez um pouco de esperança.

No fim, havia levado apenas uma de suas cartas para Connecticut, decidindo guardar a outra na segurança de seu baú. Um plano que, no fim das contas, se provara mais do que prudente. De acordo com as pessoas no hospital, quando ele fora achado em Kip's Bay, não trazia consigo nenhum papel e nenhum item pessoal. Só Deus sabia onde aquela carta de Cecilia tinha ido parar. Provavelmente no fundo de um lago, ou talvez alimentando uma fogueira. Edward torcia para que tivesse sido encontrada por um pássaro diligente, que a teria rasgado em pedacinhos para forrar o seu ninho.

Achava que Cecilia gostaria daquele destino.

Ele também gostava. A ideia trazia certo alívio para a dor da perda.

O plano dele era sempre levar a página consigo, guardada a salvo no bolso de sua casaca. Era estranho que...

Edward congelou. Desde que despertara, aquilo era o máximo de que conseguia se lembrar. Nada a respeito do que fizera ou dissera, mas ele se lembrava de levar no bolso do casaco uma carta de sua esposa.

Ou será que ela ainda não era sua esposa àquela altura? Qual era a data do casamento dele? No dia anterior, ele chegara a fazer perguntas sobre o assunto, mas a conversa tomou outro rumo, até que... bom, na verdade, a era sua culpa, pois fora ele quem começara a pedir um beijo.

Se não tinha conseguido as respostas de que precisava, só podia responsabilizar a si mesmo.

Contudo, aquela era a carta – a página que estava em suas mãos – pela qual ele nutria mais estima. Era da primeira vez em que ela escrevera especificamente para ele. Não havia nada de muito pessoal; era como se os instintos dela tivessem adivinhado que aquilo de que ele mais precisava era uma dose de normalidade. Ela preenchera uma página com pequenezas mundanas, conferindo-lhes um encanto especial através de sua perspectiva astuta.

Edward espiou por cima do ombro para certificar-se de que Cecilia ainda dormia, e então desdobrou a carta com muito cuidado.

Caro capitão Rokesby,

A maneira como o senhor descreveu as flores silvestres das colônias me deixou ainda mais ansiosa pela primavera, que está lutando com bravura contra o inverno de Derbyshire. Não, minto. Não é uma batalha difícil. O inverno obliterou a primavera como um punho esmagando um inseto. Não podemos nem contar com o prazer de uma neve amena e sequinha. Qualquer precipitação logo derrete, virando um lamaçal desagradável, e tive o azar de estragar dois sapatos nesta estação. Não dois pares, veja bem. Dois sapatos. Minha sapatilha esquerda e minha bota direita. Minha alma frugal até gostaria de unir os pés sobreviventes para formar um par desconjuntado, mas infelizmente sou vaidosa demais para suportar esse pesadelo estético – isso sem mencionar a minha falta de equilíbrio. A bota tem um salto dois centímetros mais alto que a sapatilha, e tenho certeza de que eu sairia tropeçando em tudo, cairia da escada e talvez até quebrasse uma janela. Pergunte a Thomas sobre a vez em que eu tropecei no tapete da sala de visitas e a triste sucessão de desastres que veio a seguir.

Cuide-se bem, Edward, e cuide de Thomas – rogo também a ele que faça o mesmo por você. Torço para que esteja bem; você está sempre nas minhas preces.

Sua amiga,
Cecilia Harcourt.

Ao terminar de ler, Edward ainda passou vários segundos encarando a caligrafia elegante, correndo a pontinha do indicador pelos floreios do nome dela. “Sua amiga”, escrevera ela. De fato, era exatamente isso que ela sempre fora, antes mesmo que ele a conhecesse.

Sua amiga.

E agora era sua esposa.

Então, ouviu atrás de si os sons inconfundíveis que indicavam que Cecilia estava despertando. Dobrou a carta com pressa, enfiando-a de volta na pilha de correspondência que recebera da família.

– Edward? – chamou ela, ainda grave e arrastada, como se pudesse se transformar, a qualquer momento, em um bocejo inesperado.

– Bom dia – disse ele, virando-se.

– O que você estava lendo?

Ele tamborilava na própria perna.

– Só uma carta da minha família.

– Ah. – Ela ficou calada por um instante e então prosseguiu, baixinho: – Imagino que esteja sentindo muita saudade deles.

– Eu... sim – respondeu ele.

E então, naquele instante, ele sentiu como se tivesse voltado a ser um garotinho, olhando para a linda menina do outro lado do salão, aquela que ninguém tinha coragem de abordar. Era ridículo, uma loucura descabida. Ele era um homem feito, e já fazia muito mais de uma década desde a última vez em que se sentira intimidado por uma mulher a ponto de se calar. Contudo, sentia como se tivesse sido flagrado com a boca na botija.

Se ela descobrisse que ele tinha roubado as cartas dela... Ficava mortificado só de pensar.

Algo errado? – perguntou ela.

– Não, não... claro que não. – Ele enfiou a pilha de cartas no baú. – É só que... sabe... eu estava pensando na minha casa.

Ela assentiu, sentando-se na cama e cobrindo-se timidamente com o lençol.

– Eu não os vejo há... Ai!

Edward cuspiu uma série de impropérios ao dar uma topada forte no baú. Estava tão preocupado em disfarçar as evidências de sua tolice de garoto apaixonado que nem prestara atenção por onde ia.

– Você está bem? – perguntou ela, demonstrando uma surpresa sincera com a reação dele.

Edward xingou outra vez, e logo se pôs a pedir perdão. Fazia muito tempo que não ficava na presença de uma dama. Seus bons modos estavam meio enferrujados.

– Não precisa se desculpar – disse ela. – Poucas coisas são piores que uma bela topada no dedão. Quisera eu poder dizer essas coisas quando a topada acontece comigo.

– Billie diz – contou ele.

– Quem?

– Ah, perdão. Billie Bridgerton. Minha vizinha.

Parecia que ela ainda não tinha saído dos pensamentos dele. Devia ser porque ele tinha passado um tempo folheando as cartas que recebera.

– Ah, sim. Você já falou dela.

– Já? – perguntou ele, distraído.

Ele e Billie eram melhores amigos – tinham crescido juntos. Contudo, ela sempre fora tão moleca quanto qualquer menino, e só aos 8 anos ele tinha se dado conta de que ela era uma garota.

Riu ao se lembrar disso. Cecilia desviou o olhar.

– Não consigo me lembrar de ter escrito sobre ela para você – falou Edward.

– Não foi você – explicou ela. – Foi Thomas.

– Thomas?

Que curioso.

Ela deu de ombros, despreocupada.

– Você deve ter conversado com ele sobre ela em algum momento.

– Pode ser.

Edward voltou ao baú para pegar uma camisa limpa. Fora para isso, afinal, que abrira aquela maldita mala.

– Agora, com sua licença... – disse ele, antes de tirar a camisa e vestir a limpa.

– Ah! – exclamou Cecilia. – Você tem uma cicatriz.

Ele olhou para ela, por cima do ombro.

– O quê?

– Tem uma cicatriz nas suas costas. Eu não tinha percebido. – Franziu o cenho. – Na verdade eu não teria mesmo como notar. Enquanto cuidava de você, eu nunca... Ora, deixe para lá. – Passou-se um instante até que ela perguntou: – Como isso aconteceu?

Ele levou a mão às costas, apontando para a escápula esquerda.

– Esta aqui?

– Sim.

– Caí de uma árvore.

– É coisa recente?

Ele respondeu apenas com o olhar. Ora, francamente.

– Eu tinha 9 anos.

Isso chamou a atenção dela, e Cecilia se sentou mais reta na cama, com as pernas cruzadas por baixo das cobertas.

– O que aconteceu?

– Caí de uma árvore, oras.

Ela resmungou.

– Imagino que a história tenha um pouco mais de detalhes do que isso.

– Não muitos, na verdade – disse ele, dando de ombros. – Durante uns dois anos, eu menti que meu irmão tinha me empurrado, mas na verdade eu só perdi o equilíbrio. Estava descendo da árvore quando bati em um galho, que rasgou a camisa e a pele por baixo.

Ela soltou uma risadinha.

– Você devia ser o terror de sua mãe.

– Da minha mãe e de quem quer que fosse responsável por consertar as roupas. Embora eu imagine que não tenha havido salvação para aquela camisa.

– Antes uma camisa sem salvação do que um braço ou uma perna.

– Ah, mas nós também vivíamos machucando braços e pernas.

– Céus!

Ele deu um sorriso malandro para ela.

– Billie já quebrou os dois braços.

Cecilia arregalou os olhos, dizendo:

– Ao mesmo tempo?

– Não, graças a Deus, mas eu e Andrew nos divertimos muito imaginando como teria sido se ela tivesse, de fato, fraturado os dois ao mesmo tempo. Quando quebrou o segundo, até amarramos o braço bom em uma tipoia só para ver como ela se sairia.

– E ela permitiu que vocês fizessem isso?

– Se ela permitiu? A ideia foi dela!

– Ela parece ser uma moça bastante singular – disse Cecilia, educadamente.

– Billie? – Edward assentiu. – Ela é uma figura única, sem sombra de dúvida.

Cecilia olhou para a cama, olhos baixos, puxando uns fiapos das cobertas. Sua mente parecia estar traçando algum padrão.

– Como ela está hoje em dia?

– Não tenho a menor ideia – lamentou-se ele.

Ele se sentia mal por estar tão isolado da família. Já fazia quatro meses que não tinha notícias. Eles, por sua vez, deviam pensar que ele estava morto.

– Sinto muito – lamentou-se Cecilia. – Eu não devia ter perguntado isso. Não estava pensando direito.

– Tudo bem – respondeu ele; não era culpa dela. – Embora eu não consiga deixar de me indagar... será que chegou alguma carta para mim na minha ausência? Não é improvável que minha família tenha escrito para mim antes de ficar sabendo do meu desaparecimento.

– Não sei. Mas podemos perguntar, sem sombra de dúvida.

Edward voltou os olhos para os punhos da camisa, abotoando a esquerda e a direita.

– Eles escrevem muito para você?

Ela sorriu, mas o sorriso saiu forçado.

Ou talvez só estivesse cansada.

– Quem, minha família?

Ela aquiesceu.

– Seus amigos também.

– Nada tão frequente quanto suas cartas para Thomas – respondeu ele, com certa tristeza. – Eu morria de inveja. Todos nós.

– É mesmo?

Dessa vez, o sorriso iluminou os olhos dela.

– É, sim – confirmou ele. – Thomas recebia muito mais correspondências do que eu, e olha que você era a única correspondente dele.

– Não pode ser verdade.

– Pode acreditar. Bem, se contarmos a minha mãe, talvez não seja assim. Mas isso não me parece muito justo.

Ela soltou uma risada.

– Como assim?

– As mães têm a obrigação de escrever para os filhos, não acha? Mas irmãos e amigos... bem, eles em geral não são tão dedicados.

– Nosso pai nunca escreveu ao Thomas – comentou Cecilia. – De vez em quando, pedia que eu transmitisse seus cumprimentos, mas era só isso.

Ela não parecia chateada com a afirmação, e nem mesmo resignada. De repente, Edward se lembrou de uma conversa com Thomas enquanto o amigo entalhava um pedaço de madeira distraidamente. Era dado a aforismos, e um de seus preferidos era: "Mude o que pode ser mudado e aceite o que não pode."

Isso também parecia resumir muito bem a irmã de Thomas. Ele olhou para ela, estudando-a por um momento. Era dona de uma força e uma graça impressionantes.

Ficou se perguntando se ela tinha noção disso.

Ele voltou a ajeitar as abotoaduras, embora já estivessem bem presas. A ânsia de continuar olhando para ela era muito forte. Se continuasse, acabaria deixando-a constrangida - ou, mais provável, constrangendo a si mesmo. Mas ele queria admirá-la. Queria aprender tudo sobre ela. Queria todos os seus segredos e desejos, queria todos os pedacinhos do passado dela que haviam se combinado para formar quem ela era, feito peças de quebra-cabeça.

Era uma sensação peculiar, a de querer conhecer uma pessoa a fundo, por dentro e por fora. Nunca havia acontecido com ele antes.

- Eu já contei a você sobre a minha infância. - Ele procurou um lenço limpo dentro do baú e se pôs a tentar amarrá-lo. - Agora conte-me você sobre a sua.

- O que você gostaria de saber? - perguntou ela, aparentando certa surpresa; talvez estivesse até se divertindo.

- Você brincava muito do lado de fora?

- Nunca quebrei nenhum braço, se é isso que quer saber.

- Não era, mas fico aliviado com a informação.

- Nem todas nós podemos ser como Billie - gracejou ela.

Pasmo, ele se voltou para ela, certo de ter ouvido mal o que ela tinha dito.

- O que foi que você disse?

- Nada - tornou ela, balançando a cabeça como quem não quer perder tempo falando de determinado assunto. - Foi só um comentário bobo. E não, eu não brincava muito do lado de fora. Pelo menos não como você. Preferia ficar dentro de casa, lendo.

- Poesia? Prosa?

- Qualquer coisa que caísse nas minhas mãos. Thomas me chamava de rata de biblioteca.

– Acho que você está mais para uma leoa de biblioteca.

Ela deu uma risada.

– E por que acha isso?

– Você é uma mulher poderosa demais para ser um mero rato de biblioteca.

Ela desviou os olhos para o teto, um pouco envergonhada. E talvez um pouco orgulhosa.

– Tenho certeza de que ninguém me definiria como uma mulher poderosa.

– Você atravessou o oceano para salvar seu irmão. De onde eu venho, isso é a definição de poderosa.

– Talvez.

Mas já não havia mais alegria na voz dela.

Ele a olhou com curiosidade.

– Por que ficou tão séria de repente?

– É só que... – Ela pensou um pouco, e então suspirou. – Quando viajei para Liverpool... foi de lá que saiu o meu navio... enfim, quando fui para lá, não sei se foi exatamente o meu amor por Thomas que me tirou da inércia.

Edward foi até a cama e sentou-se na beirada, oferecendo a ela seu apoio silencioso.

– Acho... acho que foi o desespero.

Ela virou o rosto para ele, e ele soube no mesmo instante que seria assombrado para sempre por aquele olhar desolado. Não era dor, tampouco medo. Era algo muito pior: resignação, como se ela tivesse olhado dentro de si mesma e visto apenas o vazio.

– Eu estava me sentindo muito sozinha – admitiu ela. – E assustada. Não sei se...

Não chegou a terminar a frase. Edward ficou imóvel, deixando seu silêncio encorajá-la.

– Não sei se eu teria vindo se não estivesse me sentindo tão só – terminou ela, enfim. – Digo a mim mesma que estava só pensando em Thomas, porque ele precisava muito da minha ajuda, mas talvez minha necessidade de partir fosse ainda maior.

– Não há vergonha nenhuma nisso.

Ela ergueu o rosto.

– Não?

– Não – repetiu ele com veemência, segurando as mãos dela. – Você é corajosa, e tem um coração lindo e sincero. Ter medos e preocupações não é vergonha alguma.

Mas ela não conseguia nem olhá-lo nos olhos.

– E você não está sozinha – jurou ele. – Prometo. Nunca estará.

Ele ficou esperando que ela falasse algo em reconhecimento à seriedade daquele voto, mas ela não disse nada. Dava para ver que ela estava se esforçando para manter a compostura. A respiração dela foi assumindo uma cadência mais estável, e ela puxou de volta uma das mãos com delicadeza para secar os olhos úmidos. Então, disse:

– Eu gostaria de me vestir.

Foi um pedido claro para que ele se retirasse.

– É claro – disse ele, tentando ignorar o desapontamento que pesava em seu peito.

Ela assentiu, murmurando um agradecimento, enquanto ele se levantava e caminhava até a porta.

– Edward – chamou Cecilia.

Ele se virou, sentindo um espasmo ridículo de esperança.

– As botas – lembrou ela.

Ele olhou para baixo. Ainda estava só de meia.

Assentiu uma única vez – não que isso tivesse sido capaz de camuflar o intenso rubor que se alastrava pelo pescoço dele – e pegou as botas, seguindo, então, para o corredor.

Era melhor calçar os malditos sapatos na escada.

CAPÍTULO 10

Neste momento, uma vida sem muitos incidentes me parece maravilhoso. A data da nossa partida se aproxima, e não estou nem um pouco ansioso pela travessia. Sabia que levaremos no mínimo cinco semanas para chegarmos à América do Norte? Disseram-me que a viagem é mais curta no caminho de volta para casa – os ventos sopram majoritariamente do oeste para o leste, enfunando, portanto, as velas dos navios. Isso, contudo, não me traz muito conforto. E os superiores não nos fornecem nenhuma estimativa da data de retorno.

Edward está pedindo que eu mande os cumprimentos dele a você e que eu não diga que ele fica péssimo a bordo de um navio.

– CARTA DE THOMAS HARCOURT À IRMÃ, CECILIA

Quando Cecilia se encontrou com Edward no salão do Devil's Head, ele estava tomando café da manhã. Devidamente calçado com suas botas.

– Ah, não, não se levante – disse ela, no instante em que ele empurrou a cadeira para trás, pronto para ficar de pé. – Por favor.

Ele parou, ficando imóvel por um instante, e então assentiu. Nesse momento, Cecilia percebeu que ele tinha grande dificuldade de refrear seus modos de cavalheiro. Mas estava fraco. Havia melhorado, mas ainda estava fraco. E tinha todo o direito de resguardar forças sempre que possível.

E ela tinha o dever de se assegurar de que ele fizesse isso. Era parte da dívida que tinha de pagar. Edward podia desconhecer esse fato, mas Cecilia estava em débito com ele. Ela estava se aproveitando da nobreza dele – tanto da nobreza de espírito quanto de seu título. O mínimo que ela podia fazer era ajudá-lo a recuperar plenamente a saúde.

Ela se sentou diante dele. Ficou contente ao constatar que ele parecia estar comendo mais do que no dia anterior. Estava convencida de que aquela fraqueza insistente se devia menos à lesão na cabeça e mais ao fato de que, durante toda a semana, ele mal se alimentara.

Objetivo do dia: fazer Edward comer direito.

Um objetivo bem mais fácil do que o do dia anterior, que tinha sido parar de mentir tanto.

– A comida está boa? – perguntou ela, educadamente.

Não o conhecia o suficiente para conseguir ler o humor dele, mas a pressa com que ele deixara o quarto, sem nem mesmo se calçar, fora curiosa. De fato, ela dissera que queria se trocar – o que significava que desejava ter privacidade –, mas não houve nada de atípico no pedido.

Ele dobrou o jornal que estava lendo, empurrou uma travessa de bacon com ovos na direção dela e disse:

– Está bem gostosa, obrigado.

– Temos chá? – perguntou Cecilia, cheia de esperança.

– Hoje não, infelizmente. Mas... – Ele meneou a cabeça na direção do jornal ao lado do prato. – Recebemos um convite.

Cecilia levou alguns instantes para entender aquela frase aparentemente simples.

– Um convite? – ecoou ela. – Convite para quê?

E o mais importante, de quem? Em tese, as únicas pessoas que sabiam que eles eram casados eram alguns oficiais do exército, o médico e o homem que varria o chão do hospital-igreja.

Ou melhor: aquelas eram as únicas pessoas que tinham sido enganadas sobre esse casamento.

Ela tentou forçar um sorriso. A teia de mentiras ficava cada vez mais intrincada a cada instante.

– Está se sentindo mal? – perguntou Edward.

– Não – disse ela, de forma abrupta. – Está tudo bem. Por que a pergunta?

– Você está meio estranha – explicou ele.

Ela pigarreou.

– Deve ser fome, só isso.

Por Deus, ela era a pior mentirosa do mundo.

– É do governador Tryon. – Edward arrastou o convite na mesa, passando-o para ela. – Ele vai dar uma festa.

– Uma festa? Num momento como esse?

Cecilia balançou a cabeça, confusa. A moça da confeitaria dissera que Nova York ainda tinha uma cena social agitada, mas parecia estranho dar uma festa com uma guerra tão próxima.

– A filha dele está fazendo 18 anos. Dizem que ele se recusa a deixar que a ocasião passe em branco.

Cecilia pegou o papel velino (francamente, como alguém conseguia arrumar papel velino em Nova York?), concentrando-se, enfim, nas palavras. De fato, era um convite para que o Honorável Capitão e a Sra. Rokesby comparecessem à celebração, que ocorreria dali a três dias.

Ela disse a primeira coisa que lhe veio à mente:

– Não tenho o que vestir.

Edward deu de ombros.

– Então vamos arrumar alguma coisa.

Ela revirou os olhos. Ele era terrível, aquele homem.

– Em três dias?

– O que não falta nesta cidade são costureiras precisando de dinheiro.

– O que eu não tenho.

Ele a olhou como se um pedacinho do cérebro dela tivesse acabado de sair pelo ouvido.

– Mas eu tenho. E, portanto, você também tem.

Por mais que se sentisse uma mercenária, Cecilia não tinha como contra-argumentar, então apenas murmurou:

– Não acha que ele deveria ter nos convidado com um pouco mais de antecedência?

Edward inclinou a cabeça para o lado, pensativo.

– Suponho que os convites tenham sido enviados certo tempo atrás. Mas, como eu estava desaparecido, só recebi o meu agora.

– Claro – disse ela, apressada.

Ó céus, o que ela ia fazer agora? Não podia ir à festa do Real Governador de Nova York. Fizera de tudo para se convencer a seguir em frente com aquela farsa justamente porque ninguém jamais ficaria sabendo.

Ela mordeu com força a parte interna da bochecha. Ninguém ficaria sabendo, exceto o governador, a mulher do governador e todos os legalistas da cidade.

Que poderiam acabar voltando à Inglaterra. Onde poderiam acabar cruzando com a família de Edward. E comentando sobre a esposa dele. Deus do céu.

– O que foi? – perguntou Edward.

Cecilia ergueu o rosto.

– Por que o cenho franzido? – insistiu ele.

– Cenho franzido? Eu?

Francamente, era um milagre que ela não tivesse irrompido em uma gargalhada histérica.

Edward não disse nada, mas sua expressão de paciência forçada respondeu por ele: “Sim, você.”

Cecilia correu o dedo pela caligrafia elegante do convite.

– Não acha curioso que eu esteja incluída no convite?

Ele agitou a mão, como quem diz “Que diabo você está falando?”.

– Ora, você é minha esposa.

– Sim, mas como o governador sabe?

Edward cortou um pedacinho de bacon.

– Imagino que ele já saiba há meses.

Ela o encarou, atônita.

Ele retribuiu o olhar.

– Existe algum motivo para que eu não tenha dito a ele que nos casamos?

– Você conhece o governador? – perguntou ela, desejando com todas as forças que sua voz não tivesse esganiçado na última sílaba.

Ele enfiou o bacon na boca, mastigou e só então respondeu:

– Minha mãe é amiga da esposa dele.

– Sua mãe – repetiu ela, de forma meio obtusa.

– Se não me engano, elas debutaram juntas em Londres – disse ele, franzindo o cenho por um momento. – Ela era uma herdeira fenomenal.

– Sua mãe?

– A Sra. Tryon.

– Ah...

– Na verdade, minha mãe também era, mas nada que se comparasse à tia Margaret.

Cecilia ficou paralisada.

– *Tia*... Margaret?

Ele fez um gesto com a mão, na intenção de acalmá-la.

– Ela é minha madrinha.

Cecilia notou, então, que estava aquele tempo todo segurando no ar uma colher cheia de ovos mexidos. Seu pulso estremeceu, e a mistura amarela caiu da colher, espatifando-se no prato.

– A mulher do governador é sua madrinha? – perguntou ela, numa voz esganiçada.

Ele fez que sim com a cabeça.

– Da minha irmã também. Ela não é nossa tia de verdade, mas, desde que me entendo por gente, nós a chamamos assim.

Cecilia tentou assentir, mas sua cabeça estava meio trêmula, e, embora tivesse ciência de que estava meio boquiaberta, parecia não ser capaz de cerrar os lábios.

– Algo errado? – perguntou o pobre homem incauto.

Ela levou alguns instantes para conseguir formar uma frase.

– Não lhe ocorreu que seria adequado me informar que a sua madrinha é casada com o Real Governador de Nova York?

– Não tive oportunidade.

– Deus do céu.

Cecilia se deixou afundar na cadeira. A teia de mentiras que ela vinha criando, já tão embolada, ficava ainda mais complicada a cada segundo. E se havia uma coisa de que tinha certeza era que ela não poderia, de jeito algum, ir àquela festa e ser apresentada à madrinha de Edward. Uma madrinha que sabia de coisas. Saberia, por exemplo, que Edward teria sido "quase" noivo de uma mulher que não era Cecilia.

Talvez até conhecesse a noiva em questão. E ela haveria de querer saber por que Edward teria recusado uma aliança com os Bridgertons para se casar com uma pé-rapada como Cecilia.

– O governador – repetiu Cecilia, quase cedendo à vontade de enterrar o rosto das mãos.

– Ora, ele é uma pessoa normal.

Edward não estava ajudando muito.

– Você fala isso porque é filho de um conde.

– Nossa, como você é esnobe – brincou ele, com uma risadinha bem-humorada.

Ela recuou, ofendida. Ela não era perfeita – naqueles tempos, nem honesta ela era –, mas não se considerava esnobe.

– O que você está insinuando?

– Que você está usando a posição do governador como um demérito a ele – disse Edward, ainda sorrindo.

– Não estou, *não*. Deus do céu, trata-se justamente do contrário. Estou usando a *minha* posição como um demérito *a mim*.

Ele pegou mais comida.

– Deixe de ser boba.

– Eu não sou ninguém.

– Isso é uma enorme inverdade – corrigiu Edward com firmeza.

– Edward...

– Você é minha esposa.

Aquilo, sim, era uma enorme inverdade. Cecilia teve que levar a mão à boca para reprimir uma crise de choro. Ou de riso.

Ou as duas coisas ao mesmo tempo.

– Mesmo que não fôssemos casados, ainda assim sua presença nos festejos seria muito apreciada.

– Se não fôssemos casados, o governador nem saberia da minha existência. Eu nunca seria convidada para essa festa.

– Imagino que ele saiba, sim, da sua existência. O diabo do sujeito nunca se esquece de um nome, e tenho certeza de que, em algum momento, Thomas mencionou que tinha uma irmã.

Cecilia quase engasgou com os ovos mexidos.

– Thomas conhece o governador?

– Ele foi jantar comigo algumas vezes na casa dele – comentou Edward casualmente.

– É claro – disse Cecilia.

Como não?

Ela tinha que pôr um fim àquela farsa. Estava saindo de seu controle. Estava... Estava...

– Na verdade – argumentou Edward –, talvez ele até possa ajudar.

– Perdão?

– Não sei por que isso não me ocorreu antes. – Ergueu o rosto, franzindo tanto a testa que as sobrancelhas ficaram bem próximas daqueles olhos tão azuis. – Deveríamos pedir ajuda ao governador Tryon para localizar Thomas.

– Acha que ele pode saber de alguma coisa?

– Provavelmente não, mas ele pode botar pressão nas pessoas certas.

Cecilia engoliu em seco, tentando conter as lágrimas de frustração. Lá estava ela novamente, aquela verdade inconveniente. Quando se tratava da busca pelo irmão, só o que importava era ter os contatos certos.

A ansiedade devia estar estampada em seu rosto, pois Edward estendeu a mão e deu batidinhas reconfortantes na mão dela.

– Você não deveria se sentir tão desconfortável – tornou ele. – É filha de um cavalheiro, nora do conde de Manston. Tem todo o direito de ir a essa festa.

– Não é isso – rebateu Cecilia, embora fosse aquilo, sim, pelo menos um pouquinho.

Quando se tratava de circular entre oficiais da mais alta patente, ela não tinha a menor experiência. Por outro lado, ela também não tinha nenhuma experiência quando se tratava do filho de um conde, mas parecia ter conseguido se casar de mentirinha com um deles.

– Você sabe dançar? – perguntou Edward.

– Claro que sei dançar!

Cecilia quase vociferou.

– Então vai se sair bem.

Ela apenas o encarou.

– Você não faz a menor ideia, não é mesmo?

Ele se reclinou no encosto da cadeira, e formou-se um calombo em sua bochecha no ponto em que a língua dele empurrava o interior da boca. Ele fazia certa ideia, percebeu ela. Mas ela ainda não entendia bem o que aquilo significava.

– Há várias coisas a respeito das quais eu não faço a menor ideia – contou ele, com paciência demais para ser, de fato, benevolente. – A começar pelo que aconteceu nos últimos três meses. Ou como acabei com um galo do tamanho de um ovo de pintarroxo na cabeça. Ou como, de repente, acabamos nos casando.

Cecilia apenas parou de respirar.

– Mas se tem uma coisa que eu sei – prosseguiu ele – é que eu terei muito prazer em comprar para você um belo vestido de baile e desfrutar de uma noite frívola de diversão ao seu lado. – Ele se inclinou para a frente, e em seus olhos cintilava uma ferocidade estranha e indecifrável. – Seria tão normal e inofensivo! Uma verdadeira bênção. Você faz ideia de quanto anseio por algo inofensivo, por algo normal? Por uma bênção?

Cecilia não conseguiu dizer nada.

– Foi o que imaginei – murmurou ele. – E então? Vamos comprar esse vestido?

Ela aquiesceu. O que mais poderia fazer?

No fim das contas, não era nada fácil arrumar um vestido de gala em apenas três dias. Uma das costureiras chegou até mesmo a chorar quando ouviu a soma que Edward estava disposto a pagar. Ela não conseguiria entregar, dissera em meio a lágrimas. Não sem ter mais quarenta pares de mãos.

– Pode tirar as medidas dela? – pediu Edward.

– Mas para quê?

Cecilia ficou exasperada.

– Apenas me faça essa pequena vontade, por favor – respondeu ele.

Depois, deixou-a no Devil's Head e foi visitar a madrinha. Ela sempre gostara de coisas bonitas, tanto para si mesma quanto para a filha, e Edward tinha certeza de que conseguiria convencê-la a compartilhar com ele um item de seu tesouro.

O governador e a Sra. Tryon moravam com a filha em uma casa alugada perto dos limites da cidade desde 1773 – exceto por uma breve visita à Inglaterra –, quando um incêndio acabara com a mansão do governador. Edward não estava em Nova York naquela época, mas ficara sabendo de tudo pela mãe, que, por sua vez, ouvira o relato em primeira mão de Margaret Tryon. Eles haviam perdido tudo, e por pouco não perderam também a filha. A pequena Margaret – que todos chamavam de May, para distingui-la da mãe – só sobrevivera graças à mente perspicaz da governanta, que atirara a menina do segundo andar, fazendo-a cair em um monte de neve.

O mordomo conduziu Edward até o hall da casa, e Edward respirou fundo. Teria que ficar atento. Margaret Tryon não era nada boba, e ele não tinha nem como tentar fingir que estava forte e bem de saúde. De fato, assim que ele entrou na sala de visitas, as primeiras palavras que saíram da boca da madrinha foram:

– Você está com uma aparência horrorosa.

– E a senhora, gentil como sempre, tia Margaret – disse ele.

Ela ergueu um ombro só, gesto que era sua marca registrada – sempre dizia que era um resquício de seus dias junto aos franceses, embora Edward não soubesse exatamente quando ela estivera entre os franceses –, pedindo, então, um beijo na bochecha, ao que Edward logo lhe atendeu.

Ela se afastou um pouco, examinando-o com olhos pertinazes.

– Eu seria uma madrinha relapsa se não observasse que sua tez está macilenta, seus olhos, fundos, e que você parece ter perdido no mínimo uns seis quilos.

Ele precisou de um momento para digerir aquela declaração, e então falou:

– Já a senhora está bela como de costume.

Isso arrancou um sorriso dela.

– Você sempre foi um garoto encantador.

Edward achou por bem não observar que ele já ia bem avançado em sua trigésima década de vida. Estava convencido de que madrinhas tinham permissão legal para tratar os afilhados como crianças até o fim da vida.

Margaret tocou a sineta para pedir chá e então o fuzilou com um olhar austero, dizendo:

– Estou muito aborrecida com você.

Edward ergueu a sobrancelha, sentando-se à frente dela.

– Fiquei esse tempo todo esperando uma visita sua. Afinal, já não faz mais de uma semana que você voltou a Nova York?

– Passei os oito primeiros dias inconsciente – comentou ele.

– Oh! – Ela crispou os lábios, engolindo os sentimentos. – Eu não sabia.

– Imagino que também a isso se deva a minha aparência horrorosa, como a senhora observou.

Ela o olhou por um longo tempo, e então disse:

– Da próxima vez que eu escrever para a sua mãe, vou poupá-la de uma descrição detalhada do seu aspecto. Ou, pelo menos, de uma descrição precisa.

– Fico agradecido – falou ele, com sinceridade.

– Enfim. – Margaret tamborilava os dedos no braço da poltrona, o que costumava fazer sempre que se sentia desconfortável, numa tentativa de disfarçar as próprias emoções. – Como está se sentindo?

– Melhor do que ontem.

O que, pensou ele, já era algo pelo que agradecer.

A madrinha, contudo, não se deu por satisfeita.

– Isso pode significar qualquer coisa.

Edward ponderou sobre seu estado de saúde. A dor na cabeça se tornara tão constante que já dava quase para ignorá-la. A pior parte era a falta de energia. Depois de subir metade dos degraus da casa da madrinha, ele tivera de parar para descansar por quase um minuto inteiro. Não fora só uma questão de recobrar o fôlego. Precisara de tempo para reunir a energia necessária e fazer as pernas funcionarem. E a ida à costureira com Cecilia o deixara completamente esgotado. Ao sair do Devil's Head, pagara o dobro ao cocheiro para que ele pegasse o caminho mais longo até a residência dos Tryon, só para poder descansar os olhos e ficar um tempo sem mover um único músculo.

Mas tia Margaret não precisava saber nada daquilo. Ele abriu um leve sorriso e disse:

– Já estou andando sem ajuda, o que é um progresso.

Ela ergueu as sobrancelhas.

– Ainda estou exausto – continuou ele –, e minha cabeça ainda dói. Mas estou melhorando, e estou vivo, então prefiro não reclamar da minha situação.

Ela assentiu, devagar.

– Muito estoico da sua parte. Gosto assim. – Contudo, antes mesmo que ele pudesse assentir em resposta, ela mudou de assunto, dizendo: – Você não me contou que tinha se casado.

– Pouquíssimas pessoas ficaram sabendo.

Ela estreitou os olhos.

– Defina "pouquíssimas".

– Bem... a questão é...

Edward respirou fundo, tentando pensar na melhor forma de explicar a situação para a única pessoa na América do Norte que já o conhecia desde antes de sua chegada ao continente. E também a única pessoa que conhecia a mãe dele, o que era, sem dúvida, um fato muito mais significativo.

Margaret Tryon esperou pacientemente por apenas dez segundos, e então insistiu:

– Vamos, desembuche.

O que fez Edward sorrir. Aquilo era muito típico de sua madrinha, dizer tudo o que bem entendesse.

– O fato é que estou com uma pequena perda de memória.

Ela ficou boquiaberta, e chegou mesmo a se inclinar para a frente. Edward teria se congratulado por conseguir abrir uma frestinha no verniz inalterável de sua madrinha – isto é, se a causa daquela fissura não fosse a terrível sequela.

– Fascinante. – Os olhos dela brilhavam com algo que só poderia ser descrito como interesse acadêmico. – Nunca ouvi falar de nada parecido. Minto, perdão, é claro que já ouvi falar. Mas sempre em uma daquelas histórias... alguém que ouviu dizer que o tio da vizinha achava que conhecia uma pessoa que conhecia alguém que... você entende o que quero dizer.

Edward apenas a encarou por um instante, e então deu a única resposta possível:

– Sim.

– Quanto da memória você perdeu?

– Uns três ou quatro meses, segundo meus melhores cálculos. É difícil – disse ele, dando de ombros –, porque não consigo precisar exatamente a última coisa de que me lembro.

Margaret se recostou na poltrona.

– Fascinante – repetiu.

– Não é tão fascinante para a pessoa que está andando por aí sem um pedaço da memória.

– Ah, certamente não. Perdoe-me. Mas você há de concordar que, se fosse com outra pessoa, também estaria fascinado.

Edward não tinha tanta certeza, mas sabia que o entusiasmo da madrinha era verdadeiro. Ela sempre tivera interesses acadêmicos e científicos, a ponto de ser criticada por ter uma mente pouco feminina. Tia Margaret, é claro, levara isso como elogio.

– Diga-me – pediu ela, com a voz um pouco mais suave. – Como posso ajudar?

– No que diz respeito à minha memória? Infelizmente não há o que fazer. Já sobre a minha esposa... ela precisa de um vestido.

– Para o baile? Ah, mas é claro que sim. Ela pode usar um vestido meu. Ou da May. Você naturalmente terá que mandar ajustar, mas isso não vai ser um problema para você.

– Obrigado – disse Edward, fazendo uma mesura. – Eu tinha mesmo esperanças de que a senhora se oferecesse para ajudar.

Margaret fez um gesto com a mão, dizendo:

– Ora, não foi nada. Mas conte-me, essa moça... é alguém que eu conheço?

– Não, mas creio que a senhora já tenha conhecido o irmão dela, Thomas Harcourt.

– O nome não me é familiar – disse ela, franzindo o cenho.

– Ele veio comigo no ano passado, se não me engano, para um jantar.

– Ah, seu amigo do cabelo meio alourado? É claro. Rapaz bem agradável. Então ele o convenceu a se casar com a irmã dele, foi?

– É o que dizem.

Edward se arrependeu daquelas palavras assim que elas saíram de seus lábios. Tal qual um perdigueiro, tia Margaret as farejou no mesmo instante.

– É o que *dizem*? Como assim?

– Nada, esqueça o que eu falei – pediu Edward.

Ela não esqueceria, obviamente, mas ele não podia deixar de tentar.

– Edward Rokesby, é melhor você se explicar agora mesmo, ou juro que vou escrever para a sua mãe dizendo que você está com uma doença terrível.

Edward coçou a testa. Era só o que lhe faltava. Sabia que tia Margaret jamais cumpriria a ameaça, pois tinha consideração e afeto demais pela mãe dele para lhe causar preocupações desnecessárias. Contudo, sabia também que ela jamais permitiria que ele deixasse a casa dela antes de dar uma resposta com a qual ela se desse por satisfeita. E, dado o seu estado atual de completa falta de energia, se a questão chegasse a vias de fato, ela provavelmente o sobrepujaria.

Ele suspirou.

– Pois bem... contei à senhora que não me lembro muito bem dos últimos meses...

– Está querendo me dizer que não se lembra de ter se casado com ela?

Edward abriu a boca para responder, mas não saiu nada. Não conseguia formular uma palavra.

– Meu deus do céu... não houve testemunhas?

Outra vez, ele não soube o que responder.

– Tem certeza de que se casou mesmo com ela?

Desta vez, ele respondeu, sem a menor sombra de dúvida:

– Sim.

Margaret lançou os braços para o alto, uma expressão bem atípica de exasperação.

– Como pode ter certeza?

– Porque eu a conheço.

– *Conhece mesmo*?

As unhas de Edward se cravaram na borda da poltrona em que estava sentado. Suas veias foram tomadas por uma serpenteante raiva ardente, e teve que se esforçar para conseguir manter a voz calma e constante.

– O que está insinuando, tia?

– Já viu um documento? Consumou o casamento?

– Isto definitivamente não é da sua conta.

– *Você* é da minha conta, como sempre foi desde aquele dia na catedral de Canterbury em que, ao lado da sua mãe, jurei guiá-lo nos caminhos de Deus. Ou por acaso se esqueceu disso também?

– Confesso que não tenho lembranças muito nítidas sobre esse dia em específico.

– *Edward*!

Se a madrinha tinha perdido a paciência com ele, Edward também estava quase chegando ao seu limite. Mas ele conseguiu manter a voz estável ao dizer:

– Por favor, peço que não questione a honra e honestidade de minha esposa.

Margaret estreitou os olhos.

– O que foi que ela fez? Ela o seduziu, foi isso? Você caiu como um patinho no feitiço dela.

– Pare – cortou Edward, levantando-se rápido e perdendo o equilíbrio – Droga – rosnou ele, tendo que se apoiar na borda da mesa para não cair.

– Meu Deus, você está pior do que eu imaginava – disse Margaret, correndo para o lado dele e praticamente empurrando-o de volta para a poltrona. – Está decidido. Você vai vir morar aqui.

Por um instante, Edward se sentiu tentado a concordar. A casa da madrinha era muito mais confortável que o Devil's Head. Mas Cecilia e ele não teriam a privacidade que tinham na hospedaria. Sim, lá estavam rodeados de estranhos, mas eram estranhos que não ligavam a mínima para o que faziam. Já ali, na casa dos Tryons, ele – e, mais ainda, Cecilia – teriam os gestos escrutinados e dissecados. Tudo aquilo seria reunido em um relatório semanal a ser enviado para a mãe dele.

Não, ele não queria morar com a madrinha.

– Estou muito bem acomodado nos meus aposentos atuais – disse ele. – Mas agradeço o convite.

Margaret fechou a cara, desaprovando o comportamento do afilhado.

– Permite que eu lhe faça ao menos uma pergunta?

Ele fez que sim com a cabeça.

– Como você pode saber?

Ele ficou esperando que ela desenvolvesse a pergunta e, quando isso não aconteceu, questionou:

– Como posso saber o quê?

– Como pode saber se ela está ou não falando a verdade?

Ele nem precisou pensar na resposta.

– Eu a *conheço*.

E conhecia mesmo. Por mais que só tivessem se conhecido pessoalmente houvesse poucos dias, ele sentia que já fazia muito tempo que conhecia o coração dela. Não duvidava dela. Jamais duvidaria.

– Ah, meu Deus – ofegou Margaret. – Você a ama.

Edward não disse nada. Não seria capaz de contradizê-la.

– Que seja, então – falou ela, com um suspiro. – Consegue subir a escada?

Ele fitou a madrinha. Do que ela estava falando?

– Ainda precisa do vestido, não é? Não faço a menor ideia do que cairia bem na nova Sra. Rokesby e prefiro não ter que mandar as criadas trazerem todos os vestidos daqui para a minha sala de visitas.

– Ah. É claro. Sim, eu consigo subir a escada.

Ainda assim, ficou grato pela presença do corrimão.

CAPÍTULO 11

Pobre ~~tenen~~ capitão Rokesby! Espero que a travessia não tenha sido tão pavorosa quanto você temia. Há que se tirar ao menos certo conforto de sua promoção recente. Fico tão orgulhosa que vocês dois tenham ganhado o título de capitão!

Aqui no vilarejo está tudo bem. Fui a uma soirée *uns três dias atrás. Como sempre, havia duas damas para cada cavalheiro. Não dancei mais do que duas vezes. A segunda, ainda por cima, foi com o vigário, o que nem deveria contar.*

Sua pobre irmã vai virar uma solteirona!

Mas não se preocupe. Estou perfeitamente conformada. Ou, na pior das hipóteses, imperfeitamente conformada. Será que é possível se sentir assim? Eu, pelo menos, acho que deveria ser.

– CARTA DE CECILIA HARCOURT AO IRMÃO, THOMAS

Enfim chegou o dia do baile na casa do governador. No meio da tarde, Edward pôs uma caixa enorme em cima da cama que ele e a esposa compartilhavam – ainda que não no sentido bíblico.

– Comprou alguma coisa nova? – perguntou ela.

– Você vai ter que abrir para ver.

Sentando-se na beirada da cama, ela lhe lançou um olhar levemente suspeito.

– O que é isso?

– Não posso oferecer um presente a minha esposa?

Cecilia olhou para a caixa enfeitada com um enorme laço de fita vermelho e depois voltou-se para Edward.

– Eu não estava esperando um presente – disse ela.

– Mais um motivo para que eu a presenteie – respondeu Edward, e empurrou a caixa um pouquinho mais para perto dela. – Vamos, abra.

As mãos esbeltas de Cecilia desfizeram o laço e tiraram a tampa da caixa.

Ela arquejou.

Ele abriu um sorriso. Era um arquejo de aprovação.

– Gostou? – perguntou ele, muito embora estivesse claro que ela havia gostado.

Ainda boquiaberta, Cecilia tocou o vestido, feito de uma seda leve como um sussurro, e já ajustado pela costureira. Era da cor do mar em uma praia rasa e límpida. Ligeiramente mais escuro que os olhos dela. Quando Edward vira o vestido no guarda-roupa de May Tryon, soubera no mesmo instante que aquela era a peça que procurava.

Não tinha certeza se May Tryon já sabia que seu vestido de seda tinha virado presente; ela não estava em casa quando a mãe assaltou o seu guarda-roupa. Edward fez uma nota mental para agradecer a generosidade da moça antes que ela descobrisse o ocorrido por si só. Além disso, se bem conhecia os Tryons, May estaria vestindo algo novo em folha, espetacular e ridiculamente caro. Jamais se ressentiria de Cecilia e seu vestido ajustado.

– Onde conseguiu isso? – perguntou Cecilia.

– Tenho lá os meus segredos.

Surpreendentemente, ela não insistiu. Estava ocupada demais tirando o vestido da caixa, levantando-se para poder segurar a peça na frente do corpo.

– Não temos espelho – balbuciou ela, ainda entorpecida.

– Então você terá que confiar nos meus olhos – disse ele. – Você está radiante.

Na verdade, Edward não entendia muito de moda feminina. Tia Margaret tinha avisado que o vestido que ele escolhera talvez fosse um pouquinho *démodé*, mas ele o achara tão impressionante quanto qualquer peça que já vira em salões de baile londrinos.

Por outro lado, já fazia vários anos desde que ele pusera os pés em um salão de baile londrino pela última vez, e Edward suspeitava que, para Margaret Tryon, a moda tivesse a validade de meses, e não de anos.

– Tem duas partes – continuou ele, tentando ajudar. – O... hã... lado de dentro e o lado de fora.

– A anágua e o vestido em si – sussurrou Cecilia. – E um peitilho. Três partes, na verdade.

Ele pigarreou.

– É claro.

Com certa reverência, ela correu a mão pelo bordado prateado que rodopiava para cima e para baixo por toda a extensão da saia.

– Sei que eu deveria dizer que é excessivamente elegante para mim – murmurou ela.

– Não diga isso, de forma alguma.

– Eu nunca tive nada tão lindo quanto esse vestido.

O que, na opinião de Edward, era uma tragédia de proporções épicas. Contudo, preferiu não dizer o que pensava, para não soar exagerado.

Cecilia ergueu o rosto, e seus olhares se cruzaram de um modo abrupto, sinalizando que lhe ocorrera um pensamento repentino.

– Achei que não íamos ao baile do governador.

– Por que achou isso?

Cecilia cerrou os lábios com força.

– Porque eu não tinha o que vestir.

Ele sorriu, percebendo que ela mesma só notara o absurdo dessas palavras quando as pronunciou.

Ela suspirou e falou.

– Sou uma pessoa terrivelmente fútil.

– Só porque gosta de roupas bonitas? – Ele se inclinou sobre ela, aproximando sua boca do ouvido dela. – O que dizer de mim, então, que gostaria de ver você vestindo roupas bonitas?

Ou melhor, despida de roupas bonitas. Céus... Mais cedo, enquanto observava a costureira ajustando o vestido dentro da caixa, Edward não pudera deixar de observar todos os cadarços e amarrações da peça. Não seria naquela noite que ele, enfim, conseguiria fazer amor com a esposa – disso ele tinha certeza, infelizmente. Ainda estava fraco e era orgulhoso demais para arriscar uma má performance.

Ainda assim, ele a desejava ardentemente. E jurou que um dia ainda despiria aquele mesmo vestido do corpo dela, desembrulhando-a como um presente. Ele a deitaria na cama, se acomodaria entre as pernas dela e...

– Edward?

Ele pestanejou, confuso. Quando focalizou o rosto de Cecilia, ela parecia um tanto preocupada.

– Você está um pouco corado – observou ela, tocando a testa dele com as costas da mão. – Está com febre?

– Fez calor hoje – mentiu ele. – Não acha?

– Na verdade, não.

– Bem, não é você que está vestindo um casaco de lã. – Desabotoou e tirou a casaca vermelha. – Vou me sentar perto da janela. Certamente me sentirei melhor.

Cecilia continuou a observá-lo, com uma expressão curiosa, ainda segurando o vestido na frente do corpo. Quando Edward já estava acomodado na cadeira, ela perguntou:

– Não prefere abrir a janela?

Sem dizer palavra, ele se inclinou e a abriu.

– Tem certeza de que está tudo bem?

– Está, sim – assegurou ele.

Sentia-se um tolo. E também devia estar fazendo papel de tolo naquele momento, mas tudo valera a pena só de ver a expressão maravilhada de Cecilia enquanto contemplava o vestido.

– É uma roupa muito bonita – disse ela, encarando-o com um olhar quase...

Pesaroso?

Não, não podia ser.

– Algum problema? – perguntou ele.

– Não – respondeu ela, distraída, ainda concentrada no vestido. – Não. – Então, ela piscou algumas vezes e o olhou nos olhos. – Não, é claro que não. É só que... Eu preciso...

Edward a observou por um instante, perguntando-se o que poderia ter causado a mudança abrupta na expressão dela.

– Cecilia...

– Preciso ir na rua buscar uma coisa – avisou ela, em um tom que mais se aproximava de um anúncio.

– Tudo bem – disse ele, devagar.

Ela pegou sua bolsinha e correu para a porta, detendo-se já com os dedos na maçaneta.

– Só vai levar um minutinho. Talvez dois. Não mais que isso.

– Estarei aqui quando você voltar – disse ele.

Ela assentiu, de leve, lançou um último olhar cobiçoso para o vestido em cima da cama e, sem mais, saiu do quarto.

Edward ficou olhando para a porta, tentando compreender o que tinha acabado de acontecer. Seu pai sempre dizia que as mulheres eram um mistério. Talvez Cecilia estivesse pensando que precisava comprar um presente para ele também. Que bobagem. Ela deveria ter mais juízo.

Ainda assim, ele mal podia esperar para ver o que ela traria de volta.

Levantou-se da cadeira, semicerrou a janela e se deitou na cama. Não planejara cair no sono, mas quando caiu...

Foi com um sorriso bobo no rosto.

Por favor, por favor, por favor.

Cecilia corria pela rua, rezando com cada fibra de seu ser para que o vendedor de frutas ainda estivesse na esquina da Broad com a Pearl Street, onde o vira mais cedo naquela manhã.

Achara que o assunto do baile do governador tinha se encerrado dois dias antes, quando eles não conseguiram encontrar uma costureira que fosse capaz de entregar o vestido a tempo. Se não tivesse um vestido, ela não poderia ir. Simples assim.

Mas aí aquele homem terrível resolvera presenteá-la com o vestido mais lindo de toda a história e, *por Deus*, ela só queria chorar de tanta indignação, pois tudo o que mais desejava era vestir aquela peça.

Mas ela não podia ir ao baile do governador. Simplesmente não podia. Essa hipótese estava fora de questão. Haveria gente demais presente e, se ela fosse apresentada à sociedade de Nova York, não conseguiria conter sua mentira em um círculo seleto.

Ela mordeu o lábio. Só havia uma coisa que ela podia fazer para se certificar de que não teria a menor condição de ir ao baile do governador. Seria horrível, mas ela estava desesperada.

Desesperada a ponto de comer um morango.

Ela já sabia o que ia acontecer. Não seria nada bonito. Primeiro, a pele dela ficaria cheia de manchas vermelhas, tantas que, se um oficial da capitania dos portos a visse, ela seria mandada direto para a quarentena com suspeita de varíola. E iria coçar como o diabo. Ainda trazia no braço duas cicatrizes, resquícios da última vez em que comera um morango por acidente. Coçara a pele até arrancar sangue. Era impossível se controlar.

Então seu estômago ficaria embrulhado. E, como tinha comido uma farta refeição logo antes de Edward chegar com o vestido, seria um desastre de proporções épicas.

Durante umas 24 horas, ela ficaria a cara da miséria. Um misto asqueroso de inchaço, coceira e vômito. E depois ficaria bem outra vez. Talvez passasse uns dias meio fraca, mas logo se recuperaria. Contudo, se algum dia Edward a achara atraente...

Bem, aquela opinião logo ia mudar.

Chegou, apressada, à esquina da Pearl Street, perscrutando as calçadas com ansiedade. O carrinho de frutas ainda estava lá.

Ah, graças a Deus. Cecilia quase correu os últimos metros, contendo-se em frente ao carrinho do Sr. Hopchurch.

Objetivo do dia: ter uma intoxicação alimentar.

Deus do céu.

– Excelentíssima tarde – cumprimentou o homem. Como ele não recuou apavorado, Cecilia pensou que a aparência dela não devia estar refletindo o desvario que sentia por dentro. – Em que posso ajudá-la?

Ela olhou tudo que tinha na banca dele. A tarde já ia avançada, então não havia muita coisa. Umas poucas abobrinhas magricelas, várias espigas do milho doce que crescia tão bem por aquelas bandas. E, no canto, o morango – o maior, mais gordo, mais horrivelmente vermelho morango que ela já vira. Ponderou sobre a presença do fruto ali, depois do dia inteiro de vendas. Seria possível que os demais clientes tivessem pressentido o que ela já sabia? Que aquela pirâmide vermelha invertida, salpicada e inchada não passava de uma pequena bomba de infelicidade e desespero?

Ela engoliu em seco. Tinha de conseguir.

– Que morango enorme! – disse ela, olhando a fruta com um desgosto nauseante.

Seu estômago embrulhava só de pensar em comê-lo.

– Não é mesmo? – respondeu o Sr. Hopchurch, animadíssimo. – Já viu um morango tão grande assim? Minha esposa ficou orgulhosa quando o colhemos.

– Vou levar, por favor – falou Cecilia, quase engasgando nas palavras.

– A senhora não pode levar um só – disse o Sr. Hopchurch. – O mínimo é meia dúzia.

Talvez isso explicasse por que ainda não tinha vendido o morango. Ela assentiu, infeliz.

– Vou levar seis, então.

Ele estendeu a mão e pegou a enorme fruta, segurando-a pela coroa de folhinhas verdes.

– Tem um cesto, senhora?

Ela baixou os olhos para as mãos vazias. Que idiota. Não tinha pensado nisso.

– Não tem problema – disse ela; não precisava de seis morangos, aquele colosso seria o bastante. – Pago pelos seis morangos, mas só preciso deste aí.

O Sr. Hopchurch a olhou como se ela fosse maluca, mas achou mais sensato nem discutir. Recebeu o dinheiro e entregou a ela o morango gigantesco.

– Está fresquinho, veio direto do pomar. Não se esqueça de voltar depois para me dizer o que achou dele.

Cecilia tinha certeza de que o vendedor não ficaria nada feliz se ela o obedecesse, mas assentiu mesmo assim, agradecendo antes de sair para procurar um cantinho tranquilo depois da esquina.

Céus, agora tinha de comer aquele morango.

Ficou se perguntando se fora assim que a Julieta de Shakespeare se sentira logo antes de tomar sua beberagem maldita, com o corpo se revoltando contra a ideia de ingerir algo que sabia ser venenoso. Para o corpo de Cecilia, aquele morango era praticamente cicuta.

Apoiando-se em uma parede para ganhar coragem, ela levantou o fruto vermelho diante do rosto. E então, contrariando os protestos do estômago, do nariz e de cada pedacinho seu, ela deu uma dentada.

Mais tarde, lá pelas sete da noite, Cecilia só queria morrer.

Edward sabia disso porque ela dizia com todas as letras:

– Eu só quero morrer.

– Não, você não quer morrer – respondeu ele, com mais pragmatismo do que realmente sentia.

Ele sabia que, segundo a lógica, ela logo estaria bem, que aquilo devia ser resultado de um peixe mal passado no jantar – embora eles tivessem comido a mesma coisa e ele estivesse bem.

Contudo, vê-la sofrer daquele jeito era um inferno. Ela já tinha vomitado tanto que só botava para fora uma bile amarelo-rosada. Para piorar, a pele dela estava ficando coberta de caroços vermelhos e grossos.

– Acho melhor chamar um médico – disse ele.

– Não – gemeu ela. – Não vá.

Ele balançou a cabeça.

– Você está muito mal.

Ela pegou a mão dele com tanta força que ele chegou a se assustar.

– Não preciso de um médico.

– Precisa, sim – insistiu ele.

– Não.

Ela fez que não com a cabeça, gemendo logo em seguida.

– O que foi?

Cecilia fechou os olhos, ficando imóvel na cama.

– Fiquei tonta – sussurrou ela. – É melhor eu não balançar a cabeça.

E essa agora? Vertigem?

– Cecilia, eu acho mesmo que...

– Foi algo que comi, só isso – interrompeu ela, com a voz fraca. – Tenho certeza.

Ele franziu o cenho. Tinha a mesma suspeita, mas ela estava piorando a cada segundo.

– Você comeu peixe no jantar?

– Aaargh! – Ela tapou os olhos com os braços, embora já estivesse com eles fechados. – Não diga essa palavra!

– Qual, peixe?

– Pare!

– De quê?

– Não fale em comida – balbuciou ela.

Ele ficou pensativo. Talvez tivesse sido mesmo algo que ela comera. Ficou um tempo observando Cecilia, mais desconfiado que preocupado. Ela estava deitada em cima dos lençóis, imóvel, com os braços ao lado do corpo, rijos como dois gravetos. Ainda estava com o vestido rosa de antes, embora, depois daquilo tudo, pensou ele, tivessem que mandar lavar. Edward achava que ela não tinha sujado o vestido de vômito, mas ela estava suando profusamente. Agora que pensara nisso, ocorreu-lhe que seria melhor afrouxar o espartilho ou abrir uns botões, qualquer coisa que a deixasse mais confortável.

– Cecilia...

Ela não se mexeu.

– Cecilia?

– Ainda não morri – sinalizou ela.

– Sim – respondeu ele, tentando reprimir um sorriso. – Estou vendo que não.

– Estou só tentando ficar imóvel – continuou ela.

E estava fazendo um bom trabalho. Os lábios dela mal se mexiam enquanto ela falava.

– Se eu ficar deitada aqui, parada – prosseguiu, e sua voz saía com um tom quase cantarolado –, quase chega a parecer que eu não vou mais...

– Vomitar? – sugeriu ele.

– Morrer – disse ela. – Que não vou mais morrer. Tenho bastante certeza de que ainda vou vomitar.

Num instante, ele já estava trazendo o penico para a frente dela.

– Agora não – insistiu ela, esticando a mão às cegas para afastá-lo. – Mas talvez em breve.

– Quando eu menos esperar?

– Não. – Ela soltou um suspiro cansado. – Quando *eu* menos esperar.

Ele tentou segurar o riso. Quase conseguiu, mas ficou com a impressão de que ela tinha ouvido o comecinho de sua risada reprimida. Ele já não estava mais tão preocupado quanto estivera poucos minutos antes. Desde que o senso de humor dela permanecesse inalterado, tudo ficaria bem. Ele não sabia como tinha tanta certeza daquilo, mas já presenciara incontáveis casos de intoxicação alimentar e decidira que ela devia estar certa: tinha apenas comido algo que lhe fizera mal.

Contudo, as manchas vermelhas eram preocupantes. "Ainda bem que não temos um espelho", pensou ele. Ela não ia gostar nada, nada de ver o próprio reflexo.

Com cuidado, ele se sentou na beira da cama, esticando o braço para sentir a temperatura na testa dela. Contudo, assim que o colchão afundou, Cecilia emitiu um grunhido infernal. Tateou o braço cegamente pelo ar, acertando a coxa dele.

– Ai!

– Sinto muito.

– Não sente nada – disse ele, sorrindo.

– Por favor, não balance a cama.

Devagarinho, ele afastou a mão dela.

– Achava que você não enjoava com movimentos.

– Mas eu de fato nunca tinha enjoado antes.

– Então agora você já sabe como nós, pobres mortais, nos sentimos a bordo de um navio.

– Eu estava muito feliz sem saber.

– Sim – murmurou ele, com carinho –, sei que estava.

Ela semicerrou um dos olhos.

– Por que parece que você está se divertindo à minha custa?

– Ah, eu não estou me divertindo, pode ter certeza. Mas concordo com o que falou, acho que você está com um caso tenebroso de intoxicação alimentar. Assim, apesar de me compadecer da sua situação, já não estou mais tão preocupado com a sua saúde.

Ela soltou um grunhido. Talvez o ruído menos feminino que ele já ouvira vindo dela – atrás apenas do som que ela fazia ao vomitar.

Ele estava encantado.

– Edward?

– Sim.

Ela engoliu em seco.

– Estou com pontinhos vermelhos no rosto?

– Infelizmente, sim.

– Está coçando.

– Tente não coçar – disse ele.

– Sim, eu sei.

Ele sorriu. Estava adorando aquela conversa maravilhosamente banal.

– Quer que vá buscar uma compressa fria?

– Ah, por favor, seria ótimo. Obrigada.

Ele se levantou com cuidado para que o colchão não se mexesse muito.

Encontrou um pedaço de pano perto da bacia com água e o molhou.

– Hoje você está parecendo mais forte – observou Cecilia.

– Acho que estou mesmo.

Torceu o pano e voltou ao lado dela. A vida era mesmo estranha. Ele se sentia mais forte quando podia cuidar dela.

– Desculpe – pediu ela.

– Por quê?

Ele pôs a compressa na testa dela, e Cecilia suspirou.

– Sei que você queria ir à festa na casa da sua madrinha essa noite.

– Outras festas virão. Além disso, por mais que eu esteja ansioso para exibir você para o mundo, seria exaustivo para mim. E eu ainda teria que ficar só olhando enquanto você dançasse com outros homens.

Ela ergueu os olhos para ele.

– Você gosta de dançar?

– Às vezes.

– Por que só às vezes?

Ele tocou a pontinha do nariz dela.

– Depende de quem seria o meu par.

Ela sorriu e, por um instante efêmero, ele pensou ter visto uma sombra de tristeza atravessar o rosto dela. Mas passou tão rápido que ele não conseguiu ter certeza, e os olhos dela pareciam cansados, mas límpidos, quando ela falou:

– Imagino que isso seja válido para uma série de aspectos da vida.

Ele levou a mão à bochecha dela, sentindo-se extremamente grato por aquele momento. Grato por estar ao lado dela.

– Imagino que sim – murmurou ele.

Ele olhou para baixo. Ela já estava dormindo.

CAPÍTULO 12

Antes mesmo que a minha pena tocasse o papel, Edward já estava aqui ao meu lado, dizendo que, se ele estivesse naquela soirée, *teria tido o maior prazer em tirá-la para dançar. Ah, e agora ele está possesso. Acho que o deixei constrangido.*

O seu irmão é uma ameaça pública.

Ele arrancou a pena de mim! Só o perdoo porque já faz dias que estamos presos aqui nessa tenda. Juro por Deus que está chovendo desde 1753.

Minha cara Srta. Harcourt, peço que perdoe seu irmão. Temo que a umidade esteja prejudicando o funcionamento do

cérebro dele. A chuva não dá trégua há dias, mas trouxe consigo a beleza ímpar das flores silvestres, e em toda a minha vida eu nunca tinha visto nada assim. Os campos se transformaram em um tapete bordado, branco e lavanda, e algo me diz que a senhorita adoraria essa bela visão.

– CARTA DE THOMAS HARCOURT (E EDWARD ROKESBY)
PARA CECILIA HARCOURT

Em pouco tempo, Cecilia já estava recuperada, exceto por algumas casquinhas de ferida nas pernas, nos pontos em que ela não se contivera e se coçara.

Ela havia retomado a busca por Thomas, e Edward muitas vezes a acompanhava. Ele percebera que um pouco de atividade física leve era bom para a saúde e estava se sentindo mais forte. Assim, quando não fazia um calor opressivo, eles saíam caminhando pela cidade de braços dados, cuidando de afazeres e fazendo perguntas.

E se apaixonando.

Pelo menos *ela* estava se apaixonando. Cecilia evitava se perguntar se Edward sentia o mesmo, embora estivesse muito claro que ele gostava da companhia dela.

E que ele a desejava.

Edward criara o hábito de dar um beijo de boa-noite nela. E de bom-dia. Às vezes, de boa-tarde também. E assim, a cada toque, cada troca de olhares, ela sentia que estava se afundando cada vez mais na teia de mentiras que ela mesma criara.

Ah, como ela queria que fosse tudo verdade...

Queria ser feliz com aquele homem. Queria ser a esposa dele, a mãe dos filhos dele, seria uma vida *maravilhosa*...

... se tudo não fosse uma mentira. E se, quando tudo desmoronasse à sua volta, não fosse preciso comer um morango para se livrar das consequências.

Objetivo do dia: parar de se apaixonar.

Em toda a sua vida, Cecilia nunca enfrentara um objetivo tão difícil. E tão fadado ao fracasso.

Já havia pequenos sinais de que a memória de Edward estava voltando. Certa manhã, ele estava vestindo o uniforme quando se voltou para ela e disse:

– Faz tempo que não faço isso.

Cecilia, que estava lendo o livro de poesia que ele trouxera de casa, ergueu os olhos.

– Faz o quê?

Ele ficou em silêncio por um instante, de cenho franzido, como se ainda estivesse tentando ordenar os pensamentos, e então respondeu:

– Faz tempo que não visto o uniforme.

Cecilia marcou a página com uma fita de cetim e fechou o livro.

– Você o veste toda manhã.

– Não, antes disso. – Ele se deteve, pensativo, então concluiu: – Em Connecticut, eu não usava uniforme.

Ela engoliu em seco, tentando conter seu nervosismo.

– Tem certeza?

Ele olhou para baixo, alisando a lã vermelha que fazia dele um soldado no exército de Sua Majestade.

– De onde veio isso?

Ela levou alguns instantes para entender o que ele perguntava.

– Sua casaca? Estava na igreja.

– Mas não era isso que eu estava vestindo quando me trouxeram.

Cecilia percebeu, sobressaltada, que ele fizera uma afirmação, e não uma pergunta.

– Eu não sei – respondeu ela. – Talvez não. Nem me ocorreu perguntar sobre isso.

– Não era, com certeza afirmou ele. – Estava limpa demais.

– Será que alguém não teria lavado para você?

Edward fez que não com a cabeça.

– É melhor perguntarmos ao coronel Stubbs.

– Certamente – concordou Cecilia.

Ele não disse nada, mas Cecilia sabia que a mente dele estava à toda, tentando entender a figura que se formava em um quebra-cabeça em que ainda faltavam muitas peças. Ele olhou pela janela, o olhar perdido, enquanto tamborilava os dedos na perna. Cecilia pôde apenas esperar até que, de repente, ele ficou alerta de novo, virou-se para ela e disse:

– Eu me lembrei de outra coisa.

– De quê?

– Ontem, quando estávamos caminhando pela Broad Street, um gato passou por mim e se esfregou nas minhas pernas.

Cecilia não disse nada. Se houvera mesmo um gato, ela não se apercebera.

– Ele fez aquela coisa típica de gatos – prosseguiu Edward. – Ficou roçando a cabeça na minha perna, e então eu me lembrei. Tinha um gato lá.

– Em Connecticut?

– Sim. Não sei por quê, mas eu acho... acho que ele me fazia companhia.

– Um gato – repetiu ela.

Ele aquiesceu.

– Não deve significar nada, mas...

A voz de Edward morreu, e seus olhos perderam o foco outra vez.

– Isso quer dizer que sua memória está voltando – falou Cecilia, com delicadeza.

Ele ainda demorou mais alguns instantes para balançar a cabeça, livrando-se da expressão vaga.

– Sim.

– Pelo menos a lembrança do gato é uma lembrança feliz.

Ele assumiu uma expressão intrigada.

– Você podia ter se lembrado de ter sido mordido – explicou Cecilia. – Ou arranhado. – Ela se levantou, afastando-se da cama. – Em vez disso, lembrou-se de um bichinho que lhe fazia companhia quando você estava sozinho.

A voz dela falhou, e ele deu um passo em sua direção.

– Isso me reconforta – admitiu ela.

– O fato de eu não ter ficado sozinho?

Ela aquiesceu.

– Sempre gostei de gatos – falou ele, quase distraído. – Imagino que agora eu goste deles ainda mais – completou, e abriu um meio sorriso para ela.

– Vamos recapitular as coisas de que me lembrei. Eu não usava uniforme. – Ele foi contanto no dedo. – Havia um gato.

– Ontem você disse que lembrava de ter estado a bordo de um barco – ajudou Cecilia.

Fora quando estavam caminhando perto do rio, e o cheiro de maresia no ar trouxera de volta uma fagulha de lembrança. Ele estivera em um barco, dissera. Não um navio, mas uma embarcação menor, feita para permanecer próxima ao litoral.

– Por outro lado – ponderou ela, dando mais atenção ao assunto do que dera no dia anterior –, você teria necessariamente que usar um barco, não é? De que outra forma teria chegado a Manhattan? Não existe ponte nessa parte da ilha. E imagino que você não tenha vindo a nado.

– Verdade – murmurou ele.

Cecilia o observou por um momento e não conseguiu conter um risinho.

– O que foi? – perguntou ele.

– Você faz uma cara engraçada – comentou ela. – Toda vez que está tentando se lembrar de algo.

– Ah, é?

Ele assumiu uma expressão que era para ser sarcástica, mas ela sabia que ele só estava querendo provocá-la.

– Você fica mais ou menos assim...

Ela franziu a testa e tentou fazer um olhar vago. Sentia que não estava conseguindo imitá-lo muito bem. Na verdade, um homem mais irritadiço poderia até pensar que ela estava caçoando dele.

Ele a fitou.

– Você está parecendo uma desvairada.

– Ou seja, quem parece um desvairado é *você*. – Ela agitou a mão diante do rosto. – Eu sou apenas o seu espelho.

Ele soltou uma gargalhada e então a puxou para perto dele.

– Tenho certeza de que nunca um espelho me mostrou uma visão tão encantadora quanto a sua.

Cecilia sentiu o sorriso nascendo em seu rosto, embora os alarmes soassem em sua mente. Com Edward era tão fácil ser feliz, tão fácil ser ela mesma... Mas aquilo não era a vida dela. Ela não era esposa dele. Aquele papel era emprestado e, no fim das contas, ela teria que devolvê-lo.

Contudo, por mais que se esforçasse para não se acomodar no papel de Sra. Rokesby, era impossível resistir ao sorriso dele. Ele a abraçou cada vez mais forte, aproximando-a até colar o nariz ao dela.

– Alguma vez eu já falei – começou ele, com alegria na voz – como me senti feliz ao ver você ao meu lado quando acordei?

Ela entreabriu os lábios para falar, mas todas as palavras ficaram presas na garganta de forma desconfortável. Na verdade, ele nunca lhe dissera aquilo, pelo menos não de maneira tão explícita. Ela balançou a cabeça, incapaz de desviar o olhar, afogando-se na imensidão morna daqueles olhos azuis.

– Se eu tivesse sabido – prosseguiu ele –, sei que teria dito a você para não vir. Na verdade, tenho certeza de que teria proibido a sua vinda. – Os lábios dele se torceram daquele jeito meio torto, entre um esgar e um sorriso. – Não que isso fosse capaz de impedi-la, imagino.

– Eu não era sua esposa quando embarquei – falou ela, baixinho.

E então sentiu algo dentro de si morrer, percebendo que aquela poderia ser a frase mais sincera que ela diria durante todo o dia.

– De fato – concordou Edward. – Suponho que não era.

Ele inclinou a cabeça para o lado, franzindo o cenho de maneira quase igual à que provocava os deboches dele, mas seus olhos continuaram focados.

– O que foi agora? – perguntou ele, percebendo que ela estudava seu rosto.

– Nada. É só que você estava quase fazendo a mesma expressão de antes. Seu cenho estava franzido da mesma forma, mas seu olhar não ficou perdido.

– Pela forma como você me descreve, devo ser mesmo muito atraente.

Ela deu uma risada.

– Não é isso, seu bobo. Mas é interessante. Eu acho... – Ela se deteve, tentando adivinhar no que ele estaria pensando. – Dessa vez você não estava tentando se lembrar de nada, estava?

Ele balançou a cabeça.

– Estava apenas pensando nas grandes questões da vida.

– Ah, pare com isso. No que estava pensando?

– Na verdade, eu estrava pensando que precisamos pesquisar melhor as leis que regem os casamentos por procuração. Precisamos saber a data exata da nossa união, não acha?

Ela tentou concordar. Mas não conseguiu.

Edward puxou os punhos da camisa, alisando-a para que não ficasse embolada por baixo da casaca.

– Você assinou os papéis depois de mim, então imagino que a data seja a de quando o capitão oficializou o seu lado.

Cecilia fez um pequeno aceno com a cabeça – o pedregulho engastado em sua garganta não permitia mais nada.

Mas parecia que Edward não estava percebendo o desconforto dela. Ou, se estivesse, talvez achasse que ela estava emocionada ao se lembrar do casamento, pois plantou um beijo rápido nos lábios de Cecilia, endireitou-se e disse:

– Acho que está na hora de encarar o dia. Combinei de me encontrar com o coronel Stubbs lá embaixo em alguns minutos, e não posso me atrasar.

– Vai se encontrar com o coronel Stubbs? E não me avisou?

Ele franziu o nariz.

– Não avisei? Imagino que tenha sido um deslize.

Cecilia não duvidou. Edward não era de guardar segredos. Dadas as circunstâncias, ele era surpreendentemente franco e, quando pedia a opinião dela, sempre a escutava. De certa forma, ela achava que ele não tinha muita escolha; considerando o rombo em sua memória, precisava confiar no bom senso da esposa.

Só que... ela não achava que houvesse muitos outros homens que fariam o mesmo em seu lugar. Ela sempre se orgulhara do fato de seu pai ter deixado a administração da casa em suas mãos, mas sabia, lá no fundo, que ele não tomara aquela decisão por confiar nas capacidades dela. Ele só não queria ter o trabalho de fazer aquilo.

– Gostaria de vir comigo? – convidou Edward.

– Ao seu encontro com o coronel? – Cecilia arqueou as sobrancelhas. – Imagino que ele não apreciaria a minha presença.

– Um motivo a mais para que você me acompanhe. Aprendo muito mais com aquele sujeito quando ele fica de mau humor.

– Neste caso, como eu poderia recusar?

Edward abriu a porta, cedendo o espaço para que ela saísse primeiro para o corredor.

– Acho um tanto curioso que ele esteja sendo tão pouco solícito – observou Cecilia. – Imagino que seja do interesse dele que você recupere a memória.

– Não acho que ele queira esconder nada de mim – respondeu Edward.

Ele deu o braço a ela para descerem a escada. Ao contrário da semana anterior, não foi por precisar que ela o escorasse, e sim para ser cavalheiro. Era impressionante quanto havia melhorado em apenas alguns dias. A cabeça ainda incomodava, e havia o detalhe da perda de memória, mas a pele perdera aquele preocupante tom macilento e, embora ainda não estivesse pronto para marchar cem quilômetros, pelo menos conseguia viver a vida normalmente, sem ter que parar a toda hora para descansar.

Às vezes Cecilia dizia que ele ainda estava com um aspecto cansado, mas Edward replicava que ela estava agindo como uma esposa.

Sempre sorria ao dizer isso.

Ainda falando do coronel Stubbs, Edward comentou:

– Acho que o trabalho dele é guardar segredos.

– Mas não de você, certamente.

– Talvez – disse Edward, dando de ombros. – Mas pense só: ele não sabe onde eu estive nesses três meses nem o que fiz. Certamente ainda não é do interesse do exército inglês que certos segredos sejam confiados a mim.

– Isso é um disparate!

– Agradeço o seu apoio inabalável – afirmou ele, abrindo um sorriso espirituoso quando chegaram ao térreo –, mas, antes de revelar suas cartadas, o coronel precisa se assegurar de que a minha lealdade permanece intacta.

Cecilia não ficou satisfeita com a explicação.

– Eu me recuso a acreditar que ele teria a desfaçatez de duvidar de você – resmungou ela.

A honra e a honestidade de Edward eram claramente intrínsecas à sua natureza. Cecilia não entendia como alguém poderia duvidar dele.

Quando entraram no salão, o coronel Stubbs estava de pé ao lado da porta, carrancudo como sempre.

– Rokesby – cumprimentou ele ao vê-los. E então acrescentou: – Sua esposa também veio.

– Ela estava com fome – respondeu Edward.

– Naturalmente – respondeu o coronel, mas suas narinas se inflaram de irritação, e Cecilia notou que, enquanto os conduzia a uma mesa próxima, o homem estava com o maxilar trincado.

– O café da manhã aqui é delicioso – comentou ela, com doçura.

O coronel apenas a encarou por um instante, e então resmungou algo que talvez fosse uma resposta antes de se voltar para Edward.

– Alguma novidade? – perguntou Edward.

– *Você* tem?

– Infelizmente não, mas Cecilia tem sido de grande valia na minha missão de recobrar a memória. Já cruzamos a cidade várias vezes, buscando pistas.

Cecilia plantou um sorriso plácido no rosto, que foi devidamente ignorado pelo coronel Stubbs.

– Não vejo motivo para tentar encontrar pistas aqui em Nova York. O que precisa ser examinado é o tempo que passou em Connecticut.

– Falando nisso – tornou Edward, calmamente –, eu estava me perguntando... eu estava de uniforme?

– O quê?

A reação do coronel foi curta e grossa, e estava claro que ele tinha ficado irritado com a mudança repentina de assunto.

– Hoje de manhã me voltou uma lembrança muito curiosa. Provavelmente não é nada relevante, mas, quando eu estava me vestindo, ocorreu-me que eu não vestia o uniforme fazia tempo.

O coronel apenas encarou Edward.

– Não estou entendendo.

– A casaca que estava no hospital... Que, aliás, é esta mesma que estou vestindo – explicou Edward, correndo a mão pela manga. – De onde veio? Sei que eu já possuía esta peça antes, mas algo me diz que ela não estava comigo em Connecticut.

– Ela estava comigo – explicou Stubbs, irritadiço. – Não seria nada sábio ser reconhecido como casaca vermelha em Connecticut.

– Eles não são leais à Coroa lá? – perguntou Cecilia.

– Há rebeldes por todos os lados – respondeu Stubbs, lançando para ela um olhar irritado. – Estão espalhados como grãos de sal, e extirpá-los é difícil como o diabo.

– Extirpá-los? – ecoou Cecilia.

A escolha de palavras do coronel Stubbs era bem preocupante. Não fazia muito tempo que Cecilia estava em Nova York, mas ela já conseguira perceber que o cenário político era muito mais complicado do que os jornais na Inglaterra davam a entender. Ela era, e sempre seria, uma orgulhosa cidadã inglesa, mas não podia ignorar o fato de que os colonos tinham queixas muito legítimas.

No entanto, antes que pudesse dizer mais alguma coisa (não que tivesse a intenção), sentiu a mão de Edward em sua perna, por baixo da mesa, advertindo-a a não falar nada.

– Queira desculpar – murmurou Cecilia, baixando os olhos obedientemente. – Eu apenas não conhecia o termo.

Pronunciar tal mentira chegou a doer, mas ficou muito claro que era mais lucrativo deixar que o coronel acreditasse que ela não era lá muito esperta. E a última coisa que queria era que ele duvidasse de sua lealdade à Coroa.

– Posso então presumir – tornou Edward, fazendo a conversa avançar com uma agilidade serena – que minha falta de uniforme em Connecticut indica que eu estava lá como espião?

– Eu não diria isso – bufou o coronel.

– E o que o senhor diria? – perguntou Cecilia, mordendo a língua quando a mão de Edward apertou sua perna outra vez.

No entanto, era difícil ficar de boca fechada. Aquela conversa estava insuportável, com o coronel jogando migalhas de informação aqui e ali, sem nunca dizer a Edward o que ele precisava saber.

– Perdão – murmurou ela.

Edward lhe lançou um olhar gélido, mais um aviso para que ela não interferisse.

Era melhor que ela parasse de antagonizar o coronel Stubbs, e não apenas pelo bem de Edward. O sujeito também conhecia Thomas e, embora não tivesse sido de nenhuma valia na busca pelo irmão de Cecilia, talvez ainda pudesse ser útil.

– "Espião" é uma palavra tão deselegante... – respondeu o coronel Stubbs, aceitando as desculpas dela com um aceno de cabeça. – E, sem sombra de dúvida, nada que deva ser discutido na presença de uma dama.

– Então um agente infiltrado – sugeriu Edward. – Será que isso seria uma descrição mais precisa?

Stubbs grunhiu, dando a entender que sim.

Edward crispou os lábios, um gesto curiosamente difícil de interpretar. Não parecia estar com raiva, pelo menos não tanto quanto Cecilia estava. A impressão que ela teve foi a de que ele estava ordenando as informações em sua mente, arquivando tudo em pilhas organizadas para futuras consultas. Ele tinha uma maneira muito metódica de ver o mundo – uma característica que devia tornar ainda mais insuportável a perda de memória.

Edward uniu as pontas dos dedos, num gesto reflexivo:

– Sei que está em uma posição extremamente delicada, coronel. Mas se deseja mesmo que eu me lembre dos eventos dos meses anteriores, precisarei de sua ajuda. – Edward se inclinou para a frente. – Estamos, afinal, do mesmo lado.

– Jamais duvidei de sua lealdade – disse o coronel.

Edward assentiu com elegância.

– Mas não posso plantar em sua mente a informação que eu desejo ouvir.

– Está insinuando que sabe o que Edward estava fazendo lá? – interpôs Cecilia.

– Cecilia... – advertiu Edward, suavemente.

Ela o ignorou.

– Se sabe o que ele estava fazendo lá, tem a obrigação de dizer a ele – insistiu ela. – Seria muito cruel de sua parte esconder isso dele. Essa informação poderia ajudá-lo a recuperar a memória.

– Cecilia – repetiu Edward, em um tom mais duro.

Só que ela não conseguia mais ficar calada. Ignorando a advertência de Edward, ela encarou o coronel Stubbs e continuou:

– Se o senhor quisesse mesmo que ele se lembrasse do que aconteceu em Connecticut, diria a ele tudo o que sabe.

O coronel sustentou o olhar dela.

– Pois bem, Sra. Rokesby, já lhe ocorreu que as lembranças de seu marido podem acabar sendo influenciadas por qualquer coisa que eu diga? Não posso arriscar comprometer a memória dele com as minhas próprias informações, que podem ser precisas ou não.

– Eu...

A hostilidade de Cecilia se dissipou um pouco ao perceber que o coronel tinha razão.

Mesmo assim, será que a paz de espírito de Edward não valia nada? Então, ela viu rugas de consternação se formando nos cantos da boca de Edward.

– Permita-me pedir desculpas ao senhor pelo comportamento de minha esposa – disse ele.

– Não – atalhou Cecilia. – Eu mesma pedirei desculpas pelo meu comportamento. Sinto muito, coronel. Tenho tremenda dificuldade em enxergar a situação pelo seu ponto de vista.

– Vejo que tudo o que a senhora quer é que seu marido se recupere – falou o coronel Stubbs, com uma gentileza inesperada.

– Exatamente – disse ela, fervorosamente. – Mesmo que...

O coração de Cecilia veio à boca. Mesmo que isso significasse para ela a própria ruína. Estava vivendo em um castelo de cartas que desmoronaria no instante em que Edward recobrasse a memória. Ela quase sentiu vontade de gargalhar com a ironia amarga da situação. Ela estava batendo boca com o coronel, lutando com unhas e dentes para conseguir um certo resultado que, para ela, só traria sofrimento.

No entanto, não conseguia evitar. Queria muito que ele se recuperasse. Mais do que qualquer coisa no mundo. Mais até do que...

Foi tomada por um sobressalto. Mais até do que encontrar Thomas?

Não, não podia ser. Talvez ela fosse tão horrível quanto o coronel Stubbs, omitindo fatos que poderiam ajudar Edward a recuperar a memória. Mas Thomas era irmão dela. Edward entenderia.

Pelo menos, era isso o que ela dizia a si mesma.

- Cecilia?

Ouviu a voz de Edward no fundo de sua mente, como se estivesse do outro lado de um longo túnel.

- Querida? - Ele pegou a mão dela, esfregando-a. - Você está bem? Está com as mãos geladas.

Bem devagar, ela despertou de seu devaneio, e seus olhos foram focando no rosto preocupado de Edward.

- Parecia que você estava sufocando - disse ele.

Cecilia olhou para o coronel, que também a observava com preocupação.

- Sinto muito - falou ela, percebendo que o som que Edward tomara como um sufocar fora, na verdade, um soluço. - Não sei o que deu em mim.

- Não há por que se desculpar - disse o coronel Stubbs, para surpresa de Cecilia (e, a julgar pela expressão de Edward, para surpresa dele também). - Você é a esposa dele. É a vontade de Deus que a senhora priorize o bem-estar de seu marido.

Cecilia deixou que um minuto se passasse, e então perguntou:

- O senhor é casado, coronel Stubbs?

- Já fui - respondeu ele, sucinto; pela expressão em seu rosto, ficou muito claro o que ele queria dizer.

- Sinto muito - murmurou ela.

Por um instante, o coronel abandonou a postura sempre estoica, e uma sombra de dor percorreu o seu rosto.

- Já faz muitos anos - tornou ele -, mas não há um dia sequer em que eu não pense nela.

Num ato impulsivo, Cecilia esticou o braço e pegou a mão dele.

- Tenho certeza de que ela sabe disso - respondeu ela.

O coronel assentiu de forma meio brusca, e então bufou, recompondo-se. Cecilia recolheu a mão; passado o momento de conexão entre eles, teria sido estranho manter o contato físico.

– Com sua licença, agora preciso ir – falou o coronel Stubbs, olhando então para Edward. – Quero que saiba, capitão, que rezo para que consiga recuperar a memória. E não apenas porque talvez o senhor possua informações que possam ser cruciais à nossa causa. Não faço ideia de como seja a sensação de perder a lembrança de meses inteiros, mas posso imaginar como isso deve incomodar a alma.

Edward aquiesceu em resposta, e ambos se levantaram.

– E para sua informação, capitão Rokesby – prosseguiu o coronel –, o senhor foi mandado para Connecticut para reunir informações sobre os portos deles.

Edward franziu o cenho.

– Mas minhas habilidades cartográficas são muito medianas.

– Acho que não estávamos interessados em mapas, embora, sem dúvida, eles nos fossem ser úteis.

– Coronel – interveio Cecilia, levantando-se também. – A missão de Edward era investigar algo em específico? Ou era mais uma viagem de reconhecimento geral?

– Lamento, mas não posso dizer.

Então era algo específico. O que fazia muito mais sentido.

– Obrigada – agradeceu ela, educadamente, inclinando a cabeça em uma mesura.

Ele tocou a ponta do chapéu em resposta.

– Senhora. Capitão Rokesby.

O coronel virou-se para ir embora, mas deteve-se ao dar o primeiro passo, voltando-se outra vez para ela.

– Alguma notícia de seu irmão, Sra. Rokesby?

– Não – disse ela. – Contudo, o major Wilkins tem sido muito prestativo. Pediu ao ordenança que inspecionasse os registros do hospital.

– E...?

– Infelizmente não havia nada lá. Nenhuma menção a Thomas.

O coronel assentiu, devagar.

– Se alguém poderia ter alguma ideia de como encontrá-lo, esse alguém seria Wilkins.

– Eu e Edward iremos ao Haarlem assim que possível – comentou Cecilia.

– Ao Haarlem? – Stubbs olhou para Edward. – Por quê?

– Queremos visitar a enfermaria – respondeu Edward. – Sabemos que Thomas estava ferido. Talvez o tenham levado para lá.

– Mas ele certamente não ficaria por lá.

– Ainda assim, alguém pode ter alguma informação – insistiu Cecilia. – Vale a pena tentar.

– É claro. – O coronel Stubbs fez outro cumprimento com a cabeça, tanto para ela quanto para Edward. – Desejo boa sorte em sua empreitada.

Cecilia acompanhou com os olhos enquanto o coronel se afastava e virou-se para Edward no instante em que o outro se foi.

– Desculpe.

Ele arqueou as sobrancelhas.

– Eu não devia ter dito nada. Não era da minha conta interrogá-lo, e sim da sua.

– Não se preocupe – disse Edward. – A princípio, fiquei aborrecido, mas você conseguiu virar o jogo. Eu não sabia que ele era viúvo.

– Acabei perguntando por acaso – confessou ela.

Edward sorriu e pegou a mão dela, acariciando-a de maneira reconfortante.

– Venha, vamos nos sentar para comer. Como você mesma disse, o café da manhã aqui é muito bom.

Cecilia permitiu que ele a conduzisse de volta à mesa. Estava se sentindo curiosamente trêmula, tonta. Torcia para que um pouco de comida a ajudasse. Ela sempre fora do tipo que precisava de um bom café da manhã antes de encarar o dia.

Enquanto se sentava na frente dela, Edward comentou:

– Preciso confessar que fico contente por ter uma heroína tão leal ao meu lado.

Cecilia ergueu os olhos, surpresa. Não se sentia à altura da alcunha de "heroína".

– Acho que você não percebe quanto é forte – continuou ele.

Ela engoliu em seco.

– Obrigada.

– Que tal irmos ao Haarlem hoje?

– Hoje? – Ela se empertigou, atenta. – Tem certeza?

– Já estou me sentindo muito melhor. Acho que consigo dar conta de uma pequena viagem ao norte da ilha.

– Mas tem certeza?

– Sim. Vou providenciar uma carruagem para partirmos logo depois do café da manhã. – Ele fez um gesto para sinalizar ao estalajadeiro que eles gostariam de pedir comida e voltou-se de novo para ela. – Vamos concentrar nossa atenção em Thomas. Para ser sincero, mal posso esperar para tirar o meu trabalho investigativo da cabeça. Pelo menos por hoje.

– Obrigada. Suspeito que não descobriremos nenhuma novidade, mas jamais poderia conviver em paz comigo mesma se nem mesmo tentasse.

– Concordo. Nós devíamos... ah! Bacon!

O rosto de Edward se iluminou por completo quando o estalajadeiro pôs uma travessa com bacon e torradas no meio da mesa. Já estava um pouco frio, mas isso não fez muita diferença, tamanho era o apetite dele.

– Sinceramente – falou Edward enquanto mastigava, deixando de lado os bons modos à mesa –, isso não é a coisa mais fantástica que você já experimentou?

– A mais fantástica? – perguntou ela, incerta.

– É bacon. O mundo sempre parece um lugar menos deprimente quando comemos bacon.

– Interessante filosofia.

Ele abriu um sorriso matreiro.

– Está funcionando muito bem para mim agora mesmo.

Cecilia não resistiu ao bom humor dele e também pegou uma fatia. Se bacon era mesmo comparável à felicidade, não seria ela a contrariar.

– Sabe – disse ela, falando de boca cheia (se ele podia ignorar a etiqueta à mesa, então ela também podia) –, este bacon nem é tão bom assim.

– Mas você está se sentindo melhor, não está?

Cecilia parou de mastigar, pensativa, e sua cabeça pendeu para o lado.

– Sabe de uma coisa? Você está certo – admitiu ela.

Lá estava, de novo, o sorriso insolente dele.

– Eu costumo estar certo.

Contudo, enquanto eles continuavam a devorar o café da manhã, ela sabia muito bem que não era o bacon que a fazia feliz naquele momento: era o homem do outro lado da mesa.

Se ao menos ele de fato fosse seu marido...

CAPÍTULO 13

Costumo esperar sua resposta antes de começar outra carta, mas como já faz semanas que não tenho notícias suas, Edward está insistindo para que eu tome a iniciativa e lhe escreva. Contudo, não há muito a dizer. É aterradora a quantidade de tempo que passamos aqui, só esperando ter o que fazer. Ou marchando. Mas presumo que você não queira ler uma página inteira de abstrações acerca da arte e da ciência do bom marchar.

– CARTA DE THOMAS HARCOURT À IRMÃ, CECILIA

O Haarlem era exatamente como Edward esperava. A enfermaria era tão rudimentar quanto advertira o major Wilkins, mas a maior parte dos leitos estava vazia, graças a Deus. E, mesmo assim, Cecilia ficou horrorizada com as condições do local.

Levaram um certo tempo para encontrar o encarregado e tiveram de recorrer a uma boa dose de bajulação para convencê-lo a verificar os registros; entretanto, conforme previra Wilkins, não havia menção a Thomas. Cecilia perguntara se não seria possível que algum paciente não tivesse sido registrado, e Edward não podia culpá-la – a julgar pela falta de limpeza do local, a organização da enfermaria não inspirava muita confiança.

Contudo, se havia algo em que o exército inglês nunca falhava era no gerenciamento dos registros. A lista de pacientes era a única coisa impecável naquela enfermaria. Cada página do registro era organizada em colunas muito precisas, e cada nome vinha acompanhado de patente, data de admissão, data e motivo de partida, além de uma breve descrição do ferimento ou da doença. Como resultado disso, eles agora sabiam que o soldado Roger Gunnerly, da Cornualha, tinha se recuperado bem de um abscesso na coxa esquerda e que o soldado Henry Witherwax, de Manchester, fora a óbito em decorrência de um tiro no abdômen.

Contudo, nada de Thomas.

Tinha sido um dia longo. As estradas de Nova York até o Haarlem eram horríveis, e a carruagem que Edward arrumara não ajudava nem um pouco; contudo, depois de um belo jantar na Taverna Fraunces, Cecilia e ele já estavam se sentindo refeitos. A terrível umidade do dia anterior havia arrefecido e, à noite, uma leve brisa carregava o cheiro salgado do mar, de modo que eles pegaram a rota mais longa para o Devil's Head, caminhando devagar pelas ruas já quase vazias da parte sul da ilha de Manhattan. Cecilia seguia com a mão enfiada na dobra do braço de Edward, e embora mantivessem uma distância respeitosa um do outro, cada passo parecia aproximá-los mais.

Se não estivessem tão longe de casa, se não estivessem no meio da guerra, teria sido uma noite perfeita.

Caminharam em silêncio pela orla, admirando o mergulho das gaivotas. Então Cecilia disse:

– Eu gostaria...

Mas não terminou.

– Gostaria de quê? – perguntou Edward.

Ela ficou um tempo sem dizer nada e, quando falou, a resposta veio acompanhada de um meneio de cabeça pesaroso.

– Eu gostaria de saber quando desistir...

Ele sabia o que deveria fazer. Se fossem personagens de uma peça, ou protagonistas de um romance heroico, ele diria que eles nunca deveriam desistir; que deveriam manter acesa a chama da esperança no coração e que deveriam procurar Thomas até a última pista.

Mas ele jamais mentiria para ela e não queria oferecer falsas esperanças, por isso acabou dizendo apenas:

– Eu não sei...

Como se tivessem feito um acordo silencioso, foram reduzindo a velocidade até parar. Detiveram-se lado a lado, olhando o mar, banhados pelas últimas luzes do dia.

Cecilia rompeu o silêncio.

– Você acha que ele morreu, não acha?

– Eu acho que... – Edward não queria dizer aquelas palavras. Não queria nem mesmo pensar naquilo. – Sim, acho que ele provavelmente está morto.

Ela assentiu, e seus olhos marejados estavam mais cheios de resignação do que de tristeza. Edward não sabia por quê, mas isso era ainda mais devastador.

– Talvez fosse mais fácil se eu pudesse ter certeza– disse ela.

– Não sei... Perder a esperança ou lidar com a inevitabilidade da verdade. Não é uma escolha fácil.

– Não.

Cecilia ficou pensando naquilo por um longo tempo, sem nunca tirar os olhos do horizonte. Por fim, quando Edward estava começando a achar que ela tinha desistido do assunto, ela falou:

– Acho que eu preferiria saber.

Ele assentiu, embora ela não estivesse olhando para ele.

– Acho que concordo com você.

Então ela se voltou para ele.

– Só acha? Não tem certeza?

– Não.

– Eu também não.

– O dia de hoje nos decepcionou – murmurou ele.

– Não. – Cecilia o surpreendeu com a negativa. – Só ficamos decepcionados quando esperamos um desfecho diferente.

Ele a encarou. Nem precisou enunciar a pergunta em voz alta.

– Eu já sabia que era pouco provável que tivéssemos alguma notícia de Thomas – afirmou ela. – Mas não podíamos deixar de tentar, não é?

Ele tomou a mão dela.

– Não podíamos deixar de tentar – repetiu ele.

Nesse instante, algo ocorreu a Edward.

– Hoje eu não senti dor de cabeça.

Os olhos dela se iluminaram de alegria.

– Oh, é mesmo? Que maravilha! Por que não disse antes?

Ele coçou a nuca, distraído.

– Acho que só me dei conta disso agora.

– Que coisa maravilhosa – falou ela. – Fico tão feliz. Eu... – Ela ficou na ponta dos pés e deu um beijo impulsivo na bochecha dele. – Estou muito feliz – afirmou ela outra vez. – Não gosto de vê-lo sofrer.

Ele levou a mão dela aos lábios.

– Eu jamais conseguiria suportar se nossos papéis estivessem invertidos.

Era verdade. Só de pensar no sofrimento de Cecilia, era como se o coração dele fosse esmagado por um bloco de gelo.

Ela deu uma risadinha.

– Semana passada, quando fiquei doente, você foi um enfermeiro e tanto.

– Pode até ser, mas prefiro não ter que passar por isso de novo, então trate de cuidar da saúde, sim?

Ela olhou para o chão, com uma expressão quase tímida, e então estremeceu.

– Está com frio? – perguntou ele.

– Um pouquinho.

– É melhor voltarmos logo para casa.

– Casa?

Ele respondeu com uma risadinha.

– Confesso que jamais pensei que chamaria de "casa" um lugar com um nome que significa "cabeça do diabo".

Ambos explodiram em uma gargalhada, e Edward pegou o braço dela, puxando-a de volta para o caminho que levava ao hotel, que ficava a poucos minutos de onde estavam.

Caminharam sem prestar muita atenção, mas seus pés os carregaram de volta ao Devil's Head.

– Lar doce lar.

Ele abriu a porta para ela.

– Lar doce lar.

No salão principal do hotel, a multidão parecia estar mais agitada do que de costume. Edward pôs a mão nas costas de Cecilia, na altura da cintura, e a conduziu pelo caminho até a escada. Ele sabia que não podia esperar acomodações melhores do que aquela, mas mesmo assim estava longe de ser um local apropriado para que uma dama fixasse residência. Se estivessem na Inglaterra, ele jamais...

Edward espantou o pensamento. Não estavam na Inglaterra. A regra normal não se aplicava ali.

Normal. Ele nem lembrava mais o que aquilo significava. Estava se recuperando de um ferimento na cabeça que apagara três meses de sua vida, seu melhor amigo tinha desaparecido de forma tão absoluta que nem mesmo o exército notara a sua ausência e, em algum ponto de um passado não tão distante, casara-se por procuração com uma mulher.

Um casamento por procuração. Céus, os pais dele ficariam perplexos. E, a bem da verdade, ele também estava. Edward não era como Andrew, seu impetuoso irmão mais novo, que desafiava as regras só por diversão. Quando se tratava das coisas importantes da vida, ele preferia fazer tudo da maneira mais apropriada. Não sabia nem se um casamento por procuração poderia ser considerado legítimo à luz da lei da Inglaterra.

O que trazia uma outra questão. Algo naquela história toda não cheirava muito bem. Edward não sabia o que Thomas poderia ter dito ou feito para induzi-lo a se casar com Cecilia, mas tinha a sensação de que ainda havia algo que ela estava escondendo dele. Era muito possível que ela mesma não soubesse da coisa toda, mas a verdade jamais viria à tona até que Edward recuperasse a memória.

Ou até que encontrassem Thomas.

Àquela altura, ele já nem tinha certeza de qual das duas hipóteses era mais improvável.

– Edward?

Ele despertou de seu devaneio e se concentrou em Cecilia. Ela estava ao lado da porta do quarto deles, com um leve sorriso divertido nos lábios.

– Aí está você com essa cara outra vez – disse ela. – Não a de quando está tentando se lembrar, mas a de quando está fazendo muito esforço para pensar em algo.

O comentário não o surpreendeu.

– Muito esforço para pensar em nada – mentiu ele, pegando a chave do quarto.

Não queria revelar suas suspeitas, ainda não. Edward não duvidava dos motivos pelos quais Thomas teria arranjado aquele casamento – o amigo tinha um bom coração, certamente queria o melhor para a irmã –, mas, se Thomas tivesse usado argumentos pouco legítimos para convencer Cecilia a se casar com ele, ela ficaria possessa.

Edward pensou que talvez devesse estar se esforçando mais para descobrir a verdade, mas, para ser honesto, ele sentia que estava lidando com problemas mais importantes; e, no fim das contas, gostava de estar casado com Cecilia.

Por que diabo correr o risco de comprometer o feliz equilíbrio que eles tinham desenvolvido juntos?

Exceto...

Exceto por um único motivo. Ele estava ansioso para fazer amor com a esposa.

Já era hora. Tinha que ser. O desejo que sentia... Aquela atração... Tudo aquilo dentro dele estava a ponto de explodir desde o instante em que ele a vira.

Talvez fosse porque ele tinha deduzido quem ela era a partir da conversa com o coronel Stubbs. Talvez fosse porque até da cama do hospital ele tenha conseguido sentir a preocupação e a devoção dela. Quando abriu os olhos e a viu pela primeira vez, cheia de preocupação e surpresa, ele havia sentido uma torrente inacreditável de leveza, como se o ar ao redor viesse sussurrar em seu ouvido.

É ela.

Ela é a mulher da sua vida.

E embora estivesse terrivelmente fraco, ele a desejara naquele mesmo instante. E então, depois de tantos dias...

Ele podia ainda não ter recuperado todas as forças, mas já estava bem o suficiente.

Ele a encarou. Ela ainda sorria, estudando-o como se tivesse um segredinho delicioso – ou como se achasse que *ele* tinha. Em todo o caso, ela parecia estar se divertindo um bocado, analisando-o com a cabeça inclinada para o lado.

– Vai destrancar a porta ou não vai?

Ele abriu a porta.

– Ainda fazendo muito esforço para pensar em nada? – provocou ela, enquanto ele lhe dava passagem.

Não.

Ele estava se perguntando se ela tinha noção da delicada dança que eles executavam toda noite na hora de dormir. Ela, engolindo em seco de nervoso; ele, roubando olhares. Ela, agarrando com pressa o único livro que possuíam; ele, estudando com atenção os pelos que tinham grudado (ou, na maioria das vezes, não tinham grudado) em sua casaca vermelha. Toda noite, Cecilia fazia o que tinha que fazer, preenchendo o quarto com sua conversa nervosa, e só se tranquilizava quando ele se deitava do lado oposto da cama e desejava boa-noite. Ambos sabiam o que aquilo realmente queria dizer.

Hoje, não.

Ainda não.

Será que ela tinha percebido que ele também estava esperando por um sinal? Um olhar, um toque... qualquer gesto sutil que ela faria para indicar que estava pronta.

Porque ele estava pronto. Mais do que pronto.

E ele achava que... talvez... talvez ela também estivesse.

Embora ela mesma ainda não soubesse.

Assim que entraram no minúsculo quarto, Cecilia correu para a bacia na mesa que, conforme ela solicitara ao hotel, era enchida com água todas as noites.

– Vou apenas lavar o rosto – disse ela, como se o óbvio precisasse de explicação, como se ele não tivesse passado todas aquelas noites observando enquanto ela jogava água no rosto.

Enquanto ela fazia sua ablução, ele abriu os botões no punho da camisa e sentou-se na beira da cama para tirar as botas.

– Achei o jantar delicioso – comentou Cecilia, dando uma brevíssima espiada por cima do ombro antes de ir buscar a escova de cabelo no guarda-roupa.

– Eu também – respondeu ele.

Era tudo parte do dueto deles, passos em uma intrincada coreografia que evoluía para o momento em que eles iam dormir em lados opostos da cama e que terminava só no dia seguinte, com ele fingindo que não acordava todas as manhãs com ela nos braços. Ela estava verificando se ele estava se comportando de maneira diferente, avaliando suas expressões e movimentos.

Ele não precisava que ela lhe contasse isso; sabia que era verdade.

Os olhos dela eram translúcidos como vidro, de um verde-água luminoso, e ela era incapaz de esconder seus sentimentos. Ele não conseguia nem imaginar Cecilia tentando guardar um segredo, pois tudo haveria de ficar evidente em seu rosto, naqueles lábios fartos que nunca sossegavam. Mesmo quando ela estava calada, sua face nunca abandonava os mais sutis traços de movimento. Cenho franzido, lábios entreabertos só o suficiente para permitir a passagem de um sopro de ar. Ele não sabia se todos reparavam nessa característica. À primeira vista, ela podia parecer serena. Contudo, sob um olhar mais atento, um olhar que se dispusesse a ir além do rosto oval e das linhas capturadas naquele retratinho chinfrim que Edward passara tanto tempo estudando... Era então que se percebia. Viam-se os minúsculos sinais de movimento, dançando no compasso dos pensamentos dela.

Às vezes Edward achava que poderia observá-la eternamente, sem nunca se entediar.

– Edward?

Ele piscou, atônito. Ela estava sentada à pequena penteadeira, olhando-o com curiosidade.

– Você estava me encarando – falou ela.

Ela tinha soltado o cabelo. Não era tão comprido quanto ele imaginara naquele dia, ainda no hospital, quando fios rebeldes se soltaram de seu penteado. Noite após noite, ele a admirava enquanto ela escovava os cabelos, os lábios contando em silêncio o número de escovadas. A cada passada, a textura e o brilho das madeixas se modificavam de uma maneira quase hipnótica.

– Edward?

Pego em devaneios mais uma vez.

– Desculpe – disse ele. – Estou meio perdido em pensamentos hoje.

– Imagino que esteja cansado.

Ele tentou não ver significado demais naquela afirmação.

– Eu estou – disse ela.

Aquela frase de duas palavras era muito simples. Simplíssima: "Foi um longo dia. Estou cansada."

Mas ele sabia que havia muito mais por trás. Cecilia vivia se certificando de que ele não se exaurisse demais ao longo do dia, então certamente havia uma sugestão de: "Se eu estou cansada, então você também deve estar."

E então a verdade vinha à tona. O cerne mais básico, essencial: "Se eu disser que estou cansada... Se você achar que eu não estou com vontade..."

– Posso? – murmurou ele, estendendo a mão para a escova.

– O quê? – Ele notou a pulsação se acelerar no pescoço dela. – Ah, imagine, não precisa. Já estou quase acabando.

– Você não chegou nem à metade.

A perplexidade formou uma ruga na testa dela.

– Perdão?

– Contei 28 escovadas. Geralmente são 50.

Ela ficou boquiaberta. Ele não conseguia tirar os olhos dos lábios entreabertos.

– Você sabe quantas escovadas dou no cabelo toda noite?

Ele deu de ombros, despreocupado, mesmo que seu corpo estivesse todo retesado com a visão de Cecilia umedecendo o lábio superior com a língua.

– Você é uma criatura de hábito – comentou ele. – E eu sou muito observador.

Ela abaixou a escova, como se interromper a rotina dela pudesse de alguma maneira mudar a pessoa que ela era.

– Não sabia que eu era tão previsível.

– Não é previsível – respondeu ele, estendendo o braço e pegando da mão dela a escova prateada. – É consistente.

– Con...

– Antes mesmo que você pergunte – interrompeu ele, com suavidade –, isso é um elogio.

– Você não precisa escovar o meu cabelo.

– Claro que preciso. Se bem me lembro, você fez a minha barba. É o mínimo que posso fazer para retribuir.

– Sim, mas eu não...

– Sssh...

Ele a calou, e então pegou a escova e a levou às madeixas que já estavam desembaraçadas e brilhantes.

– Edward, eu...

– Vinte e nove – contou ele, antes mesmo que ela pudesse terminar de protestar. – Trinta.

Ele soube o exato instante em que ela, enfim, se rendeu. Sua coluna ereta, rígida como aço, se suavizou, e ela soltou um suspiro mínimo.

Ele continuou contando para si mesmo 32, 33, 34...

– É bom, não é?

– Hmmm.

Ele sorriu... 35, 36. Ele se perguntou se ela perceberia se passasse das 50 escovadas.

– Você tem alguém que cuide de você? – perguntou ele.

– Que pergunta boba – disse ela, bocejando.

– Não acho boba. Todo mundo merece ser cuidado. Alguns mais do que outros, presumo.

– Thomas cuida de mim – respondeu ela, enfim. – Ou cuidava. Já faz muito tempo desde a última vez em que o vi.

"Eu vou cuidar de você", pensou Edward, num juramento silencioso.

– Quando eu estava doente, você cuidou de mim da forma mais extraordinária.

Ela se virou para ele, só o suficiente para que ele visse a expressão intrigada em seu rosto.

– Ora, mas é claro.

– Nem todo mundo teria feito isso – observou ele.

– Eu sou sua...

Ela não terminou a frase.

Quarenta e duas. Quarenta e três.

– Você é *quase* minha esposa – disse ele, gentilmente.

Ele só conseguia ver o contorno do rosto dela, nem mesmo o perfil inteiro. Mas notou o instante em que ela perdeu o fôlego. Sentiu quando ela ficou imóvel.

– Quarenta e oito – murmurou ele. – Quarenta e nove.

Ela pegou a mão dele, mantendo-a ali. Estaria tentando prolongar aquele momento? Congelar o tempo para que ela não tivesse que encarar o movimento inevitável em direção à intimidade?

Ela o desejava. Ele sabia que ela o desejava. Estava explícito nos gemidos suaves que ele ouvia sempre que eles se beijavam, doces sons que ele duvidava que ela sequer percebesse que fazia. Sentia o desejo dela quando seus lábios roçavam os dele, com curiosidade e naturalidade.

Ele tomou a mão dela, que ainda cobria a dele, e a levou aos lábios.

– Cinquenta – murmurou ele.

Ela não se moveu.

Com passos suaves, silenciosos, ele foi até seu lado, segurando a mão dela com a sua outra mão, de modo que pudesse deixar a escova na penteadeira. Mais uma vez, levou os dedos dela aos lábios, mas, dessa vez, puxou-a de leve, pedindo que se levantasse.

– Você é tão linda... – sussurrou ele, mas sentiu que as palavras pareciam insuficientes.

Ela era muito mais do que aquele belo rosto. Edward queria que ela soubesse disso, mas não era nenhum poeta e não conseguia encontrar as palavras, ainda mais com o ar à volta deles ficando cada vez mais carregado de desejo.

Acariciou a face dela, deleitando-se na tez macia como seda sob seus dedos calejados. Ela o encarava, olhos muito abertos, e ele percebia que estava muito nervosa, muito mais do que seria de se esperar, considerando que haviam se tornado tão próximos nas semanas anteriores. Mas ele nunca se deitara com uma virgem; talvez fosse sempre assim.

– Não é o nosso primeiro beijo – lembrou ele, roçando os lábios de leve nos dela.

Ainda assim, ela continuava imóvel, embora ele quase chegasse a ouvir o coração dela, agitado no peito. Ou talvez estivesse sentindo a pulsação da mão dela na sua.

Do coração dela direto para o coração dele.

Estava se apaixonando por ela? Não lhe ocorria nenhum outro motivo para que estivesse se sentindo daquela maneira, como se seus dias só começassem de verdade depois de vê-la sorrir. Ele *estava* se apaixonando por ela. Antes mesmo de se conhecerem, ele já estava meio apaixonado e talvez jamais se lembrasse dos eventos que o haviam conduzido àquele momento, mas certamente haveria de se lembrar *disso*. Daquele beijo.

Daquele toque. Daquela noite.

– Não precisa ter medo – murmurou ele, beijando-a outra vez, provocando os lábios dela com a língua.

– Não estou com medo.

Contudo, havia uma nota de estranheza na voz dela que foi o suficiente para que ele hesitasse.

Edward ergueu o queixo dela, voltando seu rosto para o dele, e buscou nos olhos de Cecilia algo que não conseguia definir.

Seria muito mais fácil se soubesse o que estava procurando.

– Alguém já... – Ele não queria nem dizer. – Alguém... *machucou* você?

Ela o encarou, confusa, até o momento em que ele respirou fundo, preparando-se para explicar.

– Não – disse ela, de repente, entendendo no último segundo e poupando-o do desconforto de ter que se explicar. – Não – repetiu ela. – Juro.

O alívio atingiu o corpo de Edward como se fosse algo sólido. Se alguém a tivesse machucado... se alguém a tivesse estuprado... Para ele, o fato de ela não ser mais virgem não teria a menor importância, mas ele passaria o resto da vida caçando o desgraçado para entregá-lo à justiça.

Qualquer outra alternativa seria inconcebível para o seu coração – não, para a sua alma.

– Serei muito delicado – prometeu ele, acariciando de leve a linha do pescoço dela, e então passando à clavícula nua.

Ela ainda não tinha tirado a roupa do dia e vestido a camisola e, embora o vestido fosse mais justo, com botões e amarrações irritantes, por outro lado havia mais pele à mostra, desde a linha do ombro até a curva suave dos seios.

Foi exatamente ali que ele a beijou, no ponto em que a renda do corpete encontrava a pele nua, e ela ofegou, arqueando o corpo na direção dele como por instinto.

– Edward, eu...

Ele beijou o colo dela outra vez, aproximando-se da fenda entre os seios.

– Não sei se...

E então passou ao outro lado, plantando cada beijo como uma bênção macia, um mero vestígio da paixão que ele vinha controlando à rédea curta.

Os dedos dele tatearam até encontrar os cordões na parte de trás do vestido, e a beijou na boca enquanto libertava o corpo dela devagar. Sua ideia inicial fora distraí-la com os beijos, mas foi ele quem perdeu o rumo: no instante em que os lábios dela se entreabriram para os dele, Edward ficou cego de desejo.

Assim como Cecilia. O que começara como uma brincadeira sensual logo se transformou em um jogo ardente, e em pouco tempo ambos estavam devorando um ao outro como se nunca mais fossem ter outra oportunidade. Edward não fazia ideia de como tirar o vestido sem rasgá-lo em algum ponto; o último resquício de razão em sua mente lembrou-o de que ela só possuía dois vestidos em Nova York e que era importante que ambos continuassem em perfeitas condições.

Por baixo do vestido, Cecilia usava uma combinação fina, amarrada frouxamente na parte da frente, e os dedos dele estremeceram ao pegar uma das pontas do cordão. Puxou-o devagar e ficou observando o laço correspondente ir ficando cada vez menor, até finalmente deslizar para fora do nó.

Ele tentou puxar a gola da combinação para baixo, passando pelo ombro dela, a respiração se acelerando a cada centímetro de pele que expunha.

– É pelo outro lado – avisou ela, ávida.

– O quê?

Ela falara tão baixinho que ele mal tinha entendido.

– A combinação – explicou ela, sem olhá-lo direto nos olhos. – É para tirar por cima da cabeça.

A mão dele ficou imóvel, e um sorriso brotou no canto de seus lábios. Estava tentando agir da maneira mais gentil e cavalheiresca possível, mas lá estava ela, dando instruções para o próprio desnudamento.

Ela era maravilhosa. Não – era magnífica. Ele nem conseguia acreditar como, antes daquele momento, tinha sido capaz de considerar a própria vida completa.

Ela ergueu o rosto, olhando-o meio de lado ao dizer:

– O que foi?

Ele apenas balançou a cabeça.

– Você está sorrindo – acusou ela.

– Estou.

E ela também sorria.

– Por quê?

– Porque você é perfeita.

– Edward, não, eu...

Ela ainda balançava a cabeça quando ele a tomou nos braços. A cama estava a poucos passos, mas ela era sua esposa e ele estava prestes a fazer amor com ela depois de todo aquele tempo, então o mínimo que podia fazer era levá-la no colo.

Ele a beijou mais uma vez, correndo as mãos pelo corpo dela, primeiro por cima da combinação e, depois, arriscando-se a explorar por baixo do tecido. Ela era tudo o que ele sempre sonhara, morna e receptiva. Então, ela enganchou suas pernas na dele, prendendo-o cada vez mais perto de si, e Edward sentiu como se o mundo inteiro tivesse explodido em intensos raios de sol. A sedução não partia só dele; ela também o desejava. Queria colar o corpo ao dela, sentir cada pedacinho. O coração de Edward cantava de satisfação e felicidade.

Ele se afastou, apenas o suficiente para tirar a camisa.

– Você está diferente – falou ela, admirando-o com um olhar apaixonado.

Ele arqueou a sobrancelha.

– A última vez que eu vi o seu corpo foi no dia em que você saiu do hospital – disse ela, alisando o peito dele com a pontinha dos dedos.

Era verdade. Ela sempre dava as costas para que ele pudesse se trocar. E ele sempre ficava olhando, imaginando o que ela estaria pensando, e se perguntando se ela sentia vontade de se virar para dar uma espiadinha.

– Espero que minha aparência esteja melhor agora – sussurrou ele.

Ela revirou os olhos, o que, no fim das contas, ele julgou como uma repreensão merecida. Ele ainda não recuperara todo o peso que perdera, mas certamente já estava mais forte; quando passava a mão nos braços, conseguia sentir os próprios músculos voltando à forma, recuperando, aos poucos, toda a força de outrora.

Ainda assim, ele já se sentia forte o bastante para viver aquele momento. Definitivamente.

– Eu não sabia que os homens podiam ser tão lindos – afirmou Cecilia.

Ele a pegou pelos ombros para poder repreendê-la da forma mais enfática, e provocou:

– Se você me fizer corar, terei que exercer minha autoridade marital sobre você.

– Sua autoridade marital? E em que consiste isso?

– Não sei muito bem – admitiu ele. – Mas tenho bastante certeza de que os seus votos incluíam uma promessa de me obedecer.

Se ele não estivesse tão concentrado no rosto dela, talvez não tivesse percebido a minúscula contração em seu maxilar. Ou o movimento desconfortável em sua garganta quando ela engoliu em seco. Quase implicou com ela por causa disso. De todas as mulheres que conhecia – pelo menos, de todas aquelas de quem ele gostava e a quem admirava –, nenhuma delas levava a sério a promessa de obedecer ao marido.

Ele se perguntou se, ao pronunciar as palavras do juramento, no navio, ela não teria cruzado os dedos. Ou talvez tivesse conseguido encontrar uma maneira de se esquivar de dizê-las, aquela raposinha esperta. E talvez estivesse com vergonha de admitir.

– Nunca quis que você me devesse obediência – murmurou ele, sorrindo ao buscar mais um beijo. – Quero apenas que concorde comigo em tudo.

Ela deu um leve empurrão em seu ombro, mas ele não conseguiu conter uma risada. Rolando para o lado, puxou-a para junto de si, incapaz de conter a onda silenciosa de euforia que emanava de seu corpo para o dela.

Nunca tinha soltado uma risada enquanto estava na cama com uma mulher. Quem diria que isso seria tão prazeroso?

– Você me faz muito feliz – disse ele.

Aceitando, enfim, a instrução de Cecilia, Edward puxou a combinação para cima, e ela ergueu os braços para que a peça passasse pelos ombros e pela cabeça.

Ele perdeu o fôlego. Ela estava nua e, embora a parte de baixo de seu corpo estivesse coberta pelos lençóis, seus seios estavam expostos. Ela era a coisa mais linda que ele já vira, mas ia muito além. Não era apenas a aparência dela que o deixava tão tonto de desejo. Tão excitado – ele tinha certeza de que nunca estivera tão rígido antes.

Era algo mais. Algo profundo. Divino.

Ele tocou o seio dela, roçando o belo mamilo rosado com o dedo indicador. Ela arfou, e ele não conseguiu conter um sorriso de orgulho masculino. Estava eufórico ao ver que tinha o poder de fazer com que ela o desejasse daquela forma. Ao saber, com certeza quase absoluta, que ela estaria ficando molhada naquele momento; ao ver o corpo dela ganhando vida ao toque de seus dedos.

– Tão linda... – murmurou ele, virando-a outra vez de barriga para cima e se posicionando sobre o seu corpo.

Contudo, livre da combinação, a posição ganhou ares muito mais sensuais. Com a gravidade, os seios dela ficaram mais baixos, mas os mamilos rosados estavam maravilhosamente rijos, como se implorassem pelo toque dele.

– Eu podia passar o dia inteiro admirando você – disse ele.

A respiração dela se acelerou.

– Minto – tornou ele, inclinando-se então para lamber de leve um mamilo dela. – Acho que não seria capaz de admirar sem tocar.

– Edward... – arfou ela.

– Sem beijar.

Passou para o outro seio, tomando o mamilo na boca.

O corpo dela arquejou sob o dele, e um gemido agudo escapou de seus lábios enquanto Edward prosseguia com sua doce tortura.

– Sem mordiscar – murmurou ele, retornando ao outro seio, dessa vez usando os dentes.

– Ai, meu Deus – gemeu ela. – O que você está fazendo... Estou sentindo...

Ele deu uma risadinha.

– Acho muito bom que você esteja sentindo.

– Não é isso, é que eu estou sentindo bem na...

Ele esperou alguns segundos, e então disse, com as palavras embebidas de um desejo avassalador:

– Você está sentindo em *outro* lugar.

Ela assentiu.

Um dia, quando eles já tivessem feito amor umas cem vezes, ele faria com que ela dissesse o nome do lugar onde ela estava sentindo. Ele a persuadiria a dizer as palavras que fariam com que o membro dele, já ereto, ficasse duro como aço. Contudo, por ora, ele teria que ser o libertino. Usaria todas as armas de seu arsenal para se certificar de que, quando enfim a penetrasse, ela estivesse alucinada de desejo.

Ela descobriria o que era ser adorada. Descobriria o que era ser idolatrada. Porque ele já tinha percebido que, para ele, o ápice do prazer estaria em levá-la a descobrir o dela.

Apertou o seio dela, moldando-o como um pequeno monte, e então se inclinou sobre ela, boca colada ao ouvido dela.

– Sabe, eu me pergunto... onde é que você está sentindo? – instigou ele, mordiscando-a de leve, depois se deitou ao lado dela, apoiado no cotovelo, e deslizou a mão do seio para o quadril dela. – Será que é aqui?

A respiração dela ficou mais forte.

– Ou talvez... – Alisou a barriga dela, contornando o umbigo com a ponta do dedo – ... aqui?

Imóvel, Cecilia estremeceu com o toque dele.

– Parece que não... – falou ele, desenhando círculos preguiçosos na pele dela. – Acho que o lugar em que você estava sentindo fica mais embaixo.

Ela emitiu um certo som. Pode até ter sido o nome dele.

Ele cobriu o abdômen dela com a palma da mão e, lentamente, foi descendo até que seus dedos encontrassem a leve penugem que guardava o sexo dela. Ela se retesou, como se não soubesse o que fazer, e ele não reprimiu um sorriso ao ouvir a respiração entrecortada de Cecilia.

Com delicadeza, ele abriu os lábios dela, acariciando seu clitóris até sentir parte da tensão se dissipar do corpo dela, deixando-a mais receptiva a ele.

– Está gostando? – sussurrou ele.

Embora já soubesse a resposta, quando ela fez que sim, ele sentiu como se fosse o rei do mundo. O mero ato de dar prazer a ela já parecia ser o suficiente para que o coração dele se enchesse de orgulho.

Ele continuou a provocá-la, levando-a cada vez mais perto do clímax, embora o próprio corpo estivesse gritando, implorando para ser satisfeito. A princípio, ele não tivera a intenção de levá-la primeiro ao ápice, contudo, no instante em que começara a tocá-la e sentira o corpo de Cecília se mover no compasso de seus dedos, soube o que fazer. Queria que ela se desfizesse, que fosse à loucura, que pensasse que não havia prazer maior.

E então queria mostrar a ela que havia, de fato, prazeres maiores.

– O que está fazendo? – sussurrou ela, mas ele percebeu que era uma pergunta retórica.

De olhos fechados, a cabeça inclinada para trás, Cecilia arqueava o corpo, os seios perfeitos apontando para o céu. Edward nunca tinha visto nada tão belo e tão sensual.

– Estou fazendo amor com você – respondeu ele.

Ela abriu os olhos.

– Mas...

Ele levou o dedo aos lábios dela.

– Não me interrompa.

Ela era uma garota esperta, certamente já sabia o que transcorria entre um homem e uma mulher, e devia saber que isso implicava em ser penetrada por algo muito maior do que o dedo dele. Contudo, estava claro que ninguém tinha contado a ela que o encontro podia envolver tantas outras coisas deliciosas.

– Já ouviu falar de *la petite morte*? – perguntou ele.

A confusão momentânea turvou o olhar dela, e ela respondeu, balançando a cabeça:

– A pequena morte?

– É assim que os franceses chamam. É uma metáfora, prometo. Sempre considerei como algo mais próximo de uma celebração da vida. – Ele se inclinou sobre ela, tomando o mamilo entre os lábios. – Ou melhor, talvez uma razão para viver.

E então, sentindo o poder dessa promessa na própria alma, ele a encarou por entre os cílios semicerrados e murmurou:

– Posso mostrar a você?

CAPÍTULO 14

Sinto saudade dos dias em que você estava mais perto, em Londres, de modo que podíamos escrever um ao outro com mais frequência. Agora, infelizmente, ficamos à mercê das marés. Nossas cartas se cruzam no meio do oceano. A Sra. Pentwhistle falou que esse era um pensamento encantador: nossas cartas acenando uma para outra com pequenas mãozinhas, de um navio para outro. Já eu sou da opinião de que a Sra. Pentwhistle anda exagerando no vinho consagrado do reverendo Pentwhistle.

Por favor, agradeça ao capitão Rokesby pela flor seca lilás que ele mandou para mim, e diga que chegou em perfeitas condições. Um raminho tão frágil e, ao mesmo tempo, forte o suficiente para sobrevi-

ver à jornada de Massachusetts a Derbyshire... não é impressionante? Como provavelmente nunca terei a oportunidade de agradecer a ele pessoalmente pelo presente, por favor, não deixe de informá-lo de que vou guardar com muito carinho. É um mimo ainda mais especial por ter me trazido um pedacinho do mundo do meu irmão.

– CARTA DE CECILIA HARCOURT AO IRMÃO, THOMAS

A pequena morte.

A julgar pela expressão cunhada pelos franceses, eles deviam mesmo saber das coisas. Porque a tensão que retesava o corpo de Cecilia... o apetite pulsante e inexorável que ela não entendia como satisfazer... todo aquele turbilhão a arrastava em direção a algo que parecia mortal.

– Edward... – arquejou ela. – Eu não posso...

– Pode, sim – garantiu ele, enterrando nela não apenas as suas palavras, mas também a voz, a boca colada à pele de Cecilia, enquanto seus lábios libertinos exploravam languidamente os seios dela.

Ele a tocava – ele a beijava – em lugares do corpo que ela mesma nunca se atrevera a explorar. Era como se estivesse enfeitiçada. Não, era como se tivesse enfim despertado. Já fazia 22 anos que ela habitava aquele corpo, mas só naquele momento estava começando a aprender para que ele servia.

– Relaxe – sussurrou Edward.

Ele só podia estar louco. Não havia nada relaxante naquele conjunto de sensações. Ela não tinha a menor vontade de relaxar – em vez disso, queria agarrá-lo e cravar as unhas nele e gritar enquanto era levada ao limite.

Exceto pelo fato de que não sabia qual era esse limite nem o que poderia haver do outro lado.

– Por favor – implorou ela, e parecia irrelevante o fato de não fazer ideia de pelo que estava implorando.

Porque ele sabia. Por Deus, era bom que soubesse. Se não soubesse, ela ia matá-lo.

Com a boca e com os dedos, ele a levara ao auge do desejo. E então, quando ela ergueu os quadris em um pedido silencioso por mais, ele enterrou o dedo dentro dela, ao mesmo tempo em que corria a língua pelo seio.

Ela se desmanchou.

Gritou o nome dele, erguendo ainda mais o quadril. Cada músculo se contraindo. Era como uma sinfonia feita de uma única nota solitária. Então, quando seu corpo se tornou rijo como uma tábua, ela enfim respirou fundo e desabou no colchão.

Edward tirou o dedo de dentro dela e se deitou ao seu lado, apoiado no cotovelo. Quando ela conseguiu recuperar energia suficiente para abrir os olhos, encontrou o sorriso cheio de si que estampava o rosto de Edward.

– O que foi isso? – perguntou ela, sem fôlego.

Ele afastou uma mecha de cabelo da testa suada dela, e então a beijou entre as sobrancelhas.

– *La petite morte* – murmurou ele.

– Ah. – Aquela única sílaba continha um mundo inteiro de encantamento. – Foi o que pensei.

Ele pareceu achar graça do comentário, mas de uma forma deliciosa que fez com que ela enrubescesse de prazer. Ela o fazia o sorrir. Ela o deixava *feliz*. Quando enfim chegasse o dia do acerto de contas de Cecilia, aquilo haveria de valer alguma coisa.

Contudo, eles ainda não tinham consumado o casamento.

Ela fechou os olhos. Tinha de parar de pensar daquele jeito. Não havia casamento nenhum. Aquilo não era uma consumação, era...

– O que houve? — perguntou ele.

Ela ergueu o rosto. Edward a encarava com aqueles olhos azuis muito vivos, mesmo à tênue luz de fim de tarde.

– Cecilia?

Não era bem preocupação que havia em sua voz, mas ele sabia que algo tinha mudado.

– Eu estou apenas... – Ela tentou encontrar algo para dizer, algo que fosse de fato verdade, e acabou concluindo: – ... encantada.

Ele sorriu – o mais leve dos sorrisos, mas foi o suficiente para marcar para sempre o coração dela.

– Isso é bom, não é?

Ela assentiu da melhor maneira que conseguiu. Era mesmo bom, pelo menos por ora. Já na semana seguinte, ou no mês seguinte, quando a vida se despedaçasse...

Ela lidaria com a situação quando ela se apresentasse.

Edward acariciou o rosto dela carinhosamente com o nó dos dedos e a encarou, como se estivesse tentando ler a alma dela.

– No que será que você está pensando?

No que ela estava pensando? Que o desejava. Que o amava. Que, por mais errado que fosse, ela *sentia* que eles eram mesmo casados, e tudo o que ela mais queria é que aquilo fosse verdade, nem que fosse só por uma noite.

– Edward, me beije – pediu ela, sentindo que precisava retomar o controle.

Precisava estar presente naquele momento, sem se deixar flutuar em direção ao futuro, a uma realidade em que o sorriso de Edward já não seria mais dela.

– Veja só quem ficou mandona de repente – provocou ele.

Ela, contudo, não se deixou abalar.

– Beije-me – repetiu ela, pegando-o pela nuca. – Agora.

Ela o puxou para perto e, quando seus lábios se tocaram, seu desejo explodiu. Ela o beijou como se ele fosse o próprio ar em seus pulmões, a única coisa de que precisava para viver. Beijou-o com todos os sentimentos que trazia dentro de si, tudo o que jamais poderia dizer a ele. Era uma afirmação e um pedido de desculpas; era a expressão de uma mulher agarrando-se à euforia enquanto era possível.

E ele correspondeu na mesmíssima medida.

Ela não sabia o que a possuíra, mas suas mãos sabiam muito bem o que fazer, puxando-o para perto, desamarrando os cordões da calça que ele ainda vestia.

Um gemido de frustração escapou da garganta dela quando ele se afastou, saltando para fora da cama para tirar a inconveniente peça de roupa. Ela não desviou o olhar dele e, por Deus, como ele era lindo... Lindo e muito, muito grande, a ponto de fazê-la arregalar os olhos, apreensiva.

Ele deu uma risadinha ao notar a perplexidade no rosto dela, mas, ao voltar para a cama, assumiu uma expressão selvagem.

– Vai caber – disse ele, ao pé do ouvido dela, com uma voz rouca.

Ele deslizou a mão pelo corpo dela até chegar à fenda entre as pernas, e foi só então que ela percebeu como estava quente e molhada. Quente, molhada e excitada. Será que ele a satisfizera de propósito? Apenas para que ela estivesse pronta para ele?

Se fosse o caso, tinha funcionado muito bem, pois ela o desejava de forma avassaladora. Desejava-o dentro de si, que se fundisse ao corpo dela e não se soltasse nunca mais.

Ela sentiu uma pressão quando ele se posicionou, sem a penetrar por inteiro, e arquejou.

– Serei delicado – prometeu ele.

– Não sei se eu quero que você seja delicado.

O corpo de Edward estremeceu e, ao erguer os olhos, Cecilia viu que ele trincava o maxilar com força para não perder o controle.

– Você não pode dizer essas coisas – ele ainda conseguiu falar.

Ela arqueou as costas, tentando ficar ainda mais perto dele.

– Mas é verdade.

Ele prosseguiu, e ela sentiu o próprio corpo se abrir para ele.

– Está doendo? – perguntou ele.

– Não, mas é muito... estranho.

– De uma forma boa ou ruim?

Ela piscou algumas vezes, tentando assimilar o que sentia.

– Estranho, só isso.

– Não sei se gosto dessa resposta – murmurou ele.

Ele passou as mãos por baixo dela, segurando-a por trás, avançando ainda mais para dentro. Cecilia ofegou ao sentir mais um centímetro do membro de Edward deslizar em seu interior.

– Não quero que seja estranho – sussurrava ele no ouvido dela. – Acho que vamos fazer isso *muitas e muitas vezes.*

A voz dele parecia diferente, indômita, e Cecilia sentiu algo muito feminino reluzindo dentro de si. Era por causa *dela* que ele estava daquele jeito. Aquele homem – grande, poderoso – estava perdendo o controle, e tudo por causa do desejo que sentia por *ela.*

Ela nunca se sentira tão forte.

Contudo, era uma sensação diferente da que tinha acabado de experimentar. Ao usar apenas as mãos e os lábios, Edward provocara nela um turbilhão de desejo, alçando-a aos céus de tanto prazer. Agora, por outro lado, era como se ela tivesse que se acostumar a ele, acolher as medidas dele. Não estava doendo, mas não era tão gostoso quanto antes. Pelo menos não para ela.

Já para Edward... Dava para ver no rosto dele um reflexo de tudo o que ela mesma acabara de sentir, toda a tensão do desejo. Ele estava adorando. E isso bastava para ela.

Para ele, por outro lado, parecia não bastar. Edward franziu o cenho e ficou imóvel.

Ela lhe lançou um olhar inquisitivo.

– Não está funcionando – disse ele, beijando a ponta do nariz dela.

– Você não está sentindo prazer?

Parecia que sim, mas talvez estivesse errada.

– Estou quase morrendo de prazer – respondeu ele, com um sorriso enviesado. – O problema não é esse. Eu é que não estou dando prazer a você.

– Mas você já me deu prazer. Sabe muito bem disso.

Ela corou ao falar, mas não queria que ele tivesse a menor dúvida de que ela estava gostando.

– E por acaso acha que eu não poderia lhe dar prazer uma segunda vez?

Cecilia arregalou os olhos.

Edward enfiou a mão entre os dois e encontrou o ponto mais sensível do corpo dela.

– Ah!

Ela vira a mão dele se aproximando, mas a sensação quando ele a tocou foi tão intensa que Cecilia não conseguiu reprimir um gemido de surpresa.

– Agora, sim – murmurou ele.

E então a tensão começou a crescer mais uma vez. A pressão, o desejo... era tudo tão intenso que ela nem percebia que, a cada movimento, ele deslizava um pouco mais para dentro. Sempre que ela achava que já tinha acomodado tudo, ele recuava para então se aprofundar a um novo limite, cada vez mais perto do âmago dela.

Cecilia não sabia que dava para se aproximar tanto de outro ser humano. Não sabia que podia chegar tão próximo e ainda querer mais.

Arqueou as costas, cravando os dedos nos ombros dele, até que, enfim, Edward estava com o corpo inteiramente colado ao dela.

– Ah, meu Deus – ofegou ele –, isso é muito bom.

Edward olhou para Cecilia, embaixo dele, e ela pensou ter visto um leve brilho úmido em seu olhar no instante que precedeu o beijo – um beijo tórrido e apaixonado.

E então ele começou a se mexer.

No início, os movimentos foram lentos e deliberados, criando uma fricção deliciosa dentro dela. Mas só até o momento em que a respiração dele se transformou em intensos arquejos, e ele abandonou qualquer cautela para se entregar a um frenesi. O desejo de Cecilia também aumentava naquela jornada rumo ao precipício, mas ela estava longe de se sentir tão entregue quanto ele – o que mudou no instante em que ele se ajeitou e envolveu o mamilo dela com os lábios.

Ela soltou um gemido de susto e surpresa, perplexa com a conexão impossível entre seus seios e seu sexo. E então começou a sentir... céus, quando Edward começou a apertar o outro mamilo, o corpo de Cecilia se retesou e estremeceu, e ela sentiu a intensa contração entre as pernas.

– Isso! – grunhiu Cecilia. – Ai, isso, me aperte. Meu Deus...

Ele apertou os seios dela com uma força que ela jamais pensara que gostaria, mas estava muito bom. E então, em um frenesi lancinante, ela chegou ao clímax outra vez.

– Ai, meu Deus – grunhia ele. – Ai meu Deus ai meu Deus ai meu Deus.

Desvairado, Edward arremetia com vontade, até o momento em que ficou quase imóvel, entregando-se a uma última estocada, murmurando o nome dela e deixando o corpo desabar.

– Cecilia... – A voz dele mal passava de um sussurro. – Cecilia...

– Edward...

Ela acariciou as costas dele, fazendo movimentos lânguidos e circulares ao longo da coluna.

– Cecilia. – E mais uma vez: – Cecilia.

Parecia que ele tinha desaprendido todas as palavras além do nome dela, e ela adorou. Deus sabia que ela mesma não conseguia pensar em nada além do nome dele.

– Estou colocando muito peso em você – murmurou ele.

Estava mesmo, mas não havia problema. Ela amava o peso do corpo dele.

Edward rolou para o lado, sem se desenlaçar inteiramente dela.

– Nunca mais quero parar de tocá-la – disse ele, com a voz sonolenta.

Ela se voltou para ele. Os olhos dele estavam fechados e, se ainda não tinha dormido, não tardaria a cair no sono. A respiração já assumia uma cadência constante, e a ponta dos cílios dele – tão grossos e escuros – tocava a bochecha.

Ela percebeu que nunca tinha visto Edward adormecer. Já fazia uma semana que eles compartilhavam a cama, mas todas as noites ela simplesmente ia para o seu lugar e virava para o outro lado. Ficava ouvindo a respiração dele, e se esforçava tanto para ficar imóvel e quieta que acabava quase esquecendo de respirar. E dizia a si mesma que, se ficasse escutando, perceberia o instante em que ele adormecesse, mas, até aquele dia, ela sempre pegara no sono antes.

De manhã, ele sempre levantava antes dela, e já estava vestido (ou quase) quando ela abria os olhos, bocejando à luz do novo dia.

Era por isso que aquele momento era tão especial. Edward não tinha o sono agitado, mas mexia um pouco a boca, quase como se estivesse sussurrando uma oração. Ela ansiava por tocar o rosto dele, mas não queria acordá-lo. Sem contar com a demonstração de força e resistência que acabara de fazer, ele ainda não estava com a saúde totalmente recuperada e precisava descansar o máximo que pudesse.

Então ela só ficou observando, esperando. Esperando pela culpa que logo envolveria o coração dela. Queria convencer-se de que ele a havia seduzido, mas sabia que não era verdade. Ela poderia ter parado a qualquer momento. Tudo o que precisava fazer era abrir a boca e confessar seus pecados.

Mordendo o nó dos dedos, ela reprimiu uma risada amarga. Se tivesse dito a verdade a Edward, ele teria saído de cima dela como um raio. Teria ficado furioso e provavelmente a teria arrastado até o padre mais próximo para se casar com ela no ato. Aquele era o tipo de homem que ele era.

Mas ela não podia fazer isso com ele. Ele estava praticamente noivo daquela outra garota, a vizinha de quem falara, Billie Bridgerton. Cecilia sabia que ele gostava muito da moça. Sempre sorria ao falar dela. Sempre. Mas e se eles estivessem *mesmo* noivos? E se, nos meses que perdera para a amnésia, ele tivesse se prometido a ela?

E se ele a amasse? Isso também podia estar esquecido por conta da amnésia.

Contudo, mesmo com toda a culpa que corria nas veias, Cecilia era incapaz de se arrepender. Em breve, tudo o que lhe restaria daquele homem incrível seriam as lembranças, e ela estava determinada a colecionar as lembranças mais intensas, ao diabo com todo o resto.

E se tivesse um bebê...

Ela levou a mão à barriga, onde, naquele mesmo momento, a semente dele poderia estar fecundando o ventre dela. Se tivesse um bebê...

Não. Era improvável. Uma amiga de Cecilia, Eliza, tinha passado um ano inteiro casada antes de conceber. E a esposa do vigário levara ainda mais tempo. Ainda assim, Cecilia sabia o suficiente para concluir que não podia continuar dando sorte ao azar. Talvez devesse dizer a Edward que tinha medo de engravidar tão longe de casa. Não seria nenhuma mentira declarar que preferia não ter que enfrentar a jornada transatlântica com um bebê na barriga.

Ou mesmo em seus braços. Por Deus, já fora terrível o suficiente sem bebê algum. Apesar de não sentir enjoo, a viagem tinha sido tediosa e, muitas vezes, assustadora. Passar por tudo aquilo com um bebê?

Ela estremeceu. Seria um verdadeiro inferno.

– O que houve?

Cecilia se remexeu ao ouvir a voz de Edward.

– Pensei que estivesse dormindo.

– Eu estava. – Edward bocejou. – Ou quase. – Uma das pernas dele ainda estava por cima dela, então ele a recolheu e puxou Cecilia para mais perto, abraçando-a. – Algo a chateou – disse ele.

– Claro que não.

Ele a beijou na nuca.

– Você estava incomodada com alguma coisa. Eu percebi.

– Dormindo?

– *Quase* dormindo – corrigiu ele. – Está dolorida?

– Não sei – respondeu ela, com sinceridade.

– Vou pegar um lenço para você.

Ele a soltou e saiu da cama.

O olhar de Cecilia o acompanhou enquanto ele atravessava o quarto em direção à bacia com água. Como ele podia se sentir tão confortável com a própria nudez? Será que era coisa de homem?

– Prontinho – disse ele, voltando para junto dela.

Ele havia umedecido o lenço e, com movimentos delicados, pôs-se a limpá-la.

Aquilo já era demais. Ela teve que fazer muita força para não chorar.

Quando terminou, ele largou o lenço na beirada da cama e voltou à posição anterior, ao lado dela, apoiando-se no cotovelo e usando a mão livre para brincar com os cabelos dela.

– Diga para mim, o que está incomodando você? – murmurou ele.

Ela engoliu em seco, reunindo toda a sua coragem.

– Não quero engravidar.

Ele ficou imóvel, e Cecilia ficou grata pelo fato de o quarto estar na penumbra. Não sabia se queria descobrir qual era o sentimento que o olhar dele estava evidenciando.

– Talvez já seja tarde demais – disse ele.

– Sim, eu sei. É só que...

– Você não quer ter filhos?

– Não! – exclamou ela, surpresa com a intensidade de sua resposta.

Sem a menor dúvida, queria ter filhos. E só de pensar em gestar um filho dele... O desejo era tanto que ela sentia vontade de chorar.

– É só que eu não quero engravidar enquanto estivermos aqui, na América do Norte – prosseguiu ela. – Sei que há médicos e parteiras, mas quero voltar para casa em algum momento, e não quero ter que passar por essa viagem com um bebê a tiracolo.

– É claro – respondeu ele, franzindo o cenho. – Faz todo o sentido.

– E também não quero fazer a travessia grávida – continuou ela. – E se acontecer alguma coisa?

– As coisas simplesmente acontecem, independentemente do lugar, Cecilia.

– Eu sei. Mas acho que me sentiria mais confortável se estivéssemos em casa. Na Inglaterra.

Nada daquilo era mentira. Só não era a verdade integral.

Ele continuou afagando os cabelos dela em um movimento suave e acalentador.

– Você parece tão transtornada... – murmurou ele.

Ela não soube o que dizer.

– Não precisa ficar tão aborrecida – disse ele. – Como eu falei, agora já pode ser tarde demais, mas podemos tomar certas precauções.

– Podemos?

O coração dela chegou a se animar, antes que ela se lembrasse de que tinha problemas muito maiores.

Ele sorriu e tomou o queixo dela nas mãos, voltando o rosto dela para ele.

– Ah, podemos, sim. Eu poderia te mostrar agora mesmo, mas acho que você deve descansar. Precisa de uma boa noite de sono – prosseguiu ele. – Tudo vai parecer melhor amanhã de manhã.

Aquilo não era verdade. Mesmo assim, Cecilia adormeceu.

CAPÍTULO 15

Mil desculpas. Já faz um mês que não escrevo, mas a verdade é que não tenho nada a contar. Minha vida se divide entre o tédio e o terror da batalha, e não quero escrever sobre nenhum dos dois. Contudo, chegamos ontem a Newport e, depois de uma boa refeição e um bom banho, já estou voltando a me sentir eu mesmo.

– CARTA DE THOMAS HARCOURT À IRMÃ, CECILIA

Cara Srta. Harcourt,

Obrigado pelo gracioso recado. O tempo voltou a esfriar esses dias e, quando esta carta enfim chegar a suas mãos, imagino que nós já estaremos agradecendo aos céus por nossas casacas vermelhas de lã. Newport é o mais próximo de uma cidade que vemos em muito tempo, e tanto Thomas quanto eu estamos nos deleitando em seus confortos. Estamos aquartelados em uma casa particular, mas nossos homens ficaram alojados em templos, metade em uma igreja e metade em uma sinagoga. Vários homens se queixaram dessa distribuição, com medo de desagradar a Deus por dormir em uma casa profana. Não vejo como uma sinagoga poderia ser mais profana do que a taverna que todos os homens visitaram na noite anterior. Contudo, aconselhamento religioso não faz parte da minha alçada. Por falar nisso, espero que a Sra. Pentwhistle pare de exagerar no vinho da missa. Embora deva confessar que me diverti muito com a sua história sobre o "salmo que deu errado".

Por fim, como já sei que vai me perguntar, eu nunca tinha estado em uma sinagoga. Mas, para dizer a verdade, até que o lugar é bem parecido com uma igreja.

– BILHETE DE EDWARD ROKESBY PARA CECILIA HARCOURT, ANEXO À CARTA DE THOMAS HARCOURT

Na manhã seguinte, como de costume, Edward acordou antes de Cecilia. Ela nem se mexeu quando ele se levantou da cama, o que mostrava como ela estava exausta.

Ele sorriu. Sentia grande satisfação por ser o culpado por aquele cansaço.

Ela provavelmente acordaria faminta. A maior refeição de Cecilia costumava ser o café da manhã, e embora nunca faltassem ovos no Devil's Head, graças ao galinheiro nos fundos do estabelecimento, Edward achou que a ocasião pedia um mimo a mais. Algo doce. Um pãozinho de passas, talvez. Ou *speculaas*.

Ou ambos. Por que não?

Edward se vestiu, pegou um papel e deixou um bilhete apressado em cima da mesa, avisando que voltava logo. Havia duas confeitarias que não eram longe. Poderia ir e voltar em menos de uma hora, desde que não topasse com nenhum conhecido.

A confeitaria dos Rooijakkers era mais perto, então ele decidiu começar por ali, rindo sozinho com o som do sininho de porta que anunciava a chegada de um cliente. Quem estava cuidando da loja não era o Sr. Rooijakkers, e sim a filha dele, a jovem de cabelos ruivos que tinha feito amizade com Cecilia. Edward lembrava de ter conhecido a moça antes de ir para Connecticut. Tanto ele quanto Thomas preferiam a confeitaria holandesa à inglesa, que ficava depois da esquina.

Edward sentiu uma nota de melancolia no sorriso. Thomas era muito chegado a doces. Assim como a irmã.

– Bom dia, senhor – cumprimentou a confeiteira, batendo a farinha das mãos enquanto vinha dos fundos da loja.

– Bom dia, minha senhora – respondeu Edward, com um leve floreio de cabeça.

Era uma pena que não se lembrasse do nome dela, mas, dessa vez, pelo menos era um lapso honesto. Se não lembrava como ela se chamava, não era porque a informação estivesse escondida na parte nebulosa de sua memória, mas sim porque ele sempre fora ruim com nomes mesmo.

– É um prazer ver o senhor novamente – disse a mulher. – Já faz algum tempo desde a última vez.

– Alguns meses – confirmou ele. – Eu não estava na cidade.

Ela assentiu, abrindo um sorriso ao dizer:

– Assim fica difícil cultivar uma clientela. O exército não para de mandar vocês para lá e para acolá.

– No meu caso, foi acolá. Connecticut – respondeu ele.

Ela deu uma risadinha e perguntou:

– E seu amigo, como vai?

– Meu amigo? – ecoou Edward.

Sabia muito bem que ela devia estar falando de Thomas. Ainda assim, era inquietante. Ninguém mais perguntava sobre ele, e, quando o faziam, era com um sussurro soturno.

– Na verdade, faz tempo que não o vejo – respondeu Edward.

– Que pena. – Ela inclinou a cabeça para o lado em um gesto amigável. – Para o senhor e para mim também. Ele era um dos meus melhores clientes. Adorava um doce, aquele ali.

– A irmã dele é igualzinha – murmurou Edward.

Ela respondeu com um olhar curioso.

– Eu me casei com a irmã dele – explicou.

Edward se perguntou por que dissera isso a ela. Devia ser porque ficava feliz ao dizer as palavras em voz alta. Estava casado com Cecilia. Bem... *Agora* estava casado mesmo.

A filha do Sr. Rooijakkers parou por um momento, franzindo o cenho ao dizer:

– Sinto muito, mas infelizmente não me lembro do seu nome...

– Capitão Edward Rokesby. E, sim, a senhora conheceu minha esposa. Cecilia.

– Mas é claro. Queira desculpar. Não liguei o nome à pessoa quando ela se apresentou outro dia. Até que ela se parece um bocado com o irmão, não acha? Não tanto nos traços, mas...

– Nas expressões, sim – completou Edward.

A jovem sorriu e perguntou:

– Suponho, então, que o senhor vai querer levar *speculaas*.

– Exatamente. Uma dúzia, por favor.

– Na verdade, acho que nunca nos apresentamos devidamente – disse ela, agachando-se para pegar uma bandeja de biscoitos numa prateleira baixa. – Sou a Sra. Beatrix Leverett.

– Cecilia falou muito bem da senhora, Sra. Leverett.

Edward aguardou pacientemente enquanto a mulher contava os biscoitos. Estava bastante ansioso para ver a reação de Cecilia ao receber o café da manhã na cama. Ou melhor, os biscoitos na cama, o que seria ainda mais formidável.

Exceto pelas migalhas. Pensando bem, talvez a ideia não fosse tão boa assim.

– O irmão da Sra. Rokesby ainda está em Connecticut?

Os devaneios apaixonados de Edward morreram.

– Perdão?

– O irmão da Sra. Rokesby – repetiu ela, erguendo os olhos do que estava fazendo. – Achei que ele tinha ido com o senhor para Connecticut.

Edward ficou imóvel.

– Como a senhora sabe disso?

– Não era para eu saber?

– Thomas estava comigo em Connecticut – falou Edward.

Sua voz suave parecia estar testando a validade da afirmação, quase como quem experimenta um casaco novo.

Vestia bem?

– Não estava? – perguntou a Sra. Leverett.

– Eu...

O que ele poderia responder? Não morria de amores pela ideia de dividir os detalhes de sua condição de saúde com aquela mulher, que era praticamente uma estranha, mas se ela tivesse alguma informação sobre Thomas...

– A verdade é que estou com certa dificuldade de me lembrar de algumas coisas – contou ele, enfim, levando a mão logo abaixo da borda do chapéu e tocando o galo na testa, que já estava bem menor, mas ainda doía. – Sofri uma contusão na cabeça.

– Ah, sinto muito. – Os olhos dela se apiedaram. – Deve ser um bocado frustrante.

– Sim. – Mas não era do machucado que ele queria falar, e Edward encarou a mulher de frente, olhos nos olhos. – O que dizia mesmo sobre o capitão Harcourt?

Ela deu de ombros.

– Na verdade, eu não sei de nada. Só que, vários meses atrás, os senhores foram juntos para Connecticut. Estiveram aqui na loja logo antes de partir. Vieram buscar mantimentos.

– Mantimentos – repetiu Edward.

– O senhor comprou pão – disse ela, dando uma risadinha. – Já o seu amigo, ele tem uma queda por doces. Eu bem que avisei...

– ... que as *speculaas* não iam resistir à viagem – terminou ele.

– Exatamente – afirmou ela. – Avisei que iam esfarelar.

– E esfarelaram mesmo – respondeu Edward, baixinho. – Não se salvou nem uma.

E então a memória dele voltou como uma enxurrada.

– Stubbs!

O coronel ergueu os olhos de sua mesa, visivelmente assustado com o rugido furioso de Edward.

– Capitão Rokesby. Céus, o que houve?

O que houve? O que *houve*? Edward teve que se controlar muito para conter a raiva. Saíra da confeitaria holandesa soltando fogo pelas ventas, deixando as compras para trás, e praticamente correra pelas ruas de Nova York até chegar ao escritório do coronel Stubbs, no prédio que estava sendo usado como quartel-general das forças inglesas. Seus punhos estavam cerrados, duros como aço, e o sangue rugia em seus ouvidos como se estivesse no campo de batalha – a única coisa que impedia Edward de agredir seu comandante era a ameaça de ir à corte marcial.

– Você sabia – acusou Edward, com a voz trêmula de raiva. – Sabia de Thomas Harcourt.

Stubbs se levantou devagar, enrubescendo por baixo dos bigodes.

– Do que exatamente está falando?

– Ele foi a Connecticut comigo. Por que diabo não me disse antes?

– Como expliquei – respondeu Stubbs, num tom severo –, eu não podia correr o risco de influenciar suas lembranças.

– Isso é a maior balela, e o senhor sabe muito bem disso! – vociferou Edward. – Quero saber a verdade!

– Mas essa é a verdade – sibilou Stubbs, desviando de Edward e indo fechar a porta de sua sala. – Ou por acaso pensa que eu me senti bem ao mentir para sua esposa?

– Minha esposa – repetiu Edward.

Ele também tinha se lembrado disso. Não podia dizer que a memória estava integralmente restituída, mas estava quase tudo lá, e Edward tinha certeza absoluta de que não tinha participado de nenhuma cerimônia de casamento por procuração. E de que Thomas jamais sugerira tal coisa.

Edward não conseguia nem imaginar o motivo pelo qual Cecilia investira naquela mentira, mas era melhor lidar com uma desgraça de cada vez. Ao encarar Stubbs, Edward sentiu que estava no limite da raiva.

– O senhor tem dez segundos para me explicar por que mentiu para mim sobre Thomas Harcourt.

– Pelo amor de Deus, Rokesby – disse o coronel, correndo a mão pelos cabelos ralos –, eu não sou um monstro. A última coisa que eu queria era dar falsas esperanças à dama.

Edward congelou.

– Falsas esperanças?

Stubbs devolveu o olhar.

– Então você não sabe.

Não foi exatamente uma pergunta.

– Creio que já está muito claro que há muita coisa que eu não sei – falou Edward, com uma voz entrecortada pela tensão. – Então, por favor, faça a gentileza de me contar.

– O capitão Harcourt está morto – falou o coronel, balançando a cabeça com evidente pesar. – Levou um tiro na barriga. Sinto muito.

– O quê? – Edward cambaleou para trás e, de alguma maneira, conseguiu encontrar uma cadeira em que ele pudesse se sentar. – O que aconteceu? Quando aconteceu?

– Em março – respondeu Stubbs, atravessando a sala e abrindo a porta de um armário, de onde tirou um decantador de conhaque. – Não fazia nem uma semana que você tinha partido. Ele mandou um recado para que eu o encontrasse em New Rochelle.

O coronel serviu dois copos de bebida, e Edward notou que as mãos do homem estavam trêmulas.

– Quem foi lá?

– Só eu.

– Você foi sozinho.

O tom de voz de Edward deixava clara a sua descrença.

Stubbs ofereceu um copo a ele.

– Era o que tinha que ser feito.

Edward respirou fundo enquanto as lembranças – frescas e envelhecidas ao mesmo tempo – se descortinavam em sua mente. Ele e Thomas tinham ido juntos a Connecticut, encarregados de avaliar a viabilidade de um ataque naval àquele litoral. A ordem partira do governador Tryon. Escalara Edward, dissera o governador, porque precisava de alguém em quem pudesse confiar de olhos fechados. Edward escalara Thomas pelo mesmíssimo motivo.

Contudo, só haviam se passado alguns dias de viagem quando Thomas teve que voltar a Nova York com as informações apuradas sobre Norwalk, enquanto Edward seguiria para New Haven, mais a leste.

E aquela fora a última vez em que vira o amigo.

Edward aceitou o copo de conhaque e o virou de uma só vez.

Stubbs fez o mesmo.

– Imagino, então, que sua memória tenha voltado.

Edward assentiu secamente. Já sabia que o coronel ia querer interrogá-lo de imediato, mas não diria uma única palavra até receber respostas sobre Thomas.

– Por que pediu ao general Garth que enviasse uma carta para a família dele, se ele estava apenas ferido?

– Quando mandamos a carta, ele estava se recuperando – respondeu o coronel. – Dias depois de levar o tiro, ele foi alvejado uma segunda vez.

– O quê? – Edward estava fazendo um grande esforço para entender. – O que aconteceu?

Stubbs grunhiu e se apoiou na mesa, abatido.

– Eu não podia trazê-lo de volta. Não enquanto houvesse dúvidas sobre a lealdade dele.

– Thomas Harcourt não era um traidor! – vociferou Edward.

– Não havia como ter certeza! – rebateu Stubbs, no mesmo tom. – O que mais eu poderia pensar? Fui até New Rochelle, exatamente como ele pedira, e então, antes que eu pudesse dizer qualquer coisa além do meu nome, começaram a atirar em mim.

– A atirar *nele* – corrigiu Edward, afinal fora Thomas quem levara o tiro.

Stubbs bebeu um grande gole do conhaque, matando o segundo copo, e serviu ainda um terceiro.

– Não sei em quem eles estavam atirando. Até onde eu sei, eu podia muito bem ser o alvo, e eles podem muito bem ter errado. Não preciso lembrá-lo de que os colonos são, em sua maioria, uma gentalha destreinada. Metade dos desgraçados não sabe nem atirar direito.

Edward precisou de um instante para assimilar tudo. Tinha certeza absoluta de que Thomas jamais trairia a Coroa, mas entendia o motivo pelo qual o capitão Stubbs – que, afinal, não o conhecia tão bem – ficara desconfiado.

– O capitão Harcourt levou um tiro no ombro – contou Stubbs, amargo. – O projétil entrou e saiu direto pelo outro lado. O sangue foi estancado com facilidade, mas ele estava sentindo muita dor.

Edward fechou os olhos e respirou fundo, mas isso não o ajudou muito. Ele já vira muitos homens levando tiros.

– Eu o levei para Dobbs Ferry – prosseguiu Stubbs. – Temos um pequeno posto avançado perto do rio. Não chega a ser atrás das linhas inimigas, mas é quase.

Edward conhecia Dobbs Ferry muito bem. Os ingleses usavam a localidade como ponto de encontro desde a Batalha de White Plains, uns três anos antes.

– E depois, o que aconteceu? – perguntou.

O coronel o encarou com uma expressão vaga.

– Voltei para cá.

– O senhor o abandonou lá – falou Edward, enojado. – Que tipo de homem larga um soldado no meio do nada?

– Ele não estava sozinho. Deixei três homens de guarda.

– O senhor o tratou como prisioneiro?

– Fiz isso pensando mais na segurança dele do que em qualquer outra coisa. Podia estar impedindo o garoto de fugir, mas também estava impedindo que os rebeldes matassem um oficial inglês. – Stubbs olhava Edward com evidente impaciência. – Deus do céu, Rokesby, não me olhe como se o inimigo fosse eu.

Edward conteve a língua.

– Em todo caso, ele não teria conseguido fazer a viagem de volta para Nova York – continuou Stubbs, balançando a cabeça. – A dor estava forte demais.

– O senhor podia ter ficado lá.

– Não podia, não – retorquiu Stubbs. – Eu precisava voltar para o quartel-general. Havia gente demais aqui esperando por mim. Ninguém sabia que eu tinha me ausentado. Pode acreditar, assim que consegui arrumar uma desculpa, voltei para buscá-lo. Não se passaram nem dois dias.

Stubbs engoliu em seco e, pela primeira vez desde a chegada de Edward, parecia pálido.

– Mas, quando eu cheguei lá, eles estavam mortos.

– Eles?

– Harcourt e os três homens que deixei de guarda. Todos eles.

Edward olhou para baixo e percebeu o copo que ainda tinha nas mãos. Tinha até se esquecido de que o estava segurando. Pôs o copo na mesa sem tirar os olhos da mão, como se fosse capaz de conter o tremor em seus dedos.

– O que aconteceu?

– Não sei. – Stubbs fechou os olhos, o rosto tomado por terríveis lembranças, e prosseguiu em voz baixa: – Todos foram baleados.

Edward quase chegou a vomitar.

– Foi execução?

– Não. – Stubbs balançou a cabeça. – Houve uma briga.

– A briga envolveu Thomas? Ele não estava sob custódia?

– Nós não o amarramos. E ficou claro que, mesmo estando ferido, ele também tinha lutado. Mas...

Stubbs engoliu em seco. Desviou o olhar.

– Mas o quê?

– Mas não tinha como saber de que lado ele lutou.

– O senhor o conhecia bem o suficiente para saber que ele não era um traidor – argumentou Edward, em voz baixa.

– Será que eu o conhecia? E você? Será que *você* o conhecia?

– É claro que eu o conhecia, diabo! – rugiu Edward, levantando-se de um salto exasperado.

– Bom, eu não o conhecia tão bem assim – devolveu Stubbs, na mesma moeda. – E esse é o meu maldito trabalho, desconfiar de tudo e de todos. – Levou as mãos à cabeça, apertando as têmporas com força. – Eu estou farto, farto dessa droga toda.

Edward deu um passo para trás. Nunca vira o coronel naquele estado. Talvez nunca tivesse visto *ninguém* naquele estado.

– Não poder confiar em ninguém – retomou Stubbs, praticamente murmurando. – Tem noção do mal que isso faz?

Edward não disse nada. Ainda estava furioso, cheio de ódio e revolta, mas já não sabia mais qual era o alvo de sua ira. Sabia, contudo, que não era Stubbs. Tomou o copo das mãos trêmulas do coronel e foi até o decantador, servindo mais duas doses. Ainda era pouco mais de oito da manhã, mas ele não se importava. Nenhum dos dois precisava estar com a cabeça fresca naquele momento.

Na verdade, suspeitava de que nenhum dos dois *queria* estar com a cabeça fresca.

– E os corpos? – perguntou Edward, com a voz grave.

– Enterrei.

– Todos eles?

O coronel cerrou os olhos.

– Foi um dia bastante desagradável.

– Alguma testemunha?

No mesmo instante, Stubbs o encarou, irritado.

– Está dizendo que não confia em mim?

– Não é isso... me desculpe, senhor – disse Edward.

Confiava, sim, em Stubbs, no que tangia àquela questão... e a todas as outras, no fim das contas. O que não entendia era como o sujeito tinha conseguido guardar aquele segredo. Devia ter sido excruciante.

– Tive ajuda para cavar as covas. – Stubbs parecia exausto, arrasado. – Caso deseje, posso fornecer o nome dos homens que me auxiliaram.

Edward o encarou durante um bom tempo, e então respondeu:

– Não precisa. – Então, balançou devagar a cabeça, como se estivesse tentando chacoalhar os pensamentos para que eles voltassem para o lugar certo. – Por que mandou aquela carta?

Stubbs piscou, atônito.

– Que carta?

– A do general Garth. Dizendo que Thomas estava ferido. Presumo que ele tenha escrito a missiva a pedido do senhor.

– Quando a enviamos, era verdade – respondeu o coronel. – Minha intenção foi avisar à família com a rapidez necessária. Logo na manhã seguinte ao dia em que o deixei em Dobbs Ferry, havia um navio zarpando aqui do porto. É claro que, quando penso nisso agora... – Correu o dedo pelos cabelos ralos e suspirou, os ombros murchando conforme exalava. – Eu tinha ficado satisfeito por conseguir despachar a carta tão logo.

– O senhor nunca pensou que deveria escrever para corrigir esse erro?

– Havia muitas perguntas sem resposta.

– E como isso o impedia de avisar à família? – perguntou Edward, incrédulo.

– Meu plano era mandar outra carta assim que tivéssemos mais respostas – disse Stubbs, secamente. – Não podia prever que a irmã dele fosse cruzar o Atlântico para visitá-lo. Embora, pensando nisso agora, talvez ela tenha vindo por sua causa.

"Improvável", pensou Edward.

Stubbs voltou para trás da escrivaninha e abriu uma gaveta.

– Estou com o anel dele.

Sob o olhar de Edward, Stubbs pegou uma caixa, abriu-a e tirou dali um anel de sinete.

Stubbs estendeu a joia para ele.

– Imagino que a família queira ficar com isso.

Edward ficou encarando o aro de ouro na palma de sua mão. Para ser sincero, não estava reconhecendo a joia. Nunca tinha prestado atenção no sinete do amigo. Mas sabia que Cecilia o reconheceria.

Ela ia ficar arrasada.

Stubbs pigarreou.

– O que vai dizer à sua esposa?

Esposa. Aquela palavra outra vez. Droga. Ela não era esposa dele. Ele não sabia o que ela era, mas *esposa* ela não era.

– Rokesby?

Edward ergueu o rosto. Decidiu que teria tempo de sobra para tentar compreender a desonestidade de Cecilia. Por ora, ele preferia lançar mão da bondade que tinha na alma e deixar que ela pranteasse o irmão antes de confrontá-la por causa de suas mentiras.

Ele respirou fundo e encarou o coronel de frente ao responder:

– Direi a ela que o irmão morreu como um herói. Direi que o senhor sente muito por ter escondido essas informações quando ela o procurou e que só o fez por conta da natureza confidencial do trabalho extraordinariamente importante que ele estava realizando. – Deu um passo na direção do coronel, e mais um. – Direi que o senhor planeja conversar com ela pessoalmente para se desculpar por toda a dor que causou e entregar qualquer homenagem póstuma que ele tenha recebido.

– Mas não houve...

– Então arranje alguma – atalhou Edward.

O coronel sustentou o olhar de Edward durante vários segundos e então falou:

– Vou providenciar uma medalha.

Edward assentiu, rumando para a porta, mas foi interrompido pela voz do coronel.

– Tem certeza de que mentir para ela é a melhor coisa a se fazer?

Edward deu meia-volta, devagar.

– Como?

– Já não tenho mais muitas certezas na vida – disse Stubbs, suspirando –, mas, se há alguma coisa sobre a qual entendo, é casamento. Você não vai querer que o seu relacionamento comece com uma mentira.

– É fato que não.

O coronel o encarou com uma expressão de curiosidade no olhar.

– Há algo que não está me contando, capitão Rokesby?

Edward abriu a porta e se foi. Deu três passos para longe do campo auditivo do coronel antes de murmurar:

– O senhor não faz ideia.

CAPÍTULO 16

Já faz muito tempo desde a última vez que recebi notícias suas. Estou tentando não me preocupar, mas é muito difícil.

– CARTA DE CECILIA HARCOURT AO IRMÃO, THOMAS

Quando deu nove horas e Edward ainda não tinha voltado, Cecilia ficou intrigada.

Quando deu nove e meia, a curiosidade cedeu lugar à preocupação.

Quando deu dez, e os sinos da igreja mais próxima dobraram alto demais, ela pegou o bilhete outra vez, só para ter certeza de que não tinha lido errado.

"Fui buscar café da manhã. Devo estar de volta antes mesmo de você acordar."

Ela mordeu o lábio inferior. Não tinha como interpretar errado aquelas duas frases simples.

Começou a se perguntar se ele não estaria no andar de baixo, sendo alugado por um colega oficial. Isso acontecia o tempo todo. Parecia que todo mundo o conhecia, e todos queriam cumprimentá-lo pelo retorno. Os militares podiam ser muito falantes, ainda mais quando entediados. E, naqueles dias, todos pareciam estar entediados, embora a maioria se apressasse em dizer que preferia o marasmo à guerra.

Assim, Cecilia desceu para o salão principal do Devil's Head, pronta para resgatar Edward de uma conversa inconveniente. Ela lembraria a ele de que tinham um "compromisso muito importante", e então talvez eles voltassem para o quarto...

Ele, contudo, não estava lá. Nem no salão dos fundos.

"Devo estar de volta antes mesmo de você acordar."

Então, ela teve certeza de que havia algo errado. Edward sempre acordava antes dela, mas ela não era nenhuma dorminhoca, e ele sabia disso. Todos os dias, às oito e meia, ela já estava vestida e pronta para o café da manhã.

Chegou a cogitar sair para procurar por ele, mas concluiu que, se fizesse isso, ele voltaria cinco minutos depois que ela tivesse saído, e então iria procurar por ela, e eles passariam a manhã inteira se desencontrando.

Por isso ela esperou.

– Alguém perdeu a hora esta manhã – comentou o estalajadeiro, ao vê-la de pé no meio do salão, indecisa. – Não vai comer nada hoje?

– Não, obrigada. Meu marido foi buscar... – Ela franziu o cenho. – O senhor por acaso não viu o capitão Rokesby essa manhã?

– Já faz umas boas horas. Ele me deu bom-dia e depois saiu. Parecia bem contente. – O estalajadeiro deu um sorrisinho enviesado para ela, enquanto enxugava um caneco. – Estava assobiando e tudo.

Cecilia não esboçou nem um traço de constrangimento com o comentário do sujeito, o que atestava o seu grau de distração. Olhou para a janela que dava para a rua – não que fosse capaz de enxergar algo além de contornos disformes através do vidro grosseiro.

– Ele está demorando mais do que o esperado – disse ela, quase como se estivesse falando sozinha.

O estalajadeiro deu de ombros.

– Ele volta logo, a senhora vai ver. Nesse meio-tempo, tem certeza de que não quer nada para comer?

– Absoluta, mas muito obrigada. Eu...

A porta da frente emitiu seu rangido de sempre e Cecilia se virou, certa de que a pessoa que chegava da rua devia ser Edward.

Contudo, não era.

– Capitão Montby – disse ela, fazendo uma leve mesura, reconhecendo o jovem oficial que cedera o quarto a ela na semana anterior.

Montby tinha passado uns dias fora, mas já voltara, e estava aquartelado com outro oficial. Ela o agradecera diversas vezes pela generosidade, mas ele sempre insistia que era o mínimo que um cavalheiro podia fazer. Em todo o caso, um quarto compartilhado no Devil's Head ainda era muito melhor do que as instalações da maioria dos soldados ingleses.

– Sra. Rokesby. – Ele respondeu o cumprimento inclinando a cabeça e sorriu para ela. – Tenha uma ótima manhã. Está indo encontrar o seu marido?

Isso chamou a atenção de Cecilia, no mesmo instante.

– Sabe onde ele está?

O capitão Montby acenou vagamente por cima do ombro.

– Acabei de vê-lo na Taverna Fraunces.

– O quê?

A voz dela devia ter saído um tanto esganiçada, porque o capitão recuou alguns centímetros antes de responder:

– Hã, sim. Eu o vi de relance do outro lado do salão, acho que era ele.

– Na Fraunces? Tem certeza?

– Talvez... – respondeu o capitão, assumindo o tom ressabiado de quem não quer se envolver em uma briga de marido e mulher.

– Havia alguém com ele?

– Não quando eu o vi.

Cecilia cerrou os lábios e rumou para a porta, detendo-se apenas para agradecer ao capitão pela ajuda. Não conseguia imaginar o que Edward poderia estar fazendo na Taverna Fraunces. Mesmo que tivesse ido buscar o café da manhã (o que não fazia o menor sentido, já que o cardápio de lá era idêntico ao do Devil's Head), àquela altura ele já haveria de ter voltado.

Com uma comida fria.

E estava sozinho. O que significava que... bem, para ser sincera, ela não sabia o que aquilo significava.

Ela disse a si mesma que não estava com raiva de Edward. Afinal, ele tinha todo o direito de ir e vir conforme desejasse. O problema era que ele tinha avisado que não ia demorar. Se soubesse que ele não voltaria, ela poderia ter feito outras coisas.

Presa em um continente estranho em que não conhecia quase ninguém, ela não sabia muito bem que coisas ela poderia ter feito, mas isso não vinha ao caso.

A Fraunces não era longe do Devil's Head – todas as tavernas e hospedarias ficavam relativamente perto umas das outras –, então Cecilia só precisou de cinco minutos de caminhada sob o sol forte da manhã para chegar ao seu destino.

Abriu a pesada porta de madeira e entrou, deixando os olhos se acostumarem por alguns instantes ao ambiente fumacento e mal iluminado do interior da taverna. Assim que sua visão se adaptou, nem precisou procurar duas vezes para avistar Edward sentado a uma mesa no fundo do salão.

Sozinho.

O fogo que impulsionara os passos dela até o momento começou a se dissipar, e ela se deteve, analisando a cena. Algo estava errado.

Havia algo na postura dele. Estava esparramado na cadeira – o que nunca fazia em público, por mais cansado que estivesse; e a mão dele – a que ela conseguia enxergar àquela distância – estava com o punho cerrado. Se

Edward não fosse tão cioso no corte das unhas, teria deixado vincos marcados no tampo da mesa.

Diante dele havia um copo vazio.

Ela deu um passo hesitante à frente. Ao que tudo indicava, ele estava bebendo, o que também não era um comportamento esperado. Ainda não era nem meio-dia.

O coração de Cecilia começou a bater mais acelerado... e logo rugia em seus ouvidos, enquanto o ar à sua volta parecia pesado e agourento.

Ela só conseguia pensar em duas coisas que poderiam deixar Edward tão alterado. Duas coisas capazes de fazer com que ele se esquecesse de que prometera voltar logo ao quarto que dividia com ela no Devil's Head.

Das duas, uma: ou ele tinha recuperado a memória...

Ou Thomas estava morto.

Edward não tivera a intenção de se embebedar.

Estava tomado pela fúria ao deixar o escritório do coronel Stubbs, mas já ao chegar à rua o sentimento dera lugar a... nada.

Sentia-se oco. Entorpecido.

Thomas estava morto. Cecilia era uma mentirosa. E ele era um tremendo de um idiota.

Ficou alguns instantes atônito diante do prédio que abrigava o quartel-general de tantos integrantes do alto oficialato inglês, com o olhar perdido. Não sabia para onde ir. Não podia voltar ao Devil's Head; não estava pronto para encarar Cecilia.

Por Deus, não queria nem pensar. Talvez ela tivesse uma boa justificativa para ter mentido, mas ele só... Ele só...

Ele só conseguiu soltar um longo suspiro.

Ela tivera muitas chances de contar a verdade a ele, houvera muitos momentos em que ela poderia ter rompido o silêncio, chamando o nome dele baixinho. Ela poderia ter contado que tinha mentido e se justificado, e ele provavelmente teria perdoado, porque estava tão apaixonado por ela que teria sido capaz de roubar a maldita lua do céu só para vê-la sorrir.

Ele acreditara que ela era sua esposa.

Acreditara que tinha jurado honrá-la e protegê-la. Em vez disso, descobria-se como o pior dos degenerados, um calhorda de marca maior. Pouco importava que ele acreditasse que os dois eram casados. O que importava era que tinha deflorado uma donzela solteira. Para piorar, ela era irmã de seu melhor amigo. Não haveria saída, ele teria que se casar com ela, é claro. Talvez tudo isso fosse parte do plano dela, desde o início. Só que era de *Cecilia* que ele estava falando, e ele achara que a conhecia. Desde antes de *conhecê-la*, ele já achava que a conhecia.

Correu a mão pela testa, massageando as têmporas com os dedos.

Estava com dor de cabeça. Fez pressão nos sulcos de suas têmporas, mas de nada adiantou. Porque, quando enfim conseguia tirar Cecilia da cabeça, restava o irmão dela.

Thomas estava morto, e Edward não conseguia parar de pensar nisso, em como provavelmente ninguém jamais saberia o que tinha acontecido, em como ele morrera na companhia de estranhos, suspeito de ser um traidor. Não conseguia parar de pensar que o amigo tinha levado um tiro na barriga. Era uma morte terrível... lenta, agonizante, dolorosa.

E não conseguia parar de pensar que teria de mentir para Cecilia. Dizer algo menos horrível. Algo rápido, indolor.

Heroico.

É claro que Edward não deixou de perceber a ironia da coisa toda. Agora era a sua vez de mentir para ela.

Contudo, tinha certeza de que era sua responsabilidade dar a ela a notícia sobre a morte de Thomas. Por mais que estivesse com raiva dela – e, a bem da verdade, ele mesmo não sabia como estava se sentindo –, Thomas fora o seu melhor amigo. Mesmo que Edward nunca tivesse conhecido Cecilia Harcourt, teria feito a longa viagem até Derbyshire só para entregar o anel de Thomas à irmã dele.

Ainda assim, naquele momento, ainda não estava pronto para encará-la. Não estava pronto para encarar qualquer coisa que não fosse o fundo de um copo de conhaque. Ou de um copo de vinho. Ou até mesmo de um copo d'água, desde que estivesse sozinho.

Assim, em vez de ir para o Devil's Head, Edward foi beber na Taverna Fraunces, onde era menos provável que cruzasse com algum conhecido. A taverna ficava às moscas pela manhã. Era só se sentar de costas para o salão que, com sorte, poderia desfrutar de algumas horas sem ter de dizer uma palavra sequer.

Ao chegar, bastou uma olhada para que, sem mais, o taberneiro pusesse uma bebida em sua mão. Edward nem sabia o que estava bebendo. Parecia algo caseiro, possivelmente ilegal, definitivamente pesado.

Pediu mais uma dose.

E assim ficou a manhã inteira, sentado no canto do bar, ao fundo. De vez em quando vinha alguém trocar a caneca vazia por outra cheia. Em algum momento, uma criada pôs uma fatia de pão de casca grossa na frente dele, certamente para enxugar um pouco aquele tanto de álcool. Ele chegou a experimentar. O pão caiu pesado no estômago, como uma pedra.

Ele voltou à bebida.

Contudo, por mais que se esforçasse, parecia incapaz de se embebedar o suficiente para esquecer. Não importava quantas vezes seu copo vazio era trocado por um copo cheio. Edward deu uma longa piscada, sentindo as pestanas pesadas, e pensou que sua visão ficaria turva e que Thomas ainda estaria morto, mas quem sabe, pelo menos, ele conseguisse parar de pensar nisso. Cecilia ainda seria uma mentirosa, mas talvez ele também conseguisse parar de pensar nela.

Só que não funcionou. Até parece que ele daria uma sorte dessas... E então *ela* chegou.

Quando a porta da frente se abriu, cortando a escuridão da taverna com uma nesga de luz intensa, Edward nem precisou erguer os olhos para saber que era ela. Dava para sentir no ar, na certeza pútrida e saturnina de que aquele era o pior dia de sua vida. E tudo indicava que ainda ia piorar.

Ele ergueu o rosto.

Ela estava parada à porta, e a luz difusa que entrava pela janela mais próxima projetava um halo em seus cabelos.

Não tinha como não pensar que ela parecia um anjo. Edward pensou que ela era seu anjo.

Cecilia ficou imóvel durante um bom tempo. Ele sabia que devia se levantar, mas então pensou que o álcool podia escolher justamente aquele momento para entrar em ação, e não confiou no próprio equilíbrio.

Muito menos no próprio julgamento. Se conseguisse se levantar, talvez fosse até ela. E se conseguisse ir até ela, talvez a tomasse nos braços.

Algo de que iria se arrepender. Mais tarde, quando estivesse com a cabeça no lugar, iria se arrepender.

Ela deu um passo cauteloso na direção dele, e outro. Ele viu os lábios dela enunciando o nome dele, mas não ouviu nada. Jamais saberia se ela não tinha emitido nenhum som ou se era ele que não queria ouvir nada, mas dava para ver nos olhos dela que ela sabia que havia algo errado.

Edward meteu a mão no bolso.

– O que houve?

Ela estava mais perto dessa vez, e ele não teve como não ouvir a sua voz.

Ele pegou o anel e o pôs na mesa.

O olhar dela acompanhava os movimentos dele, mas, a princípio, parecia que ela não compreendera o significado do gesto. Então ela estendeu a mão trêmula e pegou o anel, aproximando-o do rosto para ver melhor.

– Não – murmurou ela.

Ele continuou em silêncio.

– Não. Não. Isso não pode ser dele. Não é uma peça tão rara assim. Pode ser de qualquer pessoa. – Ela largou o anel na mesa, como se a joia queimasse a ponta de seus dedos. – Não é dele. Diga que não é dele.

– Sinto muito – respondeu Edward.

Cecilia não parava de balançar a cabeça.

– Não – repetiu ela, só que, dessa vez, sua voz se assemelhava mais ao lamento de um animal ferido.

– É dele, Cecilia – falou Edward.

Não fez a menor menção de consolá-la. Deveria ter feito. E de fato teria feito, se ele mesmo não estivesse tão morto por dentro.

– De onde veio isso?

– Coronel Stubbs. Edward se deteve, tentando pensar no que ele queria dizer... e no que não queria. – Ele pediu que eu transmitisse a você um pedido de desculpas. E também as condolências.

Ela encarou o anel, e então, como se o menor dos alfinetes a tivesse espetado, ela ergueu o rosto de pronto, dizendo:

– Ele está se desculpando por quê?

Ele não ficou surpreso com a pergunta. Ela era inteligente. Essa era uma das coisas que ele mais amava nela. Devia ter adivinhado que ela farejaria no mesmo instante que havia algo estranho em suas palavras.

Edward pigarreou.

– Ele pede desculpas por não ter contado a você antes. Ele não podia. Thomas estava envolvido com uma questão muito importante. Muito... secreta.

Ela se agarrou ao espaldar da cadeira ao lado dele, e então, abandonando qualquer tentativa de parecer forte, se sentou.

– Então, esse tempo todo, ele já sabia.

Edward aquiesceu.

– Foi em março.

Ele ouviu a respiração ofegante dela – um som baixo, como se estivesse em choque.

– Ele sempre se sentava ao meu lado – murmurou ela, estarrecida. – Na igreja, quando você ainda estava inconsciente. Em certa ocasião, ficou horas ao meu lado. Como ele pôde ter sido capaz de fazer isso? Sabia que eu estava procurando Thomas. Ele sabia... – Levou a mão à boca, e sua respiração ficou pesada novamente. – Como ele pôde ter sido tão cruel?

Edward não disse nada.

Então o olhar de Cecilia endureceu, e seus olhos verde-claros assumiram um aspecto férreo.

– Você sabia?

– Não. – Ele a olhou bem nos olhos. – Como eu poderia saber?

– É claro – sussurrou ela. – Desculpe.

Ela ficou imóvel por um momento, como uma estátua personificando o desalento e o pesar. A Edward não restou nada além de tentar adivinhar os pensamentos dela. De vez em quando, ela piscava um pouco mais rápido, ou seus lábios se mexiam, como se ela estivesse tentando formar algumas palavras.

Por fim, Edward não conseguiu mais suportar.

– Cecilia?

Ela se virou para ele devagar, franzindo o cenho ao dizer:

– Ele foi enterrado, pelo menos? Um enterro digno?

– Sim – respondeu Edward. – O coronel Stubbs afirmou que cuidou disso pessoalmente.

– Será que eu poderia visitar...

– Não – respondeu ele, com firmeza. – Ele está enterrado em Dobbs Ferry. Sabe onde é?

Ela assentiu.

– Então não preciso dizer que ir lá seria arriscado demais. Se até *eu* fosse seria arriscado demais, a não ser que eu estivesse sob ordens do exército.

Ela assentiu de novo, mas sem tanta firmeza.

– Cecilia... – tornou ele.

Por Deus, ele não queria nem imaginar o que aconteceria se tivesse que ir à caça dela em território inimigo. Aquela área de Westchester era uma espécie de terra de ninguém. Fora exatamente por isso que ficara tão surpreso ao ouvir o coronel dizer que tinha ido se encontrar com Thomas sozinho.

– Cecilia, me prometa – rosnou Edward, cravando as unhas na borda da mesa –, me prometa que você não vai.

Ela o olhou com uma expressão que se aproximava da perplexidade.

– Mas é claro que não. Eu não sou nenhuma... – Ela cerrou os lábios, reprimindo qualquer que fosse a frase que começara a dizer, e acabou falando: – Isso não seria do meu feitio.

Edward assentiu uma única vez. Não conseguiu dizer mais nada, pelo menos até que voltasse ao controle da própria respiração.

– Imagino que não tenha lápide – retomou ela, depois de algum tempo. – Como poderia ter?

Fora uma pergunta retórica, mas a dor na voz dela era tão grande que ele não pôde deixar de responder.

– O coronel Stubbs disse que deixou um moledro.

Era mentira, mas ela poderia ter algum conforto se acreditasse que a cova do irmão tinha algum tipo de marcação, nem que fosse um montinho de pedras.

Edward pegou o copo vazio, girando-o entre os dedos. Havia ainda umas últimas gotas no fundo meio curvo, e ele ficou observando o líquido rolar de um lado para outro, sempre seguindo o caminho que já estava molhado. Quanto ele teria que inclinar o copo para forçar o restinho de bebida a seguir um caminho novo? E seria possível fazer o mesmo com a própria vida? Será que, se inclinasse o suficiente, poderia mudar o resultado dos eventos? E se virasse tudo do avesso? O que aconteceria?

Contudo, apesar do turbilhão de pensamentos dentro dele, sua expressão não mudou. Ele conseguia sentir que seu rosto estava inalterado, impassível, despido de qualquer emoção. Estava cumprindo sua obrigação. Ao sinal da menor fissura em sua fachada, só Deus sabia o que ele poderia pôr para fora.

– Fique com o anel – disse ele.

Ela aquiesceu e o pegou, fechando os olhos com força para segurar as lágrimas. Começou a estudá-lo, e Edward já sabia o que ela iria ver. Até onde sabia, os Harcourts não tinham brasão, então o sinete de Thomas era apenas uma letra H em uma caligrafia elegante, com um floreio na base da letra.

Cecilia, contudo, virou-o para analisá-lo por dentro. Edward se endireitou na cadeira, curioso. Não lhe ocorrera a ideia de procurar alguma gravação. Talvez o anel não fosse de Thomas. Talvez o coronel Stubbs estivesse mentindo. Talvez...

Um soluço agoniado irrompeu pelos lábios de Cecilia, um som tão repentino que ela mesma parecia um tanto surpresa que tivesse saído dela. E então, cerrando o punho com o anel dentro, ela se desfez diante de Edward, deitando a cabeça no antebraço e chorando.

Ele esticou o braço e pegou a mão dela.

Deus sabia que, por mais que ela o tivesse enganado por algum motivo ainda desconhecido, ele não conseguiria confrontá-la.

– Eu sabia... – disse ela, ofegante. – Eu sabia que era muito provável que ele estivesse morto. Mas minha cabeça e meu coração... parecia que eles nunca concordavam. – Ela ergueu o rosto, e seus olhos eram dois focos de luz em meio à face coberta de lágrimas. – Faz sentido para você?

Ele não responderia por si caso tentasse falar, portanto apenas assentiu. Ele mesmo não sabia se seu coração e sua cabeça ainda voltariam a concordar um dia.

Edward pegou o anel, curioso sobre uma possível inscrição. Inclinou-o de forma que o lado de dentro recebesse alguma luz.

THOMAS HORATIO

– Todos os homens da minha família têm um anel igual a esse – contou Cecilia. – Sempre tem o nome de batismo gravado por dentro, para que as joias não se confundam.

– Horatio – murmurou Edward. – Eu nunca tinha sabido o segundo nome dele.

– O avô do meu pai se chamava Horace – contou ela. Parecia estar se acalmando; conversas corriqueiras exerciam esse efeito nas pessoas. – Mas minha mãe odiava o nome. E agora...

Cecilia soltou uma risada meio engasgada e esfregou o rosto com as costas da mão, em um gesto pouco elegante.

Edward teria lhe oferecido um lenço, mas não trazia nenhum consigo. Tinha saído às pressas naquela manhã, na intenção de surpreendê-la com quitutes. Jamais desconfiara que poderia passar mais de vinte minutos fora.

– Horace é o nome do meu primo – prosseguiu ela, revirando, de leve, os olhos. – O que queria casar comigo.

Edward olhou para a própria mão e viu que ainda estava girando o anel entre os dedos. Deixou-o na mesa.

– Eu o odeio – contou ela, com tanta intensidade que Edward ergueu os olhos para ela.

Seus olhos ardiam em brasa. Ele não esperava que uma nuance tão pálida fosse capaz de conter tanto calor, mas então ele se lembrou: quanto mais quente o fogo, mais fria a cor de sua chama.

– Eu o odeio com todas as forças – prosseguiu ela. – Se não fosse por ele, eu não teria...

De repente, ela fungou, quase um soluço. Foi tão repentino que ela mesma parecia surpresa.

– Você não teria o quê? – perguntou Edward, baixinho.

Ela não respondeu de pronto. Então, engoliu em seco e falou, finalmente:

– Eu provavelmente não teria vindo para cá.

– E não teria se casado comigo.

Ele a encarou. Se ela tinha alguma intenção de abrir o jogo, aquela seria a hora. De acordo com a história dela, fora só no navio que ela cumprira a sua parte da cerimônia de casamento por procuração.

– Se você não tivesse vindo para Nova York – prosseguiu Edward –, quando nós teríamos casado?

– Eu não sei – admitiu ela.

– Então talvez tenha sido melhor assim.

Ele se perguntou se ela tinha notado a sutileza na fala dele. Sua voz saíra um pouco grave, um pouco suave demais.

Ele a estava confrontando. Não conseguiu se conter. Ela respondeu com um olhar intrigado.

– Se seu primo não a tivesse assediado daquele jeito – prosseguiu Edward –, nós não teríamos casado. Embora eu imagine que...

Ele deixou a voz morrer, esperando até que ela o encorajasse a continuar.

– Você imagina...

– Eu imagine que eu continuaria acreditando que o casamento tinha acontecido – disse ele. – Afinal, o meu lado da cerimônia foi vários meses atrás. Imagine só... todo esse tempo eu poderia ainda estar solteiro e nem saber disso.

Ele ergueu o rosto por um instante. "Diga alguma coisa."

Ela não disse nada.

Edward pegou o copo, virando-o para beber os últimos restinhos de bebida – não que ainda houvesse algo ali.

– O que acontece agora? – sussurrou ela.

Ele deu de ombros

– Não sei.

– Ele tinha algum pertence? Além do anel?

Edward pensou no dia antes da partida para Connecticut. Ele e Thomas não sabiam quanto tempo ficariam fora, então o coronel providenciara que os pertences deles ficassem guardados.

– Devem estar com o coronel Stubbs – respondeu ele. – Vou providenciar para que alguém traga as coisas dele para você.

– Obrigada.

– Ele tinha um pequeno retrato seu.

Edward deixou escapar.

– Perdão?

– Um retrato. Estava sempre com ele. Quer dizer, ele não o carregava para cima e para baixo o tempo inteiro, mas, sempre que era realocado, ele fazia questão de se certificar de que o retrato estava com ele.

Com um leve tremor, a sugestão de um sorriso surgiu nos lábios dela.

– Eu também tenho um retrato dele. Não mostrei a você?

Edward fez que não com a cabeça.

– Ah. Perdão. Devia ter mostrado. – Ela murchou um pouco, com uma expressão perdida e desesperada. – Foram pintados na mesma ocasião. Acho que eu tinha uns 16 anos.

– Sim, você parecia bem jovem nele.

Ela ficou confusa por um momento, então piscou algumas vezes e continuou:

– Você já o viu. É claro. Thomas disse que tinha mostrado a você.

Edward aquiesceu.

– Uma ou duas vezes, sim – mentiu ele.

Ela não precisava saber quantas horas ele tinha passado admirando o retrato dela, imaginando se ela seria tão doce e divertida pessoalmente quanto o era em suas cartas.

– Sempre achei que não era um retrato muito fiel – disse ela. – O artista fez meu cabelo claro demais. E eu nunca sorrio daquela maneira.

"Não era mesmo." Contudo, concordar em voz alta seria admitir que ele conhecia a pintura muito melhor do que seria possível em "uma ou duas olhadas".

Cecilia pegou o anel na mesa com as duas mãos, segurando-o entre os polegares e os indicadores.

Durante um longo tempo, ela estudou a joia.

– Quer voltar para o hotel? – perguntou ela, por fim, sem erguer os olhos.

Edward sentia que não seria capaz de se controlar caso se visse a sós com ela, então respondeu:

– Quero ficar sozinho.

– É claro. – Cecilia respondeu rápido demais e se pôs de pé num salto, levando o anel dentro do punho cerrado. – Eu também quero.

Era mentira. Ambos sabiam disso.

– Vou voltar – falou ela, com um gesto desnecessário na direção da porta. – Acho que quero me deitar um pouco.

Ele aquiesceu.

– Se não se importa, vou continuar aqui.

Referindo-se ao copo vazio, ela falou:

– Talvez seja melhor você não...

Ele arqueou a sobrancelha, desafiando-a a terminar a frase.

– Deixe para lá.

"Garota esperta."

Ela deu um passo na direção da porta, e então se deteve.

– Você...

Chegara a hora. Ela ia confessar tudo. Ia explicar tudo, e tudo ficaria bem, e ele não a odiaria e não odiaria a si mesmo, e...

Ele só percebeu que estava se levantando quando deu com a perna na mesa.

– O que foi?

Ela balançou a cabeça.

– Deixe para lá, não importa.

– Não, diga, o que foi?

Ela o olhou com um ar estranho, e então falou:

– Eu só ia perguntar se você queria que eu levasse algo da confeitaria para você. Mas acho que não quero ver ninguém agora, então... Acho que vou mesmo voltar direto para o hotel.

A confeitaria.

Edward se largou na cadeira outra vez e, antes que pudesse se conter, uma gargalhada raivosa e ríspida surgiu em sua garganta.

Cecilia arregalou os olhos.

– Se você quiser algo, eu posso passar lá. Se estiver com fome, eu posso...

– Não – interpôs ele. – Vá para casa.

– Para casa – repetiu ela.

Ele sentiu o canto de sua boca se erguer em um meio sorriso sem a menor alegria.

Um leve tremor correu os lábios dela, como se não conseguissem se decidir se deveriam responder com um sorriso ou não.

– Para casa – repetiu ela. Olhou para a porta, e então para ele. – Certo.

Contudo, ela hesitou. Seus olhos encontraram os dele, pressurosos. Ansiosos por alguma resposta.

Ele não ofereceu nada. Não tinha nada mais para dar. Então ela se foi.

E Edward continuou bebendo.

CAPÍTULO 17

Finalmente chegamos a Nova York! E já não era sem tempo. Viemos de navio de Rhode Island, e, mais uma vez, Edward mostrou-se um marinheiro terrível. Eu disse que isso era, no mínimo, justo, já que ele é absurdamente bom em todas as outras coisas.

Ah, lá está ele, me olhando de cara feia. Tenho o mau hábito de dizer em voz alta as palavras que estou escrevendo, e ele parece não concordar com a minha descrição. Contudo, não há problemas. Além de ser bom em tudo, ele ainda é uma boa pessoa, que não guarda mágoas.

Mas esse olhar de reprovação... Ah, esse olhar de reprovação!

É possível que eu assassine o seu irmão.

– CARTA DE THOMAS HARCOURT (E EDWARD ROKESBY) PARA CECILIA HARCOURT

Cecilia caminhou atordoada de volta ao Devil's Head

Thomas estava morto.

Morto.

Ela achara que estaria preparada para aquele momento. Com o passar das semanas sem receber nenhuma notícia sobre o irmão, sabia que as chances de que Thomas ainda pudesse ser encontrado com vida eram poucas. Mas apesar de tudo isso... agora que trazia a prova no bolso... o anel de sinete...

Ela estava devastada.

Não poderia nem sequer visitar o túmulo dele. Edward dissera que o lugar era longe demais de Manhattan, perto demais do general Washington e de suas forças coloniais. Se fosse uma mulher mais corajosa, talvez não deixasse que aquilo a impedisse. Se tivesse um espírito mais livre, talvez batesse o pé, jogasse o cabelo para o lado e insistisse em levar flores à morada final de seu irmão.

Era o que Billie Bridgerton faria.

Cecilia fechou os olhos por um instante e xingou baixinho. Não podia ficar pensando em Billie Bridgerton. Aquilo já estava virando obsessão.

Contudo, o que mais ela poderia fazer? Edward falava daquela mulher o tempo inteiro.

Está bem, talvez não fosse o *tempo inteiro*, mas já se referira a ela mais de duas vezes. Mais até do que... Ora, já bastava o fato de Cecilia sentir que conhecia muito bem a filha mais velha do lorde Bridgerton – bem até demais. Talvez Edward não se desse conta, mas ela aparecia em todas as histórias que ele contava sobre a infância em Kent. Billie Bridgerton administrava as terras do pai. Saía para caçar junto com os homens. E, quando Cecilia perguntara como ela é fisicamente, Edward respondera:

– Na verdade, até que ela é muito bonita. Não que eu sempre tivesse me dado conta disso. Acho que só fui entender que ela era uma menina quando tinha 8 anos.

E a resposta de Cecilia? "Oh."

A epítome da eloquência e do brilhantismo. Uma resposta verdadeiramente bem articulada. Mas nunca poderia revelar que, depois de tantas histórias sobre a notável Billie Bridgerton, a mulher que podia fazer de tudo e sabia cavalgar até de costas, Cecilia a imaginara como uma amazona de dois metros de altura com mãos gigantescas, pescoço masculino e dentes tortos.

Não que os dentes tortos tivessem alguma ligação com os relatos de Edward, mas Cecilia já tinha aceitado havia tempo que uma pequena parte de seu coração era mesquinho e vingativo, e que o diabo a carregasse, mas ela queria imaginar que Billie Bridgerton tinha dentes tortos e pronto.

E um pescoço masculino.

Mas não, Billie Bridgerton era linda, e Billie Bridgerton era forte, e se o irmão de Billie Bridgerton tivesse morrido, ela desbravaria o território inimigo para se certificar de que o túmulo dele não fosse uma cova anônima qualquer.

Cecilia não era assim. Esgotara a pouca coragem que tinha ao embarcar no navio *Lady Miranda*, deixando a Inglaterra para trás. E se havia uma coisa que aprendera a seu próprio respeito nos meses anteriores era que ela não era o tipo de mulher que se arriscaria em território inimigo, a não ser que a vida de alguém estivesse em jogo.

Só o que lhe restava a fazer era... voltar para casa.

O lugar dela não era ali, em Nova York, e ela sabia muito bem disso. E também não era ao lado de Edward. Assim como o dele não era ao lado dela. Só havia uma coisa que poderia, de fato, unir o destino de ambos...

Ela estacou, levando a mão à barriga lisa, na altura do ventre.

Ela poderia estar grávida. Era pouco provável, mas ainda assim, possível.

E de repente tudo pareceu real. Ela sabia que era muito provável que não estivesse grávida, mas parecia que seu coração já reconhecia aquela nova pessoa – uma milagrosa miniatura de Edward, e talvez houvesse também algo dela, mas em sua imaginação o bebê era todo Edward, sem tirar nem pôr, com cabelos negros e olhos tão azuis que rivalizavam com o céu.

– Senhorita?

Cecilia despertou de seu devaneio, percebendo que tinha parado no meio da rua. Uma senhora com uma touca branca engomada olhava para ela com uma expressão preocupada e gentil.

– A senhorita está bem, mocinha?

Cecilia assentiu, quebrando a inércia.

– Perdão – disse ela, saindo do meio da rua. Mas ainda estava com a mente enevoada e não conseguia se concentrar na boa samaritana à sua frente. – É que eu... eu acabei de receber uma notícia terrível.

A mulher olhou para a mão de Cecilia, segurando o ventre. Sem uma aliança de casamento. Quando voltou a olhá-la nos olhos, sua expressão era de pena.

– Tenho que ir – gaguejou Cecilia.

Praticamente correu o resto do caminho de volta para o Devil's Head, disparando escada acima até, enfim, chegar ao quarto. Atirou-se na cama e começou a chorar; dessa vez as lágrimas eram, na mesma medida, de pesar e frustração.

Aquela mulher havia pensado que Cecilia estava grávida. Solteira e grávida. Olhara o dedo nu de Cecilia e a julgara, e ah, Deus, que ironia!

Edward havia falado que queria arrumar uma aliança para ela. Uma aliança para um casamento que não existia.

Cecilia começou a rir. Em meio às lágrimas, jogada na cama, ela se pôs a gargalhar.

Foi um som pavoroso.

Se estivesse mesmo grávida, pelo menos o pai do bebê achava que eles eram casados. Todo mundo achava.

Menos a mulher no meio da rua.

Em um instante, Cecilia deixara de ser uma jovenzinha desmazelada e virara uma messalina deflorada, prestes a ser relegada às margens da sociedade.

Sabia que não dava para ler aquilo tudo na expressão da senhora na rua, mas também sabia como o mundo funcionava. Se estivesse grávida, sua vida estaria arruinada. Jamais seria aceita na sociedade civilizada. Se suas amigas na Inglaterra não lhe dessem as costas, todo o contato teria que ser feito na clandestinidade, ou a mácula recairia também sobre o nome delas.

Alguns anos antes, uma moça em Matlock havia engravidado. O nome dela era Verity Markham, e Cecilia mal a conhecia. Aliás, conhecia apenas de nome. Ninguém soubera quem era o pai da criança, mas não importava. Assim que os rumores sobre a condição de Verity se espalharam, o pai de Cecilia a proibira de fazer contato com ela. Cecilia ficara surpresa com a veemência do pai, que nunca fora dado a fofocas. Contudo, aquele assunto parecia ser uma exceção à regra.

Ela não desafiara a ordem dele. Na verdade, nem mesmo lhe ocorrera questioná-la. Contudo, depois de todo aquele tempo, ela não podia deixar de se perguntar: se Verity fosse sua amiga, ou mesmo um pouco mais do que um nome conhecido, será que Cecilia teria sido corajosa o suficiente para desobedecer ao pai? Ela gostava de acreditar que sim, mas sabia, bem no fundo, que só teria feito isso se Verity fosse uma amiga muito, muito próxima.

Não que fosse falta de generosidade; era só que Cecilia nem teria pensado em agir de outra forma.

A sociedade tinha seus motivos para impor seus ditames – pelo menos era assim que ela sempre pensara. Ou talvez fosse mais apropriado dizer que ela nunca questionara muito os ditames da sociedade. Ela apenas os seguira.

E no entanto, contemplando o fantasma da possibilidade de se juntar àquelas moças rechaçadas...

Ela se arrependia de não ter sido mais generosa. Arrependia-se de não ter ido à casa de Verity Markham oferecer sua amizade. De não ter feito uma demonstração pública de apoio. Verity partira do vilarejo fazia muito tempo; os pais dela sempre diziam que ela tinha ido morar com uma tia-avó na Cornualha, mas não havia uma única pessoa em Matlock que acreditasse. Cecilia não fazia a menor ideia do paradeiro da moça, e nem se ela conseguira ficar com a criança.

Um soluço irrompeu da garganta de Cecilia, tão repentino e violento que ela precisou levar a mão à boca para contê-lo. Se ao menos ela fosse a única pessoa afetada, achava que poderia suportar. Mas haveria um bebê na jogada. O bebê dela. Ela não sabia como era ser mãe. Mal sabia como era *ter* mãe. Mas de uma coisa ela sabia: caso estivesse a seu alcance, jamais condenaria seu filho a uma vida de bastardia.

Já tinha roubado muito de Edward: sua confiança, seu próprio nome. Roubar-lhe um filho seria demais. Seria o ápice da crueldade. Ele seria um bom pai. Não – ele seria um pai maravilhoso. E amaria ser pai.

Se surgisse um bebê... ele precisaria saber.

Ela fez um juramento a si mesma. Se estivesse grávida, ficaria em Nova York. Contaria tudo a Edward e aceitaria todas as consequências, pelo bem de seu bebê.

Mas se suas regras descessem no tempo esperado – o que seria dentro de uma semana – e ela não estivesse grávida, iria embora. Edward merecia ter a sua vida de volta, a vida que ele mesmo planejara, e não a que ela havia imposto a ele.

Ela contaria tudo, mas teria que ser por carta.

Se isso fazia dela uma covarde, ela pouco se importava. Tinha certeza de que nem mesmo a notável Billie Bridgerton seria capaz de fazer tal confissão pessoalmente.

∽

Edward ainda levou muitas horas para, enfim, sentir que era capaz de voltar ao Devil's Head.

Para Cecilia.

A mulher que não era esposa dele.

Já havia muito que parara de beber, de modo que estava sóbrio – ou quase. Tivera tempo de sobra para se convencer a não pensar nela naquele dia. Aquele dia seria de Thomas. Tinha de ser. Se era para a vida de Edward desmoronar em um único dia, o mínimo que podia fazer era lidar com um maldito desastre de cada vez.

Não queria ficar se torturando, pensando no que Cecilia fizera ou dissera, e recusava-se, sobretudo, a desperdiçar energia pensando no que ela *não* dissera. Não ia pensar nisso. Não estava pensando nisso.

Não mesmo.

Queria gritar na cara dela. Queria agarrá-la pelos ombros e sacudi-la, queria implorar que lhe desse uma boa explicação.

Queria esquecer aquela situação para sempre.

Queria envolvê-la em um laço eterno.

Queria parar de pensar naquela desgraça toda, pelo menos naquele dia.

Naquele dia, prantearia seu melhor amigo. E ajudaria a mulher que não era sua esposa a prantear o irmão. Porque ele era assim e ponto final.

Maldição.

Chegou ao quarto de número 12, respirou fundo e pegou a maçaneta.

Talvez não fosse conseguir consolar Cecilia da maneira que considerava mais apropriada, mas pelo menos daria a ela alguns dias para se recompor antes de confrontá-la sobre a mentira. Ele nunca havia perdido um parente próximo. Embora Thomas fosse um amigo muito querido, eles não eram irmãos, e Edward sabia que sua dor nem se comparava à de Cecilia. Podia, contudo, imaginar. Se algo acontecesse a Andrew... ou a Mary... ou mesmo a George ou Nicholas, de quem ele não era tão próximo assim...

Ele ficaria devastado.

Além disso, ele mesmo tinha muito em que pensar. Cecilia não iria a lugar nenhum, e fazer escolhas precipitadas era um caminho que só levaria à estupidez.

Abriu a porta, franzindo os olhos para os raios de sol que invadiram o corredor escuro. "Todo santo dia", pensou ele, estupidamente. "Todo santo dia, quando abro essa maldita porta, eu me surpreendo com a luz do sol na minha cara."

– Você voltou – falou Cecilia.

Estava sentada na cama, com as costas retas contra a cabeceira e as pernas estendidas. Ainda estava com o vestido azul, o que fazia sentido, pensou ele, já que ainda não era nem hora do jantar.

Ele teria que sair do quarto quando ela decidisse se trocar, para que ela vestisse aquele camisolão branco de beata que usava para dormir. É claro que ela sempre pedia privacidade ao se trocar.

Já que não era sua esposa de verdade.

Não houvera nenhum casamento por procuração. Ele não assinara nenhum papel. Cecilia era apenas a irmã do querido e finado amigo Thomas.

Mas o que ela esperava ganhar ao afirmar que era esposa dele? Não fazia o menor sentido. Ela não poderia ter adivinhado que ele teria perdido a memória. Podia dizer a Deus e o mundo que era casada com um homem inconsciente, mas decerto saberia que, quando ele acordasse, todas as suas mentiras seriam reveladas.

A não ser que ela estivesse fazendo uma aposta arriscada... jogando com a possibilidade de que ele *nunca* fosse despertar. Se ele morresse e o mundo acreditasse que eram casados...

Ser esposa de um Rokesby lhe proporcionaria uma vida que não era de se jogar fora.

Os pais dele a teriam acolhido de braços abertos quando ela voltasse à Inglaterra. Sabiam da amizade entre Edward e Thomas. Diabo, tinham até mesmo conhecido Thomas. Haviam recebido o amigo como convidado para a ceia de Natal. Não teriam o menor motivo para desconfiar de Cecilia se ela surgisse à porta deles alegando ter se casado com o filho deles.

No entanto, aquilo tudo era muito frio e calculista. Não era do feitio de Cecilia.

Ou será que era?

Ele fechou a porta ao entrar, cumprimentando-a com um curto aceno de cabeça, e sentou-se na única cadeira, para descalçar as botas.

– Quer ajuda? – perguntou ela.

– Não – respondeu ele, e apressou-se a olhar para os pés antes de vê-la engolir em seco.

Era o que ela sempre fazia em situações como aquela, quando não sabia muito bem o que queria dizer. Ele gostava muito de admirá-la, a linha delicada do pescoço, a curva graciosa do ombro. Os lábios cerrados quando ela engoliu em seco – não eram convites para um beijo, mas sempre o deixavam com vontade de se inclinar para a frente e transformá-los em um beijo mesmo assim.

Contudo, naquela noite, ele não queria ver.

– Eu...

Ele ergueu os olhos ao ouvir a voz dela.

– O que foi?

Ela apenas balançou a cabeça.

– Deixe para lá.

Ele a encarou, grato pelo lusco-fusco que precedia o anoitecer. Se estivesse escuro demais para que pudesse enxergar os olhos dela, não teria como se perder neles. Ele podia fingir que eles não tinham a cor do mar raso, ou, quando banhados pelos reflexos alaranjados do alvorecer, da primeira folhinha a se abrir na primavera

Tirou as botas e se levantou para guardá-las no espaço ao lado do baú. O silêncio pesava no quarto, e ele sentia que Cecilia observava com atenção cada um de seus movimentos corriqueiros. Em uma ocasião normal, ele conversaria com ela, perguntando sobre como ela passara a tarde ou, caso tivessem passado o dia juntos, trocando ideias sobre o que tinham visto ou feito. Talvez ela relembrasse algo que a fizera rir e talvez ele risse junto com ela, e então, ao se virar para pendurar o casaco no guarda-roupa, ele se surpreenderia com a sensação curiosa que fazia seu corpo todo formigar.

Mas a surpresa só duraria um instante. Porque era muito óbvio o que de fato era aquele sentimento.

Felicidade. Amor.

Graças a Deus ele nunca contara a ela.

– Eu...

Ele ergueu os olhos outra vez. Lá ia ela outra vez, começando uma frase com um pronome solto.

– O que foi, Cecilia?

Ela piscou, surpresa, ao notar o tom de voz dele. Não exatamente grosseiro, mas um tanto brusco.

– Não sei o que fazer com o anel do Thomas – falou ela, baixinho.

Ah. Então era isso o que ela queria dizer. Ele deu de ombros.

– Você pode pôr em um colar e usá-lo no pescoço.

Ela alisava o cobertor surrado.

– Pode ser.

– Pode guardar para dar aos seus filhos.

Seus filhos. Ele só reparou quando já tinha falado. Não *nossos* filhos.

Será que ela tinha percebido o ato falho? Ele achava que não. A expressão de Cecilia não se alterara. Continuava pálida e atordoada, a imagem que se esperaria de uma mulher que acabara de saber da morte de um irmão muito amado.

Quaisquer que fossem as mentiras de Cecilia, elas não alteravam sua devoção por Thomas. Edward tinha certeza de que o sentimento era verdadeiro.

Naquele instante, ele se sentiu um cretino de marca maior.

Ela estava passando por um momento horrível. Estava sofrendo.

Ele queria odiá-la. E talvez, com o tempo, isso ainda acontecesse. Contudo, por ora, ele não podia fazer nada além de tentar aliviar a dor dela.

Com um suspiro pesaroso que veio direto da alma, Edward foi até a cama e se sentou ao lado de Cecilia.

– Sinto muito – disse ele, envolvendo o ombro dela com o braço.

O corpo dela continuou teso. Ela estava rija de tanto pesar – e, talvez, de confusão também. Ele não estava agindo como um marido amoroso e, por Deus, ele tinha sido exatamente assim até a conversa com o coronel Stubbs naquela mesma manhã.

Edward tentou imaginar o que ele faria se a notícia da morte de Thomas não tivesse vindo acompanhada da revelação sobre a mentira de Cecilia.

O que ele teria feito? Como teria reagido?

Teria posto de lado a própria dor.

Teria consolado Cecilia, acalentando-a.

Teria ninado Cecilia nos braços até que ela caísse no sono, até que ela já não tivesse mais lágrimas para chorar, e então teria plantado um beijo em sua testa, leve como um sussurro, e acomodado as cobertas por cima de seu corpo.

– O que posso fazer para ajudar? – perguntou, com a voz rouca.

Ele teve que dar tudo de si para conseguir pronunciar aquelas palavras; ao mesmo tempo, não havia nada mais que pudesse dizer.

– Eu não sei. – A voz dela estava abafada, pois seu rosto estava enterrado no ombro dele. – Você pode apenas... ficar aqui comigo? Sentado do meu lado?

Ele aquiesceu. Isso ele podia fazer. Causaria uma dor bem no fundo de seu coração, mas ele conseguiria lidar com aquilo.

Passaram horas daquele jeito. Edward pediu que trouxessem o jantar no quarto, mas nenhum dos dois comeu nada. Ele saiu para que ela pudesse se trocar, e ela se virou para a parede para que ele também trocasse de roupa.

Era como se aquela única noite tórrida nunca tivesse acontecido.

Toda aquela paixão, todo aquele deslumbramento... tudo havia desaparecido.

De repente, ele pensou em quanto detestava abrir a porta do quarto e nunca estar preparado para o golpe de luz que atingia seus olhos.

Ele fora um idiota. Um tremendo de um idiota.

CAPÍTULO 18

Esta carta é para vocês dois. Fico muito feliz que tenham a companhia um do outro. O mundo vira um lugar menos inclemente quando se tem alguém para dividir os fardos.

– CARTA DE CECILIA HARCOURT PARA THOMAS HARCOURT E EDWARD ROKESBY

Na manhã seguinte, Edward acordou primeiro.

Sempre acordava antes de Cecilia mas, até aquele momento, nunca se sentira tão grato por isso. O dia já tinha raiado, embora desse para ver, pela leve sugestão de luz que delineava as cortinas, que ainda era muito cedo. Lá fora, Nova York começava a despertar, mas os sons da vida corriqueira ainda estavam esparsos e distantes. Uma carroça rangeu ao passar, um galo cantou. De vez em quando ouvia-se o cumprimento de alguém na rua.

O som era alto o suficiente para atravessar as paredes grossas da estalagem, mas não para acordar Cecilia, que dormia a sono solto.

A vida toda, Edward gostara de usar a quietude das manhãs para levantar cedo e começar o dia. Sempre achara impressionante como a falta de pessoas à volta permitia que se fizessem muito mais coisas. Mais recentemente, contudo – ou, para ser específico, no curto tempo desde que Cecilia entrara em sua vida –, ele vinha aproveitando a calmaria matinal para ter um momento a sós com os próprios pensamentos. Também ajudava o fato de a cama do Devil's Head ser muito confortável. E quentinha.

E ocupada também por Cecilia.

Toda noite, ela gravitava para perto dele, e ele adorava poder tirar alguns minutos para se deleitar na presença suave da jovem antes de se levantar e se vestir. Às vezes, era o braço dela envolvendo o peito e os ombros dele. Outras, o pé, enganchando a canela dele de maneira curiosa.

Mas ele sempre se levantava antes que ela acordasse. Não sabia muito bem o porquê. Talvez ainda não estivesse preparado para que ela descobrisse quanto ele amava aquela proximidade. Talvez ainda não quisesse admitir a paz imensa que extraía daqueles momentos roubados.

Isso até o dia anterior, em que ele acordara tão bem-disposto que se levantara e fora comprar um agrado para ela na confeitaria.

Um dia que, certamente, não acabara muito bem.

Naquela manhã, porém, quem acordou com mãos e braços em lugares curiosos foi ele. Cecilia estava em seus braços, com o rosto aninhado no peito dele. Ele a segurava tão perto que dava para sentir na pele a respiração dela.

Enquanto dormia, ele ficara acariciando os cabelos dela.

Ao se dar conta disso, Edward cessou o movimento da mão, mas não se afastou dela. Não teve a menor vontade. Se ficasse ali, imóvel, poderia fingir que o dia anterior não tinha acontecido. Se não abrisse os olhos, poderia fingir que Thomas ainda estava vivo. E que seu casamento com Cecilia... era de verdade. O lugar dela era ali, nos braços dele, o perfume delicado dos cabelos dela penetrando em seu nariz. Assim, se ele a virasse para o lado e buscasse conforto no corpo dela, estaria apenas exercendo seu direito – estaria fazendo valer um sacramento e uma bênção.

Em vez disso, ele se tornara o homem que seduzira uma inocente donzela.

E ela era a mulher que fizera isso com ele.

Ele queria odiá-la. Às vezes chegava a acreditar que realmente a odiava. Mas, na maior parte do tempo, não tinha tanta certeza.

Então Cecilia começou a se mexer em seus braços.

– Edward? – sussurrou ela. – Está acordado?

Se ele fingisse que ainda dormia, isso seria uma mentira? Provavelmente. Contudo, no repertório de falácias recentes, seria uma mentirinha de nada.

Ele não fez a escolha consciente de fingir que estava dormindo. Não foi calculado. Contudo, as palavras dela, suavemente sussurradas em sua orelha, despertaram um certo ressentimento dentro dele, e ele não quis responder.

Simples assim.

E então, quando Cecilia fez um leve ruído de surpresa e se ergueu, apoiando-se no cotovelo, uma curiosa sensação de poder começou a crescer dentro de Edward. Ela achava que ele estava dormindo.

Acreditava em uma coisa a respeito dele enquanto a realidade era outra.

Era o mesmo que ela fizera com ele, embora em uma escala muito menor. Ela tinha escondido a verdade dele, o que dava todo o poder a ela.

E talvez ele estivesse se sentindo meio vingativo. Talvez estivesse se sentindo injustiçado. Não havia nada de nobre em sua reação, mas ele estava gostando de enganá-la, assim como ela o enganara.

– Ai, ai... o que eu vou fazer?

Ele a ouviu murmurar. Ela se virou para o outro lado, ficando de costas para ele. Seu corpo, contudo, continuava colado ao dele.

E ele ainda a desejava.

O que aconteceria se ele não revelasse a ela que tinha recuperado a memória? Em algum momento, ele teria que contar a verdade, mas não havia nenhum motivo para ter pressa. Afinal, ela não tinha nada a ver com a maioria das coisas de que ele estava se lembrando. Ele agora se lembrava de coisas como a jornada até Connecticut, a cavalo, debaixo de uma maldita chuva gelada. Ou o momento aterrorizante em que espionava o litoral de Norwalk e fora pego por um fazendeiro chamado McClellan. Edward fizera menção de pegar a arma, mas surgiram dois outros homens das sombras – filhos de McClellan –, e ele percebeu que resistir seria inútil. Assim, portando armas e ancinhos, os homens o levaram para o celeiro da família, onde Edward passara semanas preso e amarrado.

Foi então que o gato entrou na história – o gato de que se lembrava, aquele sobre o qual havia comentado com Cecilia. Durante umas 23 horas por dia, sua única companhia era o bichano. O pobre gatinho tinha sido forçado a escutar a história completa da vida de Edward.

Várias vezes.

Mas o bicho devia gostar das habilidades de contação de história de Edward, pois sempre lhe recompensava com uma miríade de ratos e pássaros mortos. Edward tentava valorizar mais a intenção do que os presentes em si, e só chutava os bichos mortos para fora do celeiro quando o gato não estava olhando.

Como bônus adicional, o velho McClellan acabara pisando em nada menos que seis roedores mutilados. Para alguém que trabalhava com animais o dia inteiro, o sujeito se mostrara uma pessoa curiosamente fresca, e os gritinhos esganiçados que dava ao sentir o pé esmagando os ossinhos dos roedores eram uma das poucas fontes de diversão de Edward.

McClellan, contudo, não se dava ao trabalho de ir muitas vezes ao celeiro. Na verdade, Edward nunca chegara a descobrir o que o velho pretendia fazer com ele. Provavelmente pediria um resgate. McClellan e seus filhos não pareciam ser devotos à causa de Washington, mas também não eram legalistas, sem sombra de dúvida.

Na guerra, um homem vira mercenário com muita facilidade. Principalmente se já for ganancioso por natureza.

No fim, quem deixara Edward ir embora fora a esposa de McClellan. Não graças aos encantos dele, embora ele fizesse das tripas coração para sempre tratar as mulheres da família com cortesia e educação. O que aconteceu foi que a Sra. McClellan veio um dia e disse que estava cansada de dividir com ele a comida da família. Tinha parido nove filhos, nenhum dos quais tivera a bondade de morrer na infância. Eram muitas bocas para alimentar.

Edward preferiu não comentar que, durante sua estadia forçada, quase não recebera comida alguma. Seria um comentário inoportuno a se fazer enquanto a mulher soltava as amarras dos tornozelos dele.

– Espere escurecer, e só então vá embora – advertiu ela. – E vá para o leste. Os meninos estarão todos na cidade.

Ela não explicou o motivo de todos terem ido ao centro da vila, e ele não perguntou. Em vez disso, fez exatamente o que ela mandara, seguindo para o leste – embora precisasse ir na direção oposta. Viajando a pé, à noite, a viagem durara uma semana inteira. Atravessara o estuário para Long Island e conseguira chegar até Williamsburg sem maiores incidentes. E então...

Edward franziu o cenho, e então lembrou que, supostamente, ainda estava dormindo. No entanto, Cecilia não percebeu; ainda estava virada para o outro lado.

O que acontecera em Williamsburg? Aquele era o ponto em que sua memória ainda estava enevoada. Entregara sua casaca a um pescador em troca de transporte para o outro lado do rio. Lembrava-se de entrar no barco, mas depois...

O pescador devia ter dado uma paulada na cabeça dele. O motivo, Edward já não sabia. Não possuía nada de valor para ser roubado.

Nem mesmo um casaco.

No fim das contas, ele se sentia era grato por ter sido largado nas margens de Kip's Bay. O pescador podia muito bem tê-lo jogado para fora do barco, e ele teria virado comida de peixe. Ninguém jamais ficaria sabendo que fim ele tivera.

Ficou imaginando quanto tempo a família esperaria até dá-lo como morto. E então se repreendeu por ser tão mórbido. Estava vivo. Era para estar feliz. Decidiu que ficaria feliz. Só talvez não naquela manhã. Tinha esse direito.

– Edward?

Maldição. Seu rosto devia estar deixando transparecer os meandros de seus pensamentos. Abriu os olhos.

– Bom dia – disse Cecilia.

Havia, contudo, um certo resguardo em seu tom de voz. Não era timidez. Ou pelo menos ele achava que não. Eles tinham dormido juntos, pensou Edward, de modo que fazia sentido que ela estivesse se sentindo um pouco constrangida e envergonhada. Na verdade, ela devia ter se sentido assim na manhã do dia anterior – isto é, se ele não tivesse saído antes de ela acordar.

– Você ainda estava dormindo – Ela deu um sorriso bem leve. – Você nunca acorda depois de mim.

Ele deu de ombros.

– Eu estava cansado.

– Posso imaginar – disse ela, baixinho, depois olhou para baixo, desviou o olhar e então suspirou, dizendo: – É melhor eu me levantar.

– Por quê?

Ela ficou atônita por um instante, e então respondeu:

– Tenho coisas a fazer.

– Tem?

– Eu... – Ela engoliu em seco. – Eu preciso... Eu não posso... *não* fazer nada.

Mas o que ela teria a fazer agora que não precisava mais procurar por Thomas? Ele era o único motivo pelo qual ela viajara até Nova York.

Edward aguardou e ficou de coração partido ao observar a expressão de Cecilia conforme ela se dava conta de que as coisas que vinha fazendo, todas as tarefas, tinham sido para encontrar o irmão.

Assim, já não existia mais propósito em nada daquilo.

Contudo, lembrou-se Edward, ela também passara um longo tempo cuidando dele. Apesar de seus erros, quaisquer que fossem, ela havia cuidado dele com a maior dedicação, tanto no hospital quanto depois de ele ter tido alta.

Era provável que ele devesse a vida a ela.

Não poderia odiá-la. Contudo, queria conseguir. Cecilia franziu o cenho.

– Está tudo bem?

– Por que está me perguntando isso?

– Não sei. Você estava com uma expressão estranha no rosto.

Disso ele não duvidava.

Quando ficou claro que ele não diria nada, Cecilia suspirou, murchando um pouco ao exalar.

– Enfim, é melhor eu me levantar. Mesmo que não tenha nada para fazer.

Não era bem assim, pensou ele.

Estavam na cama. Havia muitas coisas para se fazer na cama.

– Eu posso deixar você ocupada – murmurou ele.

– O quê?

Antes mesmo que ela pudesse pronunciar uma única palavra, ele se inclinou e a beijou.

Ele nem pensou. Na verdade, se tivesse parado para pensar, teria se convencido a não fazer nada daquilo. Estava, sem dúvida, escolhendo um caminho que só conduziria à loucura, logo naquele momento em que a única coisa que ele sentia que ainda lhe pertencia era a própria sanidade.

Ele a beijou naquele momento porque isso era o que lhe exigiam todos os seus instintos. Alguma parte primitiva dentro dele ainda achava que ela era sua esposa, que ele tinha todo o direito de tocá-la daquela forma.

Ela dissera que tinham se casado. Dissera que ele havia pronunciado os votos.

Edward já comparecera a tantas cerimônias de casamento que conhecia de cor o rito do casamento. Sabia as palavras que teria dito.

"Prometo estar contigo".

Ele queria estar com ela.

Queria mais do que tudo.

Ele a segurou pela nuca, puxando-a para perto com firmeza.

Cecilia não tentou protestar. Não tentou escapar. Muito pelo contrário: ela o abraçou e correspondeu ao beijo. Ela sabia que eles não eram casados, pensou ele, com certa raiva, mas devolvia a paixão dele na mesma medida. Seus lábios estavam tomados de fervor, e ela gemia de desejo, arqueando as costas e colando o corpo ainda mais ao dele.

A fagulha dentro dele evoluiu para uma labareda fora de controle. Ele a posicionou embaixo de seu corpo, e seus lábios afoitos exploraram a linha do pescoço dela, descendo até o decote daquela camisola horrorosa.

Ele queria rasgar com os dentes aquela coisa feia.

– Edward! – exclamou ela, ofegante, e ele só conseguiu pensar que ela lhe pertencia e ponto final.

Fora ela quem dissera; quem era ele para contradizê-la?

Ele a queria para sempre sob seu domínio, como sua serva.

Edward puxou a barra da camisola para cima, arfando de satisfação quando as pernas dela lhe cederam espaço. Ele podia estar agindo de forma um tanto bruta, mas quando sua boca encontrou o seio dela, por cima do algodão fino, Cecilia cravou as unhas nos ombros dele com tanta força que certamente deixaria marcas. E os sons que ela fazia...

Eram os sons de uma mulher que queria mais.

– Por favor – implorou ela.

– O que você quer?

Ele ergueu os olhos, sorrindo como um demônio.

Ela o encarou, confusa.

– Você sabe.

Ele assentiu, bem devagar.

– Quero ouvir você dizer. – Ele estava de roupa de baixo, mas sabia que, ao se roçar nela, ela sentiria sua ereção. – Diga! – exigiu ele.

Ela ruborizou, e ele sabia que não era apenas um efeito da paixão.

– Eu quero você! – exclamou ela. – Você sabe disso. Você sabe.

– Pois bem – respondeu ele. – Então é o que você terá.

Arrancou a camisola dela, deixando-a completamente nua à luz da manhã. Por um instante, ele se esqueceu de tudo o que acontecera. Sua raiva... sua fome... tudo pareceu se dissipar diante da beleza de Cecilia. Só o que ele conseguiu fazer foi admirá-la, deleitando-se em sua perfeição.

– Você é tão linda... – sussurrou ele.

Os beijos dele ficaram mais suaves – ainda desesperados, mas desprovidos da raiva que os compelia até então. Lambeu a pele dela, sentindo seu sabor ao mesmo tempo doce e salgado, e continuou descendo para os ombros, passando pelos seios.

Ele a queria por completo. Queria se perder nela.

Não, queria que *ela* se perdesse nele. Queria levá-la ao excruciante limiar do prazer, para só então fazer com que ela o atravessasse.

Queria fazer com que ela se esquecesse até do próprio nome.

Ele correu a palma pela ponta do mamilo dela, satisfeito ao senti-lo rijo, mas não parou por aí. Seus lábios desceram pelas costelas, pela barriga, até chegar à saliência suave da pelve.

– Edward...

Ele a ignorou. Sabia o que estava fazendo. Sabia que ela ia gostar.

E sabia que morreria se não provasse o gosto dela.

Ela ofegou outra vez, dizendo o nome dele com ainda mais veemência.

– O que você está fazendo?

– Ssssh...

Ele a silenciou, abrindo ainda mais as pernas de Cecilia com suas mãos enormes.

Ela estremeceu, aproximando ainda mais o quadril do rosto dele. O corpo dela parecia saber o que queria, mesmo que sua mente ainda estivesse presa em um dilema.

– Não, não me olhe aí embaixo! – disse ela, arfando.

Ele a beijou logo abaixo do umbigo, só para chocá-la.

– Você é linda.

– Não aí embaixo!

– Discordo.

Ele correu os dedos pela penugem suave do monte pubiano dela, chegando mais perto de seu sexo, abrindo-a ao escrutínio de seu olhar mais íntimo. Então, soprou de leve na pele sensível.

Ela soltou um leve gemido de prazer.

Com a pontinha do dedo, Edward a acariciou com lentos movimentos circulares.

– Está gostando?

– Não sei.

– Deixe-me tentar mais uma coisinha – murmurou ele –, e então você me responde.

– Eu não... ah!

Ele sorriu. Com o rosto colado ao sexo dela. Ao pedaço que tinha acabado de lamber.

– Está gostando? – repetiu ele.

Ela sussurrou:

– Sim.

Ele deu outra lambida, mais voraz e intensa, e seu corpo vibrou de satisfação quando ela ergueu o quadril.

– Você precisa ficar parada – sussurrou ele, provocando-a – se quer que eu faça isso da maneira certa.

– Não consigo – gemeu ela.

– Ah, consegue, sim.

Muito solícito, Edward segurou-a nos vincos logo acima das nádegas, aumentando a pressão e segurando-a com firmeza.

E então ele a beijou lá embaixo. Da mesma maneira como sempre a havia beijado na boca, um beijo profundo e intenso. Ele a sorvia com vontade, deleitando-se ao sentir o corpo dela estremecer. Ela estava inebriada de desejo.

Era tudo por causa dele. E ele estava adorando.

– Quer que eu continue? – murmurou ele, erguendo o olhar apenas o suficiente para ver o rosto dela.

Para torturá-la um pouco. Só um pouquinho.

– Quero – arquejou ela. – Quero! Não pare.

Os dedos dele assumiram o posto que estava sendo ocupado pela boca, e ele a estimulou enquanto dizia palavras delirantes.

– Diga quanto você me quer.

Ela não respondeu, mas nem precisou. Dava para ver a confusão no rosto dela.

– Quanto, Cecilia? – perguntou ele.

Por um único instante, ele usou a língua outra vez, só o suficiente para estimular o clitóris.

– Quero muito! – Cecilia praticamente gritou.

Agora sim.

Ele se voltou ao trabalho, louvando-a com a boca.

Louvando-a mais do que tudo.

Continuou as carícias até sentir que ela se abria para ele, e Cecilia ergueu o corpo da cama com tanta força que quase o afastou. Ela se agarrou desesperadamente aos cabelos dele, prendendo a cabeça dele entre suas coxas.

Segurou-o assim até não precisar mais dele, e ele adorou aquela sensação. Quando, enfim, o corpo dela relaxou, ele se posicionou sobre ela, apoiando-se nos cotovelos para poder olhá-la bem. Ela estava de olhos fechados, estremecendo ao ar fresco da manhã.

– Está com frio? – sussurrou ele.

Ela respondeu que sim, e ele cobriu o corpo suado dela com o próprio corpo. Ela inclinou a cabeça para trás, como se sentir o peso dele tivesse sido a última gota de prazer necessária. Ele beijou o pescoço dela, descendo para o côncavo das clavículas. Ela tinha gosto de desejo.

O desejo que era dela, e dele também.

Edward deslizou a mão por entre eles para abrir os cordões da calça. Era um sacrilégio que houvesse algo entre os dois, ainda que fosse uma fina camada de linho. No instante seguinte, a peça se juntou à camisola de Cecilia no chão ao lado da cama, e ele voltou ao enlace morno do corpo dela.

Posicionou-se na entrada, contendo-se por um instante, e então a penetrou, sentindo que estava voltando ao lugar de onde não deveria sair nunca mais.

Esqueceu-se de todo o resto. Nada existia além daquele momento naquela cama. Seus movimentos passavam longe do pensamento, e só o que o compelia era o mais puro instinto. Ela respondia ao ritmo de Edward, aproximando o quadril a cada estocada. Sentiu que o prazer ia se acumulando dentro dele, tão agudo e profundo que se aproximava da dor, e então, de repente, ela se retraiu e disse, com terror no olhar:

– Pare!

Ele recuou, com uma pontada de medo no coração.

– Machuquei você?

Ela fez que não com a cabeça.

– Não, mas temos que parar. Eu... eu não quero engravidar.

Ele a encarou, tentando encontrar algum sentido nessas palavras.

– Lembra? – Ela engoliu em seco, infeliz. – Nós já falamos disso.

Ele lembrava. Contudo, durante aquela conversa, a frase significara algo completamente diferente. Ela dissera que não queria passar pela viagem de volta à Inglaterra grávida. E que não queria ter um filho em Nova York.

Mas, na verdade, ela não podia ter um filho naquelas condições. Não podia correr aquele risco. Não sem uma certidão de casamento.

Por um momento, ele pensou em negar o pedido dela. Em se derramar dentro dela mesmo assim, tentando gerar uma nova vida.

Isso faria com que o casamento se tornasse uma coisa real. Mas então ela sussurrou:

– Por favor.

E ele parou. O esforço contrariava todos os seus instintos, mas ele parou mesmo assim. Rolou para o lado, afastando-se dela, e se concentrou com toda a força apenas em tentar lembrar como se respirava.

– Edward?

Cecilia tocou o ombro dele.

Ele a afastou.

– Preciso... preciso de um minuto.

– Sim, claro.

Ela foi para o outro lado da cama, o colchão trepidando sob seus movimentos nervosos, até que ele ouviu os pés dela tocando o chão.

– Tem... Tem algo que eu possa fazer? – Cecilia olhou, hesitante, para o membro dele, ainda inexoravelmente em riste. – Para ajudar?

Ele chegou a ponderar.

– Edward?

A voz dela era um mero sussurro em meio ao silêncio, e ele se admirou por conseguir ouvi-la a despeito das palpitações do próprio coração.

– Desculpe – disse ela.

– Não se desculpe – atalhou ele.

Não queria ouvir nada. Rolou, deitando de costas na cama, e respirou fundo. Ainda estava duro como uma pedra. Chegara muito perto do clímax dentro de Cecilia, mas...

Ele praguejou.

– Talvez seja melhor que eu saia – afirmou ela, apressada.

– Uma sábia ideia.

O tom dele não foi dos mais gentis, mas era o melhor que ele podia fazer. Talvez tivesse que se aliviar com a própria mão, e suspeitava que isso ofenderia a sensibilidade dela.

Por incrível que parecesse, ele ainda se preocupava com a sensibilidade dela.

Ela se vestiu logo e saiu do quarto como um raio, mas então a situação de Edward já não era mais tão periclitante, e ele não viu muita necessidade de se resolver sozinho.

Na verdade, teria sido um desfecho patético.

Ele se sentou na beira da cama, apoiando os cotovelos nos joelhos e o queixo nas mãos. Durante toda a vida, sempre soubera o que fazer. Não que fosse perfeito – de jeito nenhum –, mas sempre distinguira com muita clareza o caminho certo do errado.

Punha a pátria acima da família. A família acima de si mesmo.

Ainda assim, lá estava ele. Apaixonado por uma miragem. Casado com um fantasma.

Não, *não* casado. Tinha que se esforçar para não esquecer. *Não* era casado com Cecilia Harcourt. Aquilo que acabara de acontecer...

Ela estava certa a respeito de uma coisa. Aquilo não podia acontecer outra vez. Pelo menos não antes de eles se casarem de verdade.

Ele ainda iria se casar com ela. Tinha que se casar – pelo menos, era isso o que ele dizia a si mesmo. Não estava muito afoito para examinar a parte de seu coração que queria se casar com ela. Era a mesma parte que sentira aquela felicidade tão absurda por estar casado com ela.

A parte que era... que era ingênua, até mesmo crédula. Ele não punha fé no discernimento daquela parte, ainda mais quando havia uma outra parte dentro dele que dizia que ele deveria esperar, agir sem pressa.

Que ela sentisse uma certa aflição por alguns dias.

Um grito frustrado se desprendeu de sua garganta, e ele enterrou os dedos nos cabelos, puxando com força. Sem dúvida, aquele não era o seu melhor momento.

Resmungando outra vez, ele se levantou da cama e foi pegar as roupas no guarda-roupa.

Ao contrário de Cecilia, ele, sim, tinha muitos afazeres.

O primeiro item da lista era uma visita ao coronel Stubbs. Edward achava que não tinha levantado informações muito úteis sobre os portos marítimos de Connecticut, mas, no fundo, era um soldado cioso de seu dever de reportar tudo o que descobrira. Além, é claro, de contar ao coronel onde ele havia passado tanto tempo: não era muito heroico confessar que passara meses preso e amarrado em um celeiro, tendo um gato como única companhia, mas ainda era muito melhor do que cometer uma traição.

Além disso, havia a questão dos pertences de Thomas. Quando partiram para Connecticut, o baú dele ficara guardado ao lado do de Edward. Agora que ele oficialmente estava morto, suas posses deveriam ser entregues a Cecilia.

Edward se perguntou se o pequeno retrato estaria lá. Então seu estômago roncou, e ele se lembrou de que passara um dia inteiro sem comer quase nada. Cecilia já devia ter pedido o café da manhã. Com sorte, quando chegasse lá embaixo, a comida já estaria esperando por ele, quentinha. Primeiro, a comida; depois, o coronel Stubbs. Isso conferia certa estrutura ao dia dele. Muito bem. Quando sabia o que tinha que fazer, sempre se sentia mais em contato consigo mesmo.

E, pelo menos por ora, aquilo teria que bastar.

CAPÍTULO 19

Estamos, enfim, vendo os primeiros sinais da primavera, o que me deixa bastante contente. Por favor, dê uma dessas flores secas ao capitão Rokesby. Espero que eu tenha conseguido prensá-las corretamente. Achei que vocês dois gostariam de receber um pedacinho da Inglaterra.

– CARTA DE CECILIA HARCOURT AO IRMÃO, THOMAS

Mais tarde, naquela manhã, Cecilia saiu para caminhar pelo porto. Durante o café da manhã, Edward dissera que iria se encontrar com o coronel Stubbs, e que não sabia quanto tempo ficaria ocupado. Ela provavelmente passaria o dia inteiro por conta própria. Ao voltar ao quarto, chegou a cogitar retomar a leitura do livro de poesia, que vinha se arrastando ao longo da semana anterior, mas em poucos minutos ficou claro que precisaria sair.

O quarto parecia claustrofóbico, as paredes, próximas demais, e, sempre que tentava se concentrar nos tipos que cobriam as páginas, sentia os olhos se encherem de lágrimas.

Estava com os nervos à flor da pele.

Por diversos motivos.

Assim, decidiu que a situação pedia uma caminhada. O ar fresco lhe faria bem, e ela estaria menos suscetível a irromper em soluços se houvesse testemunhas à sua volta.

Objetivo do dia: não chorar em público.

Parecia uma tarefa possível.

O tempo estava ótimo, não estava quente demais e uma leve brisa soprava na orla. O ar recendia a sal e algas, uma surpresa agradável ao se considerar que, com certa frequência, o vento trazia o fedor dos navios-prisão ancorados a pouca distância da costa.

Cecilia já tinha passado tempo suficiente em Nova York para conhecer um pouco da rotina do porto. Havia navios chegando quase todos os dias, mas poucos traziam viajantes civis. A maior parte eram navios mercantes que levavam os suprimentos de que o exército inglês tanto precisava. Algumas dessas embarcações tinham sofrido adaptações para acomodar alguns passageiros pagantes; fora assim que Cecilia conseguira sair de Liverpool rumo às Américas. A função principal do *Lady Miranda* era transportar mantimentos e armamentos para os soldados destacados em Nova York. Mas também houvera 14 passageiros a bordo. Desnecessário dizer que, ao longo da viagem de cinco semanas, Cecilia passou a conhecê-los bem. Tinham pouco em comum entre si, além do fato de todos terem embarcado em uma jornada perigosa, atravessando um oceano turbulento rumo a um país em guerra, a um litoral crivado de batalhas.

Em outras palavras, eram todos loucos de pedra.

Ela quase chegava a sorrir só de pensar. Mesmo depois de tanto tempo, mal conseguia acreditar que fora capaz de criar coragem para fazer a travessia. Sem dúvida, tudo ocorrera em um momento em que ela estava movida pelo desespero, em que ela se vira sem alternativa.

Sentia orgulho de si mesma. Pelo menos em relação àquele assunto.

Naquele dia, havia vários navios no porto, incluindo um chamado *Rhiannon*, que Cecilia ficara sabendo que pertencia à frota do *Lady Miranda*, que tinha partido de Cork, na Irlanda. Nele chegara a esposa de um dos oficiais que costumava jantar no Devil's Head. Cecilia ainda não conhecera a mulher pessoalmente, mas a chegada dela fora acompanhada de muita fofoca e boas risadas. Com tanto falatório toda noite no salão, teria sido impossível não ficar sabendo.

Cecilia foi chegando mais perto do porto, guiando-se pelo alto mastro do *Rhiannon*, sua estrela Polar. Conhecia bem o caminho, é claro, mas usar o mastro como instrumento primitivo de navegação era uma distração interessante. Quando o *Rhiannon* chegara em Nova York? Se ela não estava enganada, não fazia nem uma semana, o que queria dizer que a embarcação ainda ficaria alguns dias no porto antes de se lançar aos mares outra vez. O navio ainda precisava ser descarregado e então receber o novo carregamento – para não falar dos marinheiros, que estariam aproveitando um merecido tempo em terra firme depois da longa viagem.

Quando Cecilia chegou ao porto, o mundo se abriu diante de seus olhos como uma flor na primavera. Sem os prédios de três e quatro andares que, até então, bloqueavam o sol, a claridade intensa do meio-dia banhava tudo ao redor. Ali, à beira d'água, havia algo que fazia com que a terra parecesse infinita, mesmo que as docas não dessem para o mar aberto. À distância, Cecilia enxergava o Brooklyn, e sabia muito bem com que rapidez um navio percorria a curta extensão da baía e ganhava o Atlântico.

Era mesmo lindo, pensou ela; diferente demais do próprio lar. Ela sabia que aquele cenário ficaria gravado permanentemente em seu coração, mas ficava olhando mesmo assim. Gostava especialmente de observar a água, onde as ondas encimadas de espuma se erguiam para então fustigar os muros de contenção como uma babá impaciente.

Ali, o mar era azul-claro, mas ela sabia que logo além do horizonte ele ganharia um tom escuro e insondável. Nos dias mais turbulentos, as águas chegavam até mesmo a assumir tons esverdeados. Mais uma curiosidade que ela jamais teria descoberto se não tivesse tomado coragem de deixar para trás a segurança de sua casinha em Derbyshire. Ela estava feliz por ter ido a Nova York. Estava mesmo. Deixaria aquele lugar com o coração partido – por mais de um motivo –, mas tudo teria valido a pena. Havia se tornado uma pessoa melhor – não, uma pessoa mais forte.

Uma pessoa melhor não teria sustentado uma mentira durante tanto tempo.

Ainda assim, sentia-se feliz por ter feito aquela viagem. Por si mesma, e talvez até mesmo por Edward. Nos dois dias que antecederam seu despertar, a febre de Edward subira a níveis preocupantes, e ela passara a noite inteira ao lado de sua cama, aplicando-lhe compressas geladas na testa. Ela jamais saberia se tinha, de fato, salvado a vida dele, mas se tivesse sido o caso, então tudo aquilo teria valido a pena.

Era uma ideia à qual ela tinha que se agarrar, pois seria sua única companhia pelo resto da vida.

Foi então que ela percebeu que já estava planejando a partida. Olhou para a própria barriga. Poderia estar grávida; ainda não tinha recebido nenhuma evidência do contrário. Era, contudo, improvável, e ela sabia que tinha de começar os preparativos para a viagem de volta.

Aquele era o verdadeiro motivo de sua visita ao porto. Até então, Cecilia não tinha entendido por que seus pés a haviam levado até lá, mas, ao ver os estivadores carregando caixas para o *Rhiannon*, soube com muita clareza que estava ali para fazer perguntas.

Quanto ao que faria quando voltasse para casa... Bem, ela teria tempo de sobra para pensar nisso enquanto estivesse trancada em sua cabine no navio.

– Com licença, senhor! – gritou ela para o homem que estava cuidando do carregamento. – Quando zarpa?

Ele arqueou as sobrancelhas bastas, meneou o rosto na direção do navio e peguntou:

– Está falando do *Rhiannon*?

– Sim. Estão voltando para a Grã-Bretanha?

Ela sabia que muitos navios faziam um desvio passando pelas Índias Ocidentais, embora achasse que aquilo acontecia mais no percurso da Europa para a América do Norte.

– Para a Irlanda – confirmou o homem. – Cork. Zarpamos na sexta-feira à noite, se o tempo estiver bom.

– Sexta-feira – murmurou ela; seria em poucos dias. – Vocês levarão passageiros? – perguntou ela, embora já soubesse que tinham trazido passageiros na viagem para o oeste.

– Sim, senhora – disse ele, assentindo de forma meio brusca. – Está interessada em uma passagem?

– Talvez.

Ele pareceu achar graça da resposta.

– Talvez? A essa altura a senhora já não deveria saber?

Cecilia não se dignou a responder. Em vez disso, cravou no homem um olhar gélido – o mesmo que usara, tempos atrás, quando tentara encarnar a esposa do filho de um conde –, sustentando-o até que o homem gesticulasse na direção de outro sujeito mais à frente, dizendo:

– Pergunte ao Timmins. Ele vai saber informar se ainda tem lugar.

– Obrigada – respondeu Cecilia.

Caminhou na direção de dois homens que estavam perto da proa do navio. Um deles estava com as mãos na cintura, enquanto o outro gesticulava para a âncora. Nada na postura deles indicava que a conversa era séria, de modo que, enquanto se aproximava, ela disse:

– Com licença. Um dos senhores é o Sr. Timmins?

O homem que apontara para a âncora tirou o chapéu.

– Sou eu, senhora. O que deseja?

– O senhor ali atrás – falou ela, apontando para onde estivera instantes antes – mencionou que talvez ainda haja um lugar no navio...

– Homem ou mulher? – perguntou ele.

– Mulher. – Ela engoliu em seco. – Eu mesma.

Ele aquiesceu, e Cecilia sentiu uma simpatia pelo homem, vendo sinceridade em seus olhos.

– Temos lugar para uma mulher – informou ele. – Seria numa cabine compartilhada.

– Tudo bem – disse ela.

Dificilmente poderia pagar por uma cabine privada. Mesmo a compartilhada já seria bastante cara, mas Cecilia tivera o cuidado de guardar o dinheiro da passagem de volta. Fora difícil; antes de Edward despertar, ela vivera com quase nada. Nunca sentira tanta fome na vida, mas sempre se restringira a apenas uma refeição por dia.

– O senhor poderia me informar o preço? – perguntou ela.

O homem respondeu, e o coração dela se partiu. Ou se iluminou. Porque o preço da passagem era mais do que o dobro do que ela tinha pago para ir até Nova York. E era muito mais do que o dinheiro que tinha guardado. Não entendia por que era tão mais caro viajar do oeste para o leste.

Os navios deviam cobrar mais caro simplesmente porque podiam. As pessoas de Nova York eram leais à Coroa; Cecilia imaginava que os passageiros tendiam a estar mais desesperados para deixar Nova York do que para chegar à cidade. Em todo o caso, não importava, porque ela não tinha dinheiro suficiente.

– Vai querer comprar uma passagem? – perguntou o Sr. Timmins.

– Hã, não – respondeu Cecilia. – Talvez depois, mas agora, não.

Talvez no próximo navio. Se conseguisse guardar um pouquinho toda vez que Edward lhe desse dinheiro para fazer compras...

Ela suspirou. Para quem já era uma mentirosa, transformar-se em ladra não seria nada demais.

O baú de Thomas era muito pesado, então Edward providenciou para que fosse levado de carruagem até o Devil's Head. Sabia que, no salão, haveria gente de sobra para ajudá-lo a carregar as coisas escada acima.

Contudo, ao chegar ao quarto de número 12, viu que Cecilia não estava lá. Não chegou a ficar surpreso; no café da manhã, ela não dissera nada sobre sair, mas ele não esperava que ela fosse passar o dia inteiro enfurnada no quarto. Ainda assim, era um tanto anticlimático estar ali, no quarto, sozinho com o baú do irmão dela. Afinal de contas, ela era o motivo pelo qual ele mandara buscar aquilo tudo. Havia se imaginado chegando ao quarto como um herói que retorna de uma jornada, brandindo o baú de Thomas tal qual um prêmio conquistado a duras penas.

Em vez disso, estava sentado na cama, encarando o maldito objeto que ocupava metade do espaço livre do quarto.

Edward já tinha visto o que havia dentro daquele baú. Mais cedo, no quartel-general, o coronel Stubbs abrira a tampa antes mesmo que Edward pudesse se dar conta de que estava invadindo a privacidade de alguém.

– Temos de nos certificar de que está tudo aqui – dissera Stubbs. – Sabe o que o capitão Harcourt tinha guardado aí dentro?

– Mais ou menos – respondeu Edward, apesar de conhecer o conteúdo do baú de Thomas muito melhor do que deveria.

Fuçara os pertences do amigo várias vezes, procurando as cartas de Cecilia para poder reler as palavras dela.

Às vezes nem chegava a ler. Ficava só olhando a caligrafia dela.

Às vezes era só disso que ele precisava.

Por Deus, ele era um trouxa.

Trouxa, não. Era muito pior.

Porque quando Stubbs abrira o baú e pedira que Edward inspecionasse os objetos, a primeira coisa que ele fizera fora pôr os olhos no retrato de Cecilia. O retrato que, depois de todo aquele tempo, ele já percebera que não se parecia muito com ela. Ou talvez parecesse, para uma pessoa que não a conhecesse de verdade. Não transmitia a vivacidade do sorriso dela, nem a nuance extraordinária de seus olhos.

Ele achava que nenhuma tinta no mundo seria capaz de reproduzir a cor daqueles olhos.

O coronel voltara à mesa e, quando Edward ergueu o olhar, ficou claro que a atenção do homem estava nos documentos que tinha à frente e não no baú do outro lado da sala.

Edward meteu o retrato no bolso.

E continuava ali quando Cecilia voltou da caminhada: no bolso do casaco, pendurado bem direitinho dentro do armário.

De modo que, além de trouxa, Edward era um ladrão. E embora estivesse se achando um canalha, não conseguia de jeito nenhum se arrepender de sua ação.

– Você trouxe o baú de Thomas! – exclamou Cecilia, baixinho, assim que entrou no quarto.

Os cabelos dela estavam um pouco bagunçados pelo vento e, por um instante, Edward ficou hipnotizado por uma mecha fina que se soltara e pousava na bochecha. A mecha tinha uma leve ondulação, formando um cacho muito mais definido do que quando ela ficava com o cabelo totalmente solto.

Uma bela maneira de desafiar a gravidade.

Que pensamento peculiar!

Ele se levantou da cama, pigarreando, forçando-se a prestar atenção no que dizia.

– O coronel Stubbs conseguiu recuperar os pertences de Thomas.

Cecilia foi até o baú com uma hesitação curiosa. Estendeu a mão, mas se deteve antes de alcançar o fecho

– Você olhou o que tem dentro?

– Olhei, sim – respondeu Edward, assentindo. – O coronel Stubbs me pediu para verificar se estava tudo em ordem.

– E estava?

Como ele poderia responder àquela pergunta? Se estivesse tudo em ordem antes, agora não estava mais – não com o retrato dela guardado no bolso.

– Até onde eu pude notar, sim – respondeu ele, enfim.

Ela engoliu em seco, um gesto ao mesmo tempo nervoso, triste e pensativo.

Ele queria contar a ela. Chegou bem perto de dizer; já estava dando um passo à frente quando se deu conta do que estava fazendo, e então se deteve.

Não conseguia esquecer o que ela tinha feito.

Não conseguia se *permitir* esquecer.

O que não era bem a mesma coisa.

Contudo, ao olhar para Cecilia ali, de pé ao lado do baú do irmão morto, com um olhar melancólico e desalentado, Edward não pôde deixar de pegar a mão dela.

– Você deveria abri-lo logo – disse ele. – Acho que vai ajudar.

Ela assentiu, grata, e soltou os dedos dele a fim de usar as duas mãos para levantar a tampa.

– As roupas dele – murmurou ela, tocando a camisa branca que estava logo em cima, dobrada com capricho. – O que devo fazer com elas?

Edward não sabia o que dizer.

– Não vão caber em você – observou ela. – Thomas não tinha ombros tão largos. E, no fim das contas, você está acostumado a roupas mais bem-feitas.

– Tenho certeza de que encontraremos alguém que esteja precisando delas – respondeu Edward.

– Sim. Boa ideia. Ele ficaria satisfeito. – Então, ela soltou uma leve risada, balançando a cabeça enquanto afastava da frente dos olhos a mecha rebelde. – Não, estou falando besteiras. Ele nem teria ligado.

Edward fez uma expressão de surpresa.

– Eu amo... – Ela pigarreou. – Eu *amava* o meu irmão, mas ele não se compadecia muito da necessidade dos mais pobres. Não que desejasse mal a alguém – apressou-se em dizer –, mas não pensava muito neles e ponto final.

Edward aquiesceu, principalmente porque não sabia como responder de outra forma. Ele também cometia o mesmo pecado da indiferença. Assim como a maioria dos homens.

– Mas eu me sentirei melhor se encontrar um novo dono para estas camisas – afirmou Cecilia.

– Disso ele teria gostado – falou Edward, logo explicando: – Ele teria gostado de agradá-la.

Ela abriu um sorriso torto e voltou-se para o baú.

– Também precisarei encontrar alguém para dar o uniforme dele. Alguém que precise. – Ela correu a mão pela casaca de Thomas, os finos dedos pálidos contrastando com a lã vermelha. – Quando eu estava no hospital com você, havia outros soldados. Eu... – Ela abaixou o rosto, quase como se estivesse demonstrando respeito. – Eu ajudava, às vezes. Deveria até ter ajudado mais, sem sombra de dúvida, mas não queria deixar você sozinho.

Edward fez menção de agradecer mas, antes de dizer qualquer coisa, ela endireitou os ombros e continuou falando, em um ritmo mais acelerado.

– E o uniforme daqueles homens... Havia muitos que já estavam em farrapos. Certamente hei de encontrar quem precise.

Havia uma leve sugestão de pergunta na fala dela, de modo que Edward aquiesceu. Os soldados eram obrigados a manter o uniforme em perfeitas condições, um feito nada fácil considerando a quantidade de tempo que passavam perambulando por campos enlameados.

E levando tiros.

Era bem chato consertar buracos de bala, mas os cortes de baioneta é que eram um verdadeiro inferno. Tanto na pele quanto no tecido, pensou ele, mas decidiu se concentrar no dano ao tecido, a única forma de conservar a sanidade.

Era muito generoso da parte de Cecilia doar o uniforme do irmão a outro soldado. Muitas famílias faziam questão de guardar a vestimenta como um símbolo tangível de heroísmo e honra.

Edward engoliu em seco e deu um passo para trás, tomado por uma necessidade repentina de se afastar um pouco dela. Ele não a entendia. E odiava não ser capaz de manter a raiva viva. Só fazia um dia. Não havia nem 24 horas que a memória dele tinha voltado como uma enxurrada de cores, luzes, palavras e lugares – e nada daquilo incluía Cecilia Harcourt.

Ela não era esposa dele. Ele deveria ficar com raiva. Tinha todo o direito de ficar irritado.

Ele tinha muitas perguntas – perguntas que estavam indelevelmente marcadas em sua mente –, mas não podia fazer nenhuma delas naquele momento.

Não enquanto ela mexia com tanto amor nos pertences do irmão.

Não enquanto ela virava o rosto para o outro lado, tentando esconder o gesto de enxugar as lágrimas.

Ela pôs de lado a casaca de Thomas e foi mais a fundo no baú do irmão.

– Será que ele guardou as minhas cartas?

– Com certeza.

Ela ergueu os olhos por um instante, confusa, antes de compreender.

– Ah, mas é claro. Você já olhou o que tem no baú, então já deve ter visto as cartas aí dentro.

Não era por isso que Edward tinha certeza, mas ela não precisava saber disso.

Edward se encostou na lateral da cama e ficou olhando Cecilia continuar o exame dos pertences de Thomas. Em determinado momento, ela ficou de joelhos para alcançar melhor o interior do baú, revirando os pertences do irmão com um sorriso que ele pensou que nunca veria outra vez.

Ou talvez nunca tivesse lhe ocorrido que poderia desejar tanto ver um sorriso.

Ainda estava apaixonado por ela.

Desafiando toda a lógica, desafiando a porcaria da própria sanidade, ainda estava apaixonado por ela.

Ele suspirou.

Ela ergueu o rosto.

– Algum problema?

"Sim."

– Não.

Contudo, antes mesmo que ele pudesse responder, ela já tinha voltado a atenção para o baú outra vez. Ele ficou imaginando... se ela não tivesse feito isso, se tivesse continuado a observar o rosto dele...

Será que teria sido capaz de ver a verdade nos olhos dele?

Edward precisou reprimir outro suspiro.

Nesse momento, Cecilia soltou uma exclamação intrigada e, quando Edward deu por si, estava inclinando-se para a frente para ver melhor o que ela fazia.

– O que foi? – perguntou ele.

De cenho franzido, ela corria as mãos entre as camisas e calças dobradas com esmero.

– Não estou encontrando o retrato.

Edward abriu a boca, mas não falou nada. Queria falar. Achou que estava pronto para falar, mas acabou não conseguindo verbalizar o que pensava.

Ele queria aquele retrato. Não interessava se isso faria dele um tirano ou um ladrão. Queria ficar com aquela maldita pintura.

– Talvez ele tenha levado para Connecticut – falou Cecilia. – O que é um bom pensamento, acho.

– Você estava sempre nos pensamentos dele – disse Edward.

Ela ergueu o rosto.

– É muito gentil de sua parte dizer isso.

– Mas é a verdade. Ele falava tanto de você que eu mesmo cheguei a sentir como se a conhecesse.

Embora distante, o olhar de Cecilia assumiu uma expressão reconfortada.

– Que curioso – disse ela, baixinho. – Eu tinha a mesma sensação com relação a você.

Ele se perguntou se deveria contar, naquele momento, que tinha recobrado a memória. Como um autêntico cavalheiro, ele sabia que aquela era a coisa certa a se fazer.

– Ah! – exclamou ela, interrompendo os pensamentos dele, e se pondo de pé. – Quase me esqueci. Nunca mostrei a você o retrato de Thomas, não é?

Edward nem precisou responder, pois ela já estava procurando dentro de sua única bolsa. Podia ser grande, mas, ainda assim, Edward ficava impressionado que ela tivesse conseguido fazer a viagem para Nova York com tão poucos pertences.

– Aqui está. – Cecilia pegou a pequena pintura, olhou-a por um tempo com um sorriso melancólico e então estendeu-a para ele. – O que acha?

– Dá para ver que foi feita pelo mesmo artista – disse ele, sem pensar.

Ela hesitou, surpresa.

– Você se lembra tão bem assim da outra pintura?

– Thomas gostava de mostrá-la a todo mundo.

Não era bem uma mentira; Thomas gostava mesmo de mostrar o pequeno retrato da irmã aos amigos. Mas não era por esse motivo que Edward se lembrava tão bem dele.

– É mesmo? – Os olhos dela se iluminaram de alegria. – Isso é muito... Nem sei. Muito amável, eu acho. É bom saber que ele sentia saudade de mim.

Edward aquiesceu, ainda que Cecilia não estivesse olhando para ele. Tinha voltado à tarefa e já estava examinando outra vez os pertences do irmão. Edward começou a se sentir desconfortável naquela estranha posição de espectador.

Na verdade, ele não estava gostando nada daquela situação.

– Hum, o que é isto? – murmurou ela.

Ele se inclinou para a frente para ver melhor. Ela tirou do baú uma bolsinha, virando-a para ele.

– Será que ele guardava dinheiro no baú?

Edward não fazia ideia, então respondeu:

– Você vai ter que abrir para ver.

Foi o que ela fez. Abriu e virou a bolsa, e a surpresa estampou-se em seu rosto ao ver várias moedas de ouro.

– Ah, meu Deus! – exclamou ela, olhando o tesouro inesperado em sua mão.

Não era muito dinheiro, pelo menos não para Edward, mas ele se lembrou de que, quando ele acordara, Cecilia estava passando necessidade. Ela até tinha tentado esconder dele a gravidade de sua pobreza, mas não era uma mentirosa muito hábil – ou pelo menos fora isso que ele achara na ocasião. Ela deixava escapar uns detalhes aqui e ali ao mencionar, por exemplo, que só estivera fazendo uma refeição por dia, e ele já conhecia a pensão em que ela estivera hospedada; era quase tão ruim quanto dormir na rua. Ele estremeceu ao pensar o que teria sido dela se não o tivesse encontrado no hospital.

Talvez eles tivessem salvo um ao outro.

Cecilia ficou estranhamente quieta, ainda encarando o ouro em suas mãos como se fosse um artefato misterioso.

Inusitado.

– É seu – declarou Edward, imaginando que ela estaria tentando decidir o que fazer com as moedas.

Ela assentiu, distraída, mirando as moedas com uma expressão muito peculiar no rosto.

– Guarde com o resto do seu dinheiro – sugeriu ele.

Edward sabia que ela ainda tinha algumas economias muito bem guardadas em sua algibeira. Por duas vezes ele a vira contando o dinheiro e, em ambas as ocasiões, ao perceber que ele a observava, Cecilia ficara constrangida.

– Sim, é claro – murmurou ela, levantando-se de maneira meio atrapalhada.

Ela abriu o armário e enfiou a mão dentro da bolsa. Como ela estava de costas, ele não conseguia ver o que Cecilia estava fazendo, mas presumiu que estivesse mexendo na algibeira.

– Está tudo bem?

– Sim – respondeu ela, de modo um pouco mais repentino do que ele esperava. – É só que eu... – Ela olhou por cima do ombro, dizendo: – Eu não esperava encontrar dinheiro no baú de Thomas. Isso quer dizer que agora eu tenho...

Edward aguardou, mas ela não terminou a frase.

– Agora você tem...? – insistiu ele, enfim.

Ela olhou para ele, hesitante, e levou um instante de silêncio desconfortável para responder:

– Não foi nada. É só que agora eu tenho mais dinheiro do que pensava que tinha.

O que, para Edward, parecia a epítome da obviedade.

– Eu acho...

Ele aguardou, mas as palavras dela morreram. Ela se virou e olhou o baú aberto. No chão ao lado do baú havia uma pilha de camisas, assim como a casaca vermelha de Thomas. Mas, tirando isso, ela deixara tudo no mesmo lugar.

– Estou cansada – disse ela. – Eu acho... Você se incomodaria se eu me deitasse um pouco?

Ele se levantou.

– É claro que não.

Ela baixou os olhos, mas, ao passar por ele, Edward vislumbrou em seu rosto um traço de tristeza insuportável. Ela se deitou na cama, joelhos dobrados, encolhida, virada para o lado oposto ao que ele estava.

Ele fitou os ombros dela, sem entender por que estariam tão constritos se não fosse pela tristeza que a moça já sentia. Ela não estava chorando – pelo menos, não parecia –, mas sua respiração entrecortada indicava que ela estava fazendo bastante esforço para se controlar.

Ele estendeu a mão. Estava longe demais para conseguir tocá-la, mas não conseguiu se conter. Foi puro instinto. Tão certo como seu coração batia e seus pulmões sorviam o ar, se aquela mulher estivesse sofrendo, ele teria o impulso de confortá-la.

Contudo, não deu o último passo que os separava. Deixou a mão pender e ficou parado feito uma estátua, incapaz de lidar com a própria turbulência.

Desde o primeiro instante em que a vira, ele desejara protegê-la. Mesmo quando ainda estava tão fraco que mal conseguia andar sozinho, ele quisera ser a força dela. Contudo, enfim chegara a hora em que ela precisava dele, e ele estava apavorado.

Porque, caso ele se permitisse ser forte por ela, caso cedesse ao impulso de dividir o fardo dela, corria o risco de se perder totalmente.

E isso romperia dentro dele as últimas barreiras que ainda o impediam de amá-la de verdade.

E, assim, o próprio desengano estaria completo.

Ele sussurrou o nome dela, bem de leve, quase como se estivesse desafiando-o a ouvir.

– Acho melhor eu ficar sozinha – disse ela, sem nem se virar para falar com ele.

– Não é, não – repreendeu ele, deitando-se ao lado dela e abraçando-a com força.

CAPÍTULO 20

Nos últimos tempos, papai tem estado especialmente irritadiço. Por outro lado, isso também vale para mim. O mês de março é sempre gelado e úmido, mas tem sido bem pior esse ano. Ele tira uma soneca todas as tardes. Acho que eu deveria seguir o exemplo dele.

– CARTA DE CECILIA HARCOURT AO IRMÃO, THOMAS
(QUE NUNCA A RECEBEU)

Dois dias depois, Cecilia ficou menstruada.

Sabia que estava para acontecer. Suas regras sempre eram precedidas de um dia de letargia, um pouco de cólica e uma sensação de inchaço, como se tivesse comido sal demais.

Ainda assim, ela tentara dizer a si mesma que talvez estivesse interpretando errado os sinais. Talvez estivesse cansada só por estar mesmo cansada. Afinal, não estava conseguindo dormir bem. Como ela conseguiria descansar direito com Edward a seu lado na cama?

Quanto às cólicas, o Devil's Head servira torta de sobremesa a semana inteira. Eles disseram que não havia morango no recheio, mas será que ela poderia mesmo confiar na palavra de uma criada de 16 anos que não conseguia tirar os olhos dos soldados uniformizados?

Aquelas tortas podiam muito bem conter morangos. Uma única semente seria suficiente para causar em Cecilia todos aqueles desconfortos e enjoos terríveis.

Quanto ao sal, bem, ela não tinha a menor ideia. Estava perto do oceano, talvez fosse a maresia.

Até que, enfim, ela sangrou. E enquanto lavava os paninhos com muito cuidado, fez de tudo para não se concentrar na dor lancinante que surgiu em seu peito ao perceber que não estava grávida.

Estava aliviada. Obviamente. Se estivesse grávida, isso implicaria na necessidade de prender Edward a ela através dos laços matrimoniais. E embora soubesse que, de certa forma, sonharia para sempre com uma casinha em Kent e com adoráveis criancinhas de olhos azuis, Cecilia estava começando a aceitar que aquele sonho estava ainda menos calcado na realidade do que ela pensara a princípio.

Não era de se esperar que um casamento falso tivesse uma lua de mel, mas tudo mudara desde o instante em que eles receberam a notícia da morte de Thomas. Cecilia não era nenhuma idiota; sabia que ambos estavam passando pelo luto, mas não achava que a dor pela morte de Thomas fosse o único motivo do fosso constrangedoramente intransponível que vinha separando ela e Edward.

A questão com Edward era que, até então, tudo fora fácil demais. Parecia que ela tinha passado a vida inteira tentando entender a si própria e que, no instante em que ele abrira os olhos, ela finalmente conseguira compreender tudo. Na verdade fora depois, durante a primeira conversa deles. Tudo o que eles haviam vivido juntos fora construído a partir de uma mentira, porém o mais bizarro da situação era que ela se sentia mais fiel a si mesma do que nunca.

Não era o tipo de coisa que se percebia na hora. Talvez só quando chegasse ao fim.

E havia, de fato, chegado ao fim. Mesmo enquanto ele tentara confortá-la depois de abrir o baú de Thomas, ela sentira que havia algo errado. Não conseguira relaxar nos braços dele, provavelmente porque sabia muito bem que aquele momento também era uma mentira. Enquanto ele achava que ela estava triste pelo irmão, na realidade Cecilia estava de coração partido por perceber que, de repente, tinha dinheiro para pagar a passagem no *Rhiannon*.

E, depois de tudo isso, ela ainda descobrira que não estava grávida...

Cecilia foi até a janela e se inclinou por cima do parapeito. Havia uma leve brisa no ar, um contraponto grato à umidade que castigava a área. Ficou observando o farfalhar das folhas. Ali não havia muitas árvores; aquela parte de Nova York tinha muitas construções, mas ela gostava do fato de que um lado das folhas era mais escuro do que o outro, causando um efeito de alternância de cores, luz e sombra, verde-claro e verde-escuro.

Era uma sexta-feira. E a julgar pelo céu, que se descortinava como um tapete de um azul infinito, o *Rhiannon* certamente zarparia naquela noite.

E ela teria de estar a bordo.

Não tinha mais nada a fazer em Nova York. O irmão dela estava morto e enterrado em algum lugar de Westchester. Ela não podia visitar o túmulo. Era arriscado demais, e, em todo o caso, o coronel Stubbs informara que não havia nenhuma lápide – nada que indicasse o nome e a idade de Thomas, nada que o proclamasse como um irmão amado e um filho honrado.

Seus pensamentos se voltaram para aquele tenebroso dia em que recebera a carta do general Garth. Que, no fim das contas, fora escrita pelo coronel Stubbs, mas esse era um detalhe irrelevante. Ela tinha acabado de perder o pai e estava morrendo de medo de abrir a carta. Lembrava-se exatamente da ideia que não lhe saíra da cabeça: se Thomas tivesse morrido, não haveria no mundo mais ninguém a quem ela amasse de verdade.

E então ela descobrira que Thomas havia *mesmo* morrido. E já não havia no mundo mais ninguém a quem ela amasse.

Em algum momento, Edward recuperaria a memória. Ela tinha certeza disso. Algumas peças do quebra-cabeça já estavam começando a se encaixar. E quando isso acontecesse...

Era melhor que ela contasse a verdade, antes que ele descobrisse tudo sozinho.

Ele tinha toda uma vida esperando por ele na Inglaterra, e Cecilia não fazia parte dela. Tinha à sua espera uma família que o amava e uma moça com quem ele iria se casar. Uma garota que, assim como ele, era uma legítima aristocrata. E quando enfim ele se lembrasse dela – a inimitável Billie Bridgerton –, lembraria também dos motivos pelos quais eles formariam um casal tão formidável.

Cecilia deixou a janela e rumou para a porta, pegando a algibeira no caminho para a saída. Se ia partir naquela mesma noite, então ainda tinha muito o que fazer, e tudo teria que ser feito antes que Edward voltasse do quartel-general do exército.

Primeiro, e mais importante: ela precisaria comprar a passagem. Depois, teria que fazer as malas, o que não lhe tomaria muito tempo. E, por último, teria que deixar uma carta para Edward.

Precisava lhe dizer que ele estava livre.

Ela iria embora, e ele poderia enfim retomar o rumo da própria vida, a vida que ele estava predestinado a viver. A vida que ele *queria* viver. Ele podia não se lembrar de nada daquilo naquele momento, mas logo se lembraria, e ela não queria estar por perto quando isso acontecesse. Existia um limite para a quantidade de sofrimento que um coração era capaz de suportar. E, se ela estivesse perscrutando o rosto dele no instante em que ele percebesse que desejava estar com outra pessoa...

O coração de Cecilia não aguentaria.

Ela consultou o relógio de bolso que Edward sempre deixava na mesa, fazendo as vezes de relógio do casal. Ainda tinha tempo. Ele saíra mais cedo naquela manhã - uma reunião com o coronel Stubbs, dissera, que duraria o dia inteiro. Mas ela precisava agir.

Correndo escada abaixo, Cecilia disse a si mesmo que aquilo era bom. Era a coisa certa. Arrumara o dinheiro e não estava grávida. Estava claro que o destino deles não era ficar juntos.

Objetivo do dia: confiar no destino.

Contudo, ao chegar na porta da estalagem, ela ouviu alguém chamando o seu nome em tom de urgência.

- Sra. Rokesby!

Ela deu meia-volta. Ao que tudo indicava, o destino parecia um bocado com o estalajadeiro do Devil's Head.

O sujeito saíra de trás do balcão e avançava na direção dela com uma expressão tensa. Atrás dele havia uma mulher impecavelmente vestida.

O estalajadeiro deu um passo para o lado.

- A dama aqui gostaria de falar com o capitão Rokesby.

Cecilia inclinou-se para ver melhor a mulher, que ainda continuava à sombra do corpulento estalajadeiro.

- Senhora, como posso ajudá-la? - Cecilia fez uma mesura educada. - Sou a esposa do capitão Rokesby.

Era curioso como aquela mentira saía com a maior facilidade da boca de Cecilia.

- Sim - disse a mulher, gesticulando para que o estalajadeiro as deixasse a sós.

No que foi prontamente atendida pelo sujeito.

- Sou a Sra. Tryon - apresentou-se a dama. - Madrinha do capitão Rokesby.

Quando tinha 12 anos, Cecilia fora obrigada a fazer o papel de Maria no auto de Natal da igreja. O trabalho consistia em se apresentar diante de todos os seus amigos e vizinhos para recitar nada menos que vinte linhas de prosa, inculcadas em sua memória pela insistente esposa do vigário. Contudo, quando chegara a hora de abrir a boca para proclamar que não era casada e que não entendia como poderia estar com um bebê em seu ventre, ela congelara. Sua boca se abrira, mas a garganta travara, e por mais que a pobre Sra. Pentwhistle sussurrasse insistentemente as falas de Cecilia da coxia, a garota parecia incapaz de transferir para a boca as palavras que chegavam aos seus ouvidos.

Aquela foi a lembrança que tomou a mente de Cecilia enquanto ela encarava a respeitável Sra. Margaret Tryon, esposa do Governador Real de Nova York e madrinha do homem com quem Cecilia fingia ser casada.

A situação atual era muito pior.

Por fim, Cecilia conseguiu dizer, com uma voz esganiçada:

– Sra. Tryon.

Curvando-se, ela fez uma mesura.

– Você deve ser Cecilia – afirmou a Sra. Tryon.

– Sou, sim. Eu... hã...

Aflita, Cecilia olhou ao redor, perscrutando as mesas do salão, que estava quase lotado. Não era a casa dela, portanto ela não era a anfitriã, mas pareceu-lhe apropriado fazer o possível para receber bem a outra mulher. Assim, forçou o sorriso mais agradável que conseguia pôr no rosto e ofereceu:

– Por favor, vamos nos sentar, sim?

Em um instante, a expressão da Sra. Tryon passou do nojo à resignação e, assentindo de leve, ela fez um gesto que indicava que Cecilia deveria se sentar com ela à mesa na extremidade oposta do salão.

Uma vez acomodadas, a Sra. Tryon retomou:

– Vim ver Edward.

– Sim – respondeu Cecilia, com um tom cauteloso. – Foi o que disse o estalajadeiro.

– Ele esteve doente – declarou a Sra. Tryon.

– Sim. Embora, na verdade, estivesse mais para ferido do que para doente.

– E ele já conseguiu reaver a memória?

– Não.

A Sra. Tryon estreitou os olhos.

– Você não está se aproveitando dele, está?

– Não! – exclamou Cecilia, porque não estava... ou melhor, logo deixaria de estar.

Além disso, só de pensar que havia tirado vantagem da generosidade e da honra de Edward, Cecilia sentia um vazio calcinante no peito.

– Meu afilhado é muito importante para mim.

– E é muito importante para mim também – respondeu Cecilia, baixinho.

– Imagino que seja.

Cecilia não fazia ideia de como deveria interpretar o comentário.

A Sra. Tryon começou a tirar as luvas com uma precisão militar, hesitando apenas ao dizer:

– Você sabia que havia um arranjo entre ele e uma jovem em Kent?

Cecilia engoliu em seco.

– A senhora está falando da Srta. Bridgerton?

A Sra. Tryon ergueu os olhos e, ainda que tentasse conter, sentiu uma expressão efêmera de admiração cruzando-lhe o rosto – possivelmente pela honestidade de Cecilia.

– Exatamente – afirmou ela. – Não havia um noivado formal, mas era esperado que eles se casassem.

– Foi o que eu soube – respondeu Cecilia.

Era melhor ser sincera.

– Teria sido uma união excepcional – prosseguiu a Sra. Tryon em um tom quase coloquial.

Quase. Havia nas palavras dela um traço de resguardo, um sinal de alerta levemente entediado, como o de quem diz "Eu estou no controle, e não abrirei mão dessa vantagem".

Cecilia acreditava nela.

– Já faz muitas gerações que os Bridgertons e os Rokesbys são amigos e vizinhos – continuou a Sra. Tryon. – A mãe de Edward me disse, em diversas ocasiões, que fazia muito gosto em uma união entre as duas famílias.

Cecilia segurou a língua. Nada do que ela dissesse em favor de si mesma poderia soar bem depois daquele argumento. A Sra. Tryon terminou de tirar a segunda luva e soltou um som baixinho – não bem um suspiro, mais um lamento, como o de alguém que não gostaria de ter que mudar de assunto.

– Bom, infelizmente, parece que não é para ser – continuou ela.

Cecilia deixou passar um tempo impossivelmente longo, mas a Sra. Tryon não disse mais nada. Por fim, Cecilia forçou-se a perguntar:

– Há algo que eu possa fazer pela senhora?

– Não.

Mais silêncio. O que, percebeu Cecilia, era a arma que a mulher mais velha empunhava.

– Eu...

Cecilia gesticulou, aflita, na direção da porta. Havia algo naquela mulher que a deixava completamente apatetada.

– Eu tenho alguns afazeres... – conseguiu dizer, enfim.

– Eu também.

O tom da Sra. Tryon era ríspido, assim como os seus movimentos quando ela se levantou.

Cecilia a acompanhou à porta mas, antes que pudesse se despedir, a Sra. Tryon disse:

– Cecilia... posso chamá-la de Cecilia, sim?

Cecilia semicerrou os olhos, ofuscada pela luminosidade.

– É claro.

– Já que o destino nos uniu esta tarde, eu, como madrinha de seu marido, sinto-me na obrigação de lhe oferecer um conselho.

As duas mulheres se encararam.

– Não o magoe.

Uma frase simples, pronunciada com firmeza.

– Eu jamais desejaria fazer tal coisa – respondeu Cecilia.

Era verdade.

– Até acredito que isso seja verdade, mas você nunca deve se esquecer de que ele estava destinado a ser de outra mulher.

Era uma declaração cruel, mas não parecia ter sido dita com a intenção de ser cruel. Cecilia não sabia muito bem de onde vinha aquela certeza. Talvez fosse a leve umidade que brotava nos olhos da Sra. Tryon, ou talvez fosse apenas instinto.

Era possível que fosse apenas a imaginação dela.

Contudo, era um lembrete claro: ela estava fazendo a coisa certa.

A tarde já ia avançada quando Edward terminou seus afazeres no quartel-general do exército britânico. O governador Tryon queria um relato completo sobre o tempo que Edward passara em Connecticut – parecia que o relatório por escrito que ele havia preparado no dia anterior para o coronel Stubbs fora considerado insatisfatório. Então Edward sentou-se com o governador e contou a ele tudo o que ele já tinha falado três vezes antes. Ele imaginava que havia alguma utilidade na coisa toda, já que Tryon tinha esperanças de conduzir uma série de ataques a Connecticut em algumas semanas.

Contudo, a maior surpresa ocorreu quando Edward já estava indo embora. O coronel Stubbs o interceptou à porta e lhe entregou uma carta: papel de alta qualidade dobrado no formato de um envelope e selado com cera.

– É do capitão Harcourt – revelou Stubbs, com a voz meio rouca. – Ele deixou comigo, para a eventualidade de que não retornasse

Edward fitou o envelope.

– Para mim? – perguntou ele, desnorteado.

– Perguntei se ele queria mandar algo ao pai dele, mas ele disse que não. Em todo o caso, suponho que não tenha problema, já que a morte do pai antecedeu à do filho. – Stubbs soltou um suspiro exausto e tristonho, coçando a cabeça. – Na verdade, não sei qual dos dois faleceu antes, mas já não faz diferença agora.

– De fato – concordou Edward, ainda mirando o próprio nome no envelope, escrito na caligrafia ligeiramente engarranchada de Thomas; soldados escreviam aquele tipo de carta o tempo inteiro, mas geralmente para a família.

– Caso queira privacidade para ler a carta, pode usar a sala aqui em frente – ofereceu Stubbs. – Greene já foi embora, assim como Montby, então ninguém o incomodará.

– Obrigado – respondeu Edward, pensativo.

De fato, queria privacidade para ler a carta do amigo. Não era sempre que se recebia uma mensagem vinda diretamente dos mortos, e ele não fazia ideia de qual seria a sua reação.

Stubbs o acompanhou a uma sala pequena, chegando mesmo a abrir a janela para atenuar o ar pesado e quente. Ele disse algo ao sair, fechando a porta, mas Edward nem se deu conta do que era. Estava olhando fixamente para o envelope nas mãos, e então respirou fundo antes de enfim correr o dedo por baixo do selo de cera, abrindo-o.

Caro Edward,

Se você estiver lendo isso, é porque estou morto. Na verdade, é muito estranho escrever estas palavras. Nunca acreditei em fantasmas, mas, neste momento, a possibilidade me traz algum conforto. Acho que eu gostaria de voltar para assombrar você. É merecido, ainda mais depois daquele episódio com Herr Farmer e os ovos em Rhode Island.

Edward sorriu ao se lembrar. Fora um dia longo e chato; os dois haviam saído em busca de um omelete e acabaram levando ovadas de um fazendeiro gordo que ficou gritando com eles em alemão. Devia ter sido uma tragédia – já fazia dias que eles não comiam uma refeição que não fosse insossa e entediante –, mas Edward não se lembrava de ter gargalhado tanto na vida quanto naquele dia. Thomas levara um dia inteiro para conseguir tirar toda a clara de sua casaca, e Edward passara a noite inteira catando cascas de ovo no cabelo.

Mas eu hei de rir por último, pois estou prestes a ficar extremamente piegas e sentimental, e talvez até consiga persuadi-lo a derramar uma lágrima por mim. Sabe, isso me faria rir. Você sempre foi tão estoico! A única coisa que o deixava suportável era o seu senso de humor.

Na verdade, você sempre foi muito mais do que suportável, e quero expressar a minha gratidão por sua amizade verdadeira, algo que você me concedeu sem nem pensar duas vezes, que simplesmente veio de dentro. Não tenho a menor vergonha de dizer que eu vivi apavorado metade do meu tempo nas colônias. É muito fácil morrer por aqui. Não tenho palavras para expressar como o seu apoio foi reconfortante para mim.

Edward respirou fundo, e foi então que percebeu como estava quase em lágrimas. Ele poderia ter escrito aquelas mesmas palavras para Thomas. A guerra só era suportável por causa da amizade e da certeza de que havia pelo menos uma outra pessoa ali que valorizava a vida dele tanto quanto a própria vida.

Assim, agora eu preciso me valer da sua amizade uma derradeira vez. Por favor, cuide de Cecilia.

Ela vai estar sozinha. Nosso pai não conta. Por favor, escreva para ela. Conte a ela o que aconteceu, para que o aviso do exército não seja a única coisa que ela leia sobre mim. E se tiver a oportunidade, faça uma visita a ela. Assegure-se de que ela esteja bem. Talvez você possa apresentá-la à sua irmã. Acho que Cecilia iria gostar muito. Só de pensar que ela poderia ter a oportunidade de conhecer outras pessoas, de viver uma vida fora de Matlock Bath, sinto que poderei descansar em paz. Quando nosso pai morrer, não restará nada para ela. Nosso primo se apossará de Marswell, e ele sempre foi um sujeitinho desagradável. A última coisa que eu quero é que Cecilia dependa da generosidade e da caridade dele.

Aquela também era a última coisa que Edward desejava para Cecilia. Ela já tinha contado a ele tudo sobre Horace. "Desagradável" era um adjetivo bastante apropriado.

Sei que o que estou pedindo não é nada trivial. Derbyshire não chega a ser o fim do mundo – já que ambos sabemos que o fim do mundo é aqui mesmo, em Nova York –, mas sei que, assim que voltar à Inglaterra, a última coisa que você vai querer é viajar para o norte do país.

Era verdade – mas Edward não teria que fazer isso. Thomas cairia para trás se soubesse que Cecilia estava a meio quilômetro de distância dali, no quarto de número 12 do hotel Devil's Head. Ela tinha logrado um feito extraordinário ao cruzar o oceano para encontrar o irmão. Algo dizia a Edward que nem mesmo Thomas teria adivinhado que ela seria capaz de um gesto daqueles.

Enfim, chegou a hora de dizer adeus. E obrigado. Não existe ninguém a quem eu confiaria o bem-estar de minha irmã com a tranquilidade com que confio a você. E talvez a tarefa não lhe seja excessivamente penosa. Sei que, sempre que eu saía, você ia ler as cartas dela. Francamente, você achava mesmo que eu não percebia?

Edward riu alto. Não dava para acreditar que, durante todo aquele tempo, Thomas sempre soubera.

Deixo a você o pequeno retrato que tenho dela. Acho que ela gostaria que você ficasse com ele. Eu, com certeza, gostaria.

Cuide-se, companheiro.

Seu estimado amigo,

Thomas Harcourt

Edward passou tanto tempo olhando para a carta que sua visão começou a se turvar. Thomas jamais dera qualquer indício de saber que Edward tinha uma queda por Cecilia. Só de pensar nisso, Edward ficava meio constrangido. Por outro lado, ficava claro que ele se divertia com a situação. E talvez, quem sabe...

Quem sabe ele nutrisse certas esperanças?

Será que, no fundo, Thomas tinha talento para casamenteiro? Considerando o tom de sua carta, era o que parecia. Se ele queria que Edward se casasse com Cecilia...

Será que Thomas tinha falado sobre isso em uma carta para a irmã? Ela dissera que ele tinha se encarregado dos pormenores do casamento. E se...

Edward sentiu o rosto ficar lívido. E se Cecilia realmente acreditasse que eles tinham se casado? E se, no fim das contas, ela não estivesse mentindo?

Desesperado, Edward varreu cada centímetro da carta em busca de uma data. Quando Thomas teria escrito aquilo? Será que ele teria dito a Cecilia para providenciar uma cerimônia de casamento por procuração, morrendo antes de pedir a Edward que fizesse o mesmo?

Ele se levantou. Tinha que voltar imediatamente ao hotel. Sabia que era uma história mirabolante, mas explicaria muitas coisas. E já tinha passado da hora de dizer a ela que ele recobrara a memória. Ele tinha que parar de chafurdar na própria tristeza e perguntar de uma vez a Cecilia o que estava acontecendo.

Por mais que não tenha chegado de fato a correr de volta ao Devil's Head, Edward caminhou o mais rápido que conseguiu.

~

– Cecilia!

Edward abriu a porta do quarto com mais força do que era necessário; ao chegar ao segundo andar da estalagem, o sangue corria tão rápido em suas veias que parecia que o coração ia saltar pela boca. Sua cabeça estava cheia de perguntas; o peito, cheio de paixão, e havia decidido, em algum momento, que o que ela fizera não importava. Se, de fato, ela o tivesse enganado, então ela devia ter um bom motivo para isso. Ele a conhecia. Ele a conhecia *mesmo*. Ela era uma pessoa tão boa e tão decente quanto qualquer outra que já tivesse passado pela face da Terra, e talvez ela ainda não tivesse chegado a dizer as palavras, mas ele sabia que ela o amava.

Quase tanto quanto ele a amava.

- Cecilia?

Chamou o nome dela outra vez, embora fosse óbvio que ela não estava. Diabo. Ele teria que esperar. Ela poderia estar em qualquer lugar. Tinha o hábito de sair perambulando por aí, fazendo caminhadas e cumprindo tarefas. Desde o fim da busca por Thomas, ela havia reduzido suas atividades, mas ainda assim não gostava de passar o dia inteiro enfurnada no quarto.

Talvez ela tivesse deixado um bilhete. Às vezes fazia isso.

Os olhos de Edward varreram o quarto, passando devagar pelas mesas. Lá estava. Uma folha de papel dobrada em três, com uma ponta presa embaixo da bacia, para que o vento não a soprasse para longe.

Cecilia sempre preferia deixar a janela aberta. Edward desdobrou o papel e, por uma fração de segundo, ficou surpreso com o volume de texto na página, muito mais do que seria necessário para avisar que ela voltava já.

Até que ele começou a ler.

Caro Edward,

Eu sou uma covarde da pior estirpe, pois sei que deveria dizer essas palavras pessoalmente. Mas não sou capaz de fazer isso. Acho que não conseguiria terminar o que tenho a dizer e, para falar a verdade, acho que não haveria tempo.

Tenho tanto a confessar que nem sei por onde começar. Imagino que seja melhor começar pelo fato mais importante: não somos casados.

Eu nunca tive a intenção de prolongar tal farsa durante tanto tempo. Juro que tudo começou com o mais altruísta dos motivos. Quando descobri que você estava no hospital, soube que eu precisava encontrá-lo e cuidar de você. No entanto, fui prontamente rejeitada: disseram-me que, devido à sua patente e à sua posição, só membros da família tinham permissão para vê-lo. Não sei o que me ocorreu naquele momento – jamais me considerei uma pessoa impulsiva, porém joguei toda a cautela para o alto quando decidi vir para Nova York. Fiquei irada. Eu só queria ajudar. Assim, quando me dei conta, já estava gritando que eu era sua esposa. Até hoje, não consigo entender como acreditaram em mim. Eu disse a mim mesma que revelaria a verdade assim que você despertasse. Mas foi aí que tudo deu errado. Não, não exatamente errado – foi aí que tudo ficou estranho. Você acordou e não se lembrava de nada. E, o mais curioso, você parecia saber quem eu era. Até hoje não entendo como você me reconheceu. Quando você recobrar a memória – e sei que isso vai acontecer, não deixe de acreditar –, você vai se lembrar de que nós não tínhamos nos conhecido antes. Não em pessoa. Sei que, às vezes, Thomas mostrava o meu retrato para você, mas a verdade é que não é uma pintura muito fiel. Não havia nenhum motivo para que você me reconhecesse imediatamente ao abrir os olhos.

Eu não queria contar toda a verdade na frente do médico e do coronel Stubbs. Eles jamais permitiriam que eu ficasse a seu lado, e eu achava que você ainda precisava da minha ajuda. Mais tarde, naquela mesma noite, outra coisa ficou muito clara para mim. O exército não fora muito solícito quando a Srta. Harcourt aparecera procurando o irmão, mas a ajuda oferecida à Sra. Rokesby foi muito diferente.

Então eu o usei. Usei o seu nome. E por isso peço o seu perdão. Contudo, embora eu vá carregar essa culpa até o fim dos meus dias, estaria mentindo se dissesse que me arrependi das minhas ações.

Eu tinha que encontrar Thomas. Ele era tudo o que restava na minha vida.

Mas agora ele se foi, e não me resta mais nenhum motivo para que eu continue em Nova York. Assim, como não somos casados, creio que a coisa mais apropriada e mais correta que posso fazer é voltar para Derbyshire. Não me casarei com Horace: asseguro-lhe de que eu jamais me rebaixaria a esse ponto.

Antes de partir, enterrei toda a prataria no quintal; pertencia à minha mãe, portanto não faz parte da propriedade e da herança de meu primo. Encontrarei um comprador. Você não precisa se preocupar com o meu bem-estar.

Edward, você é um verdadeiro cavalheiro – o homem mais honrado que já conheci. Se eu continuar em Nova York, você dirá que minha honra ficou comprometida por sua causa e insistirá para que nós nos casemos. Mas eu jamais exigiria isso de você. Nada do que aconteceu foi culpa sua. Você achou que éramos casados e se comportou como um marido se comportaria. Não deveria ser punido pela minha desonesti-

dade. Você tem uma vida à sua espera na Inglaterra, uma vida da qual eu não faço parte.

Só o que peço é que você não diga nada a ninguém sobre o tempo que passamos juntos. Se algum dia eu me casar, contarei ao meu pretendente tudo o que aconteceu. Jamais me perdoaria se não fizesse isso. Contudo, até lá, acho que é melhor que o mundo continue a me ver apenas como

Sua amiga,

Cecilia Harcourt.

P.S.: Não precisa se preocupar, nosso tempo juntos não deixará nenhuma consequência permanente.

Edward ficou parado no meio do quarto, paralisado. O que diabo significava tudo aquilo? O que ela queria dizer com...

Ele releu até chegar ao ponto que estava procurando. Lá estava. Ela achava que não teria tempo de contar a ele em pessoa.

Seu rosto ficou lívido.

O *Rhiannon*. O navio estava no porto, mas partiria naquela mesma noite.

Cecilia comprara uma passagem. Ele tinha certeza.

Ele olhou o relógio de bolso que deixara na mesa, fazendo as vezes de relógio do casal. Daria tempo. Precisaria se apressar, mas daria tempo.

Teria que dar tempo. Porque a vida dele dependia disso.

CAPÍTULO 21

Thomas, já faz muito tempo desde a última vez em que recebi notícias suas. Sei que não deveria me preocupar, que há dezenas de motivos para que suas cartas estejam atrasadas, mas não consigo evitar. Sabia que controlo nossa correspondência no calendário? Leva uma semana para que minha carta chegue ao navio, cinco semanas para que ela cruze o Atlântico, e ainda mais uma semana para que ela chegue a você. Depois, leva uma semana para que sua carta chegue ao navio, três semanas para que ela cruze o Atlântico (viu? Eu estava prestando atenção quando você contou que a viagem do oeste para o leste é mais rápida) e depois mais uma semana para que ela chegue às minhas mãos. Ou seja, leva três meses para que eu consiga receber uma resposta para uma simples pergunta!

Por outro lado, talvez não haja perguntas simples – e, se houver, talvez não comportem respostas simples.

– CARTA DE CECILIA HARCOURT AO IRMÃO, THOMAS
(QUE NUNCA A RECEBEU)

O *Rhiannon* era muito parecido com o *Lady Miranda*, e Cecilia não teve dificuldade de encontrar sua cabine. Ao comprar o bilhete algumas horas mais cedo, informaram-lhe de que ela dividiria a cabine com uma certa Srta. Alethea Finch, que trabalhara como governanta para uma proeminente família de Nova York e estava voltando para casa. Em viagens daquele tipo, não era incomum que estranhos compartilhassem acomodações. Fora o que ela fizera na viagem até Nova York. Cecilia se dera bastante bem com sua companheira e chegara a lamentar ter que se despedir dela quando o barco atracara na colônia.

Cecilia ficou imaginando se a Srta. Finch seria irlandesa ou se, como ela, estava apenas ansiosa para pular no primeiro navio que saísse para as Ilhas Britânicas, sem se incomodar em ter que fazer uma parada antes de chegar à Inglaterra. A própria Cecilia não sabia muito bem como chegaria em casa a partir de Cork, mas isso parecia um contratempo pequeno se comparado ao desafio de atravessar o Atlântico. Ela imaginava que havia navios de Cork para Liverpool – caso contrário, poderia ir até Dublin e partir dali para a Inglaterra.

Ela saíra de Derbyshire e conseguira chegar a Nova York, pelo amor de Deus. Se era capaz de fazer uma coisa daquelas, conseguiria fazer qualquer coisa. Ela estava mais forte. Estava mais poderosa.

Estava chorando.

Maldição, ela tinha que parar de chorar.

Depois de passar pelo corredor estreito, ela se deteve à porta da cabine para respirar fundo e se acalmar. Pelo menos não estava soluçando. Ainda poderia se portar de forma que não atraísse muita atenção. Contudo, sempre que achava que suas emoções estavam controladas, sentia os pulmões se contraírem e dava um profundo suspiro, que parecia mais um soluço, e então seus olhos começavam a arder e...

"Pare com isso." Ela tinha que tirar aquelas coisas da cabeça.

Objetivo do dia: não chorar em público.

Ela suspirou. Tudo o que ela queria era um novo objetivo.

Hora de seguir em frente. Respirando fundo mais uma vez para tomar coragem, ela enxugou os olhos e alcançou a maçaneta da porta da cabine.

Estava trancada.

Perplexa, Cecilia se deteve por um instante. Então, bateu à porta, imaginando que sua companheira de viagem tinha chegado antes dela. Era prudente que uma mulher sozinha trancasse a porta. Ela teria feito a mesma coisa.

Aguardou um instante e bateu de novo, até que, enfim, a porta se abriu – mas só uma fresta. Lá de dentro, uma mulher magra de meia-idade a encarava. Ela ocupava a maior parte da fresta estreita, então Cecilia não conseguia ver muito bem a cabine atrás dela. Contudo, parecia que havia lá dentro uma cama beliche e um baú aberto no chão. Na única mesa, uma lanterna estava acesa. Estava claro que a Srta. Finch estava desfazendo as malas.

– Posso ajudá-la? – perguntou a Srta. Finch.

Cecilia pôs uma expressão amigável no rosto e disse:

– Acho que nós vamos compartilhar esta cabine.

A Srta. Finch olhou para ela, torcendo o nariz, e replicou:

– A mocinha está enganada.

Ora. Que inesperado. Cecilia olhou para a porta que a Srta. Finch mantinha entreaberta com o auxílio do quadril. Havia um 8 de latão pregado na madeira.

– Cabine 8 – leu Cecilia. – A senhorita deve ser a Srta. Finch. Nós seremos companheiras de viagem. – Cecilia estava se esforçando para ser sociável, mas sabia que tinha que tentar, de modo que fez uma mesura educada e tentou novamente: – Sou a Srta. Cecilia Harcourt. Como vai?

A mulher mais velha contraiu os lábios.

– Disseram-me que eu não dividiria esta cabine com ninguém.

Cecilia olhou para a cama de cima e depois para a de baixo. Estava claro que era um quarto para duas pessoas.

– A senhorita reservou a cabine inteira? – perguntou ela, pois já tinha ouvido falar que isso era algo que algumas pessoas faziam, apesar de terem que pagar duas passagens.

– Disseram-me que não haveria mais ninguém na minha cabine.

Não era o que Cecilia havia perguntado. O humor de Cecilia estava variando entre melancólica e enraivecida, mas ela continuou se esforçando para continuar com o temperamento sob controle. Teria que passar pelo menos três semanas dividindo uma cabine absurdamente pequena com aquela mulher, de modo que se esforçou para estampar no rosto seu melhor sorriso e disse:

– Só comprei a minha passagem esta tarde.

A Srta. Finch hesitou, sem fazer questão de esconder sua desaprovação.

– Que tipo de mulher decide comprar uma passagem para cruzar o Atlântico no mesmo dia do embarque?

Cecilia trincou os dentes.

– O tipo de mulher que eu sou. Tive uma mudança de planos deveras repentina e, por sorte, consegui encontrar um navio que zarparia imediatamente.

A Srta. Finch fungou. Cecilia não sabia muito bem como interpretar aquele gesto, tirando o fato óbvio de que não parecia nada elogioso. Mas a mulher finalmente deu um passo para trás, permitindo que Cecilia entrasse na minúscula cabine.

– Como a senhorita pode ver – falou a Srta. Finch –, já acomodei meus pertences na cama de baixo.

– Não tenho nenhum problema em dormir em cima.

A Srta. Finch fungou de novo, mais alto desta vez.

– Se a senhorita enjoar e passar mal, faça o favor de sair do quarto. Não vou tolerar o cheiro aqui dentro.

Cecilia sentiu que sua disposição à educação começava a minguar.

– De acordo. Desde que a senhorita faça o mesmo.

– Espero que você não ronque.

– Se eu ronco, então ninguém nunca me disse. – A Srta. Finch abriu a boca para responder, mas Cecilia a interrompeu: – Tenho certeza de que, se eu roncar, a senhorita vai ter a bondade de me informar. – A Srta. Finch abriu a boca de novo, mas Cecilia acrescentou: – Pelo que eu ficarei muito grata. Parece o tipo de coisa que convém saber sobre si mesma, não acha?

A Srta. Finch recuou.

– A senhorita é muito impertinente.

– E a senhorita está no meu caminho.

O quarto era extremamente pequeno, e Cecilia nem tinha conseguido entrar direito; seria quase impossível, com o baú da outra aberto no chão.

– É meu quarto – disse a Srta. Finch.

– É *nosso* quarto – retrucou Cecilia –, e eu ficaria muito agradecida se a senhorita pudesse tirar o seu baú da frente para que eu possa entrar.

– Ora essa! – A Srta. Finch fechou o baú com força, enfiando-o embaixo da cama. – Eu não sei onde a senhorita vai guardar o *seu* baú, mas se eu não posso deixar o meu no meio do quarto, a senhorita também não pode.

Cecilia não tinha baú algum, só a bolsa de viagem grande, mas não viu nenhuma razão para se deter naquela informação.

– Só tem isso de bagagem?

Ainda mais considerando que a Srta. Finch parecia muito interessada em fazer isso por ela.

Cecilia respirou fundo, tentando se acalmar.

– Como acabei de lhe dizer, tive que partir de maneira deveras repentina. Não tive tempo de preparar uma bagagem grande.

A Srta. Finch a olhou com ares de superioridade e fungou outra vez, franzindo o nariz ossudo. Cecilia decidiu que passaria o máximo de tempo possível no convés do navio.

No quarto, havia uma mesinha pregada ao chão no lado da cama, e a bolsa de Cecilia cabia embaixo dela. Cecilia pegou alguns pertences que preferia guardar consigo no beliche e contornou a Srta. Finch para poder subir e examinar o lugar onde dormiria pelas próximas semanas.

– Veja se não pisa na minha cama ao subir para a sua.

Cecilia se deteve, contou mentalmente até três, e então respondeu:

– Asseguro-lhe de que meus movimentos estarão restritos à escada.

– Vou ao capitão fazer uma reclamação sobre você.

– Pois esteja à vontade – respondeu Cecilia, fazendo um gesto dramático com o braço.

Subiu mais um degrau e olhou. A cama dela estava bem-feita e limpa. Se por um lado o espaço até o teto era apertado, pelo menos ela não teria que olhar para a Srta. Finch.

– Você é uma meretriz?

Cecilia se virou no mesmo instante, quase pisando em falso na escada.

– O que foi que disse?

– Você é uma meretriz? – repetiu a Srta. Finch, pontuando cada palavra com uma pausa dramática. – Não consigo imaginar outro motivo...

– Não, eu não sou uma meretriz – atalhou Cecilia, certa de que, se estivesse a par dos eventos do mês anterior, aquela mulher horrorosa discordaria dela.

– Porque eu é que não vou dividir o quarto com uma vagabunda.

Então Cecilia perdeu as estribeiras. Conseguira manter a compostura diante da morte do irmão, diante da revelação de que o coronel Stubbs havia respondido à preocupação e ao sofrimento dela com uma mentira deslavada. Conseguira manter o controle até mesmo enquanto deixava para trás o único homem que amaria em toda a sua vida, mesmo sabendo que estava prestes a pôr um oceano entre eles, e que ele iria odiá-la, tudo isso para que aquela mulherzinha deplorável a chamasse de *vagabunda*?

Ela saltou da escada, foi até a Srta. Finch pisando forte e a agarrou pelo colarinho.

– Eu não sei que tipo de veneno a senhorita consumiu essa manhã – sibilou ela –, mas para mim já basta. Paguei um bom dinheiro pela minha metade desta cabine e, em troca, só o que espero é um mínimo de civilidade e decência.

– Decência! Isso vindo de uma mulher que nem mesmo possui um baú?

– E que diabo isso tem a ver com qualquer coisa?

A Srta. Finch ergueu os braços, estarrecida, e guinchou como uma bruxa.

– E agora está invocando o nome de Satã!

Deus. Do. Céu. Cecilia tinha morrido e ido para o inferno. Tinha certeza absoluta. Talvez aquela fosse a punição que merecera por mentir para Edward. Três semanas... talvez até um mês inteiro tendo que aturar aquela megera.

– Eu me recuso a dividir a cabine com você! – berrou a Srta. Finch.

– Acredite, nada me faria mais feliz, mas...

Alguém bateu à porta.

– Ah, tomara que seja o capitão – disse a Srta. Finch. – Ele deve ter ouvido os seus gritos.

Cecilia lançou-lhe um olhar enojado.

– Por que raios o capitão viria aqui?

O quarto não tinha vigia, mas, a julgar pelo movimento do navio, eles já haviam zarpado. O capitão haveria de ter afazeres muito mais relevantes do que apartar uma briga entre mulheres.

A batida rápida deu lugar ao som oco de um punho esmurrando a porta, seguido de um grito que ordenava:

– Abra a porta!

Cecilia conhecia muito bem aquela voz.

Ficou lívida no mesmo instante. Sentiu todo o sangue ser drenado de seu rosto. Perplexa, ficou boquiaberta enquanto se virava para a porta que reverberava ao peso das batidas.

– Abra essa maldita porta, Cecilia!

A Srta. Finch ofegou, encarando-a.

– Não é o capitão.

– Não...

– E quem é? Você sabe? Ele pode querer nos atacar. Ai, meu Deus, ai, meu pai do céu...

Com uma agilidade surpreendente, a Srta. Finch saltou para trás de Cecilia, usando-a como escudo humano para se proteger do monstro que ela parecia acreditar que estava prestes a arrebentar a porta.

– Ele não vai nos atacar – disse Cecilia, com torpor na voz.

Sabia que deveria fazer alguma coisa – desvencilhar-se da Srta. Finch, abrir a porta –, mas estava paralisada, tentando assimilar que estava acontecendo uma coisa claramente impossível.

Edward estava ali. A bordo do navio. A bordo do navio *que já tinha zarpado.*

– Ah, meu Deus – arquejou ela.

– Ah, então agora você está preocupada? – ralhou a Srta. Finch.

O navio estava se movendo. *Movendo.* A própria Cecilia vira a tripulação recolher as amarras enquanto cruzava o convés. Sentira o navio arremeter para longe do cais, reconhecera o balanço e os sons característicos da embarcação atravessando a baía e ganhando o Atlântico.

Edward estava a bordo. E ele certamente não haveria de voltar para o porto a nado, o que significava que ele havia abandonado seu posto, e...

Mais batidas, ainda mais altas.

– Abra agora mesmo, Cecilia, ou eu juro que vou pôr esta porta abaixo!

A Srta. Finch balbuciou algo sobre a própria virtude.

E Cecilia, por fim, sussurrou o nome de Edward.

– Conhece este homem? – acusou a Srta. Finch.

– Sim, ele é meu...

Ele era o quê? Marido é que não era.

– Ora, então abra já essa porta!

A Srta. Finch deu um empurrão com força em Cecilia, que, pega de surpresa, saiu tropeçando até o outro lado do quarto.

– Mas não o deixe entrar – rosnou a mulher. – Não admitirei um homem aqui dentro. Leve-o lá para fora e vá cuidar... vá cuidar... – Com ares de desprezo, ela tamborilou os dedos no ar, como se estivesse tocando um piano. – Vá cuidar das suas *coisas* – completou ela, enfim. – Bem longe daqui.

– Cecilia! – berrou Edward.

– Ele vai arrebentar a porta! – guinchou a Srta. Finch. – Ande logo!

– Estou indo!

A cabine mal tinha três metros quadrados, de modo que a pressa não faria a menor diferença, mas Cecilia foi até a porta e pôs a mão no trinco.

E congelou.

– O que está esperando? – exigiu a Srta. Finch.

– Não sei... – sussurrou Cecilia.

Edward estava ali. Ele a seguira. O que aquilo significava?

– CECILIA!

Ela abriu a porta e, por um momento abençoado, o tempo parou. Ela ficou inebriada de vê-lo ali, diante do umbral da porta, ainda com o punho cerrado em riste, pronto para bater outra vez. Estava sem chapéu e com os cabelos completamente desalinhados.

Parecia... ensandecido.

– Você está de uniforme – balbuciou ela, aparvalhada.

– Você – disse ele, apontando o indicador para ela – está muito encrencada.

A Srta. Finch emitiu uma interjeição jubilosa.

– O senhor vai prendê-la?

Edward desgrudou o olhar de Cecilia durante um único instante incrédulo, dizendo:

– É o quê?

– O senhor vai prendê-la? – A Srta. Finch se aproximou de Cecilia, parando logo atrás dela. – Eu acho que ela é uma...

Cecilia desferiu uma cotovelada na costela da mulher. Para o próprio bem dela. Não conseguia nem imaginar como Edward reagiria se a Srta. Finch a chamasse de vagabunda na frente dele.

Edward, por sua vez, lançou um olhar impaciente para a Srta. Finch.

– Quem é esta aí? – exigiu ele.

– E quem é *você*? – rebateu a Srta. Finch.

Edward indicou Cecilia com a cabeça.

– Sou marido dela.

Cecilia fez menção de contradizê-lo, dizendo:

– Não é, nã...

– Serei – rosnou ele.

– Isso tudo é extremamente irregular – disse a Srta. Finch, fungando.

Cecilia se virou para a outra, sibilando:

– Poderia fazer a gentileza de chegar para trás?

– Ora essa! – disse a Srta. Finch, bufando, fazendo um enorme drama enquanto percorria os três passinhos miúdos que levavam à cama dela.

Edward meneou a cabeça na direção da mulher mais velha.

– Amiga sua?

– Não – disse Cecilia, categórica.

– Definitivamente não – falou a Srta. Finch.

Cecilia fuzilou a outra com o olhar, e então se virou para Edward outra vez.

– Não recebeu a minha carta?

– Ora, mas é claro que recebi. Que outro motivo eu teria para estar aqui?

– Eu não disse qual era o navio...

– Não foi muito difícil adivinhar.

– Mas você... o seu posto...

Cecilia estava lutando para encontrar as palavras. Ele era oficial do exército de Sua Majestade. Não podia simplesmente abandonar o posto. Iria à corte marcial. Por Deus, será que aquilo o levaria à forca? Eles não enforcavam oficiais por deserção, enforcavam? Ainda mais aqueles que vinham de famílias como os Rokesbys...

– Deu tempo de acertar tudo com o coronel Stubbs – disse Edward, secamente. – *Por pouco.*

– Eu... eu não sei o que dizer...

Ele pegou o braço dela.

– Quero que me diga apenas uma coisa – tornou ele, com a voz muito grave.

Ela mal conseguia respirar.

Edward, então, olhou por cima do ombro dela e encarou a Srta. Finch, que observava os desdobramentos com ávido interesse.

– A senhorita poderia nos conceder um momento de privacidade? – disse ele, contido.

– Esta é minha cabine – respondeu ela. – Se querem privacidade, terão que procurar em outro lugar.

– Ah, pelo amor de Deus! – explodiu Cecilia, dando meia-volta para encarar aquela mulher deplorável. – Será que a senhorita não é capaz de buscar um pouquinho de piedade em seu coração de pedra e me dar um momento a sós com... – Ela engoliu em seco quando as palavras lhe faltaram. – Com ele – completou, enfim, indicando Edward com a cabeça.

– Vocês são casados? – perguntou a Srta. Finch, empertigando-se.

– Não – falou Cecilia.

A resposta não teve muito efeito considerando que, no mesmíssimo instante, Edward disse:

– Sim.

A Srta. Finch voltou seus olhinhos de besouro de um para o outro. Cerrou os lábios e arqueou as sobrancelhas em desagrado.

– Eu vou buscar o capitão – anunciou ela.

– Pois vá – disse Edward, praticamente empurrando a mulher porta afora.

A Srta. Finch saiu aos tropeços para o corredor, guinchando. Contudo, o que quer que fosse que ela ainda queria dizer, foi interrompido por Edward, que bateu a porta na cara dela.

Trancando-a em seguida.

CAPÍTULO 22

Estou indo procurar você.

– CARTA (NUNCA ENVIADA) DE CECILIA HARCOURT AO IRMÃO, THOMAS

Edward não estava de bom humor.

Em geral, um homem costumava precisar de mais de três horas para deixar toda a vida para trás e debandar para outro continente. Edward mal tivera tempo de fazer as malas e conseguir a autorização necessária para ir embora de Nova York.

Quando, enfim, chegou ao cais do porto, a tripulação do *Rhiannon* já estava se preparando para zarpar. Edward teve praticamente que saltar por cima da água para entrar no navio, e teria sido expulso em seguida se não tivesse esfregado no nariz do capitão interino a carta escrita às pressas pelo coronel, que lhe assegurava um leito a bordo.

Ou quem sabe apenas um canto no convés. O imediato disse que não sabia se havia sequer uma rede disponível.

Mas não tinha problema. Edward não ocuparia muito espaço. Só levava consigo as roupas do corpo, um tanto de dinheiro no bolso...

E um grande vazio no lugar em que costumava ficar a sua paciência. De modo que, quando a porta da cabine de Cecilia se abriu...

Seria de se pensar que ele teria ficado aliviado ao vê-la. Seria de se esperar que, dada a profundidade de seus sentimentos, dado o pânico que o impulsionara durante toda a tarde, ele seria tomado pelo alívio ao ver aqueles lindos olhos verde-água encarando-o com surpresa.

Mas não.

Ele teve que se conter para não voar no pescoço dela.

– Por que você veio? – murmurou ela, assim que a maldita Srta. Finch saiu do quarto.

Por um instante, ele só a encarou.

– Não acredito que você está me perguntando isso.

– Eu...

– Você me abandonou.

Ela balançou a cabeça.

– Eu libertei você.

Ele deu uma risada curta e grossa.

– Como, se já faz mais de um ano que eu sou seu prisioneiro?

– O quê?

A resposta dela foi mais um movimento do que um som, mas Edward não estava com muita vontade de explicar. Ele desviou o olhar, respiração entrecortada, correndo os dedos pelos cabelos. Droga, ele não estava nem de chapéu. Como aquilo tinha acontecido? Será que tinha esquecido a peça? Teria voado de sua cabeça na corrida até o navio?

Aquela mulher o deixava louco. Ele não sabia nem se seu baú tinha sido posto a bordo. Até onde sabia, era muito possível que tivesse embarcado em uma viagem de um mês sem uma única muda de roupa de baixo.

– Edward? – A voz dela veio de trás, baixinha e hesitante.

– Você está grávida? – perguntou ele.

– O quê?

Ele se virou e repetiu, enfatizando cada palavra:

– Você. Está. Grávida?

– Não! – Ela fez que não com a cabeça, balançando-a desesperadamente. – Eu disse que não estava.

– Eu não sabia se...

Ele se deteve; deixou a frase morrer.

– Não sabia o quê?

Ele não sabia se podia confiar nela. Era o que ele quase dissera. Só que não era verdade. Ele confiava nela. Pelo menos no que dizia respeito àquele assunto. Não – *principalmente* no que dizia respeito àquele assunto. E seu instinto inicial – que o induzira a duvidar da palavra dela – não passava de um diabinho no ombro, ansioso para descarregar em cima dela. Para magoá-la.

Porque ela o havia magoado. Não por ter mentido. Ele até conseguia entender como aquilo tudo havia acontecido. Mas porque ela não confiara nele. Como ela fora capaz de achar que fugir era a coisa certa a se fazer? Como pudera pensar que ele não se importava com ela?

– Não estou grávida – disse ela, com uma voz tão baixa que mal passava de um suspiro. – Juro. Não mentiria sobre uma coisa dessas.

– Não?

Aparentemente o diabinho se recusava a se calar.

– Juro – repetiu ela. – Eu não faria isso com você.

– Mas *isto* você faria.

– Isto? – repetiu ela.

Ele deu um passo na direção dela, ainda soltando fogo pelas ventas.

– Você me abandonou. Sem dizer uma única palavra.

– Eu deixei uma carta!

– E aí fugiu para outro continente.

– Mas eu...

– Você fugiu.

– Não! – gritou ela. – Não fugi. Eu...

– Você está em um navio! – vociferou ele. – Não dá para fugir mais do que isso.

– Foi por você!

A voz dela saiu com tanta força, tão carregada de sofrimento, que ele ficou calado por um momento. Ela parecia muito frágil, braços finos como gravetos pendendo ao lado do corpo, mãos cerradas em pequenos punhos desesperados.

– Foi por você – repetiu ela, mais baixo.

Ele balançou a cabeça.

– Então você devia ter me consultado para saber se era isso mesmo o que eu queria.

– Se eu tivesse ficado – tornou ela, na cadência pesada de quem está tentando desesperadamente se fazer compreender –, você teria insistido em se casar comigo.

– De fato.

– Acha mesmo que era isso o que eu queria? – Cecilia estava quase gritando. – Acha que eu fiquei satisfeita ao ir embora enquanto você não estava? Eu estava tentando poupá-lo de ter que fazer a coisa certa!

– Ouça bem o que está me dizendo – cortou ele. – Poupar-me de ter que fazer a coisa certa? Como você foi capaz de pensar que eu poderia querer agir de outra maneira? Será que me conhece tão mal assim?

– Edward, eu...

– Se uma coisa é certa – ralhou ele –, então é isso mesmo que eu devo fazer.

– Edward, por favor, você tem que acreditar em mim. Quando você recuperar a memória, vai entender.

– Já faz dias que a minha memória voltou.

Ela ficou atônita.

Por mais nobre que ele fosse, Edward não conseguiu deixar de sentir uma pequena fisgada de satisfação com a reação dela.

– *O quê* – disse ela, enfim.

– Minha memória voltou...

– E você não me contou?

A voz dela estava calma. Perigosamente calma.

– Tínhamos acabado de saber sobre a morte de Thomas.

– E você *não* me contou?

– Você estava sofrendo...

Ela deu um tapa no ombro dele.

– Como pôde esconder isso de mim?

– Eu estava com raiva! – rugiu ele. – Você não acha que eu tinha o *direito* de esconder algo de você?

Ela cambaleou para trás, abraçando a si mesma.

A angústia dela era palpável, mas Edward não conseguiu se conter e continuou na ofensiva, pressionando o indicador no peito dela.

– Fiquei tão furioso que mal conseguia raciocinar. Mas, se estamos falando em fazer a coisa certa, saiba que eu achei que seria mais humano de minha parte permitir que você chorasse a morte de seu irmão antes de confrontá-la.

Ela arregalou os olhos, seus lábios estremeceram, e sua postura – ao mesmo tempo tensa e trêmula – lembrava a Edward um cervo em que ele quase atirara durante uma caçada com o pai, alguns anos antes. Um dos dois pisou em um galho, e o animal levantou as grandes orelhas, atento. Contudo, não se mexeu. Ficou parado ali por uma eternidade, e Edward teve a impressão bizarra de que o bicho contemplava a própria existência.

Edward não atirara. Não conseguira se persuadir a atirar.

E agora, diante de Cecilia...

O diabinho em seu ombro desaparecera.

– Você não devia ter fugido – falou ele, baixinho. – Devia ter me contado a verdade.

– Eu fiquei com medo.

Ele ficou perplexo.

– De mim?

– Não! – Ela baixou os olhos, mas ele a ouviu sussurrar: – De mim.

Antes que ele pudesse perguntar o que ela queria dizer com isso, ela engoliu em seco, tremendo um pouco, e falou:

– Você não precisa se casar comigo.

Ele não estava acreditando que ela ainda achava que isso era possível.

– Não preciso?

– Eu não vou forçá-lo – disse ela, gaguejando. – Não há nada que o prenda.

– Não?

Ele deu um passo na direção dela, pois já estava mais do que na hora de eles eliminarem a distância que os separava, mas ele se deteve no momento em que compreendeu o que havia por trás dos olhos dela.

Tristeza.

Era insuportável ver como ela parecia pesarosa. Aquilo *acabou* com ele.

– Você está apaixonado por outra pessoa – sussurrou ela.

"Espere aí... o quê?"

Edward levou alguns instantes para perceber que não falara em voz alta. Ela estava louca?

– Do que está falando?

– De Billie Bridgerton. Você ia se casar com ela. Acho que você não se lembra, mas...

– Eu não estou apaixonado pela Billie – interrompeu Edward.

Ele correu a mão pelos cabelos, então encarou a parede, soltando um grito de frustração. Por Deus, aquela bagunça toda era por causa de *Billie Bridgerton*? Billie, sua vizinha?

E então Cecilia perguntou:

– Tem certeza?

– Claro que tenho – respondeu ele. – Tenho certeza de que não vou me casar com Billie Bridgerton.

– Pois eu acho que vai – discordou ela. – Acho que você ainda não recuperou a sua memória por completo. Em suas cartas, você me disse que ia se casar com ela. Ou, pelo menos, Thomas disse, e aí a sua madrinha...

– O quê? – Ele se virou para Cecilia. – Quando você falou com a tia Margaret?

– Hoje mesmo. Mas eu...

– Ela procurou você?

Se a madrinha dele tivesse insultado Cecilia de alguma maneira, ele jurava por Deus...

– Não. Foi mera coincidência. Ela queria ver você e, por acaso, eu estava saindo na mesma hora para comprar a minha passagem...

Ele grunhiu.

Ela recuou. Ou melhor, tentou recuar. Aparentemente ela tinha se esquecido de que já estava colada à borda do beliche.

– Achei que seria rude se eu não a recebesse – explicou ela. – Embora eu deva dizer que bancar a anfitriã no bar da estalagem foi bastante constrangedor.

Edward ficou imóvel por um instante, e então, para a própria surpresa, ele sentiu um sorriso nascer em seus lábios.

– Eu teria dado tudo para ver isso.

Cecilia lhe lançou um olhar de esguelha.

– Só é engraçado em retrospecto.

– Imagino.

– Ela é uma mulher apavorante.

– É mesmo.

– A *minha* madrinha era uma senhorinha meio biruta da nossa paróquia – murmurou Cecilia. – Todos os anos, ela tricotava meias para mim no meu aniversário.

Ele parou para pensar.

– Tenho certeza de que Margaret Tryon nunca tricotou nada em toda a sua vida.

Cecilia grunhiu baixinho, e então disse:

– Se tentasse, aposto que seria ridiculamente competente.

Edward aquiesceu, e o sorriso alcançou os seus olhos.

– É muito provável.

Ele deu um empurrãozinho no ombro dela, fazendo com que ela se sentasse na cama, e então se juntou a ela.

– Você sabe que eu vou me casar com você – afirmou ele. – Não entendo como pôde ser capaz de achar que eu não faria isso.

– É claro que eu sabia que você insistiria em se casar comigo – respondeu ela. – Foi por isso que decidi ir embora. Para que você não se visse forçado a se casar comigo.

– Essa é a coisa mais rid...

Ela o silenciou, pondo a mão em seu ombro.

– Você nunca teria dormido comigo se não achasse que éramos casados.

Ele não a contradisse.

Ela balançou a cabeça, melancolicamente.

– Você dormiu comigo por causa de uma mentira.

Edward tentou reprimir a risada, mas em alguns segundos a cama inteira estremecia com a força de suas gargalhadas.

– Você está rindo, é?

Ele assentiu, pondo as mãos na barriga, pois a pergunta dela levou a um novo ataque de riso.

– Eu dormi com você por causa de uma mentira – repetiu ele, rindo.

Cecilia franziu o cenho, consternada.

– Essa é a verdade.

– Pode até ser, mas e daí? – Ele deu uma cotovelada de leve em Cecilia, num gesto amigável. – Vamos nos casar.

– Mas e quanto a Billie...

Ele a pegou pelos ombros.

– Pela última vez, eu não quero me casar com Billie. Quero me casar com você.

– Mas...

– Eu te amo, sua tolinha. Já faz anos que eu te amo.

Edward podia estar sendo pretensioso, mas era capaz de jurar que conseguia escutar as batidas aceleradas do coração dela.

– Mas você nem me conhecia – sussurrou ela.

– Eu *conhecia* você – disse ele, pegando a mão dela e levando-a aos lábios. – Eu já conhecia você melhor do que... – Ele se deteve por um momento, pois precisava de um instante para recobrar o controle das emoções. – Você faz alguma ideia de quantas vezes eu li as suas cartas?

Ela balançou a cabeça.

– Cada carta... meu Deus, Cecilia, você não tem ideia de quanto elas significavam para mim. E olha que elas nem tinham sido escritas para mim...

– Tinham, sim – murmurou ela.

Ele ficou estático, mas seus olhos encontraram os dela, perguntando silenciosamente o que ela queria dizer.

– Sempre que eu escrevia para Thomas, era em você que eu pensava. Eu.. – Ela engoliu em seco e, embora não houvesse luz suficiente para que ele enxergasse o rubor em sua face, Edward sabia que ela estava ruborizada. – Eu me repreendia todas as vezes.

Ele tocou o rosto dela.

– Por que você está sorrindo?

– Não estou. Bem... talvez eu esteja, um pouco, mas é só porque estou com vergonha. Eu me sentia tão idiota por ter uma queda por um homem que eu nem conhecia.

– Tão idiota quanto eu – tornou ele, pondo a mão no bolso da casaca. – Preciso confessar uma coisa.

Cecilia observou enquanto ele abria os dedos. Na palma de sua mão havia um pequeno retrato: o dela. Ela ofegou, e olhou dentro dos olhos dele.

– Mas... como?

– Roubei – confessou ele, simplesmente. – Quando o coronel Stubbs me pediu para examinar o baú do Thomas.

Mais tarde Edward revelaria a ela que Thomas desejava que ele ficasse com o retrato. Naquele momento, porém, aquilo não tinha importância: no instante em que enfiara o retrato no bolso, Edward não sabia de nada disso.

Ela ficou correndo os olhos entre o retrato e o rosto dele.

Edward tocou o queixo dela e o ergueu, para poder olhá-la nos olhos.

– Sabe, eu nunca tinha roubado nada antes.

– Sim – murmurou ela, estupefata. – Isso não é do seu feitio.

– Mas isto... – Ele pôs o pequeno retrato na mão dela. – Eu não poderia viver sem isto.

– É só um retrato.

– Da mulher que eu amo.

– Você me ama – sussurrou ela, e ele ficou se perguntando quantas vezes ainda teria que repetir até que ela acreditasse nele. – Você me ama.

– Enlouquecidamente – admitiu ele.

Ela examinou a pintura em suas mãos.

– Eu não me pareço muito com esse retrato – falou ela.

– Eu sei – disse ele, estendendo a mão trêmula para prender uma mecha de cabelo dela atrás da orelha, e então envolveu o rosto dela com a mão. – Você é muito mais bonita – sussurrou ele.

– Eu menti para você.

– Eu não me importo com isso.

– Acho que se importa, sim.

– Você mentiu com a intenção de me magoar?

– Não, claro que não. Eu só...

– Você queria me prejudicar...

– Não!

Ele deu de ombros.

– Então, como eu disse, não me importo.

Por um segundo, pareceu que ela desistiria de protestar. Mas então ela abriu a boca outra vez e inspirou, e Edward entendeu que já estava na hora de pôr um fim àquela tolice.

Ele a beijou.

Mas não por muito tempo. Por mais que desejasse possuí-la ali mesmo, havia outros assuntos de maior urgência e relevância a cuidar.

– Sabe, você bem que podia dizer para mim também – provocou ele.

Ela abriu um sorriso. Um sorriso radiante.

– Eu também te amo.

E assim, caquinho por caquinho, o coração dele ficou inteiro outra vez.

– Quer se casar comigo? De verdade?

Ela assentiu. E continuou assentindo, com mais veemência

– Sim – respondeu ela. – Sim, com certeza sim!

E porque Edward era um homem de ação, ele se levantou, pegou-a pela mão e a pôs de pé.

– Ainda bem que estamos em um navio.

Ela grunhiu, confusa, mas o som foi logo abafado por um guincho que, infelizmente, já era familiar aos dois.

– É a sua amiga?

Edward ergueu a sobrancelha, achando graça da situação.

– Não é minha amiga – respondeu Cecilia, no ato.

– Eles estão aí dentro – veio a voz rascante da Srta. Finch. – Cabine oito.

Ouviu-se uma batida rápida na porta, seguida de uma voz grave de homem.

– Aqui é o capitão Wolverton. Algo errado aqui?

Edward abriu a porta.

– Senhor, queira me desculpar.

O rosto do capitão se alegrou ao reconhecê-lo.

– Capitão Rokesby! – exclamou ele. – Não sabia que o senhor viajaria conosco.

A Srta. Finch ficou abismada.

– Conhece este homem?

– Estudamos juntos em Eton – contou o capitão.

– É claro que estudaram – murmurou Cecilia.

– Ele estava atacando essa mulher – disse a Srta. Finch, dedo em riste na direção de Cecilia.

– Quem, o capitão Rokesby? – perguntou Wolverton, com papável incredulidade.

– Bem, ele quase *me* atacou – fungou ela.

– Ah, pelo amor de Deus – desdenhou Cecilia.

– Que bom ver você, Kenneth – disse Edward, oferecendo a mão ao capitão e apertando-a com vontade. – Se não for muito incômodo, será que eu poderia pedir que realizasse uma cerimônia de casamento?

O capitão Wolverton abriu um sorriso.

– Agora?

– Assim que possível.

– Mas isso é legal? – perguntou Cecilia.

Ele lançou um olhar para ela.

– *Agora* você se importa com a legalidade da coisa?

– É legal enquanto vocês estiverem no meu navio – disse o capitão Wolverton. – Depois, o mais aconselhado é repetir a cerimônia em terra firme.

– A Srta. Finch pode ser a nossa testemunha.

Cecilia cerrou os lábios com força, num esforço óbvio para conter uma risada.

– Ora, bem... – A Srta. Finch piscou umas sete vezes no decorrer de um único segundo. – Seria uma honra. Eu acho.

– Podemos pedir ao navegador que sirva de segunda testemunha – sugeriu o capitão Wolverton. – Ele adora essas coisas. – Então, olhou para Edward com uma expressão decididamente fraternal. – Vocês ficarão com a minha cabine, é claro – ofereceu ele. – Eu posso dividir a cabine com algum dos meus homens.

Edward agradeceu – profusamente – e todos saíram em fila para o convés, que, conforme insistiu o capitão, forneceria um cenário muito mais apropriado a um casamento.

Contudo, quando estavam todos sob o mastro, a tripulação reunida ao redor para celebrar com eles, Edward se voltou para o capitão e disse:

– Só uma perguntinha antes de começar.

Achando graça, o capitão Wolverton fez um gesto, pedindo que ele prosseguisse.

– Posso beijar a noiva *antes*?

EPÍLOGO

Cecilia Rokesby estava nervosa.

Correção: ela estava uma pilha de nervos.

Em cerca de cinco minutos seria apresentada à família do marido.

A família *muito* aristocrática do marido.

Que não fazia ideia de que ele havia se casado com ela.

Um casamento que, naquele momento, já era inteiramente legal. Por acaso, o bispo de Cork e Ross tinha um esquema bem rápido para certidões de casamento especiais – o casamento deles não fora, nem de longe, o primeiro a ser realizado a bordo de um navio, sem uma cerimônia oficial. O bispo já tinha uma pilha de certidões prontas, que precisavam apenas ser preenchidas, e o casamento foi celebrado na mesma hora, tendo como testemunhas o capitão Wolverton e o vigário.

Depois disso, ela e Edward decidiram seguir direto para Kent. A família dele estaria ansiosíssima para vê-lo, e Cecilia já não tinha mais ninguém em Derbyshire. Haveria tempo suficiente para voltar a Marswell e reunir seus pertences pessoais antes de ceder a propriedade a Horace. O primo não faria nada antes de ter alguma confirmação da morte de Thomas, e já que, no momento, Cecilia e Edward eram as únicas pessoas na Inglaterra que poderiam fornecer tal confirmação...

Horace teria que exercitar a paciência.

Enquanto isso, Cecilia e Edward chegavam a Crake House, o lar ancestral dos Rokesbys. Edward já o descrevera com riqueza de detalhes, e ela sabia que era uma grande propriedade. Ainda assim, ela não conseguiu deixar de perder o fôlego ao avistar o local.

Edward apertou a mão dela.

– É uma casa enorme! – disse ela.

Ele sorriu, distraído, concentrando toda a atenção em seu lar, que se tornava mais próximo a cada rotação das rodas da carruagem.

Cecilia notou que ele também estava nervoso. Dava para perceber pelo tamborilar incessante dos dedos na perna e pelo brilho branco de seus dentes ao morder o lábio.

Seu marido – alto, forte e desenvolto – estava nervoso. O que fez com que ela o amasse ainda mais.

A carruagem parou, e Edward saltou para fora antes que alguém se aproximasse para ajudá-lo. Assim, com Cecilia ao seu lado, ele pegou a mão dela, prendeu-a ao braço dele e a conduziu na direção da casa.

– É curioso que ainda não tenha aparecido ninguém – murmurou ele.

– Pode ser que não tenha ninguém para vigiar essa área?

Edward balançou a cabeça.

– Sempre tem alguém...

A porta se abriu e um lacaio os recebeu.

– Senhor – disse o homem, e Cecilia reparou que ele devia ser novo, pois não fazia ideia de quem Edward era.

– A família está em casa? – perguntou Edward.

– Sim, senhor. Por gentileza, como deveria anunciá-los?

– Apenas diga a eles que Edward voltou para casa.

Os olhos do lacaio se arregalaram. Ficou claro que, por mais que fosse novo, já devia estar no emprego havia tempo suficiente para entender o significado da afirmação, e saiu praticamente correndo para dentro de casa.

Cecilia conteve um sorriso. Ainda estava nervosa.

Correção: ainda estava uma pilha de nervos.

Contudo, havia algo quase cômico na cena, o que a deixava ligeiramente entusiasmada.

– Não seria melhor esperarmos lá dentro? – perguntou ela.

Ele concordou e conduziu-a ao saguão. Estava vazio, sem um único criado por perto, até que...

– Edward!

Um grito agudo, um grito *feminino* agudo, o grito que se esperaria de alguém que está tão feliz que poderia irromper em lágrimas a qualquer momento.

– Edward Edward Edward! Ah, meu Deus, eu não acredito, é você mesmo!

Cecilia arqueou as sobrancelhas para a mulher de cabelos escuros que praticamente flutuou escada abaixo. Percorreu os últimos degraus em um único salto, e foi só aí que Cecilia reparou que ela usava calças masculinas.

– Edward!

Com um último grito, a mulher se atirou nos braços de Edward, abraçando-o com tanta intensidade e afeto que Cecilia ficou emocionada.

– Ah, Edward – disse ela outra vez, tomando o rosto dele nas mãos como se precisasse de uma prova de que ele estava realmente ali –, nós estávamos tão desesperados...

– Billie... – disse Edward.

Billie? Billie Bridgerton? Surgiu um nó na garganta de Cecilia. Ah, meu Deus. Que desgraça. Era provável que ela ainda pensasse em se casar com Edward. Ele jurara a Cecilia que não havia nenhum laço formal entre ele e Billie, afirmara que Billie não queria se casar com ele assim como ele não queria se casar com ela, mas Cecilia suspeitara de que aquela crença se devesse ao lado masculino e obtuso de Edward. Era impossível que uma mulher não quisesse se casar com ele, ainda mais uma mulher que tivesse passado a vida inteira ouvindo que eles ficariam juntos.

– Que bom ver você – falou Edward, dando um beijinho fraterno na bochecha dela –, mas o que está fazendo aqui?

Billie respondeu com uma gargalhada. Uma risada gorgolejante, úmida de lágrimas, mas plena de felicidade.

– Você ainda não sabe – replicou ela. – Mas é claro que não.

– Eu não sei o quê?

E foi então que uma outra voz se juntou à conversa.

Uma voz de homem.

– Eu me casei com ela.

Edward deu meia-volta.

– George?

Era o irmão dele. Só podia ser. O cabelo era de um tom diferente de castanho, mas os olhos, aqueles incandescentes olhos azuis... Ele só podia ser um Rokesby.

– Você se casou com Billie?

Edward ainda parecia... para dizer a verdade, nem "estupefato" fazia jus à expressão em seu rosto.

– Sim.

George parecia muito orgulhoso, embora Cecilia tivesse tido apenas meio segundo para analisar a expressão dele antes que George puxasse Edward para um abraço forte.

– Mas... mas...

Cecilia observava com ávido interesse. Era impossível não abrir um sorriso diante daquela cena. Havia uma boa história por trás de tudo aquilo. E ela não conseguia conter o alívio ao ver que Billie Bridgerton estava claramente apaixonada por outra pessoa.

– Mas vocês se odeiam – protestou Edward.

– Não tanto quanto nos amamos – respondeu Billie.

– Santo Deus. Você e Billie? – Os olhos de Edward corriam entre um e outra. – Tem certeza?

– Acho que me lembro muito bem da cerimônia – disse George, sarcástico, e então meneou a cabeça na direção de Cecilia. – Não vai nos apresentar?

Edward pegou a mão dela, puxando-a para perto.

– Minha esposa – anunciou ele, com evidente orgulho. – Cecilia Rokesby.

– Harcourt quando solteira? – perguntou Billie. – Foi você quem escreveu para nós! Ah, obrigada, muito obrigada!

Billie a apertou em um abraço tão forte que Cecilia pôde ouvir cada minúscula falha na voz da jovem enquanto ela falava:

– Obrigada, muito obrigada mesmo. Você não faz ideia do que isso significou para nós.

– Mamãe e papai foram ao vilarejo – avisou George. – Devem estar de volta em uma hora.

Edward abriu um enorme sorriso.

– Excelente. E os demais?

– Nicholas está na escola – informou Billie –, e Mary, naturalmente, tem a própria casa agora.

– Mas e Andrew?

Andrew. O terceiro irmão. Edward dissera a Cecilia que ele estava na marinha.

– Ele está em casa? – perguntou Edward.

George fez um som que Cecilia não conseguiu interpretar. Poderia ter sido uma risadinha... se não estivesse tão carregado de algo que só poderia ser descrito como resignação desconfortável.

– Eu conto ou você conta? – perguntou Billie.

George respirou fundo.

– É uma história e tanto...

LEIA UM TRECHO DO PRÓXIMO LIVRO DA SÉRIE

Um cavalheiro a bordo

CAPÍTULO 1

Início do verão de 1786

Para uma jovem que cresceu em uma ilha – mais precisamente em Somerset –, Poppy Bridgerton havia passado muito pouco tempo no litoral.

Não que não fosse habituada à água. Perto da propriedade de sua família havia um lago, e os pais de Poppy haviam insistido para que todos os filhos aprendessem a nadar. Talvez seja mais preciso dizer que tinham insistido para que todos os filhos *homens* aprendessem a nadar. Poppy, a única filha mulher da patota, considerou um acinte o fato de que ela seria a única Bridgerton a morrer em um naufrágio, e foi isso que disse aos pais antes de se juntar aos irmãos e se atirar de cabeça no lago.

Logo se tornara, em sua opinião, a melhor nadadora da família.

Naquele dia, contudo, não daria para nadar. Afinal, estava diante do oceano (ou melhor, do canal), e a água gélida e cruel era muito diferente do plácido lago perto de casa. E estava sozinha, ainda por cima.

Além disso, estava se divertindo bastante explorando a praia. Os pés afundando na areia macia, a maresia pungente no ar – tudo aquilo era muito exótico para ela, como se de repente estivesse na África.

Bem, talvez não fosse exatamente exótico, pensou ela, enquanto comia seu queijo inglês bem familiar, parte do lanche que trouxera para o passeio. Ainda assim, era um ambiente novo, uma mudança grande, e isso tinha algum peso.

Ainda mais naquele momento, considerando que o todo o resto de sua vida continuava igual.

Era quase julho e a segunda temporada de Poppy em Londres tinha terminado recentemente. Poppy chegara ao fim da temporada da mesma forma como começara: sem marido e sem compromisso. E um tanto entediada.

Ela até que poderia ter continuado em Londres durante os estertores da agitação social, torcendo para encontrar alguém que ainda não havia conhecido (o que era improvável). Poderia ter aceitado o convite da tia para ir para o campo, em Kent, na esperança de acabar gostando de algum dos cavalheiros descompromissados que fossem, por acaso, convidados para jantar (o que era ainda mais improvável). Mas é claro que, para tudo isso, ela teria que ter trincado os dentes e segurado a língua quando tia Alexandra perguntara qual fora o problema com a seleção mais recente de pretendentes (o mais improvável de tudo). Os candidatos de Poppy tinham sido um mais entediante que o outro, mas graças a Deus ela havia sido salva por Elizabeth, sua querida amiga de infância que tinha se mudado para Charmouth vários anos antes com o marido e a convidara a estender a visita em sua casa. Para as duas boas amigas, seria como reviver os velhos tempos.

Poppy pôs mais um pedacinho de queijo na boca. Bem, exceto pela barriga imensa de Elizabeth. Aquilo era uma novidade.

A condição da amiga significava que Poppy não podia contar com a companhia de Elizabeth em suas caminhadas pelo litoral, mas não importava. Ela gostava muito de ficar sozinha. E depois de meses e meses tendo que entabular conversas sem significado em Londres, ela estava mais do que feliz em arejar a mente com a brisa salgada do mar.

A cada dia, ela fazia uma rota diferente, e ficara empolgada ao descobrir uma pequena rede de cavernas no meio do caminho entre Charmouth e Lyme Regis, bem escondidas na altura onde a espuma das ondas varria a costa. A maior parte das cavernas ficava inundada na maré cheia, mas depois de examinar a paisagem, Poppy estava convencida de que tinha que haver algumas que permaneciam secas, e estava determinada a descobrir quais.

Só pelo desafio, é claro.

Era melhor se contentar com quaisquer desafios que pudesse encontrar, já que ela estava nos confins do mundo.

Depois de terminar de comer, ela franziu os olhos na direção das rochas. O sol estava às suas costas, mas o dia estava tão claro que fazia com que ela se lamentasse por não ter uma sombrinha.

Contudo, ela não iria desistir ainda. Nunca chegara tão longe e, na verdade, só conseguira chegar até aquele ponto depois de convencer a aia rechonchuda de Elizabeth, que viera como sua acompanhante, a esperar por ela na cidade.

– É como se a senhorita estivesse tirando uma tarde de folga – dissera Poppy, com um sorriso vendedor.

– Não sei, não. A Sra. Armitage deixou muito claro que...

– A Sra. Armitage não tem estado com a cabeça muito boa desde o início da gravidez. Dizem que isso acontece com todas as mulheres – acrescentou, tentando desviar a atenção da aia do fato de que Poppy estava se esforçando para sair sem acompanhante.

– Bom, isso é verdade – concordou Mary, inclinando o rosto para o lado. – Quando a esposa do meu irmão teve os meninos, não saía de sua boca uma única palavra que fizesse sentido.

– Exatamente! – exclamou Poppy. – Elizabeth sabe muito bem que eu consigo cuidar de mim mesma. Afinal, não sou nenhuma florzinha. Vou só dar uma caminhadinha tranquila pela orla. Aqui – falou, guiando a aia para uma aconchegante casa de chá –, por que a senhorita não se senta aqui e descansa um pouco? A senhorita trabalha tanto... Merece ter um tempo para si mesma.

Assim, depois de deixar pagos um bule de chá e uma travessa de biscoitos, ela conseguira escapar – com dois dos biscoitos no bolso – e estava, naquele instante, muito feliz e serena caminhando sozinha.

Poppy assobiava enquanto caminhava, deleitando-se com a chance de se entregar a um comportamento tão grosseiro (sua mãe ficaria horrorizada com o som!). Foi então que decidiu aumentar ainda mais a transgressão e começou a cantarolar uma musiquinha com uma letra nada apropriada aos ouvidos femininos.

– Oh, a criada foi até o o-ce-ano – cantou alegremente –, querendo arrumar um... o que é isso?

Ela se deteve, olhando a formação peculiar de rochas à sua direita. Uma caverna. Só podia ser. E estava longe o suficiente da água para não ficar inundada na maré cheia.

A caverna parecia um lugar perfeito para um pirata: fora da trilha, sua abertura ficava obscurecida por três grandes rochedos. De fato, era de se admirar que ela a tivesse encontrado.

Poppy se espremeu para passar entre os rochedos, percebendo que um deles não era tão grande quanto ela havia imaginado, e então seguiu para a entrada da caverna. "Eu devia ter trazido uma lamparina", pensou, enquanto os olhos se acostumavam à escuridão, mas Elizabeth sem dúvida ficaria bastante intrigada com a necessidade do apetrecho. Seria difícil explicar por que Poppy precisaria de uma lamparina para caminhar na praia no meio do dia.

Poppy entrou devagarinho na caverna. Encorajada pela empolgação da novidade, avançou pelas bordas da caverna até o fundo... devagar... devagar... até que...

– Ai! – gemeu ela, se retraindo quando a mão bateu em uma ponta dura de madeira. – Ai ai ai. Isso foi...

A voz dela morreu. O objeto em que batera não podia ser uma protuberância natural da caverna. Na verdade, parecia mais a quina de um caixote grosseiro de madeira.

Hesitante, ela tateou no mesmo lugar até tocar – dessa vez, com mais delicadeza – uma placa de madeira lisa. Sem dúvida, era um caixote.

Poppy não conteve uma risadinha eufórica. O que tinha encontrado? O tesouro de um pirata? O butim de um contrabandista? A caverna parecia abandonada, o ar pesado recendia a bolor, de modo que, o que quer que fosse aquilo, devia estar naquele lugar havia muito tempo.

Ela logo reparou que a caixa era pesada demais para que conseguisse levantar sozinha, então correu os dedos pelas bordas, tentando determinar como abri-la. Maldição. Estava fechada com pregos. Ela teria que voltar ali, embora não fizesse ideia de como conseguiria justificar a necessidade de sair de casa com uma lamparina e um pé de cabra.

Por outro lado...

Ela inclinou a cabeça para o lado. Se na entrada já havia um caixote – na verdade eram dois, empilhados –, quem sabe o que poderia haver mais para o fundo?

Ela avançou escuridão adentro, braços estendidos à frente.

– Cuidado aí!

Poppy congelou.

– O capitão vai tirar o seu couro se você deixar cair.

Poppy prendeu a respiração, e seu corpo foi tomado pelo alívio ao constatar que a voz rouca de homem não se dirigia a ela.

Alívio que deu lugar instantaneamente ao pavor. Bem devagar, ela recolheu os braços, abraçando o próprio corpo com força.

Não estava sozinha.

Com movimentos cuidadosos, ela se escondeu atrás das caixas. Quem quer que estivesse na caverna seria incapaz de vê-la, a não ser que...

– Dá pra acender a porcaria da lamparina?

A não ser que tivesse uma lamparina.

Uma chama se acendeu, iluminando os fundos da caverna. Poppy franziu o cenho. Os homens tinham surgido atrás dela? Sendo assim, por onde haviam entrado? Para onde ia a caverna?

– Não temos muito tempo – disse um dos homens. – Vamos logo com isso, me ajuda a encontrar o que a gente precisa.

– Mas e o resto?

– O resto vai estar bem guardadinho aqui até a gente voltar. De qualquer maneira, é a última vez.

O outro homem riu.

– Isso se você acredita no capitão.

– Dessa vez ele está falando sério.

– Ele nunca vai parar.

– Bom, mesmo que ele não pare, eu vou parar. Estou ficando velho demais pra isso.

– Você puxou o pedregulho pra frente da entrada? – perguntou o primeiro homem, bufando ao pôr algo no chão.

Então fora por isso que ela tivera que se espremer para entrar. Poppy deveria ter se perguntado como uma caixa tão grande tinha passado por uma fenda tão estreita.

– Ontem – veio a resposta. – Com o Billy.

– Aquele frangotinho?

– Humpf. Acho que ele deve estar com uns 13 anos agora.

– É mesmo?

Deus do céu, pensou Poppy. Ela estava presa em uma caverna com contrabandistas – podiam até ser piratas! – e eles estavam fofocando como duas velhinhas tricoteiras.

– O que mais a gente precisa? – disse a voz mais grave.

– O capitão disse que não vai zarpar sem um caixote de aguardente.

Poppy ficou lívida. Um *caixote*?

Olhou ao redor, desesperada. Onde diabos poderia se esconder? Na parede da caverna havia uma pequena reentrância contra a qual ela poderia se espremer, mas os homens teriam que ser cegos para não vê-la. Ainda assim, era melhor do que seu esconderijo atual. Poppy se esgueirou para trás, encolhendo-se o máximo que conseguia na fenda.

"Por favor por favor por favor.
Prometo que serei uma pessoa melhor.
Vou escutar a minha mãe.
Vou até prestar atenção na igreja.
Por favor por favor..."

– Jesus Cristo!

Devagarinho, Poppy ergueu o rosto para o homem que estava de pé ao lado dela.

– Quem é você? – exigiu o homem, quase enfiando a lamparina na cara dela.

– Quem é *você*? – rebateu Poppy, antes de se dar conta da imprudência daquela resposta.

– Green! – berrou o homem, e Poppy piscou, atônita. – Green!

– O que foi? – resmungou o outro, que aparentemente se chamava Green.

– Tem uma garota aqui.

– O *quê*?

– Uma garota. Tem uma garota aqui.

Green veio correndo.

– Quem diabo é essa garota? – exigiu ele.

– Não sei – disse o outro, impaciente. – Ela não falou.

Green se agachou, chegando o rosto maltratado a centímetros do de Poppy.

– Quem é você?

Poppy não disse nada. Ela não era muito boa em segurar a língua, mas se havia uma hora prudente para aprender, a hora era aquela.

– Quem é você? – repetiu ele, grunhindo cada palavra.

– Ninguém – respondeu Poppy, enfim, encontrando certa coragem ao perceber que ele parecia mais cansado do que irritado. – Eu só estava dando uma caminhada. Não vou incomodar os senhores. Eu posso ir embora e pronto. Ninguém vai saber...

– Eu vou saber – disse Green.

– E eu também – falou o outro, coçando a cabeça.

– Eu não vou dizer nada a ninguém – prometeu Poppy. – Eu nem sei o que...

– Droga! – praguejou Green. – Droga droga droga droga droga.

Poppy olhou de um para outro de forma frenética, tentando decidir se estender aquela conversa poderia ajudá-la ou atrapalhá-la.

– Droga! – praguejou Green outra vez. – Só faltava essa hoje.

– O que a gente faz com ela? – perguntou o outro homem.

– Sei lá. A gente não pode deixar essa garota aqui.

Os dois homens ficaram em silêncio, encarando-a.

– O capitão vai matar a gente – falou Green, enfim, com um suspiro.

– Não foi culpa nossa.

– Acho que é melhor perguntar ao capitão o que fazer com ela – falou Green.

– Eu não sei onde ele está – respondeu o outro. – Você sabe?

Green balançou a cabeça e disse:

– Ele não está no navio?

– Não. Ele disse que ia encontrar a gente no navio uma hora antes de zarpar. Ele tinha algum negócio pra tratar.

– Droga.

Green suspirou, fechando os olhos, com uma expressão atormentada.

– Não tem outro jeito – falou. – Vamos ter que levar ela com a gente.

– O quê? – falou o outro homem.

– *Quê?* – guinchou Poppy.

– Deus do céu – resmungou Green, esfregando os ouvidos. – Esse guincho saiu de você, menina? Estou velho demais pra isso.

– Não podemos levar a garota! – protestou o outro homem.

– É melhor dar ouvidos ao seu amigo – disse Poppy. – Ele é obviamente um homem inteligente.

O sujeito endireitou as costas, todo prosa.

– Brown. Meu nome é Brown – disse ele, assentindo para ela educadamente.

– Hã, encantada – disse Poppy.

– Você acha que eu *quero* levar ela? – disse Green. – Mulher no navio dá azar, e ainda mais essa daí.

Poppy chegou a abrir a boca diante do insulto.

– Ora essa!

Poppy falou ao mesmo tempo em que Brown dizia:

– Qual é o problema dessa daí? Ela disse que eu sou inteligente.

– O que só indica que *ela* não é. Além disso, ela fala.

– Você também fala – replicou Poppy.

– Viu só? – disse Green.

– Ela não é tão má assim – disse Brown.

– Você acabou de dizer que não queria levá-la pro navio!

– E não quero mesmo, mas...

– Não tem nada pior que mulher faladeira – resmungou Green.

– Há muitas coisas piores que isso – argumentou Poppy –, e, se o senhor não sabe disso por experiência própria, pode se considerar um sortudo.

Por um instante, Green olhou para ela. Só olhou. E então grunhiu.

– O capitão vai matar a gente.

– Se os senhores não me levarem, não vai acontecer nada – Poppy apressou-se em dizer. – Ele nunca saberia.

– Ah, saberia, sim – sentenciou Green, sombrio. – Ele sempre sabe.

Poppy mordeu o lábio, analisando suas possibilidades.

Olhou para Green e abriu um sorriso hesitante, para ver o que acontecia.

Green a ignorou e voltou-se para o amigo.

– Que horas... – E então deteve-se, pois Brown tinha desaparecido. – Brown! – gritou ele. – Cadê você, diabo?

A cabeça de Brown surgiu atrás de uma pilha de baús.

– Calma, só vim pegar uma corda.

Corda? Poppy ficou com a garganta seca.

– Ah, bom – grunhiu Green.

– Você não quer me amarrar – disse Poppy, encontrando meios de falar a despeito da garganta seca.

– Não quero mesmo – disse ele –, mas é o que eu tenho que fazer, então vamos facilitar pra nós dois, que tal?

– O senhor acha que eu permitirei que me amarre sem oferecer resistência?

– Estava torcendo para isso, sim.

– Bom, torça o quanto quiser, porque eu...

– Brown! – gritou Green.

– Achei a corda! – respondeu Brown. – Ótimo. Agora pega o resto das coisas também.

– Que resto das coisas? – perguntou Brown.

– O resto das coisas – disse Green, sem paciência. – Você sabe do que eu estou falando. E um pano.

– Ah. O resto das coisas – disse Brown. – Entendi.

– Que resto das coisas? – questionou Poppy.

– Você não vai querer saber – respondeu Green.

– Posso lhe assegurar que vou querer saber, sim – afirmou Poppy.

– Você disse que ia oferecer resistência – explicou ele.

– Sim, mas o que isso tem a ver com...

– Lembra que eu falei que estou velho demais pra isso? – Ela assentiu e Green acrescentou: – Bom, "isso" inclui resistência.

Brown reapareceu, trazendo uma garrafa verde com ares de remédio. – Toma – disse ele, entregando-a a Green.

– Não que eu não conseguisse dar conta de você – explicou, abrindo a rolha. – Mas pra que tornar as coisas mais difíceis do que elas têm que ser?

– Os senhores vão me forçar a beber isso? – sussurrou ela.

O cheiro que se desprendia da garrafa era horrível.

Green balançou a cabeça.

– Tem um pano aí? – perguntou ele a Brown.

– Não, desculpa.

– Vamos ter que usar o seu lenço – disse Green a Poppy. – Fica parada.

– O que você está fazendo? – gritou ela, recuando com um solavanco.

– Sinto muito. – Por mais estranho que fosse, ele parecia estar sendo sincero.

– Não faça isso – pediu Poppy, soluçando e afastando-se o máximo que podia.

Contudo, ela não chegou longe antes de sentir as costas tocando na parede da caverna. Só pôde observar enquanto ele embebia o linho diáfano do lenço com uma quantidade generosa do líquido malcheiroso. O pano ficou logo saturado, derramando várias gotas no chão úmido.

– Você vai ter que segurar ela – disse Green a Brown.

– Não – protestou Poppy. – Não.

– Sinto muito – disse Brown, e também parecia estar sendo sincero.

Green fez uma bola com o lenço amassado, apertando-o contra a boca dela. Poppy engasgou, sufocando com o ataque do vapor tóxico.

E então o mundo se dissolveu em escuridão.

CONHEÇA OS LIVROS DE JULIA QUINN

OS BRIDGERTONS

O duque e eu
O visconde que me amava
Um perfeito cavalheiro
Os segredos de Colin Bridgerton
Para Sir Phillip, com amor
O conde enfeitiçado
Um beijo inesquecível
A caminho do altar
E viveram felizes para sempre

QUARTETO SMYTHE-SMITH

Simplesmente o paraíso
Uma noite como esta
A soma de todos os beijos
Os mistérios de sir Richard

AGENTES DA COROA

Como agarrar uma herdeira
Como se casar com um marquês

IRMÃS LYNDON

Mais lindo que a lua
Mais forte que o sol

OS ROKESBYS

Uma dama fora dos padrões
Um marido de faz de conta
Um cavalheiro a bordo
Uma noiva rebelde

TRILOGIA BEVELSTOKE

História de um grande amor
O que acontece em Londres
Dez coisas que eu amo em você